最多宠六元

Zuiduo Chong Linyuan

青梅酱 著

长江出版社
CHANGJIANG PRESS

图书在版编目(CIP)数据

最多充六元 / 青梅酱著. -- 武汉：长江出版社，2025.3. -- ISBN 978-7-5492-9844-0

Ⅰ.I247.5

中国国家版本馆CIP数据核字第2024ZH5826号

最多充六元 / 青梅酱著

ZUIDUO CHONG LIUYUAN

出　　版	长江出版社
	（武汉市解放大道1863号）
选题策划	薛天舒
市场发行	长江出版社发行部
网　　址	http://www.cjpress.cn
责任编辑	罗紫晨
特约编辑	薛天舒
印　　刷	湖南天闻新华印务有限公司
版　　次	2025年3月第1版
印　　次	2025年3月第1次印刷
开　　本	880mm × 1230mm　1/32
印　　张	12
字　　数	332千字
书　　号	ISBN 978-7-5492-9844-0
定　　价	45.80元

版权所有 盗版必究，如有质量问题，请联系本社退换
电话：027-82926557(总编室)　027-82926806(市场营销部)

目 录
CONTENTS

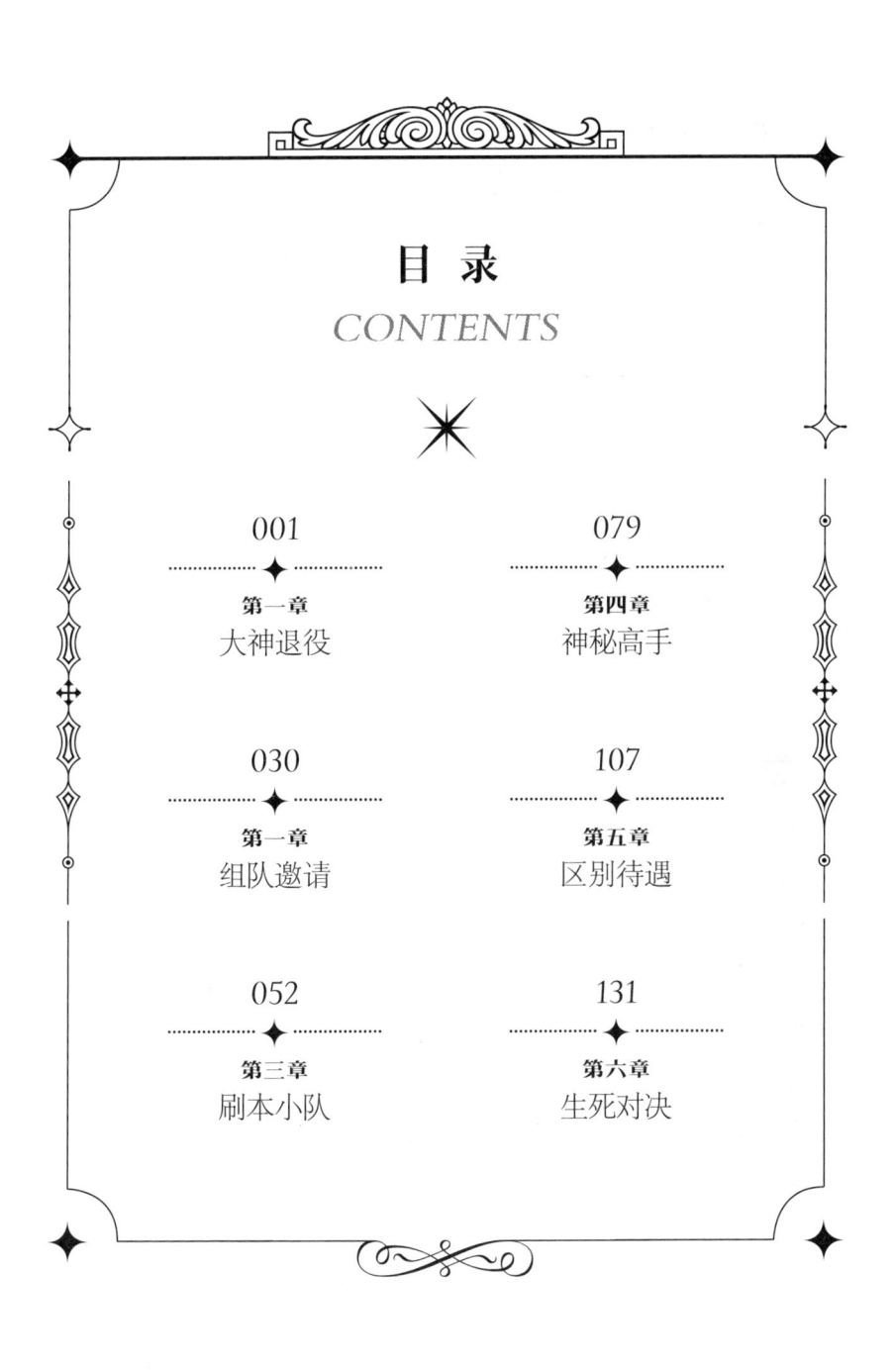

001
第一章
大神退役

030
第二章
组队邀请

052
第三章
刷本小队

079
第四章
神秘高手

107
第五章
区别待遇

131
第六章
生死对决

目 录
CONTENTS

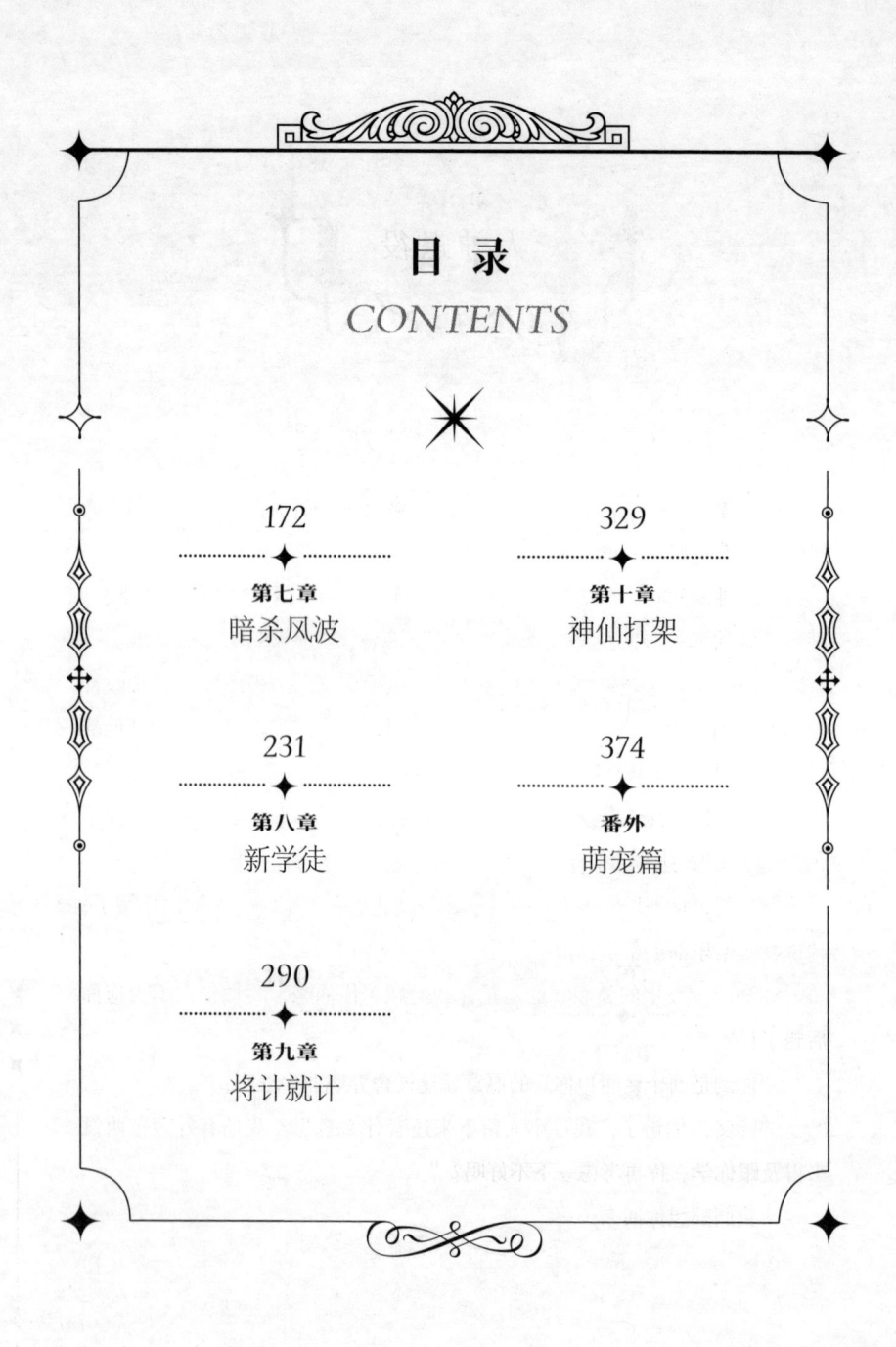

172
第七章
暗杀风波

231
第八章
新学徒

290
第九章
将计就计

329
第十章
神仙打架

374
番外
萌宠篇

第一章
大神退役

杨溯繁睁开眼的时候,外面的天色微微亮,一缕缕阳光从屋外漏入,隐约可以看清房间简单干净的摆设。

回过神来的时候,他不由得闭着眼睛轻轻地笑了一声。突然间闲散下来,总让人感觉有些不太习惯。

他揉了一把发丝,把压在枕头下的手机摸出来,打开后,他发现收件箱已经填满了消息。杨溯繁粗略地扫了一眼,有俱乐部经理的,有其他战队负责人的,而更多的来自他昔日的战友们。

杨溯繁眯着眼睛犹豫了一下,然后点开消息,一条条影像被投放在了不大的房间里。

"繁哥,你的状态明明特别好,真的决定退役了吗?我们都问过经理了,他说其实俱乐部也希望你留下。"

"杨队,今年的失利真的不是你的问题。你回来,我们一定不会拖你后腿了!"

"你倒是回个话啊!你真的愿意就这样舍弃职业生涯吗?"

"师父,你走了,我一个人留下来还有什么意思?我还有好多东西没来得及跟你学,你再考虑一下不好吗?"

"我们都想你回来……"

……

后面还有很多消息，他没有接收，直接在这里掐断了。

　　杨溯繁在床上又躺了一会儿，直到彻底没了睡意。他盯着天花板静静地看了一会儿后，翻身从床上跳下来，推门走了出去。

　　他住的是三室一厅的套房，除了客厅和卧室，还单独空了一个房间出来，里面空空荡荡的，什么家具都没有，只有两个新型的游戏仓安静地躺在中央。

　　游戏仓旁边的柜子上放着不少大小不一的奖杯，那是他在这五年的职业选手生涯当中，和队友们一起努力拼搏的成果。

　　然而，星辰战队，这支连续四年获得《混沌》全息网游世界联赛冠军的队伍，却在今年遭遇了史上最强滑铁卢，连半决赛都没有入围，直接止步于小组赛。一时间，负面报道铺天盖地，其中最多的，是对他这位战队队长的质疑。

　　也就在这个时候，趁着和俱乐部的合约到期，杨溯繁正式提出了退役。至于原因，当然不像各方媒体猜测的是出于舆论压力，而是他对自己本身状态的考虑。

　　就像他的队友们说的，他目前的状态确实还没有到要退役的地步。但是，俱乐部的合约是每五年一签，没有人可以保证再过几年之后，他依旧可以继续保持巅峰时期的实力水平。

　　全息网游和以前的键盘网游不同，它的特殊性要求选手们要像为了战队拼命厮杀的战士，不到最后一刻绝不允许退出战场。只要他依旧留在俱乐部当中，就意味着他始终会占着战队的出战名额。

　　现在新人营当中其实有不少的好苗子，他觉得，是时候将机会让给那些新面孔了。

　　星辰早就不是他刚来时那支稚嫩的战队了，他的这些队友已经足以独当一面。

　　不过，道理大家都懂，可是一想到刚才队友们一个个过分忧心的样子，杨溯繁依旧免不了有些头疼。看样子，他还是得找时间和这些老队友好好谈谈。

这样想着，他不由得幽幽地叹了口气。把视线从那个暗灰色的游戏仓上收回后，他摇了摇头，转身躺进了旁边那个深蓝色的仓内。

这不是通往《混沌》虚拟世界的通道，而是另一款游戏《幻境》的。

如果让任何一个知道杨溯繁的人看到这一幕，恐怕能惊掉下巴。

现在已经是2120年，因为虚拟网游技术的飞速发展，先后问世的《幻境》和《混沌》这两款游戏，被戏称为"第二世界"和"第三世界"。

现实世界里的精神空虚，使得越来越多的人选择进入虚拟世界去感受全新的奇幻生活，也让相关产业得到了史无前例的飞速发展，甚至于出现了数以万计的虚拟工作者，在全息世界当中扮演着各式各样的职业角色。但是，因为两个游戏在市场份额上存在竞争关系，双方玩家经常因为哪款游戏才是虚拟世界的第一而争得不可开交，几年的争执不休演化到现在，已经赫然有了水火不容的趋势。

实际上，从《幻境》刚问世的时候，杨溯繁就"入坑"了这款游戏，到今年为止，已经整整十年了。他是个实打实的"骨灰级"玩家，但他作为《混沌》的职业选手需要爱惜羽翼，为了维护俱乐部和战队的公众形象，他从来没有对外透露过这个秘密。现在，既然选择了退役，将《混沌》的账号正式登记交还俱乐部之后，他觉得，是时候好好地享受一把玩游戏的乐趣了。《幻境》，自然是最好的选择。

意识导入完成之后，杨溯繁再次睁开眼睛时，他已经进入《幻境》世界。眼前的场景是在第十二炼狱，正是他三个月前登录的地方。

一片昏暗的地段周围，满眼枯木昏鸦，身形丑陋的休和特在嗅到生物气息的一瞬间便露出了獠牙，从四面八方疯狂涌来。

杨溯繁视若无睹。他朝周围看了看，一眼就看到了不远处那个闪光的传送点，他不疾不徐地抬步走了过去。

休和特怪物群离他越来越近，它们张开了血盆大口，眼见就要把他一口吞下，只见银光闪过，随着剑刃出鞘，那些怪物甚至没有发出半点儿的呜咽，一片片怪物残肢就坠落了一地。

在这样具有冲击力的场面之下，始作俑者只是面色平静地走进了传送区，随手选定了目标传送区域。

圣泉广场是《幻境》世界里最为繁华的地段。作为游戏里最主要的交易市场，这里不论什么时候都人山人海，热闹非凡。

杨溯繁对这个地方当然不陌生。他在一幢幢鳞次栉比的建筑群之间游走着，很快就轻车熟路地来到了他要找的地方。

这是一座状似教堂的西式建筑，门外"账号信息处理局"的大字非常醒目。

每天都有不少人来这里做登记，柜台工作人员询问的时候甚至没有抬头："所以，您确定要删除这个区里的所有角色信息吗？"

杨溯繁应道："是的。"

工作人员说："那好，请在这边最后确认一下您的资料信息。"

话落，杨溯繁的面前就出现了一个虚拟面板，上面是一系列需要登记的选项。

《幻境》因为本身的特殊性，为了控制人口数量，所以系统规定每个人只允许在其中一个区建立角色账号。如果玩家想要进行换区或者换号操作，必须先进行角色删除处理。

一区是杨溯繁第一个也是唯一进入的区，要说他没有舍不得的心情自然是不可能的，但是经过前几天的反复考虑，他还是决定去新区换一个心情。

这份登记表格的内容其实非常简单，无非就是清点一下账号财产和确认想要入驻的下一个区服的信息。

到最后一项的时候，杨溯繁犹豫了一下。

老玩家去新区可享有一定的福利，比如在删号的同时可以选择资产当中的任意五件装备，带去新区继续使用。

思考了几分钟之后，杨溯繁终于做下了最后的选择。他将申请传递给了工作人员。

"好的，我们今天就会为你提交申请，具体操作会在七个工作日内完成，其间请您留意短消息提示。"工作人员一脸公事公办的态度。当视线无意中落在登记 ID 的那一栏时，工作人员的脸上忽然闪过震惊的表情，他豁然抬头看去，柜台前却早已经没了人影。

"刚才那是浩……浩繁？他居然删号了？"

三分钟之后，一条系统消息出现在圣泉广场的公告板块上。

系统：《幻境》一区综合排名 1 号，ID 浩繁，已提交删号申请。

原本一片繁华的景象仿佛被按下了暂停键，瞬间定格在那里。

几秒之后，场面一度爆炸。

"什么，浩繁居然要删号！"

"谁告诉我发生了什么？《幻境》头号玩家这就删号了？"

"别是系统故障了吧！我就是冲着他来的这个区，现在他居然不玩了！"

"这是要世界末日了吧！"

"谁认识浩繁？快去问问吧，我记得他三个月没上线了，别是被人盗号了吧？"

"别问了，没用的，我试过加他好友，人都已经下线了。"

"………"

已经退出了游戏的杨溯繁自然不知道因为自己的删号操作，《幻境》一区已经彻底疯狂。

收到来自官方系统发送的删号审核短信后，他盯着手机上孙昭平的名字看了一会儿，最后还是选择拨通了这位副队的电话："喂，阿平吗？是我。关于退役的事情，我已经正式和俱乐部签署解约合同了，所以，你们也不要继续纠结了。特别是小斌那边，你也多劝着点儿。"

小斌，全名唐胥斌，是杨溯繁在队期间一手提拔上来的小徒弟，要说杨溯繁还有什么放心不下的，也就是他了。

年轻人性子直，脾气倔。据说在知道师父退役的消息后，他已经好几天没有去参加战队训练了。

孙昭平一直在等队长的电话，没想到最后盼来的是这样的消息。沉默了片刻之后，他只能不死心地追问道："真的没有回旋的余地了吗？"

听着这样的语气，杨溯繁不由得叹了一口气："你们的心意我都明白，但是，五年的合约时间你们知道意味着什么吗？我已经25岁了，虽然我现在的状态依然在线，可是，你能保证几年后也一样吗？为了战队着想，你应该理解我的决定。"

孙昭平紧紧地握了握拳，虽然心有不甘，但他不得不面对事实。

是啊，他们的杨队已经25岁了，这个年纪，在其他领域或许并不算什么，可是在全息电竞里，已经是完完全全的高龄了。

沉默半晌之后，孙昭平站在走廊里感受着刺眼的阳光，微微地眯了眯眼。他正准备再说什么，不远处一个人忽然火急火燎地跑出来，神色慌张地朝他喊道："孙副队，会议室，马上！这回出大事了！"

杨溯繁隔着手机都听到了那边混乱的动静，没等孙昭平说话，他就开口催道："快去忙吧，我这儿你就不用担心了。"

孙昭平一边大步流星地往会议室走去，一边还有些纠结地问道："那游戏呢？你真的不准备玩了？"

闻言，杨溯繁微微愣了愣。他将烟轻轻地叼在嘴边后，眯了眯眼，应道："啊，《混沌》的话，应该不玩了吧。"

孙昭平眸底有莫名的神色隐隐一晃，他还准备说什么，早就等在会议室里的战队经理将他一把拉了进去。

战队经理语调急躁："都到这个时候了，还打什么电话！这回真不是说着玩的，我跟你说……"

经理根本不给孙昭平半点儿反应的机会，直接把手机抢了过去，强行关机。

杨溯繁看着已经切断的通信，想起电话那头的兵荒马乱，眉目间不由得闪过了一丝诧异。

他们这位经理向来是最沉得住气的,即使是战队掉入史无前例的低谷深渊时,他也依旧可以无比从容地应对各方的舆论,从来没有出现过这样阵脚大乱的情况。

刚才隐约听到的只言片语,足以让杨溯繁产生一种前所未有的危机感。

所以,到底发生了什么?

杨溯繁心中的疑问并没有持续太久,因为很快,关于全网爆发虚拟病毒的消息已经铺天盖地,席卷了各大媒体头条。

这种病毒被网民们称为"红色蜈蚣",它来历不详,在不久之前就有了爆发的先兆。

《幻境》和《混沌》的玩家频频遭遇掉线、花屏的事件,甚至有不少玩家反馈经历了地图扭曲和被恶意袭击等现象,甚至于游戏安全区内也出现了来路不明的变异怪物,且一度引起混乱。

当时,《幻境》运营方在第一时间表现出了对此事的重视,他们集合专家团队就所有数据进行了全面筛查,同时加强了安全网的部署,才在这一次病毒的全面爆发时有了一定的应对之力。

但是,《混沌》就没有这么好运了。

那时正逢《混沌》世界职业联赛,官方为了不影响联赛的举办,对这些反常的现象选择了暂时性忽视。

官方本来是准备等比赛结束之后再做进一步的漏洞修补的,谁料这一波病毒暴发得过快,可以说完全没给官方任何反应的机会,直接感染了第三世界的所有片区。

网上已经出现了不少玩家在《混沌》世界的视频录像,杨溯繁随便点开一个看了看,发现以前广袤的星空已经只剩下一片漫无边际的黑暗,所有的建筑被一群身形丑陋的入侵者啃噬殆尽,昔日繁华的城市顿成废墟,一片狼藉,遍地都是玩家角色受到袭击之后的尸体。

这就是这种病毒的可怕之处,角色一旦死亡,所有虚拟数据将被全部清空,也意味着玩家角色在这个世界里被彻底抹杀。

如果没有提前知晓原因,光看这些片段,恐怕观众都要怀疑自己是在看某部准备上映的末世电影,还是从视觉冲击到特技渲染都堪称大片级制作的那种。

在事态变得一发不可收拾之前,《混沌》官方做出了一个史无前例的决定——关闭第三世界的所有虚拟服务器,进行《混沌》世界全宇宙的重新修整。

这个决策一经发布,所有第三世界的玩家顿时人心惶惶。

虽然知道这是官方在尝试进行最后的抢救,可是对于未来的不确定性,依旧让他们感到了从未有过的强烈不安。

在当今社会中,全息游戏的玩家已经覆盖了全世界85%以上的人口,而这一次的病毒暴发,绝对是虚拟世界问世以来遭受到的最大冲击。到了这个时候,就连同为全息一族的《幻境》的玩家们,也不约而同地放下了多年来的宿怨,隔空向《混沌》玩家们发去真挚的慰问和关怀。

昔日水火不容的两大阵营,也因此搭起了惺惺相惜的桥梁。

和所有网民一样,杨溯繁在得知这个消息之后,心里就隐约有了一种不祥的预感,接下来几天,除了随时关注着网上的追踪报道之外,他还和第一线的孙昭平始终保持着联系。

然而,奇迹最终还是没有发生。

在病毒暴发的第六天下午,他收到了来自孙昭平的短信——

杨队,《混沌》倒闭了。

看到这条消息的那一刻,杨溯繁感到这个世界有些虚幻。

对于所有的全息玩家来说,虚拟世界可以说是他们在平行世界当中的另一个家园,而现在,这份精神上的寄托,随着虚拟地图的瓦解彻底崩塌了。

全网关于第三世界宣告瓦解的消息已经彻底传开,在社交软件飞博上,由玩家自主发起的追悼仪式正在进行着。满屏全是黑底加白色蜡烛，微弱的烛光仿佛是对他们失去家园的深重哀悼。

越来越多的《混沌》玩家加入追悼当中，整个飞博的评论区一度沦陷。

这些玩家仿佛一瞬间变成了无家可归的游民，他们只能面对家园昔日的影像，回忆美好的点滴。

而在这样的追悼大军之中，还夹杂着不少《幻境》玩家的留言。他们一方面表达着对于这次毁灭性事件的哀痛，另一方面表示愿意冰释前嫌，接纳《混沌》玩家进入第二世界，重建家园。

最初看到这些留言的时候，杨溯繁其实并没有往心里去。直到他再次收到了来自孙昭平的消息，一共三条——

杨队，经过会议讨论，我们俱乐部准备入驻《幻境》了。

据说其他俱乐部目前也有这个打算，虽然没有了《混沌》，生活毕竟还是要继续下去。

可是，《幻境》的运营模式毕竟和《混沌》不同，经理说俱乐部会转为公会形式。你说，我们真的可以在第二世界里好好地活下去吗？

《混沌》的职业选手进入《幻境》之后会面临什么，杨溯繁也不确定，但是有一点他很清楚，那就是，他现在特别无语。

他手机里的最后一条消息是来自《幻境》的官方通知——

您好，您的删号申请已经完成，请在进入第十一区时输入官方激活码，即可领取暂存的虚拟装备。您的激活号码是：6659997887XSA，预祝新的旅途愉快。

这种不可逆的操作的全部流程已经结束，没有给玩家任何反悔的可能性。

杨溯繁不仅回不去昔日的一区，而且还因为在提交删号申请时已经登记了下一个区服的资料，他现在和这些《混沌》的职业选手一样，只剩下等待进入即将开服的《幻境》第十一区这唯一的选择。

如果想再一次删号重来，官方规定，最短也得间隔半年时间。

杨溯繁不由得抬头，愣愣地看了一会儿天花板。他彻底地感受到什么叫"生无可恋"。

他刚刚才做出退役的决定，和以前的对手们和队友们相互告别。而且为了让他们死心，他还非常笃定地告诉他们，他不会再继续游戏，之后他会在现实当中找个工作好好过日子。

虽然当时他话里的游戏指的是《混沌》，可是那个时候谁又会在意这些细节呢？如果再在游戏里面相遇，他敢保证，迎接他的不是激动的拥抱，而是对这个浪费了他们感情的家伙的一顿暴打，下追杀令都不是没可能。

躺在床上思来想去后，杨溯繁觉得在有这个必要之前，还是暂时先不透露自己也玩《幻境》的事了，自己安安心心地当个普普通通的圈外人就好。

好在《混沌》倒闭之后引起了一片余震，昔日的那些老伙计短期内显然已经无暇把心思再放在他身上了，倒是让他有了一段清净时间。

眼见第十一区开服进入最后的倒计时，杨溯繁一边关注着星辰俱乐部的最新动态，一边抽时间做了一份简单的升级方案。他划出了好几条线路流程，以备不时之需。

按照正常节奏，《幻境》已经上市十余年了，再开新区虽然依旧热闹，但是大多数都是各大俱乐部安排来新区带领公会的职业人员，或者是一些跑区赚钱的老玩家，新人反倒只占了一小部分。拥挤是有的，可是按照系统指引的流程去做，升级节奏总归慢不到哪儿去。

可现在毕竟是特殊时期，光是看着网上忽然间暴涨的新人攻略视频的点击量，他心里就做好了千军万马过独木桥的准备。

更何况，随着《混沌》的玩家集体涌入，相信也会引起作为原来的俱乐部公会对新转入的《混沌》的俱乐部的全面关注，他们可能会大规模地分派人手进行探查和监视。加上那些特地来新区目睹盛况的老玩家和看准了十一区巨大商机的虚拟掘金者们,到时候很可能会出现人比怪多的壮观场面。

多做一些准备,显然是非常必要的。

开服当天,杨溯繁卡准了时间,准点进入游戏仓中。

随着眼前的画面转变,他耳边很快响起了系统清脆悦耳的声音:"欢迎进入《幻境》世界,您的账号系统登记的第十一区尚无角色资料,是否进行角色创建?"

点选了"是"之后,杨溯繁面前很快出现了角色创建面板。

《幻境》这款游戏比起《混沌》更具开放性,角色的所有成长方向全凭玩家自主打造,所以在创建时没有任何职业选择,只给玩家提供了游戏ID、性别、外观等最基础的选项。

因为杨溯繁原来在一区的时候是个饱经沧桑的大叔形象,为了避免受到不必要的关注,这一回他给自己选择了一个无辜的少年造型。

他看了一眼游戏ID一栏,想了想,输入了五个字:最多充六元。

不再是职业选手之后,在《幻境》升级打怪的收入大概会成为他唯一的经济来源。当然,多年的职业生涯也让他存了数额可观的积蓄,倒也不至于承担不起他前期的投资,只是他玩游戏向来有一个怪癖,就是所有东西都喜欢靠自己的实力来进行提升,他不愿意借助任何不必要的外力。而这里的外力,自然也包括了充钱。

身为"骨灰级"的老玩家,又拥有绝对自信的操作,杨溯繁非常确定,在完成首次充值作为起步基础之后,他就可以正式地踏上《幻境》世界的漫漫征途了。

嘴角微微地浮起一抹笑容后,他满意地点下了"确定"按钮。

眼前的画面一闪,他顺利加入进区的排队队列,目前处在第2388328名。

杨溯繁的笑容凝固在了脸上——

当年《幻境》一区刚开服的时候,都没有过这样夸张的人数。

这样高的排队人数，杨溯繁本以为至少需要排两个小时，但很显然，对于今天爆满的情况，《幻境》官方早就做足了准备。

为了接纳来自《混沌》的网民，服务器早就提前扩容，为了避免过分拥挤，官方还分流出了将近200个不同位面的新手区，两百多万人次的队列，在短短的十分钟之后，就全部进入游戏当中。

总体来说，杨溯繁进入第十一区的过程还算顺利，但是这显然只是刚开始。

导入完成后，杨溯繁第一眼看到的不是新手村清新靓丽的风景，而是一个个拥挤无比的后脑勺。别说，光就每个人的发型来说，还真是各具特色。

杨溯繁顺着拥挤的人流往外面走去，终于找到了一处相对空旷的场地。他稍稍地呼吸了一下新鲜空气，然后随手点开了充值页面，在完成6星元的首充之后，他顺利地收到了来自系统提供的低级装备强化包，使用之后，虽然没能改变新手装备的外观，但是也提升了几点属性。这些属性点整体看起来可以说少得可怜，可是对于杨溯繁这种级别的高手来说，真正用起来时，完全是天差地别的两种效果。

至于后面弹出来的68星元的续充页面，杨溯繁看都没看一眼，直接选择了关闭。

这是不可能的！

不远处，不少举着广告牌的人正在卖力地吆喝着——

"专业代练！一天升45级，让你感受飞一般的感觉！"

"还在为如何升级而烦恼吗？新手的福音，完美的升级体验！"

"飞龙工作室竭诚为您服务，请认准飞龙牌商标！"

"专业团队为您量身打造私人升级定制服务，等级装备一条龙，多种套餐任意选择，位置有限，买到就是赚到！"

杨溯繁一直没有玩过《幻境》的新区，没想到现在工作室的产业链居然已经发展得这么完善了。如果他只是一个普通玩家，在这种被人挤成"肉饼"的环境下，估计真的要心动了。

"这位朋友，新升高一体套餐要考虑一下吗？"有一个举着牌子的工作室留意到他往这边看，顿时非常热情地凑了过来，介绍道，"这个套餐只需要998星元，两天时间你就可以升至60级。我们的团队保证专业，全程的副本掉落你都拥有绝对的优先选择权，保证在60级的时候为你打齐一身满级套装。"

杨溯繁本来是想拒绝的，在听完对方的介绍后，他又改变了主意。本来在他的升级计划里就有不少组队需求，眼见跟前就有现成的，他开门见山地问道："你们是团队带老板是吧？有没有考虑过招人打工？"

工作室闻言错愕地打量了他一眼，问道："怎么，你也是老玩家？哪个区来的，多少级了，玩什么类型，原来的角色多少综合分？"

"一区来的，一个人，没什么团队，也不求赚钱，顺便冲个级就行。辅助位、输出位都可以，原来满级号分数也有3万多了。"其实浩繁那个号综合分数快破六万了，但是这个数据说出来有点儿太吓人，所以杨溯繁还是报了个在中高端玩家里比较常见的数据。

"抱歉啊，我们团里已经有两个辅助了，输出也够，估计没办法捎上你。"杨溯繁这些资料里，光是"一区的老玩家"这一点就足够吸引人，但是工作室考虑到自己团队的整体情况，还是遗憾地表示了拒绝，"可惜了，你要是个治疗，我们或许还能考虑捎上。"

杨溯繁很积极地说道："这个我也可以。"

"我说，你到底准备发展什么方向啊？怎么什么都可以？"工作室人员听到这里，神色间反倒是露出了一些狐疑，"你别是《混沌》来的，在网上随便找了点儿资料就来冒充老玩家，想蹭级吧？"

杨溯繁说："我真的都可以。"

《幻境》世界的角色发展是完全自由的，每次升级都可以增加一定的属性点和技能点，具体怎么分配，完全是玩家自己的选择，但是一经确定就无法更改。这就像是现实世界当中一个人的成长轨迹，你把时间和精力花在什么方面就能得到相应的提升，却不能反悔重来，如果想要补上其他的数据，就需要重新投入精力去培养。这也使得这个世界里的每一个账号都是独一无二的存在，无可替代。

当然，有一些新玩家刚进来的时候什么都不懂，乱加一气后直接把角色玩废了的大有人在，可是如果分配均衡，只要实现最适合自己的比例，想要全面发展也不是不可能。

很可惜，工作室显然并不认为杨溯繁是这种大神级别的存在，最后大概是看在他讨人喜欢的少年造型的份儿上，工作室还是非常有爱心地给他指了一条路："我们真收不了你，你要不去问问那边招募团队的老板？他倒是说不定会收了你。"

杨溯繁顺着他指的那个方向看去，一眼就看到了他说的那位老板：一身金光璀璨的无级别装备，外加一匹血红的神兽独角兽，在满是新手的人群中一站，绝对鹤立鸡群，引人注目。

红配金，且不说这感人的审美，只说这外面可见的一整套行头，至少也得一二十万灵币，折合现实市价要一两万星元。这些钱放在后期，在很多人眼里可能就是毛毛雨，但是搁在刚刚开服不久的新手村，绝对算得上是一掷千金。

没得说，这老板妥妥的有钱。

杨溯繁看这个工作室似乎真的对他没什么兴趣，也就放弃了继续自我推销。他向那位老板走过去，想了解了一下情况。

或许是觉得那些龙蛇混杂的工作室并不能够满足自己的全面需求，这位土豪老板直接发布了个人招募，想要组建一个专业的固定团队，他不但会支付相应的酬劳，还会承包队里所有成员升级过程中的一系列装备费用。团队工作内容很简单，全程负责他一路的升级。

当然，报名的前提是，必须是操作犀利的老玩家。

杨溯繁作为一个全身上下只有一套数据稍好的新手装的首充党，不可否认，这样的招募条件简直是为他量身定制的。

只不过，竞争似乎确实过于激烈了。

一眼看去，这片区域人影攒动，简直比那些工作室还要热闹。

"我是八区来的，当时区内排行前十，暴力输出，绝对全服顶尖。"

"三区'骨灰级'老玩家，只有你们打不死的怪，没有救不了的人！"

"不选我保证后悔，我把所有副本资料倒背如流，连所有小怪什么时候刷新、刷新的位置都一清二楚，人称'升级外挂'，谁试谁知道！"

"第九区前三排名，看上领走。"

……

轮到杨溯繁时，他想了想说："我的优势大概是……全能？"

这话一出，负责应聘登记的妹子诧异地看了他一眼，又下意识地回头看了看站在自己身后的老板。

那人的声音低沉，听得出来经过了变声处理，他几乎没有思考就说："知道了，下一个。"

大概是牛皮听多了，这时候听任何吹上天的言论，他都觉着有些麻木。更何况，很多人为了面试有个好印象，或多或少都投资提升了一下装备，像杨溯繁这样朴素到有些寒酸的，就算他说的是真的，放在这样的环境里怕是也假得可以。

对方虽然没有正面回答，但也显然是婉拒了。

其实结果并不出乎意料，毕竟杨溯繁向来不喜欢用实力说话，他并不习惯于做这种自我推销。别看他上了赛场后指挥风格无比狠辣利落，可是在平时，他的性格属于比较温暾的，说好听了叫"佛系"，更直白地说叫没上进心。

他悠悠地叹了一口气，既然面试失败了，他也没有必要继续在这里逗留了。

没有结果的等待都属于浪费时间，还不如去做点儿有实际作用的事情，比如说，练级。

因为人数过多，官方特意在开服的时候多开放了几个新手练级区域，但是依旧不可避免地出现了爆满的情况。

杨溯繁随意地观察了一圈之后发现，基本上适合刷怪的区域都被一些有组织的人承包了，那些很显然是来自老区各大公会的开拓者。至于怪物数量稍少但是刷新频率还可以的区域，很多进区早的老玩家也已经一个人一个点地占全了，剩下的可以看到几个人围着几个小怪打一拨等一拨，就这效率而言，明显低得可怜。

于是杨溯繁果断选择放弃了刷怪，做了几个新手任务后，他直奔新手副本门口。

从《混沌》来的众多玩家因为不熟悉游戏，大多数都选择按照新手攻略的流程一步步慢慢地升级，顺便熟悉一下这里的具体操作，只有很小的一部分玩家选择直接挑战难度稍高的副本。所以这个时候新手副本门口聚集着的大多是来自老区的老玩家，有的已经各自完成了组队，有的还在积极地寻找着队友，也是一片热闹景象。

因为进副本有等级限制，来这里的大多数人和杨溯繁一样，已经借助新手任务将等级提升到了10级，把那些少得可怜的技能点和属性点分配过之后，也算简单地确定了未来的发展方向。所以，在门口招募组队的口号里都非常明确地备注了组队的要求，一目了然。

杨溯繁观察了一会儿，最后以辅助的身份加入了其中一个团队。

很快队伍组建完成，大家简单地交流了一下各自负责的位置，三个输出，一个治疗（职责为恢复生命值的成员），一个辅助，虽然没有冲锋的前排，但在这种最低级的副本面前，也算是非常完美的五人标配。

而且经过了解，包括杨溯繁在内，队里有三个是从《幻境》的老区过来的，治疗虽然来自《混沌》，但其以前玩的也是同样的方向，算得上是熟门熟路。只有一个是实打实的新人，不过队内有三个输出，他一个人弱点儿也不会造成太大的影响。于是也没人提议重组，大家直接放心无比地进入了副本。

新手副本自然不可能设定得太难，大家又都是资深玩家了，于是大家一边打着小怪往深处探索，一边有一句没一句地聊上了。

杨溯繁跟在后面，时不时地给队友们套上一个Buff（游戏术语，增益），虽然没有参与进去，但他也一直静静地听着他们聊天。

这个队伍的队长叫繁星点点，现实中怎么样不知道，游戏造型是个身材魁梧的壮汉，手里拿着一把新手木剑，很是健谈。不一会儿，他就和《混沌》来的玩家聊得一片火热。

起初，杨溯繁只是静静地听着，可是不知不觉间他发现，他们聊天的话题从一开始的相互慰问，渐渐地变得越来越不对劲了。

"要说全息的最强输出，当然是我们《幻境》的浩繁大神了，你是没见过繁神打神武坛时候的恢宏场面，我现在去看录像回放，依然看一次跪一次。"

"你们的玩家我不熟，但如果说只是《幻境》的最强就算了，怎么可以说是整个全息世界最强？"ID名奶四海的《混沌》玩家显然对繁星点点的说法感到不服，他皱着眉头反驳道，"你去了解一下我们《混沌》星辰战队的杨神再说话，职业赛场上一挑三，你说的那个繁神行吗？"

繁星点点不以为然："一挑三算什么？当初繁神单枪匹马差点儿灭了一个公会，那简直是载入史册的一战！"

奶四海嗤笑："你就可劲儿吹吧，要不是杨神已经宣布退役了，真想让你见识下什么才叫最强输出。"

看着这两位哥们儿说着说着就要打起来的架势，作为当事人的杨溯繁在这个时候特别想弱弱地举手发言——

两位大哥都别争了，你们说的那两个，都是我。

旁边的法系输出玩家（指游戏中法师性质的玩家）早就听他们两个人吵得头大，可是也一直没有说什么，直到眼看着就要进入洞穴最深处，他终于忍不住开口提醒道："刷大怪了，都别吵了。"

新手副本连具体的名字都没有，足以看出《幻境》官方对于这种低难度副本的忽视。但是不管怎么样，当所有人身上只有新手装备的时候，面对大怪时依旧不可能之前像那样嘻嘻哈哈。

"你把成长点全部用在攻击上了，身板比较脆，到时候小蜘蛛出来的时候记得躲远一点儿。"法系玩家显然对这个副本比较有研究，开始之前不忘提醒一下队里唯一的纯新手，然后他转身对杨溯繁说，"等会儿怪出得比较多，场面可能会比较混乱，全部控住大概是不可能的，但是主要的几只三眼蜘蛛必须控住，你应该知道的吧？"

杨溯繁点了点头，应道："放心吧，我有数。"

法系玩家点了点头，对繁星点点道："队长，去开怪（指某个人去攻击怪物以进入战斗状态）吧。"

他们的这支队伍里没有坦克（职责为承受伤害的成员）方向发育的玩家，反正新手副本的怪物输出伤害也不算太高，所以作为队里唯一的老手近战输出，繁星点点自然而然地担任起了吸引火力的角色。

"看好我的血啊，治疗！"因为刚刚发生过争执，他不忘提醒队里的治疗道，"我死了可就要团灭了。"

奶四海看了他一眼，嗤笑道："我公私分明。"

繁星点点笑道："那最好不过，我就怕你小心眼。"

杨溯繁看着这位队长跑去开怪的背影，心里忍不住想笑，别的不说，这大哥的嘴确实挺损的。

法系玩家在繁星点点跑进洞穴的一瞬间，在他跟前抛了个小火苗点亮了周围的光线。

昏暗的环境一经照亮，一群群蜘蛛顿时从四面八方涌了出来，直奔冲在最前头的近战剑士。

繁星点点顿时严肃了起来，他遥遥地喊道："注意加血！"

"话真多！"奶四海应了一声后，调整了一下双方的距离，开始把身上仅有的两个治疗术拼命地朝繁星点点的身上甩去。

杨溯繁站在不远的位置看准了时机，精准无误地控住了蜘蛛群里那几个伤害相对较高的三眼蜘蛛。

他选择学习的技能是"月咒",是月牙形的控制技能,但是横截面极窄。在他精准的角度和时机判断下,他每次总能顺便把控住蜘蛛的数量上限,使得治疗的压力大大缓解。

"朋友,高手啊!"法系玩家也站在远程的位置,用火焰术清理着络绎不绝涌来的蜘蛛群。他忍不住赞叹。

杨溯繁笑了笑,没说什么。他无意中抬头瞄到了角落的人影,才陡地抬高了语调:"皮皮萨回来!"

皮皮萨是那个新手玩家的ID,刚才他一直没敢冲进战场中央,徘徊在边缘找落单的小蜘蛛打,所以也没人去留意他的位置。

这个时候听杨溯繁一喊,法系玩家抬头看去,脸色也不由得微微地变了:"还站在那儿做什么?赶紧走开!"

"走开?走哪儿去?"新手玩家一脸蒙。

"随便走哪儿都行,快离开那洞口!"法系玩家急得差点儿喊破音,可是显然已经晚了。

那里正好是最后一拨小怪的刷新地点,法系玩家话音刚落,便见后头的洞穴当中又飞速地涌出了一群蜘蛛。因为新手玩家距离最近,蜘蛛群自然没有去搭理远处的繁星点点,而是直接把输出对象锁定在了皮皮萨身上。

"啊啊啊,救命啊,我要死了!"皮皮萨看着突然出现的蜘蛛群,整张脸都白了,他毫无应对经验,哪里还能冷静?他当即拿起自己的木质匕首,慌不择路地逃跑。

"你能不能别愣在原地!"法系玩家也是个暴脾气,看到这样的场面,他顿时忍不住爆了粗口。

繁星点点本来还在非常有规律地清理着蜘蛛。按照正常节奏下去,再打完一拨,他们就可以迎来最后的黑寡妇了,然而等了一会儿,繁星点点却发现蜘蛛涌过来的间隔似乎太长了些,再听周围一阵鬼哭狼嚎的叫声,他一回头,恰好看到身后跟着一大群蜘蛛的新手玩家带着哭腔地朝他奔来:"大神,救我啊!"

这样的画面，他不用猜就知道发生了什么。这一刻比起救人，他更有冲动直接一剑把这个拖后腿的送走。

经过这么一闹，全队的节奏被彻底打乱了。

奶四海本来是想把皮皮萨的气血也抬起来一点儿的，结果繁星点点又把一大拨蜘蛛的火力吸引了过去。奶四海技能CD（技能冷却）略微错乱，加上是第一次接触《幻境》，他手忙脚乱之下发现有些来不及回血了。

繁星点点看着自己一点儿一点儿不可控制地下滑的气血值，大声叫道："你倒是加血啊！"

奶四海欲哭无泪："我在加，可是加不过来啊！"

法系玩家也感到非常头疼，最后一拨刷新的小怪数量最多，本来如果把这些蜘蛛全部集中在一起让他群集火（集中攻击某个目标）的话，确实可以很快打完，可是现在怪物的阵形已经彻底乱了，东一堆西一堆的，以他现在的技能CD，完全来不及清理。

心里不好的预感越来越浓，法系玩家忍不住哀号道："完了，要团灭！"

话音刚落，他便听旁边的杨溯繁说道："放心，团灭是不可能的。"

法系玩家闻言愣了一下，一抬头就看着繁星点点的身上闪过了一丝绿光，然后搭配着治疗术，繁星点点的气血值开始一点儿一点儿地上升了起来。

法系玩家后知后觉地回过神来。他惊讶道："你还学了小回复术？"

"小回复术"这个技能不同于普通的治疗类法术，严格来说属于祝福术的一种，它和玩家本身的治疗量并不挂钩，效果只和受祝福者的属性相关，而且还只是以持续性回血的效果存在，不能瞬间提高气血值。不管从哪个角度看，它都有些不伦不类，别说是在技能点无比匮乏的10级，就算是在满级之后，也很少有玩家选择学习。

之前杨溯繁对于是否学习这个技能也犹豫了很久，可是一想到之后要快速升级，自行的状态回复还是非常有必要的，再加上这个技能在他这个角色的未来规划当中迟早都要学到，于是他还是决定把其中一个技能位给了它，没想到这个时候还真派上了用场。

听着队友的惊呼,他没有着急说明。他扫视一圈之后,当即提着手里的木杖冲进了蜘蛛群。

"又来一个?"眼见混战的蜘蛛群里又多了一个身影,奶四海感觉两眼一黑,"我真的加不过来啊!"

虽然现在队伍处在团灭的边缘,可毕竟还没灭呢,真没见过这么赶着去送死的。

杨溯繁闻言,头也没回地朝他喊道:"给队长加血,不用管我!"

奶四海愣了一下,他巴不得听到这话,顿时他毫不犹豫地决定不管杨溯繁了。

这时候,场中的战况已经到了水深火热的地步。杨溯繁刚靠近蜘蛛圈,就随手给新手玩家也套了一个小回复术,让他有了些许苟延残喘的机会。杨溯繁跑过去后就直接拉了他一把,道:"再这么下去就真死了,还不跑远点儿!"

新人玩家本来还在为要不要抛下战友做着思想斗争,眼见被旁边的蜘蛛毒蹭了一下之后气血值又下滑了一小格,强烈的求生欲让他当即头也不回地撒腿就跑。

"你又来捣什么乱!"繁星点点整个人都快崩溃了,眼见并肩作战的输出队友就这样跑了,反倒是辅助拿着根小木杖冲了进来,他差点儿气乐了,"还有10秒钟毒寡妇就要出来了,你这是想赶着被一波带走吗?"

"10秒钟,足够了。"杨溯繁的声音虽然经过了系统变声器的处理,可是整个语调听起来从容笃定,他动作利落地用木杖扫翻了几只小蜘蛛后,不疾不徐地说道,"放仇恨(玩家对怪物造成伤害就会产生仇恨值,伤害越高,仇恨越大)。"

如果搁在平常,繁星点点一定觉得这人疯了,可是不知怎么的,这样的话从杨溯繁的嘴里说出来,带着一种毫无缘由的自信,让他下意识地停下了手里的操作。

杨溯繁对于队友这种无条件的信任感到很满意,看了一圈目前现场的混乱情况之后,他调整了一下攻击的节奏,一边飞速地挥舞着木杖,一边走位飘逸地游走了起来。

他以前在一区时用的武器是剑,相比起来,木杖的物理输出自然要低很多。但是现在他并没有着急清理小怪,如果只是要稳住仇恨值的话,两个输出身上的小回复术本身就会累计部分仇恨,只要输出一停手,他要完成这件事显然也不是太难。

刚才繁星点点不敢一次性全部接过仇恨,只是出于害怕,怕来不及回血就直接被毒死,但只要确保绝对完美的走位,就不需要顾虑到这一点。

一把木杖在杨溯繁的手上甩出了近战武器的即视感,队友们几乎看不清楚他的具体走位。在蜘蛛群里游刃有余地一阵游走之后,他就把原来杂乱无章的小蜘蛛们聚成了无比密集的一圈。

其他队员看得有些愣神,而繁星点点作为近距离观看的那个,他一边手忙脚乱地闪避着喷射而来的蜘蛛毒液,一边瞠目结舌地看着杨溯繁几乎完全没有下滑的气血值。他整个人都感到有些过分的梦幻。

虽然说新手副本中小怪的移动速度远不如高级副本的,可是毕竟数量庞大,如果说是老角色回来刷副本纪录的话,这样的操作大概只能算是高手水平,可是现在这人用的是一个敏捷数值低得可怜的新号啊!这样的号本身具有操作的局限性不说,这人用的还是个脆皮(指无法承受高伤害,极容易被击杀)的辅助型角色!这完完全全是大神了吧!

杨溯繁这边在精细无比地聚着怪,还有心思分出神来关注繁星点点的情况。他看繁星点点站在那儿发呆,忍不住提醒道:"队长,注意点儿走位啊,你快死了。"

繁星点点听着跟前这个走位顺溜到飞起的大佬开口关怀,欲哭无泪到差点儿给这尊大神跪了。

杨溯繁完美地聚怪完毕,他遥遥地朝着远处的法系玩家喊道:"就现在,群攻!"

所有的操作看起来似乎漫长无比,可实际上只用了短短的 8 秒钟,就像杨溯繁之前说的，10秒钟的时间已经足够了。

当黑寡妇从洞穴深处走出的时候，外面的所有蜘蛛都已经在火焰术的攻势下彻底燃成了灰烬。

奶四海得了空，飞速地将繁星点点的气血值完全提满。状态补充完毕之后，所有人深深地舒了口气，不由得有了一种劫后余生的感觉。

击败大怪后，队友们一致赞成让杨溯繁优先选择装备。杨溯繁也不客气，看了一圈之后，他见那个10级法杖的属性是治疗加成，就让给了奶四海，他则挑了一双在这个等级里属性还算不错的鞋子。

这种初级副本掉落的装备只有三件，法袍自然给了法系玩家，繁星点点和皮皮萨虽然没能打到装备，但是心情还算不错。他们非常热情地发出了好友申请："大神，加个好友呗！"

虽然这次副本打得似乎有些惊险，但是杨溯繁看得出来几人的脾气还算不错，倒算是对他的性子，于是他也就一一通过了。只是对于这种称呼，他觉得有些高调，"大神大神"地这么叫，指不定什么时候就把真的大神给叫来了。他笑了笑道："别这么叫我。"

繁星点点心满意足地加上了好友后，乐呵呵地问："那怎么叫？"

杨溯繁看了看自己的ID，说："就叫六元吧！"

"六元？"繁星点点沉默了一下，忍不住说道，"这么叫，总觉得好像便宜了点儿。"

新手副本存在的意义，就是为了让玩家熟悉一下未来的副本节奏。它每天只允许玩家刷一次，结束的时候大家都从10级升到了15级，由于下个副本是在25级，于是队伍暂时解散，大家各自升级去了。

接下来只能按部就班地选择新手任务或者野图（指城外的野区）打怪了，不过，过了15级这个分水岭之后，对于杨溯繁这种水平的高手来说，意味着已经可以享受跨级别打怪的乐趣了。

杨溯繁的想法很简单，既然没有组团升级的伙伴，那就采用单人的升级方法。

幽静山谷里的怪物是25级的山精鲁西西,别看它又矮又圆的,一爪子挠在没有什么防御值的新手身上,也能直接去掉几格血。大多数玩家基本上都会选择在20级更新完装备之后再来这里打怪。

此时此刻,大多数人还在15级左右徘徊,所以这片区域里虽然偶尔也能看到几个打怪的人影,但和其他区域人比怪多的盛况相比,这里简直堪比世外桃源。

杨溯繁毕竟是一个人,为了减少不必要的回城补给时间,他并没有选择去碰那些七八个聚拢成一圈的怪群,而是选择了两片只有三四只山精的区域。在身上挂上一个小回复术之后,他挥舞着小木杖先扫了三只,再开始灵活无比地打起怪来。

有了鞋子的速度提升,杨溯繁明显感觉自己的移动速度比之前快很多。

这些山精的速度也显然不是那些笨拙的蜘蛛可以比的,而且他们还自带远攻技能,不仅会近身用爪子挠你,还会时不时地用石子砸你。

在这样的三四个山精的夹击之下,换成其他人估计早就乱成一团了,但是杨溯繁显得游刃有余,几圈清理下来,他动作干净利落,没有半个不必要的。

他这边刷完一圈再去刷旁边的,等旁边的刷完了再回头,这边的又刚好刷新完成。这样一来,他刷怪的节奏算是无缝衔接,甚至可以说是惬意无比。

没一会儿,经验条满了一次,又满了一次,他的角色很快就从15级升到了18级。

随着时间一分一秒过去,新手村的大部队等级也在慢慢地提升。不多会儿,幽静山谷里也渐渐地来人了,虽然杨溯繁在的位置比较偏远,但他依旧不可避免地看到了一支新来的队伍。

"老板,就是这里,这片区域刷怪特别快!"说话的这人一听用的就是本人声音,声线有点儿尖,还带着一丝猥琐的谄媚。他的ID叫黑瘦子,和他的角色那黑黑瘦瘦的造型倒是符合。

遥遥地听到动静，杨溯繁抬头看了一眼。他惊讶地发现这群人里居然还有个眼熟的。

大多数新手的装备都千篇一律，基本上是粗糙的褐色铠甲，即使每个角色的高矮胖瘦大不相同，可是往人群里一丢，还真的很难给人留下深刻的印象。

可是，这位大佬不同。

和第一次在广场上见面时一样，那金光灿灿的无级别装备加上赤红色的独角兽，这会儿在团队一群人的前呼后拥下，他看起来就跟皇帝出巡似的，就差在前面竖几块"肃静""回避"的牌子渲染声势了，排场一如既往地大。

杨溯繁看过一眼，忍不住笑了一声，低头继续刷怪。

就算人家再有钱，和他又有什么关系呢？

坐在独角兽上的角色 ID 名为佑迁，听了那黑瘦子说的话，他遥遥地看了一眼怪群当中隐约可见的人影，道："已经有人了。"

黑瘦子笑了笑，说："其实，打怪点有人也不是什么大问题。"

即使已经进入全息网游时代，游戏里抢怪的事情也不少见，更何况眼前被占领的这个点确实是群体刷怪的极品区域。虽然这个点上怪物的数量不算太多，但正好位于几拨怪群的正中心，周围加起来总计有 9 拨山精可以一次性引到一处。在拥有足够输出的前提下，这里显然是最佳的升级点之一。

黑瘦子提出这个建议也是仗着自己人多，毕竟对方只有一个人，真要打起来，这种单枪匹马的孤狼型玩家显然是不可能讨到半点好处的。所以说话的时候，他还故意抬高了声音，就是想让在刷怪的那人听到。如果那人识趣的话，就该直接安安静静地把刷怪点让出来，自己另外再去找个别的点刷怪，各自相安无事。

杨溯繁确实听到了，然而他依旧不疾不徐地刷着怪，好像这件事跟自己没有半点儿关系。

他这样堪比机械化的精准走位输出，要不是全息世界里不存在"挂机"这个概念，甚至会让别人怀疑他是不是进入了暂离状态。

虽然可以感受到那群人投过来的视线，但他刷怪的节奏显然不受影响。

别看杨溯繁平时对什么事都一副随遇而安的佛系态度，但真要打起来，他从来不怕。本来就是他先来的，怎么就得让人？

黑瘦子见自己的威胁并没有起到预想中的效果，心里多少感到不爽。他本想等着老板的一声令下就冲过去抢怪，却忽然听佑迁问道："唉，你看这人，刷怪的速度好像还挺快的？"

这么一说，黑瘦子不由得愣了一下，他这才注意到跟前这个少年模样的人行云流水的刷怪节奏。他下意识地赞叹道："是挺快的。"

佑迁又问："应该是个高手吧？"

黑瘦子听出老板语调里的赞许，便略感不爽地回答："也就这样，路人水平。"

佑迁"哦"了一声："那你们刷起来一定比他快了？"

其他人也都是老玩家，早就听出黑瘦子在故意吹牛，这时候为了体现自己的实力，他们不得不硬撑："应该……没问题。"

"那我就放心了。"佑迁点了点头，说，"好不容易千挑万选地把你们招募进来，如果连路人水平都比不过的话，那真是丢人丢大了。到时候，我可能会直接把你们清出团队。"

黑瘦子已经看出来那个正在刷怪的"最多充六元"是个高手，而且不是那种普通的高手。可是牛皮都已经吹出去了，这时候听到老板居然真的以为这水平只是路人标准，他一口血差点儿喷出来。

其实他心里也很没底，他并不确定他们这支临时队伍能不能刷出这种效率来，可是，都已经到了这个时候，他又该怎么解释？觍着脸去说前面的这位真的不是一个普通的路人玩家？新手老板刚进这游戏就把眼界抬到了这么高，以后怕是看谁都会觉得是个大傻子吧？

眼见老板一直盯着刷怪的人影看，黑瘦子恨不得直接抡起大刀把那家伙飞速地赶出场去，让老板少看一眼是一眼。

但是佑迁似乎并没有准备抢怪的意思，朝周围看了一圈之后，他遥遥地指了指东面的山坡，慢悠悠地说道："行了，我们去那儿刷吧。如果少上一两只怪就能影响到你们效率的话，也不用干了。"

众人对视一眼，只觉得人生艰难。

没等他们回应，佑迁已经头也不回地骑着独角兽溜达了过去。他边走边说："我不喜欢抢怪，我是和平主义者。"

之前负责招募登记的妹子始终紧紧地跟在他的身边，闻言，她非常配合地拍了拍手道："老板真棒！"

黑瘦子无奈，原谅他实在不懂这通马屁里"棒"的那个点到底在哪儿！

杨溯繁和他们的距离实际上相当远，所以他并没有听清楚他们具体说了什么，只是看着那群人朝着旁边的怪群走去，他多少也感到了惊讶。他本来还以为这些人会直接围上来赶他，没想到他们会换了地方。

那边的山精数量虽然也不少，不过比起他这里显然逊色很多。不过人家没有主动过来招惹，他自然也乐得和平共处，正好免了打打杀杀的景象。

这样不好。

到了山坡上，团队的几个人站好了位置，就开始投入飞速的刷怪节奏当中。

佑迁骑在独角兽上，在旁边远远地看着，舒坦地享受着队友们带来的经验值。站了一会儿之后，他瞄了一眼远处那人的刷怪频率，又和自己团队的比较了一下，问："我怎么觉得你们这怪刷得有些慢？"

黑瘦子正把手里的大刀挥得虎虎生威，闻言他身子一歪，差点儿砍到旁边的队友："老板，你随便问问别人，这速度已经够快了，哪个工作室都没法比！"

佑迁挑了挑眉，指着远处那个人影道："那个路人都比你们效率高。"

黑瘦子捂了捂胸，有苦难言：这没法儿比啊！

"别告诉我装备都给你们提升了,你们还是输出不够。要不,我也勉为其难地来帮下忙吧。"这位大老板显然还沉浸在刷怪效率过低的不满当中,没等别人吭声,他当即把手里的无级别长剑举了起来,骑着独角兽撞入了怪群,朝着那片密集的山精群一剑挥下。

看着出现在面前的人影,黑瘦子的眉心陡然一跳。眼见着成片的鲁西西被打掉了大半的气血,他根本来不及阻止。

"这武器的伤害确实不错。"佑迁看了看自己这一剑的效果,还算满意,他正准备挥下第二剑,就看到原本聚在一起的山精们忽然转移了目标,张牙舞爪地朝他冲了过来,他不由得愣了下,"怎么回事?"

黑瘦子差点儿哭出声来:"老板,你这武器伤害太高了,集体OT(因输出过高,仇恨失控,即将面临死亡)了!"

转眼间,佑迁就被离他距离近的山精挠了两下。要不是他装备好,恐怕早就挂了。但是依旧可以看到他的血量下降了一大截,令人触目惊心。

几乎完全没考虑,他驱使着独角兽转身就跑,边跑边喊道:"愣在那儿做什么?花钱请你们来看戏的?还不赶紧把仇恨拉回去!"

其他队员这才回过神来,他们互相看了一眼后,挥舞着手里的武器快步追了上去。但是他们毕竟没有坐骑,哪里跑得过赤焰独角兽?佑迁这么一跑,直接领着成批的山精开启了漫长的马拉松,其他人遥遥地追在后面,却只能眼睁睁地看着坐骑在横冲直撞下吸引了越来越多的怪物,怪物阵仗变得越来越庞大,场面格外壮观。

杨溯繁一抬头,看到的就是这样的场面。他忍不住地想搬把椅子坐下来嗑瓜子围观。

这场面,千年难得一见!

其实按照这匹独角兽的敏捷数值,要想摆脱这些低级小怪应该是很容易的事,可是佑迁显然是新司机上路,横冲直撞之下,"S"形、"Z"形路线轮番驾驶,硬是歪打正着地创造出了完美的遛怪路线。

杨溯繁忍不住笑出声来:"也是个人才。"

这个时候赤焰独角兽正好遥遥地朝着他的方向冲了过来，他微微侧了侧身，只见佑迁连人带坐骑，直直地撞在了旁边那棵参天古树上。

那个铠甲光鲜的男人顿时四仰八叉地翻下了坐骑，正好头晕目眩地倒在了杨溯繁跟前。

佑迁只觉得一阵眼花，恍惚间，视野当中探出了一张眉目清秀的少年的脸来。少年笑吟吟地看着他问道："老板，要帮忙吗？"

第二章
组队邀请

正常情况下,杨溯繁并不是这种喜欢多管闲事的人,只不过满山谷狂奔的鲁西西大军,俨然就是一大片行走的经验值,初步估计,如果全部清理完毕,他大概可以直升到25级。

心动!

赤焰独角兽在新手时期毕竟算是高等坐骑了,眼前这个老板再不善于骑乘,到底还是和后头的怪群拉开了一些距离。不过,暂时的安全并不意味着可以有很多的时间让他们这样大眼瞪小眼地浪费下去。

杨溯繁见跟前的人似乎还没完全回过神来,便提醒道:"你想继续躺在这里等着山精把你踩死吗?"

佑迁眨了眨眼,终于读懂了对方想表达的信息。他果断道:"不想!"

杨溯繁又问:"那么,你介意把武器和坐骑暂时借我用下吗?"

此时,浩浩荡荡的鲁西西大军已经近在咫尺,隐约间甚至可以感受到地面传来的阵阵动荡,佑迁想起了这人无比高效的刷怪操作,于是他毫不犹豫地把手里的长剑递了过去,顺便授予了对方赤焰独角兽的使用权:"装备这种身外物,随便用。"

这人倒是很爽快。

杨溯繁一身的新手装备,用的还是法杖,就算本身的实力再强,也不可能一次肃清这么多的小怪。现在有了武器支援,虽然身板还是很脆弱,至少在伤害数值上，他已经完美地跨过了"及格线"。

拿着长剑比画了几下，感受过这把武器的使用手感之后，他也不耽误时间，转身牵过赤焰独角兽，一个翻身就干脆利落地上了坐骑。

陌生的气息让独角兽不悦地打了几个响鼻，但是因为杨溯繁有着佑迁这个主人提供的使用权限，独角兽踏了几下蹄子之后并没有把他从身上甩下来，反而还算配合地迎面朝着鲁西西大军奔去。

佑迁团队的几人远远地看到老板落马，整颗心早就提了起来，再看到那个叫最多充六元的家伙居然坐上了赤焰独角兽，他们更是一脸蒙。

眼见鲁西西大军已经蜂拥而至，救人是没什么希望了，他们不由得感到有些绝望。然后，他们只见少年骑着独角兽，高举着长剑，身姿飒爽地一头扎入了山精的海洋当中。

众人疑惑：这人是接受了他们老板什么奇怪的委托，去自杀式地送耐久（装备的持久度会随着打怪的增加而降低）吗？

不过在这样正面的冲撞之下，整个鲁西西群很明显地停顿了一下。旁观者们也没看清楚里面的人到底什么操作，整个怪群瞬间被清理了不少，至于其他的山精，攻击目标几乎在一瞬间就转移到了里面的人身上。

所有人都以为这个送死的家伙要被秒杀，出乎意料的是，5秒过去了，怪群当中的人影依旧若隐若现，他居然没有如众人猜测的那样瞬间阵亡。

虽然他暂时活下来了，但是估计也撑不了多久。

众人愣了一下后回过神来时，已经有人遥遥地冲着佑迁喊道："老板，趁现在！赶紧跑！"

很显然，他们都觉得是佑迁贿赂了那个人去拉仇恨，好给自己争取逃生的机会。

然而也不知道是因为隔了太远没有听到还是怎么，佑迁非但没有逃跑，反而还拍了拍身上的灰尘，整理了一下凌乱狼狈的衣衫，直接在草地上摆了个帅气无比的姿势，然后非常注意形象地坐了下来。他这副惬意的样子，俨然是把跟前那单枪匹马大战山精大军的场面当成了一出好戏，且饶有兴趣地看了起来。

队员们感到整个人都有些不太好了。

他们这位新人老板该不会以为，那么多的怪，那小子一个人就可以全部搞定吧？

遥遥地，众人见佑迁很有闲情雅致地朝着他们比画了几个动作。

其他人显然看不懂，只有跟着老板一起的那个妹子语调了然地翻译道："老板说，让我们一会儿配合一下那边那位小哥。"

黑瘦子无语地道："配合？这小子摆明了去送死，这要怎么配合？配合一起送死吗？"

妹子问："谁让你送死了？"

黑瘦子笑道："不是吗？要不然，难道还指望他把怪引过来给我们清理？"

妹子指了指远处，用好听的嗓音说道："这不是引过来了吗？"

黑瘦子一抬头，先是看到了队友瞠目结舌的表情，等看清楚了远处的具体情况，他顿时忍不住了。

不得不说，这样的场面着实壮观。

骑着独角兽的少年一骑绝尘，身后尘土滚滚，是浩浩荡荡的鲁西西大军。也不知道他到底是怎么完成的聚怪操作，但他身上若隐若现的绿光可以看出挂了一个初级的小回复术，如果光是看状态良好的气血值，完全不会让人把他和刚才一头扎进怪群的那个人影联系到一起。

这个时候，实力的差异很明显地显现出来。虽然同样是在场内来回游走着遛怪，刚才的佑迁只像是完全失控下的横冲直撞，换成了杨溯繁，画风就显得无比有条不紊、从容不迫。

因为过远可能造成野怪的仇恨值清零，在这样混乱的场面下，杨溯繁还刻意控制了一下距离。所有的怪被紧密地聚在一起，因为全息里的所有角色都不可重叠，他这波操作显然已经是堪称教科书级别的极致处理了。

在完成最后一次处理之后，杨溯繁领着怪群朝着这边的团队成员奔来。

他没什么情绪的系统音遥遥传来，显得格外理智冷静："辅助尽可能铺开地刺，法师等怪进技能范围后直接群攻，战士准备接怪。"

《幻境》这款游戏里面，所有角色的发展方向都是完全自由化的。因此，玩家们有一句名言叫作"一千个人心中有一千种角色解读"，这也从侧面反映了每个人的角色在进行培养之后，都是独一无二的存在。

这里没有严格的职业划分，所以大多数老玩家会按照角色具体的成长方向，把所有玩家简单地分为辅助、战士、法师、射手以及生活玩家五类。

当然，这只是意义最为广泛的大类，前面四种类型属于作战型角色，根据不同的侧重点还有更多分支，最后一种则是指纯靠全息世界的运营模式赚取收入，以此作为现实谋生手段的商人、药剂师、装备铸造师等虚拟工作者。

刚才看这些人刷怪的时候，杨溯繁就对这个团队的位置分布有了简单的认知。除了那个划水的老板，其他四个人是两个法师一个辅助一个战士，对于他们的技能，他多多少少也有印象，这时候分派起任务来自然是得心应手。

团队里面的两个法师在听到指令后，已经飞速地选好了位置点，他们遥遥地站着，做好了迎接怪群的准备。

可爱妹子向来无条件服从老板，既然老板说让他们协助，她自然也无比配合地将地刺一个接一个地在跟前的地面上飞速地铺展开来。她一边铺一边还有些错愕地嘀咕道："他怎么知道我有这个技能？"

黑瘦子看着队友们积极的样子，心里感到有些不乐意，可是这个时候他也只能心不甘情不愿地提着大刀上去。他心想，如果一会儿引到自己身上的怪物数量太多，自己绝对会第一时间跑路，才不要为了赚点儿外快就把命给搭进去。

《幻境》世界中，任何情况下的死亡都会按照百分比损失角色的经验值和装备耐久。现在才刚刚开区，对玩家来说，比起前期的赚钱机会，自然是快速升级更加重要一些。

然而黑瘦子很快发现，所谓的接怪，其实也不过是随手拦住几只落单的山精，最主要的仇恨值依然稳稳地落在那个最多充六元的身上。

杨溯繁引怪引得非常有规律，他手法娴熟，似乎完全计算好了两个法师的技能冷却时间，而且不管妹子的那几个地刺放在什么位置，他都可以完美地利用到。

他兜兜转转一圈下来，怪群就直接被解决掉了三分之一。他再转了两圈，本来浩浩荡荡的怪群就被清理得干干净净。

随着最后一只山精倒地，整个山头瞬间恢复了平静。片刻之后，尸体群被系统回收，成片的鲁西西重新刷新在了怪点上，几个围成一圈。它们时不时地把玩着手上的小石子，看起来是一派安宁的景象。

这里的巨大动静不可避免地引起了远处刷怪的其他玩家的注意，特别是杨溯繁刚才那一手惊世骇俗的清怪操作，简直刷新了其他人的认知。

有人轻轻地用胳膊肘敲了敲队友，问道："刚才，看到没？骑独角兽那人是谁啊？这操作，简直神了！"

"我猜是哪个公会的大神，来这区带人的吧！"旁边那人手里捏着一张影讯卡，笑眯眯地晃了晃，说，"技术太赞了，我给录像了！"

杨溯繁没察觉自己不知不觉间高调了一把，看着仿佛坐直升机般瞬间飙到25级的等级，他只觉得心里美滋滋的。

要不是有整个团队的配合，他手上的武器伤害再可观，也不可能顺利地清完所有山精。这种有人免费送经验的感觉，真是太爽了。

相比起来，除了那个可爱的妹子外，其他几位队员脸色就显得有些难看了。

刚才光无条件配合了，他们居然忘了这人压根就没和他们组队！

现在好了，除了几只落单的怪，刚才的仇恨值都在这个最多充六元的身上，所有的经验都被他一个人享受了。他们累死累活，却等于是给这人免费打了一次工，还是完全不带半点儿好处的那种，好气！

这个时候，佑迁已经慢悠悠地走了回来。他一开口，说出的就是让他们更加吐血的话："这位朋友，不知道你有没有兴趣组团升级？要不要考虑以后一直跟着我，装备什么的都不是问题，我包了！"

这话特别真挚。众人默默无语，内心不由得烦躁起来。

普通的升级队伍只有五个位置，你这么公开拉人，是准备换掉我们队伍里的谁啊？人与人之间的关系难道就这么脆弱吗？

杨溯繁也没想到这个人居然会在这个时候向他发出组队邀请。毕竟当时他主动去面试的时候，可是被人家毫不犹豫地直接拒绝了。他倒不至于因为这样记恨，只是目前的情况已经和在新手村时完全不一样了。刷完那拨怪物之后，升到25级的他整整比这支队伍的平均等级高出了3级。如果这个时候答应下来，他就不是搭便车升级，反而是真的为了打工而牺牲自己的升级时间了，这不划算。

杨溯繁向来分得清轻重，所以，只是错愕了一瞬间，他就非常理智地拒绝道："抱歉，短期内我大概还是会以升级为主。"

站在旁边的妹子听了，轻轻地"哎呀"了一声。

这样的拒绝，等于是让团队里的其他人都保住了自己的打工位置，可是不知道怎么回事，他们总觉得心里有点儿不舒服。想当初，他们为了挤进这个队伍里，可以说是费尽了心思，绞尽脑汁地吹嘘自己的能力。现在倒好，老板亲自发出了组队邀请，还被人直接拒绝，一比较之下，反而显得他们没什么价值。

杨溯繁自然是不知道这些人那些弯弯绕绕的心思，只是看到妹子在旁边笑，他也反应过来，自己好像是无意中伤了人家老板的面子。他正准备解释两句，却听佑迁"哦"了一声，神情间有些遗憾，但也没有表现出太多不满："这样，那真是太可惜了。要不就加个好友吧，以后有空常联系啊，朋友！"

说完，佑迁直接甩了个好友申请过来，态度相当潇洒。

杨溯繁心想，这个人还挺有意思的，再加上刚才他也确实是借佑迁的团队升了级，于是他没再推辞，随手通过了申请。

把武器、坐骑归还后，他就和他们告别离开了。25级之后，在这里刷怪的意义不大。更何况，现在正好是大部队陆续到达20级的时候，就算他有意再多待一会儿，也很快会有人蜂拥而至，重复着新手村人比怪物多的血泪史。

为了让玩家们能够合理地分配游戏时间，官方在开新服时总会在前期设定一些游戏等级上的限制，而第一天的等级上限是45级。虽然说前面的25级升得相对缓慢，但是玩家一旦过了这个等级，刷完后面的几个副本，就可以飞一般地直达45级了。

这些副本包括25级开放的"维纳斯之森"和"牧羊人领地"，30级开放的"幽暗丛林"和"蛇女小屋"，以及40级开放的"六芒星祭坛"，合在一起连刷，被老玩家称为"五本一条"。

杨溯繁抵达"维纳斯之森"的副本门口时，已经有不少玩家聚集在这里，陆续有人组好了队伍，通过了副本传送点。

在这个时间点能够达到25级的，都可以说是这个区等级的第一梯队，数量不多，但里面绝对都是实打实的高手。

杨溯繁进入的那个队伍少了一个治疗，正好有成员的朋友要来，队长就暂时留了位置，大家一起站在副本门口等人。

这片空地区域其实不大，陆续有人涌入，难免出现人挤人的情况。

有一队人远远地走了过来，经过杨溯繁身边的时候，其中一人不小心撞到了他的肩膀，那人非常有礼貌地道歉："不好意思。"

"啊，没事……"杨溯繁本来也没太在意，可是这样耳熟的声音让他下意识地抬头看去。他顺着那人走去的方向看清楚了那群人的ID，随后他的嘴角不可控制地上扬了几分。

居然是他们！看来，升级还挺有效率的嘛！

刚刚撞到他的人，ID叫追光者，是个高挑帅气的成熟男人形象，但是因为他用的是本人的声音，说话的音色嘹亮明媚，带着几分少年独有的朝气。之所以特别熟悉，是因为这人正是杨溯繁在星辰战队一手带起来的小徒弟，唐胥斌。

至于和他一起的其他人——"血芒"孙昭平，"圣光牧师"黎伽言，"平行空间"周万程，还有一个杨溯繁并不太熟悉的ID"无来去"，应该是从二队提上来顶替他位置的新人。

几人站在一起，正是完整的星辰战队一队的阵容。

杨溯繁没想到居然会在这个地方遇到老队友，从这升级速度来看，他们目前对这款游戏适应得还不错。

杨溯繁朝里面移动了几步，不动声色地偷听起来。

别的人不好说，就他对唐胥斌的了解，《幻境》独特的运行模式绝对可以让这个少年在刚接触这个游戏的这段时间里，时刻处在崩溃边缘。

果不其然，唐胥斌大步流星地走到队友们身边，皱着眉头吐起了苦水："孙副队，你说这《幻境》怎么这么变态啊？哪有选手在网游里面直接用自己的职业ID的？这样子全程被人围观，我们到底是来耍杂技的还是来练级的？"

孙昭平刚刚带领着队员们从粉丝堆里冲出重围，来到这片《幻境》老玩家的聚集地。稍微喘上一口气后，他现在也是一个头两个大。他揉了揉太阳穴，话也不知道是对唐胥斌说的还是对自己说的："忍一忍吧，也就刚开始这几天，等大家的新鲜劲儿过去后，会好的。嗯，大概……"

听着自家副队难得无奈的语调，杨溯繁忍着笑挑了挑眉，心道：放心吧，以后也不会好的。

说起来，《幻境》世界不管是在全息游戏还是整个网游史上，都算得上是特立独行的存在。不是因为其庞大的世界观，而是因为官方的游戏理念，他们在创造这个全息世界的过程中，每个细节都在向真实的第二平行世界无限靠拢。

和其他游戏一样，《幻境》当然也拥有职业俱乐部和声名远扬的职业选手，但是这些选手从来不需要参加任何线下活动。即使是官方主办的神武坛赛事，也是在游戏内链接着所有区服的跨服竞技场进行的。每个赛季的比赛期间，所有玩家只要购买虚拟票券，就可以在全息世界当中享受到身临其境的观战体验。

这只是《幻境》的特色之一，《幻境》里还有无数与之类似的运行模式。

比如说，所有的职业俱乐部都是以公会的形式存在于各大区服当中的；又比如说，所有的职业选手都会日常活跃在游戏当中，玩家们时不时还能在副本门口或者是匹配的公会战中一睹其风采；再比如说，一人一号的特殊性，使得《幻境》的职业圈里不存在角色归属问题，每个职业选手的角色就是选手本人，他们和俱乐部是合作共存关系，在合约到期之后均可自由转会，甚至有不少神级玩家选择完全自由的打工方式，短暂地受聘于某个公会，而后参与到各项竞赛当中，当初杨溯繁的"浩繁"就是其中之一。

这些独特的世界构成，显然和《混沌》截然不同。

在这个独立形成一个世界的全息空间当中，对于所有玩家来说，不管是职业选手还是大神玩家，都不过是他们的虚拟偶像，没有人关心这些人在现实中到底是什么样子，是美是丑，是胖是瘦，甚至是男是女。

就比如说神之领域公会中人称"医仙"的轻染尘，阎王殿公会中人称"鬼杀"的仇无敌，又比如说以前杨溯繁在一区的时候被封为"剑圣"的浩繁，所有人提及这些顶尖大神，联想到的永远都只有他们在游戏里的光辉伟绩。

相比起来，《混沌》的职业选手们或许也曾经在网游里面叱咤风云，但是成名之后一旦签署了职业合约，为了避免引起不必要的躁动，他们很少会用自己的游戏身份登录游戏。日常训练之余，即使手痒，他们最多也只是开个小号上去溜达一圈。

这也是杨溯繁身为职业选手这么多年，依然那么喜欢《幻境》的原因。

就如这款全息游戏的名字一样，一个幻想当中最为清澈的全新世界，很难让人不心向往之。

现在，《混沌》的俱乐部们要想在新世界当中立足，自然也需要入乡随俗，建立属于他们的新公会。为了能够更好地利用资源，吸引大量的玩家进入公会当中，利用选手们的明星效应毫无疑问是最好的选择。

以前遥不可及的偶像一个个站在自己面前，那些从《混沌》世界过来的玩家毫无疑问会在巨大的吸引力之下蜂拥而至。更何况，神武坛的赛事本身就是在游戏内部进行的，各大俱乐部领导层经过会议商讨之后，自然要求所有选手都以原本的职业 ID 创建角色，来正式入驻《幻境》世界。

但现在毕竟才是开区第一天，这些职业选手升到 25 级的整个过程无异于在众人面前裸奔。一进区就直接被一群来自《混沌》的玩家追着围观，任谁都得崩溃。

其他队员虽然没说什么，可是从他们苦涩的表情里，杨溯繁已经可以脑补出数万字的内容来。看看自己低调无比的 ID，他忽然对自己的老队友们感到无比的同情。

随着最后一个人进入队伍，队长拍了拍手道："好了，人齐了，都准备好了的话就开工吧！"

杨溯繁收回了心思，跟着队伍走进了传送点。

他们刚刚进入副本，就接收到了来自系统的全服通知：

系统：恭喜玩家寒冰、苏苏苏、叼个草鞋、破帽子、成绩不好拿下"维纳斯之森"副本首杀。

系统：恭喜玩家寒冰、苏苏苏、叼个草鞋、破帽子、成绩不好打破"维纳斯之森"副本纪录，用时 12 分 23 秒。

"这么快？"

其他人显然也收到了同样的消息，有人不由得嘟囔道："我们这配置刷的话，起码得 18 分钟起步吧？"

"'维纳斯之森'，那不是我们现在打的这个副本吗？"队长看了看其他副本的情况，半开玩笑地说道，"反正还没开始，要不我们先退出去打'牧羊人领地'？说不定还有机会混个首杀什么的。"

杨溯繁拦住了他："算了吧，牧羊人的纪录估计也快了。"

按照现在的时间点来看，《幻境》那些老牌公会的开荒队伍应该已经在你追我赶地抢夺副本纪录了，真正的争夺战，现在估计才刚刚开始。

果不其然，他的话音刚落，系统便再次弹出了全服通知：

系统：恭喜玩家笑不笑、朝露歌、送你离开、千里之外、天天做梦拿下"牧羊人领地"副本首杀。

系统：恭喜玩家笑不笑、朝露歌、送你离开、千里之外、天天做梦打破"牧羊人领地"副本纪录，用时14分12秒。

队长看着新出的两条消息，嘴角不由得抽了抽："朋友，你这嘴，开过光啊！"

队长见25级的副本首杀转眼全没了，而且这些大神玩家刷出来的纪录也不是他们这种杂牌队伍破得了的，就只能带着队员们安安心心地继续刷副本升级了。

杨溯繁进队时报的位置是辅助，加上现在队伍里的都是老玩家，打起来轻车熟路，他根本不需要有半点儿操心的地方。于是，他一边跟着队伍的节奏时不时地甩技能控一下怪，一边翻了翻刚刚通关的首杀队伍的配置情况，研究了起来。

因为公会系统到了45级才会开启，所以目前这两支队伍的玩家信息显示的都是散人。单从资料上并不能直接看出来是哪家俱乐部的人，不过具体点开角色的属性，观察下位置分配的话，杨溯繁多多少少可以摸出一些线索。

"维纳斯之森"的首杀队伍里，除了苏苏苏是治疗之外，另外四个全是输出，是很明显的直接舍弃辅助控怪、发挥极致输出的阵容手法。这种风格是阎王殿惯用的做派，完完全全的速推流，强制输出，不讲道理。

不过这几人的名字杨溯繁没什么印象，要么是阎王殿没有从一区分派人过来,要么就是他们进区的时候和他一样改了ID,没用原来的角色名。

相比起来,"牧羊人领地"的首杀队伍的配置就显得常规很多,三个输出,一个"奶妈"(负责加血的角色),一辅助,前期副本的标配。

这样的组合看上去似乎没有什么鲜明的风格特色,不过仔细观察后可以发现,这三个输出全是法系方向,这就是最大的亮点。

《幻境》本土的俱乐部里喜欢一把法杖走天下的,非"仙踪林"公会莫属,而且其中一个名叫"笑不笑"的法系玩家的输出在副本输出统计里面占了足足66%的比例,在前期装备都差不多的情况下,即使是杨溯繁也不免感到惊叹。

可以做到这种程度的法系玩家并不多,就他对仙踪林知名点儿的神级选手的了解,这人如果不是五区的花哥,就是他在一区的老熟人喉中痒了。

正常情况下,这种"远古大神"一般不会被分派去新区带队,但是喉中痒在前段时间和公会里的一些老人闹得有些不愉快,加上第十一区特殊又复杂的情况,他会过来探路也不是不可能。

严格说起来,杨溯繁和喉中痒的关系还算不错,如果真是这个老熟人,他捂"马甲"这事估计更得小心些了。

副本纪录的界面里显示的是通关时间最短的三支队伍,很快又有其他队伍在上面留了名。不过比起这两支拿下纪录的顶尖队伍,另外的队伍的成绩就显得普通很多。

很显然,副本首杀没了之后,其他公会都不约而同地缓了下来,做出了暂时观望的姿态。

现在才是开服第一天,后面更换新的装备之后,副本纪录估计还要变化好几轮,不必要急于一时。所以,看上去目前全区主要的基调还是以安稳升级为主。

杨溯繁这边研究着,队里的其他人也津津乐道地聊着副本纪录的事,后来,话题慢慢地转移到了即将面临的加公会的选择上面。

45级之后就会开启公会系统,所以一般在开区的当天晚上,各大公会就会正式进入抢人争夺战。

《幻境》的老牌公会们，特色已经非常明显，一些老区的玩家基本上心里都有了一定的侧重。只不过第十一区的情况相对其他区又显得非常特殊，除了以前的老牌公会之外，还新增了不少来自《混沌》的职业俱乐部，再加上各种玩家自创的休闲公会，俨然一副百家争鸣的景象。

但来自《混沌》的这些职业俱乐部到底属于外来人口，创办之后主要的招募群体依旧是来自《混沌》的玩家，至于这些职业俱乐部是否能够得到本土老玩家的青睐，就不好说了。

果不其然，在这件事上，光是队里的几人都有不小的争议。

"我说，去什么新公会啊？《混沌》来的人自己都还没弄明白《幻境》是怎么一回事呢，还指望他们带人？"

"不是啊，那边的职业选手实力都很强，上手估计也就几分钟的事吧？以前那些老牌公会的风格都定型了，真没哪家特别适合我的，说不定去新公会还能发现惊喜。"

"你想得太理想了，熟悉一个游戏总需要循序渐进的过程，就算是职业选手，换了一个全新的环境一样得重新适应。"

"得了吧，大神为什么能成为大神？光是天赋就不是一般人能比的好吗？"

"反正我不去，感觉普通老玩家创建的公会都比他们这些外来户靠谱。"

杨溯繁在旁边听着，不由得挠了挠耳侧。

看样子，也不是所有人都愿意接受《混沌》世界的玩家，老玩家多多少少会存在一些排外情绪，光是这点，就足够让他那些老朋友好好头疼上一阵了。

杨溯繁正想着，系统忽然弹出了一条好友消息来，是佑迁发来的。

杨溯繁随手点开。

佑迁：朋友，接刷副本纪录的单子吗？

"砰！"看到这条消息的时候，杨溯繁一时分心手滑了一下。一个用力不均，他把冲到跟前的小怪给一棒打到了旁边的木板上。

他定神仔细地看了看内容，确定没有看错。

巨大的响声下，队长不由得皱着眉头提醒道："干吗呢？小点儿声，大怪快出来了！"

"不好意思，不好意思。"杨溯繁连连道歉。他一边跟上队伍的节奏，一边又重新把这条消息一个字一个字反反复复地看了好几遍。他忍了忍，依旧没控制住，腹诽道：你以为副本纪录是市场里随便可以买的白菜呢？还找人接单？

最多充六元：不好意思，接不了。

照道理，这样的回答应该已经非常直白了，然而对方并没有如杨溯繁预料中的那样安静地放弃，反而非常积极。

佑迁：如果我给整个队伍的所有人都配一套无级别装备呢？能刷吗？
最多充六元：你钱多得没地方花？

商城里面的无级别装备在前期数值确实好，但毕竟是系统装备，到中后期很快就没什么用处了。而且，这套装备的价格又极贵，懂一点儿的人都知道和直接抢钱没什么区别，都不会考虑去买。

像这位老板这样一开区直接买上一套也就算了，现在为了刷个副本纪录，他居然还琢磨着要给整个队伍都发一套，说他钱多得没地方花都算是含蓄的。

佑迁：你这个问题的意义在哪里？

最多充六元：字面意思。

佑迁：一看你就没读懂我名字里的深奥含义。

杨溯繁发了个问号过去，然后仔细地看了看对方的名字。面对这单纯的两个字，他一时间并没看出什么玄机来。他正准备回复，视线忽然顿了一下。

佑迁……有钱？

最多充六元：大哥，你赢了。

佑迁：所以不要问我钱够不够花，只要告诉我到底能不能刷。

最多充六元：你花这么多钱刷这纪录没意思，没了首杀之后，破纪录时除了一条全服公告外，没有任何实质性的奖励。

佑迁：我不需要奖励。

最多充六元：嗯？

佑迁：我要的就是全服系统公告，看起来比较霸气。

佑迁：你就说到底能不能刷吧，只要我能拿到纪录，报酬什么的都好说。

最多充六元：……

算起来，杨溯繁这是第一次和这种纯土豪玩家打交道，他以前真没见过全凭自己喜好往死里充钱的。

他心里一琢磨，觉得如果他拒绝了，这人估计会找到其他人头上去，到时候别人可没他这么善良了，直接骗一套无级别装备就跑路也不是不可能。而对于他来说，这个单子不是接不了，只是想不想接的问题。

其实这人最后一句话还挺让人心动的，他确实需要一些启动资金为后期的装备做准备。

这是个合格的买卖，但不适合今天。

他现在可是偷偷地跑来玩的，第一天就高调地上系统公告和自爆"马甲"

没什么区别。

杨溯繁思考了一会儿之后，想出了一个折中的办法。

最多充六元：明天吧，也不用买无级别装备。
最多充六元：等明天大家都45级了，换上新的装备后，我带你去刷。

现在大家都刚过25级，所以破了副本纪录会特别引人注目，但是等集体等级到45级后，就不一样了。

到时候会有很多人穿着高等级的装备来刷这个初级本，这25级的副本纪录估计要换个好几轮，到时候他带个队伍混在里面破一次，让这位有钱任性的大老板高兴高兴，顺便赚个外快，就稳妥多了。

好在对于刷本的时间，佑迁也不挑。

佑迁：那好，明天不见不散！

杨溯繁从最后一个副本里出来的时候，已经顺利地升到了45级。

这个时候，副本纪录的排名统计上，第一名后面的几支队伍已经更替了好几批，出乎意料的是，星辰战队的五人也在30级的副本纪录榜上露了个名。

杨溯繁饶有兴趣地点开几人的面板属性看了看，他了然地挑了挑眉。看来，在进入游戏之前大家都已经研究过了，至少在起步时的属性分配上都没什么大问题。

已经有人创建了公会，世界频道里都是招募成员的喇叭广告。杨溯繁对加入哪个公会还没有具体想法，一天的练级下来，他也有些累了，就从游戏里退出了。

这个时候，外面的天色已经暗下来，从游戏仓里出来，杨溯繁疲惫地舒展了一下筋骨，拿起手机想看一眼时间，无意中瞥见了来自孙昭平的消息。

杨队，出来碰个面吗？

杨溯繁大致可以猜到这位副队找他有什么事。他回复——

可以。

两人约在了俱乐部不远处的一家西餐厅里见面，正好也顺便解决一下肚子饿的问题。

孙昭平从《幻境》世界出来后，整个人显得有些焦躁。虽然说刚才他们一队顺利地挤进了其中一个副本纪录的前三排行，可是作为职业选手，他可以很明显地感受到大家整体的配合有些混乱。

大家暂时处在摸索阶段，虽然之前都有做过功课，但《幻境》这款游戏的角色培养自由度实在有些高，经过一天的亲身体验之后，队员们对未来的发展方向都感到有些迷茫。

这款游戏不像《混沌》，不能直接找到适合自己的职业，而是需要在培养角色的过程中完全按照个人特色随时调整，不确定因素太多。身为战队的副队长，孙昭平自然不可以在队员们的面前表现出他的不安。所以，在完成第一天的升级任务之后，他安抚队员们回去休息，自己则独自留在了训练大厅内继续摸索。

这个过程漫长且艰难，毫无头绪之下，他脑海中想到的第一个人就是他们的前队长杨溯繁。虽然知道那人已经决心退出电竞圈，但是孙昭平再三犹豫之下，还是把他约了出来。

杨溯繁没有看服务员递过来的菜单，非常娴熟地说道："夏威夷海鲜意大利面，不放洋葱和鱿鱼，少番茄酱；再加一份土豆泥，纯土豆就行，不要沙拉酱，谢谢。"

别说是这个新来不久的服务生了，就是孙昭平也一直不太能理解自家队长独特的口味。

杨溯繁倒了一杯柠檬水，捧着喝了一口，用一副老神在在的调调，看似漫不经心地问道："怎么了，在新区遇到麻烦了？"等了半天也没等到对方开口,他干脆地直切正题。

男人说话时的语调依旧温温暾暾的,清秀俊朗的容貌让他看起来特别没有攻击性。可只有真正和他在战场上面对面过的对手才知道,在这样的一副皮囊之下,藏着的是凶狠强势的作战风格,让人不敢存有丝毫轻视。

这样自然无比的对话,让孙昭平想起了以前两人研讨战略时的情景。

"嗯,大麻烦。"收了收思绪,孙昭平皱着眉头思索了一下,说道,"今天大家一起去《幻境》新区转过一圈了,操作方面倒是没什么问题,但是对于以后的发展,大家都有些找不到方向。"

"嗯,毕竟是第一次接触,摸不到方向很正常。"杨溯繁对此并不感到意外,"《幻境》这款游戏和《混沌》的构架完全不同,如果对自己本身认知的准确性达不到90%以上,继续下去只会越来越难以把握。职业选手和普通玩家不同,成长上的每一个微小的偏差,都可能造成操作效果的悬殊。"

孙昭平找杨溯繁其实更像小鸡找母鸡的心态,毕竟游戏不同,他也并没有抱太大的希望,此刻闻言,他不由得错愕地抬头看去:"杨队你……也去玩《幻境》了吗?"

糟了,说漏嘴了!

杨溯繁握着杯子的手微微一紧,刚喝进嘴里的柠檬水在嗓子口转悠了两圈,呛得他一阵咳嗽。他一边顺气一边摆手道:"当然没有!只是现在的局面变成了这样,这几天闲来无事,我就对《幻境》做了一些研究。"

孙昭平并没有往深了想,反倒很是感触地叹了口气道:"你既然这么放不下我们,为什么还要着急解约?"

杨溯繁摸了摸鼻尖,没有回应这个让人头疼的老话题。他找服务员要了纸笔后放在桌上,随手写了起来:"我看过了,其实《幻境》也没有你们想象的这么复杂。你们不要只盯着这个世界和《混沌》不同的地方,不如把两者放一起比较一下,其实可以找到很多共通点。"

孙昭平眉心微皱:"毕竟都是全息,就操作而言,大家上手的确实很快,这点没什么问题。"

"我说的不是操作方面。"杨溯繁用笔尖在纸上轻轻地敲了敲,说道,"我说的是你们一直以来的职业规划。"

孙昭平微微愣了下,隐约间,他好像明白了一些。

杨溯繁已经顺着这个思路往后面说了下去:"就拿小斌来说。他以前在战队里的角色是刺客,擅长偷袭暗杀。《幻境》里面虽然没有明确的职业,但是可以尝试将他的职业特性复制过来,高输出,高敏捷,放弃一部分不需要的体力、防御培养,主打爆发型输出角色。"

"当然,数值分配并不是角色成长的全部。在《幻境》世界里,技能的筛选往往会起到至关重要的作用。背面攻击会产生高额输出的技能做首选,高CD(技能冷却时间)、高爆发的几个技能作为备用,防御技能则按照自己的血防成长数值做出相应的调整。只要有了思路,这些都不需要你们自己来做,交给俱乐部的虚拟数据师们就行,他们更专业。"

孙昭平听完,感觉思路似乎完全被打开了:"你的意思是说,把我们在《混沌》里的职业属性直接复制到《幻境》里来?"

"不,只能参考,不可复制。"杨溯繁慵懒地靠在椅背上,笑着看他,说,"现在因为你们还不够熟悉,所以可以在前期用这个方式暂时锁定发展方向,总好过自己漫无头绪地横冲直撞,至少,不会出现太大的偏差。等到中后期,你们慢慢地感受到角色带给你们的共鸣,再来具体调整细节,这才是打造专属角色的重点。"

"《幻境》不是《混沌》,这点你们必须清楚。这两个游戏不管是数值分配后引起的成长效果,还是技能的作用数据,全部不同。刚接触有些无从下手很正常,等融入后,我相信,你们可以做得更好。"

孙昭平点了点头,他终于也露出了今天的第一抹微笑来:"只要可以确定大致方向,等完全熟悉之后,相信这些不是什么大问题。"

经过这样简单的对话,孙昭平只感到豁然开朗。

一直以来,他们都在考虑如何实现角色的完美塑造,却忽略了整个熟悉、磨合的过程，现在看来他们到底还是操之过急了。短期的目标，再加上在成长过程中的理性选择，才是目前最好的发展模式。

不过，等心情明朗之后，他心里的疑问不由得又冒了出来："杨队，你真的没有玩过这款游戏吗？"

"咳咳咳。"杨溯繁清了清嗓子，恰好看到服务生把晚餐端了上来，他立刻生硬地转移话题，"饿死了，吃饭，吃饭！"

孙昭平：……

很显然，像星辰这样在苦苦寻找发展方向的俱乐部不止一家。当天晚上，自从病毒暴发之后就一直陷于沉寂的《混沌》职业选手群突然再次活跃了起来。

"苍羽"萧远忻：人呢？群里的人呢？我说，今天都跑去第十一区了吗？

"暗夜"陆思闵：别提了，刚练完级，简直比平常时候的训练强度还大。

"苍羽"萧远忻：哈哈哈，你们也被粉丝们追了？

"暗夜"陆思闵：以前真没感觉我们粉丝的威力这么大，我腿都要跑断了！

"微澜"聂寅：都一样。

"微澜"叶路时：这么冷清，是还有俱乐部还留在游戏里吗？这么拼？

"堕天"杜泽睿：我们出来了。

"空影"苏以安：出来了。

"破晓"钟煜宁：出来了。

"星辰"孙昭平：出来了。

…………

等大家报完数，可以发现，基本上所有战队的职业选手都已经从游戏里退了出来，至于公会的事，俱乐部早就安排了专门的人负责管理，完全不需要他们操心。

孙昭平本来是想要迎合一下群里热闹的氛围，避免显得他们星辰战队太不合群，没想到他只是冒了个头，就被人喊住了。

"苍羽"萧远忻：孙昭平，我说杨溯繁退役了就真不回来了？现在这么兵荒马乱的，他居然放心得下你们？

"星辰"孙昭平：你这话有问题，我也可以带队，他怎么就放心不下了？

"苍羽"萧远忻：听这口气，你们星辰后面的路线已经定了？

"星辰"孙昭平：无可奉告。

"苍羽"萧远忻：你这都是跟学的？一看就让我想到某人，想揍！

"微澜"叶路时：友情提醒一下，你现在说的某人还在群里，而且还是个管理员。

"苍羽"萧远忻：不怕！有本事让他出来啊！有本事让他"诈尸"啊！

"堕天"杜泽睿：已经"诈过"了。

"苍羽"萧远忻：啊？

"堕天"杜泽睿：星辰这边接下去的路线，应该已经整理得差不多了吧？

"星辰"孙昭平：累了，睡觉！大家晚安！

"微澜"叶路时：还是泽神厉害，两句话就吓跑了一个。

孙昭平当然不是真的去睡觉，他只是觉得再在群里聊下去，自己私下见过杨溯繁的事情怕是要让杜泽睿直接说出来了，甚至一不小心，连战队后面的部署情况也可能被全部套出来。

杜泽睿是和杨溯繁同一年进入《混沌》联盟的，两人甚至一度被封为"双神"，堕天战队也是星辰战队最强劲的对手。这一次杨溯繁退役，如果说有谁最是遗憾，除了星辰战队的队员之外，恐怕就是杜泽睿了。

孙昭平在群里潜水，杜泽睿的消息却是追了过来。

"堕天"杜泽睿：你今天和杨溯繁碰过面了？

知道瞒不下去，孙昭平只能默默地回了个"嗯"。

"堕天"杜泽睿：星辰战队后面的路，他怕是已经给你们指出来了吧？

孙昭平不由得苦脸。

"星辰"孙昭平：泽神，具体的我真不能再和你说了！

杜泽睿发了一个微笑的表情过来。

"堕天"杜泽睿：放心，我不打探你们俱乐部的内部情报。不过，从你的反应来看，我应该是猜对了。

"星辰"孙昭平：……

这些大神的心眼一个比一个多，孙昭平觉得他还是不说话为好。
但是想了想，孙昭平还是忍不住回复道——

"星辰"孙昭平：泽神，关于我们队长的事，虽然我也知道非常遗憾，但还是请您不要再花太多心思了。该劝的我们都已经劝了，杨队的态度非常坚定，怕是真的不会再打职业了。

远在堕天俱乐部的杜泽睿看着对方发来的消息，微微地眯了眯眼，原本不苟言笑的神色间隐隐地多了一抹堪称愉悦的笑容来。

"堕天"杜泽睿：放心吧，他会回来的。

第三章
刷本小队

前一天晚上，杨溯繁睡得不算太好。

回想起临睡觉前接连打的那几个喷嚏，他不由得怀疑自己是不是有点儿感冒了。

他叼着一根油条慢悠悠地啃着，顺便喝了一杯温水。简单地用过早饭之后，他再次进入《幻境》世界。

经过一晚上的冲级之后，大多数玩家都已经陆陆续续地到了45级。

中午12点官方才会开放下个阶段的等级，现在时间还早，45级这个阶段除了新开的公会系统之外又没有其他的东西值得探索，所以很多玩家都还没有上线。饶是如此，整个第十一区依旧热闹无比，虽然没开服时爆满得夸张，但也依旧是一片人山人海的繁荣景象。

杨溯繁闲着没事，就溜达到了圣诺尔城东面的交易市场。

圣诺尔城虽然属于20级后才开放的初级地图，但是因为拥有《幻境》世界内唯一可以让玩家自由摆摊的交易市场，所以不管什么时候都是仅次于圣泉广场这个高级商业区的重要物品流通场所。

现在才刚过一天，大家身上显然都没什么好东西，只能拿刷怪和打副本时随机掉落的普通材料换上一些零钱。

这个时候正是生活玩家们大量收购低级材料的最佳时刻，像武器铸造师、防具师、药剂师们都需要这些材料来生产低级道具，借此尽快提升技能熟练度。

这些东西其他普通玩家拿在手里也毫无用处，一个收购一个卖钱，正好各取所需。

这里所有的材料都是同队玩家随机掉落的，杨溯繁没有组队，却清完了整个山头的山精，收获显然非常丰厚。

他打开随身空间看了看，里面有20捆精灵草、18块小石子、7个破碎的头盔以及一部分副本里掉落的零碎物件，在前期已经算是不小的收获了。

漫无目的地转悠了一圈后，他找了一个收购材料的摊位，把所有的材料一股脑地倒在了桌子上，问道："老板，你看下这些一共多少钱？"

摊位老板从昨天下午开始就牺牲升级时间在这里摆摊了，为的就是尽可能快速地把生产技能提升上去。他这还是第一次碰到有人一次性出售这么多材料，眼睛不由得一亮："稍等啊，我给你算算。精灵草现在的市价是2灵币一捆，小石子1灵币一块，破碎的头盔10灵币一个……嗯，加起来一共212灵币，看在数量多的分上，我给你220灵币怎么样？"

杨溯繁不太记得刚开区时的物价了，不过看了那么多摊子，他觉得价格应该差不多。他也不多废话，点头应道："行吧，成交！"

老板笑眯眯地把一袋子灵币放到他的手里："下次还有材料，记得再来找我啊！"

杨溯繁笑道："好的，一定。"

虽然有些少，但好歹是收入了来这个区后的第一桶金。从摊位里出来，杨溯繁拿着手里的灵币袋子思考了一下。他没有选择去装备区域，而是找了一家卖药剂的摊位，毫不犹豫地把220灵币换成了10瓶瞬间恢复气血值的微型红药水和10瓶瞬间恢复魔法值的微型蓝药水。

在这个时间点，药剂显然比装备更有用一些。

虽然说他身上穿的大部分还是新手装备，但是这些装备都已经通过首充时获得的低级装备强化包做了属性提升。再加上昨天打完副本下来，他也捡了几件还算适用的初级装备，对他而言已经足够支持到他满级了。

《幻境》这款游戏毕竟不是以升级为主，严格说起来，探险旅途只有到满级之后才算真正开始。所以，在升级过程中过度购买装备就显得没有必要。钱要花在刀刃上。

把到手的灵币用完之后，杨溯繁又恢复了裤兜比脸干净的生活。

见还有时间，他在市场里面漫不经心地溜达了起来。

就在这个时候，好友列表里，佑迁原本灰暗的头像忽然间亮了起来，然后，几乎在上线的同时，他就发送了好友消息过来。

佑迁：朋友，干吗呢？
最多充六元：逛街。
佑迁：什么时候带我刷副本纪录？

杨溯繁看了一眼时间，刚到早上九点半。他又观察了一下目前的副本纪录情况，在心里判断了一下后，他回道——

最多充六元：现在就行。
佑迁：鼓掌！
佑迁：昨天的队伍能用吗？辅助有事暂时来不了，你顶她的位置？
最多充六元：可以，这阵容没问题。
佑迁：那装备呢？需要我给你们每人买套无级别装备吗？
最多充六元：这钱你还是留着吧！
佑迁：无级别装备不好吗？怎么感觉你好像特别嫌弃？

杨溯繁心道：确实嫌弃，特别丑。

佑迁喊人的速度还算快，十分钟之后，所有的人就在"维纳斯之森"的副本门口集合完毕了。

除了那个妹子不在，其他的几个都是昨天的原班人马，一个战士，一个纯法师，一个修了治疗、伤害相对偏低的半法师输出。

黑瘦子之前就听佑迁说喊了个人来带他们刷副本纪录，一开始他还感到很开心，但是当看到那个扎心的 ID 后，想到昨天那惨痛的经历，他脸上的笑容有些挂不住了："怎么是你？"

杨溯繁倒是非常友好："嗨，大家又见面了！"

众人："嗨……"

团队的氛围非常和睦，佑迁感到很高兴。他拍了拍手说："那么，准备开工吧？"

"等一下。"黑瘦子开口喊了停，他神情古怪地看着杨溯繁道，"这位朋友，你就穿这身装备去打副本纪录？"

杨溯繁不解："有什么问题吗？"

沉默，又是一阵长久的沉默。

似乎每次和这个人接触，众人陷入沉默的时间就特别多。

佑迁看几个人大眼瞪小眼地站在那儿，也问："对啊，有什么问题吗？"

黑瘦子见他也跑出来凑热闹，便强忍着胸口涌上的血，道："老板，你没看他身上穿的装备吗？有 4 件还是新手装！现在他都 45 级了，居然还穿新手装来刷副本！到底是他带我们还是我们带他啊！"

杨溯繁这才明白过来，原来是自己这身破旧的装备打击到了他们的信心。但是这又有什么办法呢？就是这么穷啊！

他觉得有必要挽救一下队友们对他的信任感，重塑一下团队精神，于是他非常认真地解释道："我是辅助，不需要太高的输出，只要控好关键的怪就可以了，对装备的要求不太高。"

众人内心咆哮：你这不叫要求不高，是完全没要求了好吧！

只要是老玩家，都知道每个控制技能在低级的时候都需要一定的吟唱时间，而新手装备又没有减少冷却时间的属性加成。像这样的穿着，等于说控怪的命中率只能完全依靠本人的提前预判，可"维纳斯之森"的那几只敏捷值爆表的统领怪，哪里是这么容易被预判行踪的？

佑迁显然没有其他人这么多的心思，只是被提醒之后，他也仔细地看了看最多充六元的装备外观。他真情实感地说道："朋友，你这装备，有些丑啊！"

杨溯繁怎么也没想到，他第一次被人呛得哑口无言居然是因为被质疑了审美。

你穿着这一身感人的镀金装备，到底有什么立场嘲笑别人装备丑啊朋友？新手装备再丑，最多也就是走粗犷复古风，你又算啥！把衣服扒开来凹个造型，都可以去路口假扮黄金圣斗士了好吗！

佑迁见杨溯繁没反应，以为对方认同了这个观点。于是他一边点开了官方商城界面，一边提议道："说吧，你需要什么样的装备？我买给你。"

"真不用了。"杨溯繁确实有想要的，但他没想过从商城里直接扫。如果去生活玩家那儿买，相同的价格能拿到远比商城里这种属性平均的系统装备好得多的。所以他果断地拒绝道："等刷完纪录，你直接给我灵币作为报酬就行。"

"行吧！"从表情上看起来，佑迁似乎因为花不出钱而感到有些遗憾，"那我们开始了？"

"等一下。"这回是杨溯繁叫了暂停，观察了一眼众人身上的装备配置后，他对黑瘦子说，"战士有羽系轻装吗？把身上这件铠甲换一下吧。"

所谓的羽系轻装，是指增加灵敏值的装备，但是防御数值就会相对偏低。正常情况下，一个不穿重装的战士和一个远程"脆皮"没有什么区别。

所以听到这个要求的时候，黑瘦子不由得愣了下："我穿轻装的话，谁来拉怪？"

杨溯繁说："这里不是有个现成的吗？"

众人往周围看了一圈，最后，视线慢慢地落在了佑迁身上……

一阵越发诡异的沉默之后，佑迁感受到了队友们视线中满满的不信任，他不悦地挑了挑眉，问道："怎么，我不行吗？"

队员们顿时泪流满面。

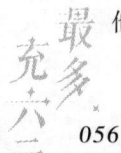

老板，就你这操作，能不能行，你心里就没点儿数吗！

"换换换，这位大神说什么就是什么！"黑瘦子心里憋着一口气，无力吐槽下干脆破罐子破摔了，他二话不说把背包里的几件羽系轻装都换上了，瞬间从一个高防御的战士变成了"脆皮"，他咬牙道，"别怪我把丑话说在前面，一会儿如果翻车了，我可不背锅！"

杨溯繁笑道："放心，翻不了车。"

黑瘦子说："最好是这样！"

听这语气明显是在赌气，队里兼职牧师位置的李涛思维忍不住把黑瘦子拉到了旁边，小声说道："你要不还是换上两件重装吧？万一老板拉不住，到时候也好随时接一下怪。"

黑瘦子笑道："这我可管不着，人家是大神，让干吗就得干吗。你要有意见，找他说去。"

看样子，是劝不住了。李涛思维想了想，转身对杨溯繁提议道："既然输出够，要不我换套纯治疗装备吧？"

他的本意是如果治疗量高点儿，全队的存活率还能提升点儿。但是杨溯繁几乎想都没想就直接拒绝了："不用，你也换纯输出，到时候稍微顾一下队长的血量就行了。"

李涛思维无语：早知道不问了，这一问连治疗量都被人给直接砍了……

"行了，大神怎么安排就怎么来。"黑瘦子气乐了，反倒以一副看好戏的心态调侃道，"所以现在都好了吗？还有什么需要调整的快说，没问题的话就进副本了，12点还要冲级。"

"装备上没什么大问题。"杨溯繁想了想说，"就是还需要大家把目前学习的几个技能和具体的等级跟我说一下。"

如果说他前期的装备搭配还有些乱来的感觉，那么，现在他问的这个问题就显得非常专业了。

只不过这样的专业态度配合他这身灰不溜秋的新手副本混搭装，多多少少会让人怀疑他是不是在借此装腔作势。

《幻境》世界里光是战斗技能就成千上万，甚至每年都还在不断地推出新的技能。作为一个合格的副本指挥，自然是需要了解队员们的所有技能分配，才可以在最关键的时期精准地下达战斗指令。

但是这种细化到每个技能的精准指挥，也只有很少一部分顶尖的玩家才可以做到。

一般的玩家在混乱的作战过程当中，只要能够做到在每一个节点适时传达"集火""治疗""控怪"等最大范围的指令，就是个非常合格的指挥者了。

像黑瘦子、李涛思维和另外那个法系玩家比尤比油虽然都是佑迁"千挑万选"出来的高端玩家，可实际上充其量算是老玩家里面比较资深的玩家，当时比的也不过是谁吹牛的本事更强。所以，大家看这个"最多充六元"，只觉得这又是一个吹牛的好手。

可是既然人家都问了，老板还在旁边看着，其他人还是一个个地把自己的技能情况详细地说明了一遍。

杨溯繁一边听一边在脑海里全部记了下来。他点了点头道："知道了，进本吧。"

佑迁见他转眼就进了副本，当即跟着传了进去，剩下三人互相看了一眼，叹了一口气跟上。

这次他们刷的副本是"维纳斯之森"，在这个时间点，副本纪录已经从最初的12分23秒提到了10分8秒，看上去虽然只有两分十几秒的差距，可是《幻境》的老玩家都知道，只是45级装备的话，这个纪录虽然不算是极限，但也已经非常快了。

杨溯繁之所以选择这个副本而没有带佑迁去刷"牧羊人领地"，完全是出于当前的队伍阵容考虑。想要更有效率地刷完副本，按照阎王殿的速推流队伍配置稍做修改，正好调整出一套适合他们队伍的半速推流套路。

这个副本佑迁昨天就进来过，他提着长剑往前一站，问："怎么打？"

杨溯繁言简意赅地答道："你引怪,其他的不用管。"

比尤比油问："那我们呢?"

杨溯繁道："你们专心输出,其他的不用管。"

李涛思维问："我呢?"

他本以为对方会扔来一句格式统一的"你专心加血,其他的不用管",没想到杨溯繁道："你也输出。"

李涛思维愣住："啊?"

杨溯繁以为自己说得还不够明确,又详细地说了一遍："一会儿队长直接过去开怪,看小怪刷哪里就把技能往哪里甩,前面两个片区不用走位,拉住仇恨直接站撸(站着打伤害)就行。两个法师记得第一时间用群攻技能集火,避免乱了阵形,战士先暂时划水,等第三片区出了盛宴兽再动手,明白了吗?"

这种25级的副本,除了佑迁之外,其他人自然都是熟门熟路。

听到这样把他们当成小白的详细安排,他们不由得泪流满面。

李涛思维还是没忍住,问道："那加血呢?站撸的话,不加血很快就会死吧?"

杨溯繁道："不用,无级别装备的防御值够高,你尽管输出,只要清得够快,死不了人。"

"那进第三片区后呢?就我现在这装备,去拉盛宴兽?被碰一下就死了吧!"黑瘦子的脸色现在有些难看,之前他以为让佑迁拉怪就真的没他的事了,谁料到现在居然让他去对付那几只最难缠的小怪统领。如果穿着重装也就算了,偏偏进本之前他听这家伙的话真换成了羽系轻装,现在好了,这感觉和直接送人头没什么区别。

"放心吧,控住就行了。"杨溯繁说着,也不再浪费时间,拍了拍手道,"那么,开始吧!"

黑瘦子内心极度郁闷:开始个鬼啊!

只要是老玩家都知道盛宴兽有极高的敏捷值,在这种释放控制技需要吟唱时间的大前提下，能顺利控住一个就是华丽操作了，更何况每拨还会一次性刷新三只盛宴兽。

除了顶尖的大神们，普通玩家队伍一般都会安排至少两个坦克或者是双治疗、双辅助的配置，像他们队这样的组成，不得不让黑瘦子怀疑是不是因为他三番五次驳了这个家伙的面子，所以这个家伙才想出这种方法来故意玩他。

黑瘦子越想越觉得不靠谱，趁着副本还没开始，他正想退出去，却见旁边的佑迁已经驱使着赤焰独角兽在原地踏了几步，然后他把缰绳一甩，赤焰独角兽就朝着副本内部飞奔过去。

随着这道人影迎面撞入怪堆，被惊扰的小怪露比莎一瞬间从四面八方聚拢了过来，副本计时正式开始。

黑瘦子看了一眼"维纳斯之森"的统计后面"1/1"的字样，现在想要退出显然已经来不及了，他心里忍不住一阵骂。

佑迁虽然是新手上路，但胜在胆子大。他拿起长剑把技能一个接一个地甩出，瞬间对怪群造成巨额伤害的同时，也顺利地把仇恨全部吸引了过来。

杨溯繁毫不吝啬地表扬道："干得漂亮啊老板！"

佑迁听他的话在原地站撸，看着身上被挂上了一道小回复术续命。在技能逐一冷却后，他再次轮番使出。他对自己的表现也感到非常满意："看到没？聚怪我也是专业的。"

其他队员看着他这种和打沙包没区别的无脑输出模式，实在说不出什么表扬的话来。

倒是杨溯繁颇为认同地回应道："特别好！"

佑迁笑道："你也厉害！"

队员们一阵无语：商业互吹，听不下去了。

因为其他人都是老手，暂时不需要杨溯繁的指挥，见法师们已经就位输出，杨溯繁也不闲着。用余光扫了一眼当前怪群的情况后，他飞速地甩了几个低级的控制技能过去，怪群里几个伤害较高的头目很快就被一一定住。

佑迁原本下滑得有些快的气血值开始变得稳定。

"这控制,丢得有些准啊!"李涛思维在远处群怪,自然是看得清楚。他眉目间闪过几分错愕,他忽然觉得这人或许真的不像表面上看起来那么不靠谱。

第一拨怪物很快在集体的群攻之下被清理干净,佑迁的身上挂着一个小回复术,因为高伤害的怪物头目被控得死死的,所以他的血量目前还非常健康。

李涛思维趁机给他加了一口血,然后继续向前推进。他们照葫芦画瓢地通过了第二个区域,很快来到了第三片区。

这一路过来可以说非常顺利,中间基本没停歇。虽然不知道其他队伍刷到这里的具体用时,但大家都很清楚地感觉到,自己的速度必然慢不到哪儿去。

到目前为止,黑瘦子为了不影响节奏,基本上是处于划水的状态跟在队伍后面。他全程观察着那个"最多充六元"的手法,一路下来多少有些愣,直到旁边的李涛思维轻轻地推了他一下,他才回过神来:"怎么了?"

"发什么呆呢?第三片区了,要出盛宴兽了。"李涛思维看他这愣愣的样子,不由得无语,他以为黑瘦子是在为后面的事担心,于是出言安抚道,"你放心吧,那个充六元的手法挺正的,应该不会有什么大问题。"

听他说完,黑瘦子不由得也无语了一瞬。他看得太入神,居然把这茬儿给忘了!

他第一反应是想跟"最多充六元"再次确认一下操作细节,然后,他就看到佑迁已经一马当先地冲了过去。

望着那道英姿卓然的背影,他只觉得一阵风中凌乱。

这是第三片区,你以为和前面那两个区域一样,站撸就可以完事啊?

"别发呆了,赶紧跟上!"杨溯繁见队友们没还什么反应,便开口提醒了一声。然后他也跟着佑迁冲了过去。

黑瘦子不得不快步跟上,还没走近,他就看到佑迁身边瞬间刷出了两只盛宴兽。他不由得叫道:"不是吧,这么倒霉!"

第三片区总计会刷新三只盛宴兽,但刷新位置是随机的。一般情况下队伍都会安排两人随时接怪,但是因为这怪的伤害实在太高,加上还有其他小怪助阵,一次性被两只同时攻击的话,几乎可以说是秒跪(瞬间死亡)的节奏。

佑迁的装备再好,也不过是多撑几秒的事。

此时佑迁正好挥下了第一剑,两只盛宴兽本就离得近,受到伤害之后,它们瞬间把他锁定成了攻击目标。

"完了!"众人哀号。

然而就当盛宴兽朝着佑迁扑去时,只见一道蓝光闪过,地面上顿时竖起了坚固的冰墙壁,呈一道直线不偏不倚地将那两只凶兽牢牢地冻结在了其中,不管是时间还是位置,都堪称完美。

黑瘦子忍不住惊呼:"怎么可能!"

"维纳斯之森"的盛宴兽之所以难以控住,主要是因为其过高的敏捷值,它们在移动的过程中像风一样迅捷,再加上毫无章法的移动轨迹,更是大大增加了玩家预判的难度。

中后期换上了缩减冷却的装备后,辅助基本上可以实现部分控制技能的瞬发,但即使这样,要控住盛宴兽也依旧非常需要操作手法。所以,像现在这种吟唱时间过长的前期,盛宴兽堪称炼狱级别的考验。而杨溯繁的这拨控怪操作更加夸张,盛宴兽才刚刚出来,甚至没来得及开始移动,就直接被冻结在了原地。

怪物在地图上刷新出来后,会有1秒钟没有任何动作,过了这个时间,它们就会迅速地锁定攻击目标。

这样的时长,如果在已经知道刷怪位置的前提下,不少高手都可以完成控制操作。可是盛宴兽的刷新位置是随机的,再加上周围又有一大片乌压压的露比莎干扰视线,像杨溯繁这样用一个技能直接将两只怪同时控住,不论是操作上的精准度还是反应的迅捷程度，都是惊为天人的。

佑迁动手的时候压根没有注意，冷不丁看着旁边突然刷出了两只长着獠牙的巨兽，他不由得被吓了一跳。他本能地骑着独角兽往后退了两步，却发现巨兽被一道冰墙拦住了，他顿时称赞道："这个控制漂亮啊！"

其他人听着，一时间也不知道应该用什么样的表情来表达震惊了。

这何止是漂亮，简直是完美好吗！

这道冰墙不只是同时封住了两只盛宴兽，还完成了地形上的切割，数量最多的那批小怪露比莎被卡在了角落里，难以做出攻击的动作，等于在短期内降低了佑迁受到的伤害。

杨溯繁遥遥地喊道："队长，把怪带走，跑起来！"

佑迁一听到"跑起来"三个字，第一反应是想起了在山丘上遛山精鲁西西时的情景。

他一边回想着"最多充六元"当时完美遛怪的样子，一边依葫芦画瓢地狂奔了起来。

当然，他明显做不到杨溯繁的精准走位，完全是横冲直撞，反正把怪群带离盛宴兽就完事了。好在第三片区不大的空间间接地帮他控制住了最远距离，倒是不用担心出现异常情况。

杨溯繁一瞬不瞬地盯着局势。眸光一凛，他在群攻的最佳时机果断无比地下了指令："就现在，法师，上！"

"漂亮！"比尤比油忍不住夸了一句，他当即开始释放群攻魔法。

李涛思维当然也不敢怠慢，但是因为第三片区的怪物的整体伤害有所提升，他除了输出之外还需要兼顾不远处佑迁的血，显得忙碌很多。

在成片的法系输出之下，周围满是露比莎受到伤害之后的嘶吼尖叫，整片副本地图里一副水深火热的壮观情景。

"战士还愣着做什么？赶紧上！"杨溯繁飞速地控住几个伤害较高的小怪，减轻了治疗不少压力。他回头看到黑瘦子还愣愣地站在原地，就问道：

"你不知道应该怎么输出吗?你只要绕开那些怪群,尽可能快速地集中一个怪物秒杀掉就行。你现在装备的敏捷度应该没有问题。"

杨溯繁控住盛宴兽的技能是冰封咒,被冻结之后,怪物部分气血值将会变成冰块,在怪物受到伤害后将会优先损耗冰块的这部分数值。只要没有攻击将冰冻效果解除,这绝对是前期控制时间最长的群控技能。杨溯繁喊佑迁把怪带走,就是为了避免法师群攻的伤害会把冰块打掉。

现在时机成熟,下面就看纯输出战士的发挥了。

这也是杨溯繁要求黑瘦子舍弃重装防御换上羽系轻装的原因,一来方便迅速地避开不时冲撞过来的其他小怪,二来确保最高强度的爆发输出。怪物气血降低到一定数值之后将无法触发冰封咒的冰冻效果,所以他们必须在最后一次破冰之后,抢在盛宴兽反扑之前完成击杀。

从某方面来说,这个环节能不能顺利完成,才是这次速刷的关键。

第三片区的盛宴兽是这个副本最大的难点,只要通过,基本上就算顺利通关了,至于这个副本的最后大怪,反倒可以说是白送的。

副本进行到这个时候,黑瘦子怎么可能还看不懂套路。只是他在发现这人的实力远超自己的同时,心里依旧存着一分难以抹去的不爽。

万分纠结下,他这才在原地来来回回地迈了好几步,没有立刻就位,没想到居然就被误以为自己是不知道应该干什么了。

黑瘦子听完这番像是对新手小白的介绍说明,只感到胸中一口血涌上。他脸色沉了沉,到底咽回了到了嘴边的粗话,飞速地跑进了战圈。

打破副本纪录虽然不奖励什么好东西,可是老板许诺他们的是真金白银,不要是傻子!

他在心里这样暗暗地说服自己,决定暂时放下个人的成见。

杨溯繁在第三只盛宴兽刷新后再次第一时间控住,抬头观察了一下黑瘦子那边的输出进度,粗粗地判断了一下后,他很是满意地扬起了一抹笑容。

很好,输出够!这个副本纪录应该稳了。

他正想着,李涛思维忽然大喊了一声:"老板你别跑太远,我加不到你的血了！"

杨溯繁抬头一看，恰好看到那个贴着最外围潇洒狂奔的身影，后面跟着的是浩浩荡荡的一群小怪。虽然因为坐骑的移动速度拉开了不小的距离，但是由于这些怪物的毒液属于远程攻击，所以依旧可以看到这个金光闪闪的老板的气血值在飞速地下降着。

那些小怪倒还都在远程输出的范围之内，但是这位老板为了响应那声"把怪带走"的号召，拼命地朝着和盛宴兽相反的方向跑去。治疗技能的范围本来就不及法系群攻技能大，现在老板已经彻底超出了这个范围，气血值岌岌可危。

作为目前队里唯一可以抗怪的存在，佑迕存在的价值在某方面来说比杨溯繁这个指挥还要重要，只要他一倒，其他人基本上也就只剩下一个个被弄死的命运。

"留在那里别动！"杨溯繁见李涛思维正要赶去，忙开口喊住了他。转眼，杨溯繁就冲了出去。

李涛思维被喊得还有些愣，遥遥地看着那个人影，他整个人都有些不好了："你那距离我也加不到啊！"

"不用加血，直接群攻！"杨溯繁转眼已经接连甩了几个控制技能，但这只能起到微薄的效果，他皱眉思索了一瞬，扬声道，"流云术，放！"

李涛思维释放法术的一瞬间，怪群当中腾起一层浓浓的雾气，在造成伤害的同时阻挠了怪物视野，使得整个怪群的移动速度明显下降了一截。

这个技能的伤害力明显不如其他技能，却在法师玩家当中非常受欢迎，就是因为这种自带减速效果的 DeBuff（用于降低角色属性和能力的魔法效果），非常适合脆皮玩家在个人练级的时候放风筝遛怪用。

眼见减速生效，杨溯繁没有半点儿犹豫，拿法杖干脆利落地扫倒了一大群露比莎："比尤比油，放地裂！"

比尤比油对于他这样拿辅助当近战使的操作正有些发愣，听到自己的名字才陡然回神。不知道是不是巧合，比尤比油发现自己的技能恰好在这一瞬冷却完毕,他急忙开始吟唱施法。

整个地面上忽然裂开,巨大的石块四处飞散。刚刚倒地的那些露比莎还没来得及重新站起来,就再次被击飞到了半空中。

完美的配合之下,在前头带队的佑迁已经超出了这拨怪群的攻击范围,小回复术微弱的绿光让他暂时稳住了血量。

杨溯繁也不犹豫,继续朝着下一批露比莎冲去。再次将一大群的小怪扫倒在地后,他遥遥地朝着远处的人喊道:"队长,趁现在,回头跑!"

流云术,横扫,地裂……大家仿佛完美地卡准了冷却时间,几拨无缝衔接的操作之下,大部分露比莎的距离被精准地拉开了。

然而,佑迁并没有回头的意思:"不用管我,群你们的!我绕场跑你们清得比较快!"

他这话倒是没错,这种绕场的节奏确实最适合队里两位法系的群攻输出,前提是,如果不是他已经残得只剩下一丝血的话。

李涛思维急得想吐血:"别硬撑啊!快回来!"

在队友几乎抓狂的时候,杨溯繁却隐约从佑迁的声音里听出了一丝别样的自信。

处理完手边的那堆怪,杨溯繁抬头看去,恰好看到独角兽背上的那个人影身上忽然闪过一丝耀眼的白光,下一秒,随着周身笼罩着的隐隐光晕,佑迁原本已经空落的气血值和法力值瞬间全部回满。

这种地方,居然用回生丹?

回生丹是《幻境》官方推出的充值回馈道具,玩家充值金额每满二十万虚拟灵币(折合两万星元)便可获得一枚,描述如下——

消耗品。

战斗中瞬间恢复全部的状态值,可在《幻境》世界任何区域使用。

差点儿忘了,这人是完完全全的土豪玩家。而且很显然,比大家想象当中要来得"丧心病狂"多了。

其实回生丹到底是充值送的,真要比起佑迁当初准备全队一人一套无级别装备的手笔来说,还真不算什么。

可是道理谁都懂,接受起来就是另外一回事了。

等所有怪物清理完毕,黑瘦子归队后看到队友们一个个脸色古怪,不由得满脸问号地问道:"怎么了?"

他刚才全程都在铆足全力对付那三只盛宴兽,只是隐约感觉到隔壁的小怪群似乎特别热闹,但是他完全没有看到具体发生了什么。

李涛思维和比尤比油默默地对视了一眼后抬头,满脸沧桑地扫了一眼奔跑在前方的那两个人影。

他们张了张嘴,到底还是不知道应该怎么组织语言去回答这个过分深奥的问题。

就队里这两个大佬,一个意识操作一流,一个花钱不眨眼,简直在无限刷新他们的认知极限!

这个副本的最终大怪是一棵千年妖树,有佑迁这样抗揍的肉盾在,基本上就是站桩输出,连走位都不需要。妖树就这样被一群人直接围殴了。

这个时候黑瘦子倒是打得非常开心,毕竟佑迁虽然没有操作手法,但是武器伤害高。饶是他一身羽系轻装,尽情输出下也完全不用担心 OT 的情况,最后他们就这样顺利无比地拿下了副本。

在大怪最后一丝血量清零的时候,副本的通关时间终于弹出——

8 分 32 秒!刷新纪录!

与此同时,系统发出了全服公告:

系统:恭喜玩家佑迁、最多充六元、李涛思维、黑瘦子、比尤比油打破"维纳斯之森"副本纪录,用时 8 分 32 秒。

杨溯繁看着这个成绩,不由得微微地皱了下眉。

这比上个纪录整整提升了一分半多。

在他的原计划里,打进 9 分 30 秒之内就足够了,可最后因为佑迁这个土豪的神来一笔，纪录时间又快上了一大截。

这个成绩当然不可能是通关"维纳斯之森"的巅峰速度，可是在眼下这个时间段，由他们这样不同公会东拼西凑的杂牌队伍打出来，已经足够引人注目。

他在心里不由得暗暗地叹了口气：赚钱真难。

正如杨溯繁预料的，当这个副本纪录弹出的时候，《幻境》几个老牌公会的管理层瞬间就被吸引了注意。

从昨天晚上开始，这几个低级副本已经走马灯似的刷新了好几拨纪录，但是大多数都是同一个公会里的高手组队刷本，像这种全部来自不同公会的五人副本队还是头一次。更何况，这其中有两人甚至没有加入任何公会。

在这样的情况下大程度刷新副本用时，自然无比吸引旁人眼球。

这些《幻境》的老牌公会和《混沌》新来的俱乐部不一样，他们不需要花费太多的时间来熟悉游戏，而且本身就拥有足够的人脉和口碑，因此从昨晚开始，他们就展开过一轮拉人大战。

整个世界频道几乎被各大公会绚烂的喇叭广告霸占，你方唱罢我登场，激烈程度可见一斑。

而现在，已经到了开服第二天，大部分的人基本已经暂时找到了心仪的公会，剩下那些落单的民间高手，就是各大公会管理挖掘的首选目标了。

像杨溯繁和佑迁这种刚刚拿下副本纪录，又还没有加入任何公会的，无疑是万众瞩目的香饽饽。而此时，刚刚从副本出来的某人显然还对这些毫无所知。

"这就是拿副本纪录的感觉啊！"佑迁把那条弹出来的系统公告反复看了看，似乎感到非常满意，"酬劳怎么给你们，现金还是道具？"

"我都可以，一会儿把灵币直接发到我的邮箱吧。"现在还没到要花钱的时候，杨溯繁倒是不着急结账，他和众人挥了挥手，告别道，"那么有缘再见了，各位。"

"加个好友吧！"李涛思维和比尤比油非常积极地发去了好友申请，

只有黑瘦子神情复杂地直接离开了队伍，他倔强地要做一个特立独行的叛逆男孩。

杨溯繁刚刚接受了队友们的好友申请，就发现申请列表里又接连弹出了好几条新消息，而且数量还在逐渐增加，他不由得愣了愣。

那几个名字他都不认识，但是看着那一个个大公会的头衔，不用问也知道这些人找他是为了什么。虽然他不太习惯抹人面子，但是为了避免一些不必要的麻烦，他到底是没点接受。

公会是肯定要加的，但他并不准备加入这些老牌俱乐部的直属公会。

既然已经不想当职业选手了，那么平平淡淡的养老公会才是他的首选。

仙踪林公会领地。

虽然旁边的人脸上依旧没有太多的表情，但是"天天做梦"依旧看出了一丝异样。他忍不住问道："怎么，还没通过你的好友请求？"

朝露歌遗憾地摇了摇头："那个最多充六元直接拒绝了。"

天天做梦本以为对方只是没有反应，没想到对方居然这么直接，他错愕道："难道已经有别的公会捷足先登了？"

朝露歌是仙踪林公会分派来这个区带队的公会会长，只要打开公会列表就可以清楚地看到他的头衔。

现在这种大前期，大多数人通常抱着"多个朋友多条路"的心态，也并不像老区那样好友位紧缺，所以基本上很少会出现有人直接拒绝加好友的情况，更何况，被拒绝的人还是公会会长。

朝露歌想了想，再次否认了他的推断："我已经第一时间发出申请了，别人不至于这么快。而且他应该还没有心仪的公会，不然，这种能破副本纪录的水平，别的公会也不至于拒收，恐怕这人只是单纯不想加入我们。"

"难道是在老区的时候被我们公会的人得罪过？"天天做梦有些困扰地挠了挠下颔，"看来必须转达俱乐部，好好地督促一下公会在各区的形象建设了。连公会会长的好友都不加，这到底是得看我们有多不顺眼啊？"

他们不由得脑补得越来越多，却不知道杨溯繁完全是在无差别拒绝好友邀请。

朝露歌闻言也有些无奈。看到突然弹出的系统提示后，他终于露出了一抹笑容："那个佑迁通过了！"

刚才副本纪录出来的时候，他们就研究过这支队伍各人的数值。除了已经有公会的三人，还有两个散人玩家在装备属性方面，可以说是天差地别。

那个最多充六元穿的是新手装备和副本装备的混搭，而且在属性加点上也有些乱七八糟。根据全队的阵容分配，不难推断出他是队里唯一的辅助，可是不知道为什么，他偏偏又加了不少物理攻击的属性点，显得有些不伦不类，难免让人怀疑是不是加点时手抖加错了。

前面朝露歌之所以选择联系他，主要是认为他能够配合队伍通关，必然也有一定的操作水平。既然对方明确地表达了没有这方面的意向，他们也不过分纠结，果断地选择了放弃。

其实按照他们内心的判断，这个名叫佑迁的玩家才是这支队伍的灵魂支柱。有钱又有操作，这样的人才不管放在哪里，都是各大公会哄抢的目标。

通过好友之后，朝露歌直接开门见山地发去了消息。

朝露歌：你好，请问有意向加入公会吗？
佑迁：你们是约好了在同一个时间点拉人的吗？

看这话，除了他们之外，果然还有其他公会注意到了这条系统公告，开始积极招募了。朝露歌对此并不感到奇怪，他依旧应付自如。

朝露歌：各大公会对人才都很有需求，会同时争夺并不奇怪。
朝露歌：你应该知道，我们公会是《幻境》刚开服就存在的老牌公会，不管是成员的福利还是各项官方活动的排行都不会差，加入我们绝对不会让你失望。

佑迁：仙踪林吗？不好意思，我真的不太了解。

朝露歌一时语塞。

天天做梦难得看他露出这样尴尬的表情，不由得好奇地问："怎么了，这个佑迁也拒绝你了？"

朝露歌说："不，他还没表态。"

天天做梦问："那你一副苦瓜脸是干吗？"

朝露歌不由得抬头看了他一眼。沉吟片刻，朝露歌道："他好像，不知道我们公会……"

"不会吧？《幻境》的每个区服都有我们的分会，只要是老玩家，怎么可能不知道？"天天做梦说着，忽然想到了一个可能性，道，"难道他没去过老区？但是能带队破纪录的话，操作水平应该很高才对啊。要不然，他是从《混沌》过来的？"

这个猜测和朝露歌的想法不谋而合，两人忍不住感到有些头疼。

对于从老区来的玩家，舍得提供优越福利的话，不担心吸引不住人。可如果是从《混沌》来的，很大概率会去加入那些新来的俱乐部公会，拉人的难度系数就大大提升了。

和天天做梦互相交换了一个眼神后，朝露歌继续对佑迁发消息。

朝露歌：没听过也不要紧，你只要加入我们公会，享受的待遇绝对会比在其他公会好。

也不知道佑迁是在考虑还是在忙着应付其他公会，朝露歌发出消息之后，佑迁那边就没了动静。

就在朝露歌等得有些心急时，他终于收到了回复。

佑迁：不好意思，虽然我知道破副本纪录的事确实吸引到你们了，但我只是觉得好玩，真的不是有意的。

朝露歌无语：刷纪录，好玩？
好吧，也确实是挺好玩的……如果让人崩溃也是好玩的一种解读的话。
他强忍着不去想接下来很长一段时间可能需要经历的疯狂刷本的灰暗生活，正在组织语言，他就看到对方又发来了两条消息。

佑迁：实在很抱歉，我真的不能去你们那儿。
佑迁：我准备自己成立新的公会。

如果说之前朝露歌还能试着努力一下的话，看到最后那句话，他就只能苦笑了。
回了一句"祝你顺利"后，朝露歌看了一眼天天做梦，无奈地说道："没戏了，人家想要自己创建公会。"
虽然很遗憾，但是这个区里藏龙卧虎，最不缺的就是高手。
天天做梦也没太往心里去，只是有些感慨地说道："那就这样吧！没办法，现在有些实力的玩家，心都很大。"
就当各大公会的管理人员被佑迁轮番伤了一把心之后，拒绝了所有好友申请的杨溯繁反倒是收到了来自这位土豪老板的邀请。

佑迁：朋友，考虑加入我的公会吗？

说实话，杨溯繁怎么也想不到佑迁居然有自己创建公会的想法。
毕竟《幻境》的公会不像其他游戏，本身上面压着各家俱乐部旗下的职业公会，又有不少纯经营商会类型的生活玩家公会，普通玩家自己创建的公会虽然很多，但是如果去老区稍做统计就可以发现，那些公会的存活率相当低。他不否认这位老板确实非常有钱，但是一个公会可不只是有钱就可以运营下去的。

就在他犹豫的时候,佑迁的消息再次追了过来。

佑迁:怎么样,其他的那些公会也找你了?你已经决定要去他们那儿了吗?

不知道为什么,这句话看起来,莫名有一种委屈巴巴的被遗弃感。加上对方之前的种种表现,杨溯繁脑海中浮现出的,竟是一只耷拉着耳朵的哈士奇形象。

他适时地阻止了自己的想象。看到这句话,他心想,这些大公会的人果然不可能放过这么一个金光灿灿的土豪。他输入消息问道——

最多充六元:选择一个公会加入比你自己创建要轻松很多,毕竟运营公会不是随便玩玩就可以实现的,投资再多也不一定能挺到最后。既然有那么多公会邀请你,我觉得,其实你可以考虑找一家大公会加入,游戏体验应该会更好。

他这一番话下来,可以说是设身处地提出建议,非常中肯了。不过,对方显然已经打定了主意。

佑迁:我知道办公会不容易,但我就是为了这事儿来的这个游戏。
佑迁:毕竟,没试过的话,谁又知道最后会怎么样呢?

看这语调倒是志在必得,甚至字里行间还透着一股子谁与争锋的傲气。杨溯繁忍不住失笑出声:"呵,初生牛犊,就是冲动。"

佑迁:你放心,我创建的公会不管是成员的福利还是各项官方活动的排行都不会差,加入我们不会让你失望的。我们公会成员享受的待遇,也绝对会比其他公会都好。

远在仙踪林领地的朝露歌平白地打了几个喷嚏,他有些茫然地揉了揉鼻尖,显然不知道自己刚才绞尽脑汁的说辞,就这样被人套用了。

这两句话,杨溯繁不管怎么看都不觉得是出自这人的手笔,不过,当余光瞟过角落里依旧在不断弹出的好友申请提示时,他考虑了片刻,心里倒是暂时有了选择。

照这个情况,今天他要是没给出反馈的话,迟早要被各路公会管理给骚扰死。而且从时间上看,很快就要到开放新等级的时候了,下个阶段还需要公会任务的那部分经验来迅速提升等级,就算他不去佑迁那里,也需要尽快地挑选一家别的公会加入。

最多充六元:好吧,我去你那儿。

最多充六元:创建好后拉我。

他刚说完,眼前忽然就弹出了一条公会邀请。

佑迁邀请您加入黄金财团公会,同意或拒绝?

杨溯繁这才发现,刚才还没有加入任何公会的佑迁,此时已经赫然顶着一个黄金财团副会长的头衔,看起来格外显眼。

嗯,一看就是非常符合这位大佬气质的公会名称。

所以,现在后悔还来得及吗?

第一眼的时候,杨溯繁真的很想收回刚才给出的承诺。他面无表情地在那个公会名称上来来回回地看了几遍,这才下定决心一般点下了"确定"。

他确认的同时也激活了公会系统的新手引导程序,看着那个无法强制退出的操作提醒，他不得不打开公会频道，发了一个特别傻的表情符号。

好在，他并不是唯一一个发表情的人。

显然有很大一批人也是刚刚加入，整个频道里顿时被满满的笑容表情和波浪线刷屏，场面一度壮观。

好不容易结束了所有的引导流程，杨溯繁随手关上聊天频道，调出公会的成员列表来看了看。

《幻境》世界里向来都是适者生存，在这种所有公会疯狂争夺成员的阶段，玩家创建的公会几乎就是食物链底层的存在，像黄金财团这种才刚刚创建的公会，这拉人的速度似乎太快了点儿，不得不让人怀疑是不是采取了某种特殊手段。

成员列表里的名单分布非常显眼，佑迁拿的是副会长的位置，至于会长，则是由之前一直跟着他的那个ID为"青步踏雪谣"的妹子暂时担任着。

这样一看杨溯繁就明白过来之前辅助妹子为什么没空了，她应该是在做公会创建前期的筹备工作。

杨溯繁继续往下看，视线很快就停留在了公会公告这一栏上——

黄金财团公会，励志打造全区最豪华公会，不管是土豪玩家还是技术玩家，这里都会是您最佳的归宿！开服一个月内加入的新成员，入会满一个月后，按照相应的贡献积分，均可兑换公会提供的70级任意部位紫色装备一件，分满即可领取，上不封顶。祝大家游戏愉快！

70级是目前《幻境》的最高等级，抵达70级之后，游戏才算正式开始。所以，如果说在这之前的所有装备配置都只是用于过渡的话，那么70级的装备就是完完全全的毕业装，价格远不是前期装备可以比拟的。

就目前这个公告来看，虽然设定了"开服一个月内加入""入会满一个月""公会提供""70级紫色装备"等前置条件，但是即使是最便宜的紫色装备，到时候估计也不可能低于三千灵币，折合现金就是起码三百星元。

而一个初级公会的成员数量可达50人,更不用说建设升级后了,这样一批批下来,轻轻松松就是过万星元的开销,是真正的上不封顶。

而且,这显然只是吸引成员的第一拨福利,后面怕是还暗藏玄机。

要不是里面还明确说明了需要用公会贡献来兑换,多少看得出来佑迁在之前还算是做过了功课,杨溯繁怕是真的要怀疑这人开始进入无差别扔钱的状态了。

有钱人的世界真难懂。

他默默地摇了摇头,刚要关闭公会列表,恰好看到一条消息弹了出来,点开一看,居然是佑迁把公会另一个副会长的职务给了他。

杨溯繁完全没有思考,直接选择了辞职。

佑迁:秒拒?

佑迁:六元,你这是故意跟我秀手速吗?

最多充六元:不是。

最多充六元:我待在公会里就行了,不想负责管理。

佑迁:好吧,人家刚求着我我都没给,白送你居然还不要,真是可惜了。

听这语调确实挺遗憾的,如果不是过了老半天后依旧没有人被任命为副会长,杨溯繁估计真要信了他的鬼话。

刚刚加入公会的成员们都显得很活跃,其中有新玩家,有从《幻境》老区过来的老玩家,也有从《混沌》世界过来的移民。一起进入公会,他们显然都非常兴奋。

随着又一拨新成员的加入,公会频道内一派欣欣向荣的景象。

视你如命:一直没有加入公会,就是在等,这公会简直是给我量身打造的啊!

捂着心脏说疼:认同!冲这公会名,必加!

雨不眠地下：哇，楼上两位不是装备分排行榜前十的大佬吗？求合影！

疯疯癫癫的小可爱：现在的排名不算什么，重要的是以后要稳。

疯疯癫癫的小可爱：你们看我这把武器怎么样？

一二三木头人：现在就有橙色武器了吗？

视你如命：朋友，你这武器哪里弄的？我也想搞一把。

疯疯癫癫的小可爱：我一个长期合作的装备商给的，货少，这把60级的花了我十万灵币呢。

视你如命：钱不是问题。

疯疯癫癫的小可爱：好，私聊，我介绍给你们。

旧人勿恋：拜大佬！

九月你好：拜大佬！

你给的忽略：拜大佬！

……

杨溯繁扫了一眼后就直接关闭了公会频道。

虽然就佑迁本身的属性，进公会的时候杨溯繁就有了一些思想准备，但是现在看来，他还是小瞧了土豪效应。好在他平时就不是一个喜欢跟陌生人聊天的人，果然还是潜水（在聊天群中不说话只看内容）比较适合他。

看了看时间，已经将近中午11点了，杨溯繁选择暂时退出游戏去解决一下午饭问题，好在12点开放新等级之后第一时间投入下阶段的冲级中。

以前在俱乐部的时候有独立的餐厅，现在一个人过了，午餐简单得很，一碗阳春面加个鸡蛋。杨溯繁坐在餐桌旁，一边吃一边随手拿出手机翻看。

经过这段时间的缓冲，《混沌》倒闭的余波已经渐渐过去，大家开始接受只有第二世界存在的平静生活。

《幻境》官方提供的视频直播平台幻影TV上，每天都会有玩家上传的大量视频，而最近有一条似乎特别火爆，黑马一般直奔上了人气榜的前十名。

这条视频名为《惊！第十一区惊现大神，山精惨遭屠杀是为哪般？！》，视频上线短短两天，已经有了数百万的点击量，目前数据依旧呈现上升趋势。

杨溯繁闲来无事，本来只是点进去随便看看，看到后却是不由得愣了下。

这是从第三视角拍的短视频，距离还有些远，可是并不影响画面当中那片声势浩大的鲁西西军团，和被包围在其中若隐若现的渺小身影。

不得不说，这个身影真是越看，越让他觉得眼熟……

第四章
神秘高手

杨溯繁怎么也没想到，自己在换了新角色之后第一次出名，居然是以这种方式。

不过现在回想起来，当时毕竟是在刷怪区域，周围有其他人看到也是再正常不过的事，只是被录下来就真的是出乎他的意料了。

有趣的是，在这段视频的最后，那人还留下了一个联系方式，说是因为这个视频盈利过高，希望被拍到的玩家本人在看到后主动联系他，拍摄者愿意合理地分配这笔不菲的收入。

看得出来，这个拍录像的人还算耿直，没想过要独吞盈利。但即使这样，杨溯繁也不可能真的去主动联系对方。

他可还没见钱眼开到为了一点儿利润就直接把自己卖了的地步。

把视频反反复复看了好多次，确定从这个过远的角度确实不至于让人把他直接认出来之后，杨溯繁才稍稍松了口气，安心地继续吃起了午餐。

当然，如果他知道这个视频正在各家公会当中广为流传，即使未必会被多重视，这顿饭他恐怕也没办法吃得这么安心了。

此时，仙踪林的公会会长朝露歌手中拿的正是这样的一份视频录像。

"怎么样，这怪引的，有意思吧？"天天做梦虽然挂着副会长的头衔，可是比起他们的这位正版会长要显得空闲很多。他不用成天盯着游戏挖掘高手，所以一有空闲就喜欢去那些视频网站上溜达，刚才他正好看到这段人气爆棚的录像，就给他们会长送了过来。

朝露歌看是看完了，表情却有些无语："所以你给我看这个做什么？一个连拍摄者本人都不知道是谁的高手，难道我还能给你找出来吗？"

"我说朝露啊，你最近就是工作压力太大，神经绷得太紧了点儿。"天天做梦拍了拍他的肩膀，笑道，"我就是想让你知道咱们现在这十一区真的是藏龙卧虎，随便一个人拉出来都这么风骚，我们绝对不愁挖掘不到高手。我哪里是要你真的把这人给找出来啊？"

朝露歌最近确实在为招人的事感到头疼，闻言，他幽幽地叹了口气，道："就这视频来看，这个人很显然还有队友，说不定是哪家公会派来这区开荒的高手，你这一口一个'路人'的，说得也太笃定了一点儿。"

"不，这人确实不会是其他公会开荒的。"旁边忽然传过来一个低沉浑厚的声音。

两个人冷不丁被打断了对话，却在循着声音看过去的时候下意识恭敬地挺直了背脊。他们默默地交换了一个错愕的眼神，显然没想到刚才的那段视频居然会引起这人的注意。

开口说话的那人使用的ID叫笑不笑，但只要是《幻境》的老玩家，都不可能不知道他在一区使用的"喉中痒"这个名字。

老实说，当初得知这位"远古大神"要和他们一起来十一区开荒的时候，朝露歌在有些激动之余，也不免感到惴惴不安。

虽说公会这次分派过来的人不管搁哪个区都是实打实的顶尖高手，可是和这么一位"远古大神"在一起组队，依旧让人免不了担心自己实力不济拖了后腿。这时候听笑不笑忽然开口，两人停止了讨论，他们想知道大神从这视频里发现了什么端倪。

谁料笑不笑说了那么一句之后，显然没有了要再解释的意思。他皱着眉心又把这段不长的录像从头到尾看了一遍，才再次开口道："这人，你们拉不到。"

这句话和前面那句显然是自相矛盾的。

既然不是其他公会来开荒的，那必然是一个散人玩家，既然是一个散人玩家，他们仙踪林这么大一个公会，又怎么可能拉不到？

天天做梦看向朝露歌，见朝露歌也一脸错愕地看着自己，他忍了忍，到底还是开口问道："难道，笑神您认识他？"

"笑神"是喉中痒在一区时的外号，到了这里，他干脆改了个ID叫笑不笑。此时闻言，他只是淡淡地"哦"了一声，很干脆地说道："不认识。"

天天做梦和朝露歌一时语塞。

笑不笑见他们不明白，难得有耐心地解释了一句："就这段视频里的走位，就算是让我去做，也不见得能比他做得更好。"

这番话一出，两人不由得从沉默转成了错愕。

不说笑神本人的个性有多么让人难以相处，但是光从实力上来说，不只是在他们仙踪林俱乐部，即使放眼整个《幻境》世界，他都绝对是能封神的。这个视频里的人到底是何方神圣，居然连这样的大神都毫不避讳地表明未必可以做得更好？

如果最后的这番说辞不是谦虚的话，那么拥有这样操作实力的高手，怕是十一区的所有公会都可以随他挑选，还真不是他们仙踪林三言两语就可以随便拉得动的。

笑不笑没有再多说什么，转身走了。

目送着他离开公会大厅，朝露歌和天天做梦两人依旧大眼瞪小眼地站在原地。他们震惊得不知道应该说些什么。

好半天，天天做梦才开口问道："其他公会也有从一区派人过来吗？"

朝露歌想了想，说："有是有，但是笑神刚不是说了，这人不是其他公会来开荒的吗？"

天天做梦问："那散人大神呢？"

"如果是说排名靠前的神级玩家，根据各区的反馈，确实有那么几个，可是也都是20名开外的了，除了删号稍早的那位……"朝露歌说到这里的时候，不由得顿了一下，然后他自觉地否定道，"那位……不可能的。"

"什么不可能的？"天天做梦看他这样自问自答，不由得追问道，"到底谁啊？"

"剑圣，浩繁。"朝露歌提到这个名字的时候，语调都不由得敬重了几分。

听到这个名字，天天做梦几乎想也没想就直接否认道："确实不可能。"

且不说浩繁删号事件发生在全息世界那场天翻地覆的动荡之前，就算他真的来了新区，也必然是前呼后拥，怎么可能沦落到亲自拉怪的地步？

一番分析之后，两人只觉得越发没有头绪。

这人到底是谁啊，难道是从《混沌》来的？

杨溯繁自然是不知道自己的"马甲"因为这个意外的视频差点儿被人直接扒下来。他吃完午饭后重新登上游戏时，正好临近12点，马上开放新等级，时间卡得相当好。

他本来准备去找新的练级队伍，没想到好友列表里接连弹出了几条消息来。

繁星点点：厉害啊六元，我才半天没上线，你居然就拿了个副本纪录！

因为临近新等级开放的时间，一时半会儿也没人去碰副本，杨溯繁和佑迁刷下的纪录依旧高高地挂在榜单上，虽然只是25级的副本，也非常引人注目。

杨溯繁一边谦虚地回了两句，一边翻了翻其他的几条消息，都是刷新手副本时组队的那几人发来的。对方除了不无意外地对他的副本纪录表示惊羡之外，也顺便提出了继续组队刷本的邀请。

杨溯繁正好需要找刷本的队伍，他点开他们的面板看了看，发现包括皮皮萨这个新人在内，几个人现阶段的属性都还不错。

比起用这身寒碜的装备去别的队伍碰壁，他自然是非常乐意地把他们都组在了一起。

"怎么又是你？"繁星点点本来心情还很好，看到奶四海也在队里，他顿时忍不住说道，"这回加血技能可别再乱用了，不熟悉就悠着点儿，知道吗？"

奶四海反唇相讥："那你也要拉好你的怪，别放出去咬到别人了。"

杨溯繁看到这两人一见面就要吵起来，顿时哭笑不得。一低头，他看到有一条新消息。

佑迁：六元，一起刷本？

最多充六元：不用了，我和朋友组一起了。

之前那次为的是刷副本纪录，现在只是刷本升级的话，佑迁那边队伍中的几人还算固定，应该也没有多余的位置，他要是过去，估计得挤走一个。

既然组好了队，杨溯繁也就没准备改变主意。

佑迁：好吧，不过你要快点儿升级。

佑迁：明晚有公会战，你记得吧？一定别忘记参加啊！

如果不是佑迁专门来找他说起，杨溯繁恐怕还真的完全不记得这事了。

说起公会战，当初他在《幻境》一区的前几年也参加过，成为《混沌》职业选手后，他就基本没精力了。除了打神武坛换些提升角色的必备道具之外，他再也没参加过PVP（玩家对战玩家）方面的其他活动。

其实公会战这种活动，说白了就是为了让成员累积公会贡献值。虽然说黄金财团公会的福利看来确实非常吸引人，可是对杨溯繁而言真的没有太大用处。

这种公会提供的紫色装备基本上是一些常规属性加成的，而他在这个区准备培养的角色方向又过于特立独行。到真正需要更换毕业装时，他还是得亲自上市场好好地淘一淘，现成的紫色装备对他而言半点儿用处都没

083

有。更何况，通过公会发放的装备是直接绑定的，没办法转手拿出去卖钱，所以对他而言，有这时间参加公会战，还不如多刷一些低级材料卖钱来得靠谱。

但人家副会长都亲自追过来邀约了，他也只能委婉地表达了一下自己的想法。

最多充六元：其实我们公会的土豪挺多的，只要不撞到老牌公会，应该没什么问题。

佑迁：话是这么说，但我还是希望你能来。

最多充六元：嗯？

佑迁：不知怎么的，你在我就觉得安心很多。

最多充六元：……

朋友，我只是带你刷了次副本，怎么还搞起了偶像崇拜！

杨溯繁正腹诽，对方却又抛来了一个更刺激的消息。

佑迁：而且我们明天的对手还真的是老牌公会，虽然是《混沌》过来的。

最多充六元：《混沌》的公会？哪家？

佑迁：堕天。

即使已经不再是职业选手，可是看到这两个字的时候，杨溯繁依旧感到脑袋隐隐地疼了一下，他脑海中不由得浮现出了某个男人不苟言笑的脸来。

最多充六元：我可以不去吗？

虽然这么大一场公会战也未必就会撞见，但杨溯繁还是小小地挣扎了一下。

佑迁：只要你来参加，不管胜负，我个人给你一万灵币的报酬。
最多充六元：好的老板，我保证提前升到55级！

这么划算的交易，不做是傻子。

"那个，大家抓紧一点儿，明天之前我需要冲到55级。"
既然答应了佑迁，杨溯繁很快就进入练级状态。将几个人集合到一起后，他又仔细看了看装备，确定没什么大问题就直接带队进了副本。

繁星点点全程无条件配合，只是看杨溯繁这赶时间的样子，他了然地道："六元，你这是要参加明晚的公会战啊？"话说到这里，他忽然顿了一下，似乎这才发现，他语调惊讶："不是吧，你居然加入了那家纯土豪俱乐部？"

杨溯繁一时错愕：民间传闻这么刺激的吗？

皮皮萨跟在旁边清着小怪，闻言有些好奇地凑了过来，问："什么纯土豪俱乐部？"

繁星点点显然很喜欢这样有听众的感觉，他清了清嗓子，一副解说做派道："你们看啊，目前我们区的装备总分排行榜上，前20名里有10个是黄金财团公会的，前50名那就更多了。现在一级公会才能容纳多少人啊，就这百分比，要说是全区最豪气的公会，谁敢不服？"

皮皮萨瞠目结舌："厉害，厉害！"

杨溯繁本人从来不看所谓的装备总分排行榜，毕竟全息时代当中，装备只能让你锦上添花，并不能代表全部的个人实力。不过这会儿听到繁星点点提起，他也有些好奇地点开看了看，一眼就瞧见了在榜首屹立不倒的那个ID——佑迁，其名字前面的No.1（第一名）金色徽章格外闪亮夺目。

从某方面来说这也是一种才能，不服不行。

杨溯繁不由得也有些好奇这人现实中的身份了。

这次副本团队的众人已经不是第一次配合，在杨溯繁的全权指挥之下，虽然速度肯定比不上那些职业俱乐部中抢纪录的王牌队伍，但在普通玩家中绝对不慢。特别是当繁星点点打开话题之后，所有队员一边其乐融融地推着本，一边就十一区目前的局势情况讨论了起来，使得原本枯燥的冲级氛围也变得活跃了起来。

杨溯繁全程没怎么参与讨论，只在刷本需要注意的时候，他才会开口提醒几句。但是他听了一路，只觉得自己对繁星点点这位兄弟的敬佩之情如同滔滔江水般一发不可收拾。

怎么说呢？这位能人简直就是一个"百事通"，而且他不只是对《幻境》世界十一区的情况了如指掌，甚至掌握着老区各位神级玩家、选手们的详细动向。这些都不算什么，他居然对才从《混沌》世界过来的那些俱乐部公会也如数家珍，这就有些恐怖了。

对于这点，之前和繁星点点明显不对付的奶四海也不得不佩服得五体投地。

但是在队友们崇拜的目光当中，繁星点点却是不由得唏嘘道："可惜啊，饶我'繁世通'英明一世，依旧没能得知繁神的下落。本来以为他删号后总会来新区的，可是经过我这两天对排行榜的观察，连符合我繁神半点儿气质的影子都没找到。难道他真的弃游不玩了吗？"

杨溯繁之前只知道这位朋友是他以前账号的粉丝，还真不知道对方是为了追他才来的这个区，一时间他心情难免有些复杂。他只能在心里默默地说道：玩了个这么不像大神的账号，真是不好意思了……

当然，他现在也不可能直接跳出来自爆"马甲"，毕竟就这寒酸样，说出来连他自己都不信。

他轻轻地摸了摸鼻尖，倒是想起一件事来："那个，繁星，你刚才说仙踪林的笑不笑就是一区的喉中痒，你确定吗？"

繁星点点应道："那当然，我的消息来源绝对可靠。不久之前仙踪林内部闹了矛盾，笑神和明王那边的几个人吵翻了，俱乐部管理层安抚不下，正好十一区开了,管理层就暂时将他们分开,省得影响内部团结。"

杨溯繁错愕道:"这你都知道?"

繁星点点笑道:"这算啥?我还知道来十一区是笑神自己主动提出的,虽然这样难免会让人觉得仙踪林那边是有意要保明王几个人,但实际上现在十一区才是整个《幻境》世界最核心的所在。再等一段日子,所有俱乐部重新洗牌也不无可能。"不得不说,这番话每一句都说得很到位。根据杨溯繁对喉中痒的了解,如果不是自愿的话,即使是仙踪林的高层管理者也对这尊大神无能为力。

杨溯繁虽然一直没有签约任何一家《幻境》的俱乐部,但也算是半个职业圈的人,对一些内幕有所了解是情理之中的。倒是对繁星点点这个人,他得重新评估一下。

不过目前来看,这些情报都非常有用。

既然已经知道笑不笑确实就是喉中痒本尊,杨溯繁心里默默地下定了决心,一定要离他远一点。这个胆大心细的莽夫真要扒起他的"马甲",估计比扒衣服还快!

45级的新副本的用时显然要比其他副本长很多,但好在一轮下来经验不错,等每周三次的副本机会刷完,大家陆陆续续升到50级的时候,第二天也就过去了。

这一次系统虽然把等级直接提升到了60级,但下次开放新等级的时间是3天后,时间很充裕。很多人到50多级后都选择暂时停下,只有一部分冲级达人和第二天想要参加公会战的人,还在勤勤恳恳地奋斗着。

刷完副本之后,杨溯繁开始做主线任务。

这些任务在前期的经验占比很高,非常适合冲级的时候用来填补经验。唯一的缺点就是有些太无趣,除了找人、送物品、收集材料、打怪之外,没有半点儿新意,难免让人做得昏昏欲睡。

等终于做完了现阶段的所有主线任务,杨溯繁的角色顺利升到了54级,在这个过程中除了吃饭,他几乎全程都在专注地升级。这个时候他终于有些撑不住了，连连打了几个哈欠后，他退出了游戏，爬上了自己舒适柔软的小床。

按照正常的节奏，等他第二天睡醒之后上线，再做些公会任务就完全可以在公会战开始之前升到55级，时间非常宽裕。

如果不是来了一位不速之客的话。

"给，喝点儿牛奶？"杨溯繁才睡醒没多久，整个发型有些凌乱，他看着那个坐在沙发上一言未发的少年，语调又不由得软了几分，"这么早就跑出来了，孙副队知道吗？"

"知道。"唐胥斌披着一件宽大的运动外套，将整个人牢牢地罩在了里面，只露出白皙干净的脖颈，使少年原本就青春动人的外观更添了几分清澈。

杨溯繁就这样垂眸看着他，也不说话。或许是在这抹注视下终于感到了一丝心虚，唐胥斌捧着牛奶的手指微微地蜷了蜷，他声音细若蚊蚋地补充道："我出来的时候他看到了……应该。"

看着小徒弟这个样子，杨溯繁不由得有些头疼地挠了挠发丝。他自己也拿了一杯温水在旁边坐了下来，语调平静地说道："现在俱乐部刚刚开始融入《幻境》世界，你不好好地熟悉游戏，却在这种时候跑来找我，这是一个职业选手应该做的吗？小斌，我以前好像不是这么教你的。"

唐胥斌还没来得及倒苦水，就先被训了一顿，他原本低着的头顿时更低了。可是他双唇紧紧地抿了半晌，到底还是倔强地吐出一句话来："但我真的不喜欢他！"

"他？"杨溯繁很快抓住了话里的重点，他忽然有些好奇地打量了一番少年的表情，然后轻笑着说道，"你是说那个被提上来顶替我的位置的小孩吗？"

"对，就是那个夏宇泽！"一提起这个名字，唐胥斌整个人都变得有些咬牙切齿，"这家伙太目中无人了，以前不服孙副队也就算了，现在居然还说师父你的时代已经过去了！一个才从青训队出来的臭小子，连师父你的一根手指头都比不上，居然这么嚣张！而且他一天天的就知道强词夺理，我吵不过他，就……"

"所以，你就气得自己一个人跑出来了？"弄清楚来龙去脉之后，杨溯繁忍不住笑出声来。

只怪这番话画面感实在太强，他不用细问也能猜到是怎么一回事了。

看样子，新提上来的队员不是个好相处的，孙昭平每天卡在这两个人中间，本来就很大的头怕是又要大上好几圈了。

以前杨溯繁在队里的位置是主力输出，而唐胥斌则是专精暗杀，一明一暗，是当之无愧的双杀配合阵容，这也是星辰战队的一大特色。现在他退役了，那个叫夏宇泽的新人应该就是战队给唐胥斌安排的新搭档，只不过就目前的情况看，这两个人在磨合上面，恐怕还得好好地下一番功夫。

当初唐胥斌是杨溯繁一手提拔上来的，唐胥斌对他有知遇之恩无可厚非，更何况唐胥斌本意就是为了维护他这个师父的尊严，他实在无法对其苛责。

可是有一点，杨溯繁觉得还是有必要让唐胥斌清楚。他轻轻地抿了一口水，道："小斌，其实他说得并没有错。"

"怎么就没有错了？"唐胥斌本来是来这里寻求安慰的，没想到连师父都帮着外人说话，他顿时急了，"那臭小子的水平你是没见过，你们如果交手的话，我保证他连一分钟都撑不过去。"

"但即使这样，也不能证明他说错了。"杨溯繁静静地看着他，又忍不住在他头上揉了一把，"只要是职业选手，就必然会有操作退化的那一天。没有谁可以永远地站在战场上，也没有谁的时代是经久不衰的，我也一样。"

唐胥斌紧紧地抓着手里的杯子。他紧抿着双唇，没有说话。

杨溯繁微不可闻地叹了口气，他从沙发上站了起来："所以，才需要你们带着我的那份希望，继续向前冲啊，小斌。"

接下来的一整天，几乎都是杨溯繁以关爱青少年身心健康为话题开展的讲座，等到把唐胥斌送走之后，杨溯繁一个人坐在沙发上，盯着天花板出神。

这个时候,他才真正地觉得,自己退役的这个选择是如此正确。

他是把战队推向巅峰的关键力量,但同样的,也是让他们停滞不前的重大阻碍。对他过于依赖是整支队伍最大的问题。所以,只有他彻底放手,才能让他们迎接更多的可能,拥有更广阔的舞台。

现在,果然不适合让他们知道他也在《幻境》十一区的事吧?

这样唏嘘地想着,杨溯繁无意中拿起手机看了一眼,当视线扫过屏幕上的时间时,他忽然想起了什么,整个人顿时"嗖"地从沙发上弹了起来。

完了,忘记公会战的事了!

当杨溯繁上线的时候,整个公会频道都在紧锣密鼓地进行着公会竞赛前的最后准备。

佑迁似乎是一直等着他。他这才冒头,佑迁的好友消息就追了过来。

佑迁:你怎么才54级?

最多充六元:不好意思……

佑迁:那现在怎么办?

最多充六元:我这就去冲等级!

佑迁:好。

杨溯繁没再耽搁,扭头就冲进公会领地去冲级了。

此时此刻,佑迁队伍里的四人正肩并肩地站在公会领地当中,半晌没等到最后的位置填满,有人忍不住问道:"还有一个人呢?我们总不至于四个人去打公会战吧?"

佑迁倒是很淡定:"放心,已经联系过了。"

视你如命倒是无所谓:"我们这队伍的装备肯定碾压对方,四打五也没事。"

"那万一人家派了几队来堵我们呢?"疯疯癫癫的小可爱还是觉得稳

一点儿更重要,他转头问道,"佑迁,你不是联系他了吗?先组进来呗!"

佑迁说:"别急,他现在才54级,先冲下等级。来得及。"

看着他如此淡定的样子,即使是主力队的土豪大佬们都不免感到风中凌乱。

54级?公会战还带临时冲级的?

55级的时候有大量的属性和技能点需要分配,就算提前研究过,也根本不可能这么快就直接配置完毕吧!这是能不能来得及的问题吗!

好在杨溯繁下号之前差的经验不算太多,速刷完一系列任务,他很快顺顺利利地升到了55级。至于升级一瞬间出现的新的技能和属性点,他更是早就模拟过无数次了,根本不需要任何犹豫。

临近七点半,距离公会战开始还有半个小时。

因为《幻境》世界采用的是和现实完全一致的时间轴,游戏内天色已经彻底暗下,只剩下公会领地里若隐若现的灯火。

杨溯繁准备完毕之后给佑迁发过去了入队申请,但是当通过之后,他余光扫过队伍的成员名单,瞬间又退了出去。

这时候土豪主力队里的几人都满心好奇地想看看最后的队员到底是何方神圣,恍惚间,他们看到队伍列表里忽然多了一个名字,还没来得及细看又空了,他们不由得有些纳闷地揉了揉眼。

视你如命说:"刚才是不是有人进组了,是我眼花了吗?"

疯疯癫癫的小可爱回答:"不,命哥,你没眼花,确实有人进来了。"

视你如命问:"那人呢?"

捂着心脏说疼沉吟道:"好像……又退出去了。"

视你如命说:"就冲这操作速度,我是服气的!"

几个人不约而同地沉默了下,然后抬头朝佑迁看去。

其实佑迁也不是很清楚,不过他还是非常镇定地猜测道:"大概是看到各位,害羞了?"

众人无语：这是来打公会战，害羞什么啊！

杨溯繁确实是因为看到这几位在装备排行榜上的土豪大佬才退的队，但是跟害羞可没半毛钱关系。虽然说一开始答应了要来参加公会战，可是就他这身破装备和佑迁那手残程度……他本来以为佑迁会安排一个和他装备差不多的队伍，他怎么也没想到，佑迁直接拉了个主力队过来。

真不知道这人是怎么想的，现在这队里任何一个人的装备，都抵他目前的号好几个了。

佑迁：怎么回事？

最多充六元：我这装备打不了主力队。

佑迁：你人能打就行了。

最多充六元：对上装备好点儿的，我估计最多只能撑两刀。

佑迁：没事，死了赖奶妈。

最多充六元：咳，这样合适吗？

佑迁：特别合适。

佑迁：你的水平我清楚，如果这还打不过，肯定是队友的锅。

话说到这份儿上，再继续被夸下去，杨溯繁都怀疑自己要脸红了。

就他的实力来说，当然不可能因为装备的问题打不了主力，只是因为今天对面的公会是堕天，里面有个"心黑"的人坐镇，他担心一不小心表现过头就会被盯上。

不过安静下来想想，有这么一队金光灿灿的土豪阵容做靠山，应该不需要他出太大的力。而且这几个大佬一个比一个耀眼，估计一出场就能吸去绝大部分的仇恨值，相较之下，别人就更不容易注意到他了。

嗯，大概。

杨溯繁越想就越觉得稳妥，于是他还是进了队伍，传送了过去。

佑迁几个人在公会领地里一站，就像是自带灯光效果一样熠熠生辉。

很多公会成员本身就是奔着这几个人来的这家公会，在组织的安排下，他们都找到了自己的队伍。这时候大家围成一圈聊着天，可是视线总是会有意无意地朝着这片土豪领域瞟。

《幻境》的玩家数量很多，多多少少都会充上一些钱，但如果不是全职的全息工作者，都是点到即止，很少有这种狂热的充钱玩家。这批人虽然没有那些神级玩家那样光芒四射，但也绝对是所有人都期待接近的亮瞎眼的存在。

可惜土豪的世界光芒太强，实在让人难以融入。

看着人家和自己装备一个天一个地，很多人只能默默地摇摇头，觉得做朋友这种事情，果然还是需要天时地利人和。

然而就在这个时候，众人看到那队人里多了一个格格不入的身影：一半的新手装，一半的副本装，简直朴实无华到了极致。

正当大家都以为这只是一个负责联系的公会工作人员时，这个叫最多充六元的人走到了主力队跟前，直接留在了那里。

难道这就是传说中的第五位队员吗！

公会众成员压下内心疯狂冒出的惊讶，感到心里仿佛长出了一整棵茂盛无比的柠檬树——他们也想要被土豪们带着啊！

杨溯繁当然也感受到了来自公会成员们炽热的眼神，他非但没有半点儿自豪，反倒是在心里幽幽地叹了口气。

这都算什么事啊？

"所以，你就是佑迁说的那个绝世高手？"疯疯癫癫的小可爱绕着杨溯繁转了两圈，感慨道，"别说，还真有几分世外高人的气质！"

视你如命惊讶道："这都能看出来？"

疯疯癫癫的小可爱朝他摇了摇食指："这你就不懂了吧？那些古早武侠小说里，往往穿得越破、长得越丑的，武功越是高强。"

杨溯繁无语：不好意思，穿得破给你们土豪队丢人了！

至于长得丑这点，他选择了直接忽视。

看得出来佑迁在他还没进队的时候就做好了队友们的思想工作，至少一番交流下来，并没有人因为他这身破破烂烂的装备而表现出嫌弃。当然，也可能土豪们对自己的极品装备充满了信心，对于到底谁来打辅助，他们其实一点儿都不在意。

杨溯繁打过招呼之后，就对队里几人的定位有了初步的了解。

佑迁就不用说了，绝对的肉盾型战士，刚才说话的疯疯癫癫的小可爱打的是远程射手输出，视你如命是治疗，最后一个捂着心脏说疼则是高爆发的法师，整体来说，配置齐全。

系统：距离公会战开始还有10分钟，请所有参赛人员回到公会领地。

当系统倒计时公告弹出的时候，原本沸腾的公会频道顿时彻底安静，只剩下公会会长青步踏雪谣稚嫩的嗓音从统战频道传来，在这个时候听起来，却是无比沉着镇定："公会战马上就开始了，请各队长带领好队员，听从统一指挥。"

经过这一天下来，杨溯繁也已经了解了，虽然说佑迁似乎才是幕后的老板，可是公会的所有运营操作实际上都是由这位妹子一手操办的。而且，她的每一步都安排得非常周密，不管是执行力还是管理能力，绝对是他见过的顶尖的公会管理水平。

现在连公会战的部署也这样有条不紊，不得不说，她是个狠人！

系统：距离公会战还有1分钟，请所有参赛人员回到公会领地。
系统：公会战即将开始，冲吧勇士们，胜利属于你们！

随着系统倒计时完毕，原本在公会领地里的所有人瞬间被传进了一张全新的地图。

也不知道是运气好还是不好，第十一区的第一次公会战，触发的居然是公会攻防战的模式。

在这种模式下，不存在任何多于10人的大型团队，参赛人员全部以5人小队的形式存在，进入地图后统一刷新在属于自己阵营的公会堡垒当中。初始阶段，对战双方的堡垒均有3000的初始耐久值，通过拼搏厮杀之后，谁能率先攻破对方城堡，谁就能获得最终的胜利。

这样的规则乍听起来似乎很简单，可是因为公会战的地图错综复杂，在不同的战术安排下，将会演化出成千上万种可能性。

派什么人来负责防守营地，派什么人发起进攻，又从哪条路线上进行突破，每个环节看似分散，实际上环环相扣，都是总指挥统一调配的关键。

更重要的是，在这个模式的公会战中还存在着一种叫作"龙影石"的道具。公会战开始之后，地图当中将会随机刷新出两只暗龙兽，完成击杀的队伍有概率获得龙影石。将这种蕴含着特殊能量的道具带回自己公会堡垒之后，它将发射巨人的光束对敌方营地造成1000的伤害值。

过分强悍的杀伤力使得龙影石经常会成为攻防战里扭转局势的关键，即使它掉落的概率真的非常低，也不可避免地成为兵家必争之物。

至于怎么争？特别简单粗暴，反正是非绑定道具，抢就完了！

杨溯繁因为是在佑迁的主力队里，为避免后方失守，根据最初的安排，他留下来负责守护堡垒。因此在得到其他指令之前，他并不需要像其他小队一样急着冲锋陷阵。

随着第一拨队伍发生正面碰撞，战役正式打响。很快，在激烈的战火中出现了伤亡。

虽然看不清远方的战况，杨溯繁依旧可以感到场面一度混乱。攻防战刚刚开始，双方都没有贸然行动，不约而同地选择了互相试探。

堕天公会虽然是职业俱乐部旗下的公会，但是毕竟才刚来到《幻境》世界，吸引的绝大多数还是原来《混沌》的老玩家。大家刚来这个全新的世界没几天，难免水土不服，平常打副本还好说，可是一真刀真枪地动起手来，总是频频出现操作跟不上的情况。

在这方面，职业选手们自然要比普通玩家强很多。只是如果和普通玩家比实力，对他们来说占上风是轻而易举的。可偏偏黄金财团这个公会的属性特殊，大部分成员根本不是那种喜欢和你比操作的人。

装备属性的各种碾压，让那些根本还没来得及花时间打磨装备的二队、三队的成员在抵御对方攻势的过程中痛苦不堪。

这种非技术性的压榨，简直太可恶了！

开场还没几分钟，就有大批人阵亡，刷新回了自己营地的复活点。伴随着死亡，他们的行动力也从原来的100点降低到了75点，当行动力耗尽，将会被清出攻防战场景。

杨溯繁留意了一下总指挥频道里的各种反馈，可以猜到对面的堕天公会肯定和他们一样，开局先把主力队留在后方控场了。想象着这个时候老对手杜泽睿不太愉快的表情，身在土豪队伍中的他，却是感到非常开心。

有这样一队土豪在后方坐镇，那些好不容易冲到他们营地门口的敌军几乎都被轻松地送了回去，几番交手下来，双方堡垒的耐久度一点都没掉。

杨溯繁也不得不承认，在大前期，他队里几个人的面板属性真的很好。

佑迁站在那儿给人家砍半天，都不带怎么掉血的，等对面好不容易磨掉了他一半的气血值，视你如命的治疗就又直接给他加满了，简直让人心态爆炸。

到目前为止，还没看到堕天那边的职业选手露脸，根据杨溯繁对杜泽睿的了解，这个男人在作战之前一定已经制定了非常详细的攻防策略。目前双方还处在互相试探的阶段，不出意外的话，他应该马上就会采取行动了。

不过在对方采取行动之前，就让他先舒服地刷上一波武勋值（PVP战斗中消灭敌军后获得的荣誉点数）吧！

看着不断填充进数据库的数值，杨溯繁忽然觉得自己这一场公会战真是来对了。

万万没想到，他居然也有抱上土豪大腿的一天！

不得不说，作为一家刚刚成立的新公会，黄金财团的杀伤力相当惊人。

杨溯繁跟在队伍后面协助击杀，时不时地扫上一眼公会频道，发现捷报频频。

仗着本土和装备上的巨大优势，黄金财团居然开场顺利压制住了堕天公会，大部分路径上的情况都很不错。

"对面左路的人数有些多，派几支队伍进行支援。打不过的队伍不要选择硬拼，队长在公会频道发坐标，我会安排其他队伍过去。"青步踏雪谣沉着冷静地说道，她的声音一直贯穿着整个统战频道。

"行动力不足的人迅速退后，找机会多搜索地图的其他区块，如果发现遁龙兽，第一时间上报。注意一下对面有没有异常的行动情况，小心别让他们提前抢到龙影石。"

杨溯繁已经非常确定这位妹子也是个高手玩家，他越听越惊叹。就在这个时候，他余光一瞥，见路口突然又冲杀出了一批人来，他顿时将法杖举了起来，一边吟唱技能一边问佑迁："你不觉得对面的人来得越来越快了吗？"

佑迁正享受着装备碾压的乐趣，闻言，他才隐约反应过来："好像有点儿。"

从刚开始的偶尔出现一两人，到现在动不动就被两队人围攻，他总感觉对面的人仿佛打开了水龙头，一发不可收拾。

可是再看公会频道里各路的情况，又并没有哪里受到强烈压制。

杨溯繁想了想，非常肯定地说道："对面指挥已经发现我们的死角了。"

刚开战时可以冲到这里的人都是一副厮杀出来的残血模样，而现在的这批人一个个都是满状态，除了这个可能性之外，杨溯繁完全不做他想。

不管黄金财团这个新公会的装备有多么精良，在统战指挥上总归不是杜泽睿这只老狐狸的对手。几番试探之下，估计这人已经摸清了他们公会的所有步兵路线，他一边不动声色地继续派人周旋，另一边则已经安排了另外的人员进行绕后偷袭。

这个时候，公会频道里越是一片欢声笑语，战局的天平就越无法控制地倾斜。

"管他们的，来一个杀一个，来一对杀一双！"疯疯癫癫的小可爱打起架来就和他的名字一样疯疯癫癫，他一把长弓在手，箭矢齐发，简直是无差别攻击，就连旁边的队友也不能幸免。

捂着心脏说疼一不小心背后又被扎了一箭，虽然在同个队伍里不会造成伤害，但他还是在冲击力下被顶得一个踉跄。

他到底是忍不住暴走道："我说你个手残到底会不会玩远程物理了？不会就赶紧到旁边玩泥巴去，我没被对面弄死都要被你给射死了！"

疯疯癫癫的小可爱表现了一把仙女散花后，心满意足地收了收手里的长弓。他毫无歉意地说道："不好意思，我近视，今天进游戏舱的时候忘记戴隐形眼镜了。"

捂着心脏说疼怒道："我信你才怪！"

视你如命感到有些头疼："吵什么吵？有我在，你们死不了。"

好不容易又处理了一拨偷袭者，坐镇后方的主力队成员反倒差点打起来。

杨溯繁忍不住笑出声来，却发现刚刚新出现的敌军小队在路口犹豫了一会儿之后，忽然凶神恶煞地挥舞着武器朝他冲了过来。他不由得错愕。

不用问也知道，对方显然是看他队里其他几人一个都打不动，便盯上他这个"软柿子"来欺负了。

他不由得吸了吸鼻尖，只觉得人生果然艰难。

或许是因为杨溯繁全程划水，存在感实在太低，再加上这些人是从后面的角落绕出来的，他们围上来了之后，杨溯繁的队友竟然一个都没发现。

此时他手里拿着一根质地粗糙的小木杖，面对那些个来者不善的敌军，怎么看怎么像落入饿狼口中的小羔羊，弱小又无助。

堕天公会的人看他站在原地一动不动，不由得有些乐了。他们觉得自己确实是挑对了人，这一看就是被四条大腿子拖着混武勋值的挂件一枚，现在一被集火，直接就被吓得连逃跑都忘了。

这样一想，他们看着这个小辅助的视线顿时更加炽热了。

杨溯繁确实没有逃跑，而且也没有喊人，但当然不可能是被吓到，而是他觉得完全没有必要。

把木杖拿在手里把玩了几下，他嘴角微微浮起笑容。他非但没有后退，反而在那几个人靠近之后，朝他们冲了上去。

就在他离开原地的一瞬间，有几个星火术落在了他的脚下，在已经空荡无人的地面上留下了一片若隐若现的焦痕——他完美地避开了。

施法者把技能释放得无比精准，没想到突然落了空，一愣之下，等他回过神来的时候，只见一根木杖已经到了近前，二话不说朝他的脑袋砸下。

这一棒子打得精准无比，施法者顿时眼冒金星，然而对方根本没给他半点儿反应时间，一阵天旋地转之后，脚下又被一棒扫过，他整个人顿时四仰八叉地倒在了地上，结结实实地摔了个狗啃泥。

其他人被这过分玄幻的画面弄得愣了一下，等回过神来，他们第一反应是这小辅助好嚣张，仿佛自己的尊严受到了践踏，他们顿时一拥而上。

结果就是他们一个个像沙包一样，没几分钟就被全部放倒了。

得了，还践踏尊严，一个队的人居然连个辅助都打不过，还有尊严就算不错了！

这些人从来没有见过这种玩法，明明是个拿着破木杖的辅助，偏偏用的是一整套近身战斗的凶狠打法。而且对方除了刚才用过的近战物理系的"横扫四方"这个技能之外，另外的那一系列操作分明是高手玩家才会的"空招"吧！

这人哪里是什么小羔羊，明明就是一只披着羊皮的大尾巴狼！

直到气血清空被迫回到复活点，几个人互相看着彼此，在刚才有些梦幻的经历下，他们陷入了沉默。

终于，有人在公会频道里提醒道——偷袭后方的兄弟们注意点儿，那队里装备很破的那人，是个高手！

所谓的"空招"是全息网游时代开始兴起的专业术语，指的是在除却技能使用阶段之外，借由玩家本人的个人操作来进行额外的攻击。正因为其实战中越是更高频率地运用，就越能实现伤害值最大，所以即使"空招"这种操作在平常并不少见，但只有真正的高手才能将其发挥到极致。

杨溯繁本人从来不喜欢任何花里胡哨的招式，如果翻出他以前的作战视频来看，很容易就能发现相比起对于技能本身的依赖，他更喜欢超高频率地运用空招。所以，刚才在对方只是普通玩家的前提下，他直接连控制技能都省了，简单粗暴地一通狂揍就给人全部送回了营地。

"有人偷袭，快去……"疯疯癫癫的小可爱余光掠过的时候正好看到他们队辅助身边围了几个敌军，他举起长弓，刚想喊人支援，却见那些人瞬间如同碰瓷般，纷纷倒地。

看着一个个消失回营的尸体，他后面的话不由得咽了回去："你自己全杀了？"

杨溯繁点头："他们那么多人追我，我怕被打死。"

疯疯癫癫的小可爱看了一眼他几乎满血的状态值，差点儿信了。

佑迁刚才没注意到这边的情况，闻言，他皱了皱眉，问道："六元，来人了你怎么不喊？"

杨溯繁应道："刚才你们都挺忙的，想想就算了。"

佑迁又问："这就是理由？"

杨溯繁一头雾水："不对吗？"

"当然不对。"佑迁说，"不管怎么样你都得喊我，之前我保证过绝对不会让你死的，万一你刚才一不小心被他们打死了怎么办？"

杨溯繁道："放心，他们打不死我。"

佑迁说："那是这次没打死，如果下次就打死了呢？"

杨溯繁忽然有些不太确定，这人到底是希望他被打死，还是不希望他被打死呢？

然后，他听到佑迁总结道："所以，下次一定记得喊我。保护辅助，我是专业的。"

杨溯繁被他绕得头疼:"知道了,知道了。"

这些土豪大佬就是让人给惯坏了,给他们省力气了还不好,非喜欢身体力行。

于是乎,为了避免再被念叨,当视野中再次出现敌军的身影时,他非常象征性地、语调平静地喊道:"救命啊!有人来杀我这个小辅助啦!快来救我!我怕被打死!"

堕天公会的成员们好不容易露个头,还没来得及加入战局,就听到了这样毫无感染力的呼救,他们差点儿一口血吐出来。

你谁啊?谁想来杀你了?

然而没等他们呛回去,便见一个高挑的身影一骑绝尘,骑着赤焰独角兽冲到了那个衣着破烂的辅助玩家跟前,一把无级别长剑上锐利的剑影一闪而过。他朗声道:"都冲我来!"

堕天公会成员们无语:你们演上瘾了是吧!

看着拦在自己面前的那个背影,就某方面而言,杨溯繁觉得这个叫佑迁的男人还是挺有意思的,具体说不上来,他就是单纯地觉得有意思。

可惜的是,战况并不容许他拥有这样继续划水的悠闲时光。

不出意料,堕天公会坐镇总指挥的杜泽睿在完全掌握黄金财团的所有布局之后,终于开始采取雷霆手段。

他先是将各条路线上的黄金财团的布局逐一突破,再是精准无误地做了几拨埋伏突击,然后当堕天公会全面压进的时候,青步踏雪谣不得不调配人手回营,协助主力战队共同守卫营地堡垒,才堪堪稳住局势。

公会攻防战进行到这里已经耗时一个半小时,黄金财团和堕天公会大本营的耐久值分别为 1825/3000 和 2246/3000,如果在半个小时之内不能追回差距的话,系统将根据耐久度的高低,直接宣判堕天公会获得最终胜利。

以目前的局面来看,黄金财团想要在公会战结束之前追回差距显然是不可能的,那么这场攻防战胜负唯一的变数就落在了龙影石这个特殊道具上。

101

到目前为止，对战双方曾经在地图某处就遁龙兽展开过激烈的争夺，可惜的是，在无比微小的概率下，双方并没有发现半点儿龙影石的踪影，都做了无用功。

按照正常的情况来看，这张地图当中应该还存在着另一只遁龙兽，它将成为决定全场最终胜负的关键。

杨溯繁看着公会频道里成员们反馈的一条条信息，陷入了沉思。

现在堕天公会只需要稳住局面就可以拿下这场战役，但是他了解杜泽睿，这个男人绝对不是这种安于求稳的人。

如果他没有猜错的话，堕天公会越是这样高强度密集施压，就越是在试图掩饰什么。

杨溯繁的视线从公会频道转移到地图界面上。根据刚才收集到的消息，他在脑海中瞬间勾画出了一条条清晰的路径，最后，他所有的注意力落在了地图左上角的丛林区域。

那里看似离堕天发起进攻的火力线最远，可也正因为这样，才更容易被人忽视。

杜泽睿不是那种会在布置上出现漏洞的人，唯一的可能就是，他这样做是为了造成那片区域没人的假象。

杨溯繁眼底闪过一丝了然之色，然后他不动声色地从混乱的战局里退了出去，并和佑迁交代道："我去偷个大怪，队里少个人，你喊大家都小心点儿。"

一提到这个地图里的大怪，佑迁顿时明白了过来："你知道遁龙兽在哪儿了？"

杨溯繁点头："如果不出意外的话。"

佑迁毫不犹豫地说道："我喊人一起去。"

"别！"杨溯繁忙阻止了他，"现在我们后方的压力本来就大，更何况既然说了是去'偷'，人太多了目标太大，容易被发现。"

佑迁觉得他说得有道理，便点头道："确实，那就我们两个去好了。"

杨溯繁纠正道:"我一个人就够了。"

佑迁却是伸出手来,二话不说一个用力,直接将他一把带到了独角兽的背上。

杨溯繁重复道:"我说了,我一个人就够了。"

"我知道你的实力不是问题。"佑迁的声音传来,"但是抢到龙影石后需要顺利运回营地才能生效,你到时候难道准备自己一个人扛回来?"

别说,杨溯繁还真是这么打算的。

龙影石不能收进背包,只能搬运实物。

佑迁轻轻地拍了拍独角兽的背,笑道:"你如果带上我,那就不一样了。你看,现成的运输工具都给你备好了,运起东西来保证超快。"

也不知道独角兽是不是听了这话后觉得自己神兽的尊严受到了侮辱,它有些不满地低嘶了一声。

杨溯繁看了一眼坐骑,忽然觉得这人说得也有点儿道理。他很没立场地改变了主意:"那行,一起去。"

虽然人不太好使,但这神兽坐骑的确好用得很。于是杨溯繁也不做他想,两人骑着独角兽沿着外围小道狂奔起来,杨溯繁不忘提醒道:"等会儿记得等我指令。"

佑迁的态度很端正:"放心,都听你的。"

杨溯繁推断出来的那片区域并不算小,但是有了坐骑之后,探索效率就提高了很多。

很快,两人不出意料地在某个山坡下面的小角落里,发现了一支偷偷摸摸的打怪小分队。

两个人在稍远一点儿的树林里藏了起来,远远地观察了一番之后,杨溯繁毫不意外地发现,这支小队里的人虽然实力都不错,但都是堕天公会里的普通玩家。

毕竟,杜泽睿想要全面压制黄金财团这种土豪公会,在装备吃亏的情况下势必要借助俱乐部内部职业选手的实力,强队在外镇守、进攻,自然只能分出其他人员来处理这遁龙兽。

佑迁远远地看着那些人打了会儿,忽然开口道:"他们的伤害好低啊,这怪打挺久了吧?"

其实他们刚来的时候,这遁龙兽看起来就只剩少量血皮了,但是这么长时间过去,这血皮只薄了一点点,足见他们打得有多艰难。

杨溯繁道:"这大怪通常都会安排三支以上的常规队伍来围杀,堕天他们只安排了一支队伍在这里偷偷打,进度当然慢。打到这会儿,应该有大半个小时了。"

佑迁同情地道:"真惨,等会儿怪被抢了的话,他们估计心都要碎了。你说,他们出去后会不会直接加你仇杀?"

杨溯繁现在不想回答这个问题。

虽然和佑迁有一句没一句地搭着话,但他的注意力始终落在那片打怪的区域上,忽然,他眉目间锐色一闪,丢下一句"待在这里别动"就毫不犹豫地冲了出去。

与此同时,偷怪小分队的其中一个队员也非常兴奋地喊了一声:"最后阶段了!"

公会攻防战地图里的遁影兽在《幻境》世界当中属于中等难度的大怪,总共分为四个阶段,每次下阶段时大怪都会有15秒的暴走时间,其间将会造成巨额的AOE(群体范围技能)伤害,稍不小心就可能会灭队,需要玩家格外小心。

这些人在这里打了近一个小时,早就快要打吐了,这时候看到进入最后阶段,他们自然兴奋无比。

队里的治疗玩家提前一步开始吟唱读条,准备在遁龙兽暴走的一瞬间给全队抬稳气血。

然而眼见就要读条完成,他的脚下忽然腾起了一道冰柱。吟唱读条被残忍打断的同时,他忽然意识到了什么,失声喊道:"小心,有敌人!"

其他人本来正一门心思地集火遁龙兽,听到这话,他们反应敏捷地就准备回头应战。

不料，他们身后忽然竖起了一道巨大的冰墙，将他们和来人瞬间阻隔。他们被牢牢地困在了大怪的旁边。

完了！

不好的预感从偷怪小队的成员心里生起，可是治疗被控，后路又被彻底切断，他们再想从遁龙兽身边撤离显然已经完全不可能了。

看着眼前的大怪露出了血淋淋的獠牙，锋利的爪子带着风朝他们迎面呼来，他们顿感绝望。

杨溯繁在放完控制技能的瞬间就后撤，拉开了安全距离，看着遁龙兽完美地完成了一波收割之后，他这才从团灭在地的尸体旁边冲去，木棒一抬，轻松无比地将仇恨接到了自己的身上。他遥遥地招呼同伙道："老板，快来帮忙！"

话音刚落，在旁边看热闹的佑迁驰骋而出，一把长剑朝着遁龙兽迎面呼了过去："等你这句话很久了！看看，我这才叫输出！"

不得不说，这人站桩打怪的伤害，杨溯繁还是服的。

他想了想，对于眼下遁龙兽正处在虚弱状态的这件事，他还是非常贴心地没有说出来。

堕天公会的一队人复活回营时依然有些蒙，回过神后，他们慌忙将情况上报。

担任公会战总指挥的是堕天战队的队长杜泽睿，游戏ID"符泽万物"。得到消息时，他微微皱了下眉："被人偷了？"

堕天公会会长天下风范不由得有些着急："泽神，要不要现在赶紧派人过去？"

"不用了，最后一波暴走之后遁龙兽会进入虚弱状态，偷袭你们的人应该也是看准了这点，就算现在喊人过去，也已经来不及了。"杜泽睿语调平静地说道，"这次，是我疏忽了。"

偷龙小队的队员们听他这么说，自责得差点儿哭了："泽神，这不是你的错，要怪就怪我们太大意了。"

天下风范幽幽地叹了口气："好在遁龙兽也不是必掉龙影石的，现在只能希望这一趟的大怪也是空车了。"

话音刚落，便见敌方黄金财团公会堡垒处忽然闪过一道耀眼无比的光束，朝着他们的大本营迎面射来。

随着一阵土石翻飞的轰响声，堕天公会堡垒的耐久度从原本的2246/3000直降到了1246/3000，比黄金财团低了579点。

天下风范无语，他真想扇死自己这个乌鸦嘴！

"是我们输了。"杜泽睿很淡然地接受了这个结局，看了一眼剩下不到5分钟的攻防时间，他直接将重点转向了他更感兴趣的另一个问题，"来偷龙的都是些什么人，看清楚了吗？"

队员们下意识地挺直了背脊，有些惴惴地说道："因为……因为是偷袭，所以我们完全没看清楚。但是，好像……对面只来了一个人。"

"一个人？"这个答案让杜泽睿稍感诧异，但这几人显然连人都没有看清楚，想必是问不出什么了，他不免有些遗憾。他正准备安抚几句后就让他们回去休息，只见队里的治疗忽然举了举手道："泽神！那个，我录像了。"

这是这个治疗来到《幻境》世界参与的第一场公会战，他本来是想把击杀遁影兽的过程记录下来做个纪念，没想到阴差阳错居然成了"破案"的关键。

杜泽睿接过影讯卡，直接快进到了遁影兽暴走的时刻。他看到了治疗被打断、读条被控住的一幕。

因为录像是以玩家作为第一视角，所以杜泽睿并不能看到那个人到底是什么时候来到背面的，但是在最后大怪被击杀的一瞬间，画面暂停下来后，杜泽睿在最角落的地方看到了那个一闪而过的ID。

"最多充六元？"杜泽睿下意识地读出声来，若有所思。

第五章
区别待遇

系统：恭喜黄金财团公会在和堕天公会的攻防战中更胜一筹，铸就胜利荣光！

随着公会战结束，公告栏上接连刷出数条系统提示。

黄金财团获胜的消息夹杂在一整片刷屏的公告当中，照理说并不显眼，可是来自《混沌》的玩家一眼就看到了堕天公会的名字，他们瞬间炸了。

唯一的错：我去，我没看错吧？堕天公会不是职业俱乐部吗，居然输给了玩家公会！黄金财团我记得昨天才看到他们招人来着！

小情绪：哈哈哈，《混沌》来的都看到了吧，你们的职业选手被我们普通玩家虐了！以前天天吹，看来你们职业俱乐部也不过如此嘛！

一场好梦：估计又要说水土不服的问题了。但不管怎么样，现在来我们《幻境》了，也该知道低调点儿了。

指尖逝去青春：少废话，等过一个月再看谁虐谁！

期待与你约：哟，职业俱乐部输给我们普通玩家公会啊，是我就赶紧把尾巴夹起来。

不该来的爱：黄金财团公会还有位置吗？求加入？

青步踏雪谣：黄金财团公会长期招人，有意者私聊，位置有限，欢迎预约!

…………

吵闹归吵闹,该借着舆论热度收人的时候,黄金财团的妹子会长显然不会有半点儿犹豫。

堕天公会领地里,会长天下风范看着已经翻了天的世界频道,只感到一个头两个大,一想到马上就要面对的公关危机,他只感到一阵绝望。他暗暗地抬头打量了一眼跟前的男人,想了想后,他问道:"泽神,关于今晚的事……"

杜泽睿说:"对外的形象维护你自己处理一下。"

就知道会是这样!天下风范在心里抹了一把辛酸泪:"是。"

"关于那个最多充六元。"杜泽睿显然还想着这事儿,他深思了一下,道,"试着私下接触一下,摸摸底细。如果实力合适的话,再进一步看看。"

天下风范点头应道:"了解。"

在昔日的《混沌》联盟里,堕天公会是毫无疑问的老牌公会,尤其还有杜泽睿这个神级职业选手坐镇,人气更是居高不下。

可惜的是,眼下除了一队的选手外,包括二队、三队和青训队在内,队员们的实力参差不齐,难免面临着青黄不接的尴尬局面,再加上突然暴发的病毒事件和突然转战《幻境》世界,更是让整个俱乐部的未来显得有些迷茫。

但是《幻境》世界的新环境也给他们提供了全新的平台,在积极发展公会的同时,在游戏内寻找有潜质的好苗子也是俱乐部下达给堕天公会部门的重要任务。

虽然不知道是谁引起了泽神的注意,但既然泽神已经开口,天下风范也不得不暂时按下想把这人吊起来抽一顿的冲动,尽可能心平气和地秉公处理。

看了看有些死气沉沉的公会频道,他也不耽搁,当即号召公会的管理人员组织活动,迅速地调动起氛围。

相比堕天公会的郁闷,此时此刻黄金财团的公会频道里一片喜气洋洋。

就在不久之前,大家还被按在地上打得半点儿脾气都没有,结果眼见攻防战就快结束,他们居然绝地翻盘,还有什么比这种扬眉吐气的感觉更爽的呢?

毫无疑问,将龙影石运回公会的佑迁顿时成了全会上下最受瞩目的超级英雄。

清心寡欲:副会长,看不出来你关键时刻还挺给力的啊!要不是你力挽狂澜,我们就真的输了!

七年毁忆:只能说我们副会长真是深藏不露!满足一下我们的好奇心呗,你到底是怎么做到的?

佑迁:其实这件事吧,你们看到的只是其中的一小部分。

这话一出,顿时引起了其他人的好奇。可是佑迁还没继续说明,就被接下来冒出来的一句话打断了。

最多充六元:我们副会长真是太厉害了!
佑迁:嗯?

杨溯繁平常其实不看公会频道,只是心里不安,所以他才瞄了一眼,没想到正好看到佑迁一副要陈述事实的样子。他当即爆了手速将佑迁的话打断,私下又从好友列表里向佑迁发了条消息过去。

最多充六元:别跟他们说是我。
佑迁:为什么?
最多充六元:这种公会英雄的身份还是你更合适一点儿。

佑迁：所以这就是你让我背锅的理由？

杨溯繁无语。这种让全帮崇拜的事，怎么到这人嘴里就变成背锅了？

佑迁：截至目前，已经有11个男玩家和7个女玩家私聊我要拜师。
佑迁：还有14个人找我带他们打副本。
佑迁：9个人询问我有没有兴趣处对象。
佑迁：你觉得我惨遭骚扰，是因为谁？

这么一看，好像是挺惨的。

最多充六元：好吧，因为我。说吧，你想怎么样？
佑迁：这样吧，和我组固定队。
佑迁：看在大家都是兄弟的份儿上，就不和你计较那么多了。

因为佑迁回复得实在太快，杨溯繁很怀疑这人前面那么多话都是铺垫。

不过在《幻境》世界里，前期升级可以依靠野队，等到进入中后期，固定团队的存在确实可以省下玩家不少力气。

看着人家这金光闪闪的装备，说实话，杨溯繁确实有些心动，他忍不住回想了一下公会战时愉快划水的情景。他不由得有些唏嘘地想，一个人想要堕落的时候，真是挡也挡不住。

不过，他还得为日后留一条退路。

最多充六元：这样吧，我们可以试着组一段时间看看，不合适的话，也能考虑重组。
佑迁：你这话说的，就像随时会反悔一样。

杨溯繁一时语塞。

不过既然得到了满意的回复，佑迁进入角色状态就非常迅速了。

佑迁：其实大家不用这么捧我，这都是运气好，误打误撞碰上的。

佑迁：我去的时候刚好碰到遁龙兽暴走，干扰了一下他们就灭队了，这才捡到了便宜。

仅仅只是念：这运气，简直要逆天啊！

佑迁：没办法，我从来都运气爆棚。

累了倦了碎了：求蹭！

SS你我他：求蹭！

…………

他这给点儿阳光就可劲灿烂的本事，也确实挺可以的。

杨溯繁看着佑迁这一套半真半假的说辞，想了想，也混进了吃瓜群众当中。

最多充六元：求蹭！

佑迁：来，给你蹭。

公会频道顿时安静了几秒，在这区别待遇下，大家瞬间发出了满屏的问号。

杨溯繁特别想一木杖把这人的狗腿给打断。

但这一打岔，大家终于想起这个当时在土豪队伍中的第五人了。看着副帮主这样过分偏心，有人不干了。

玛尼玛尼轰：副会长你这不行啊，说好的一视同仁呢？

闹点小情绪：就是，晚上还有时间，带我们体验下速刷副本的快感呗！

111

梦幻之冰：求带求带，算我一个！
佑迁：不好意思，真没时间。会长给人安排一下。
青步踏雪谣：没问题。

话说到这里，成员们也不好继续起哄了，可是还没过几秒，公会频道里又冒出一句话来。

佑迁：六元你拒绝组队干吗？走啊，刷本了！
玛尼玛尼轰：副会长你过分了。
梦幻之冰：过分了。
爷捂着蛋嘲笑一切：过分了。
没有樱桃的丸子：过分了。
…………

看着公会频道里一副民愤被激起的气氛，杨溯繁不得不回了一句。

最多充六元：有点儿事，今天就不刷本了，你先带别人吧。
佑迁：好吧，那我也不打了。

这该死的一唱一和！
众人的刷屏的节奏顿时停了下来，不是因为没有槽点，而是因为槽点太多，还附带柠檬 DeBuff 效果，酸到他们的小心脏有点儿受不了。
杨溯繁见公会频道里恢复了安静，就把聊天频道关上了。
他刚说的并不是托词，而是真的有事。此时他微微皱了皱眉，神情有些复杂地看着刚收到的好友申请。申请人的 ID 名为"天下风范"，正是刚刚和他们结束攻防战的堕天公会会长。
唯一值得庆幸的是，加他好友的人不是杜泽睿，说明对方还没有发现他的真实身份。可是就这位会长亲自加他好友的操作来看，至少他抢龙影石的事已经暴露了。

真让人头疼。

杨溯繁一时半会儿摸不透对方的目的，但是他知道这人一定是个麻烦，于是他直接点选了拒绝。然而下一秒，他就看到好友申请再次发了过来。

接连拒绝了十来条好友申请之后，他终于彻底无语了。

现在的公会管理都怎么回事啊？真是一个比一个胡搅蛮缠。

看着再次弹出来的好友申请消息，他干脆直接退出了游戏，眼不见为净。

天下风范那边等了半天没等到回应，就又发了一条好友申请过去，收到的却是来自系统的离线提示……

这人为了不加他的好友，宁可选择下线？

晚上退出游戏比较早，杨溯繁躺在床上闲着无聊，难得地打开手机翻看了起来。

因为他已经很久没有看《混沌》的职业选手群了，刚点开，瞬间弹出了上千条未读消息的提示来，让他不由得无语了一把。

这群人可真能聊。

他当然不至于把聊天记录拉到顶从头看起，但是他对当前群里进行着的话题很感兴趣。

因为今天世界频道炸锅的关系，很显然其他俱乐部的选手也知道了堕天公会攻防战失利的事情，他们刚从游戏里退出来就八卦了起来。

"苍羽"萧远忻：老泽呢，出来了没有？你们堕天公会今晚怎么回事？

"堕天"杜泽睿：没什么，攻防战输了而已。

"微澜"聂寅：什么叫输了而已？心态这么好的吗？

"暗夜"陆思闵：对面还是普通玩家公会，打不过？不至于吧？

"堕天"杜泽睿：优势局，最后被他们偷了龙影石。

"苍羽"萧远忻：那你们堕天的运气真的是太好了！

"暗夜"陆思闵：爆笑。

"微澜"聂寅：爆笑。

"路人"杨溯繁：爆笑。

…………

"微澜"叶路时：爆笑。

"苍羽"萧远忻：等下，我是不是看到有什么奇怪的东西混进来了？那个路人是什么鬼？

既然冒泡了，杨溯繁也不藏着掖着，他非常淡定地跟众人打了声招呼。

"路人"杨溯繁：嗨，大家晚上好啊！

"星辰"唐胥斌：师父晚上好！

"路人"杨溯繁：乖。

"苍羽"萧远忻：我说某人，这个时候出来是瞅准了来看老泽笑话的吗？

"路人"杨溯繁：不好笑吗？

"苍羽"萧远忻：哈哈哈，确实好笑！

苍羽俱乐部的萧远忻本来就是个看热闹不嫌事大的主儿，看到杨溯繁感兴趣，他顿时把今天晚上发生的事情添油加醋地描述了一遍。

"苍羽"萧远忻：你是不知道，老泽他们输的不是公会战，是我们《混沌》职业选手的尊严！

"暗夜"陆思闵：别说了！为了赢回尊严，我们队长又喊我们去训练了！

"微澜"聂寅：我们也收到了加训通知，泽神真是千古罪人。

"堕天"杜泽睿：……

"路人"杨溯繁：谁没个失手的时候呢？大家原谅老泽吧，回头喊他

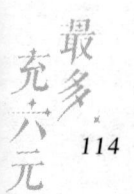

请客吃顿大餐当赔罪就行了,也别太为难他。

"苍羽"萧远忻:有道理,我同意。我们这么多俱乐部,怎么也得百八十人吧!

"堕天"杜泽睿:……

杨溯繁认识杜泽睿这么久,很少看到这个男人有这样无言以对的时候。他又不轻不重地调侃了两句,在他的伤口上撒了把盐后,就心满意足地关上了群聊。

这么美好的夜晚,当然不能只有他一个人因为"马甲"的事而独自心塞。

过了一会儿,他不出意外地接到了杜泽睿的电话:"这么好心情专程来调侃我,这是终于想明白了?"

杨溯繁笑了笑,说:"还行吧。"

杜泽睿问:"准备什么时候来《幻境》?"

杨溯繁当然不可能告诉他自己早就在玩了,而且晚上就是他害堕天打输了公会战的。他模棱两可地随口应道:"再看看。"

杜泽睿对这个回答并不意外,他语调平静地说道:"既然你帮孙昭平梳理过星辰日后的发展方向,那相信你已经对《幻境》这款游戏做过了解了,很多事情并不需要我多说,你心里也很清楚,这个世界和《混沌》完全不一样。"

杨溯繁没想到这人居然知道他和孙昭平碰面的事。知道这人想说什么,他不为所动道:"我有自己的计划。"

"行。"杜泽睿本身就是个沉默寡言的人,从杨溯繁语调中听不出端倪,他也就没继续这个话题,"希望日后可以在《幻境》世界里见面,我去休息了。"

杨溯繁毫不留恋地说:"再见。"

不管怎么样,从目前的情况来看,杜泽睿这边至少不会这么快就将他和游戏里的最多充六元联系到一起。挂断电话之后,他看了一眼时间,也

115

心满意足地进入了梦乡。

杨溯繁睡得安心，可是某人这会儿郁闷无比。

堕天公会领地里，天下风范刚刚安排完公关危机的处理事项，一坐下来就又想起了某个被他的好友申请逼到下线的家伙。他胸口涌了涌，一口血好不容易才咽了回去。

以前在《混沌》世界的时候，虽然他也负责公会事宜，但是因为职业选手基本上只关注于官方赛事，不会和游戏世界有过多联系，所以他和自己俱乐部的战队成员一直没有太多接触的机会。自从入驻《幻境》世界之后，这些原本遥不可及的选手忽然间成了他公会里的一员，很难让他不感到振奋。

现在他手上拿着的是泽神交托的第一份任务，绝对不容许失败！

因为烦躁，天下风范的手指一下一下地敲击着桌子，眼看桌子都要被他敲出窟窿来，他终于点开公会频道，喊了几个管理过来，下达了一系列指令。他着重强调让他们安排人手看住所有练级地图区域的各个要道，如果有看到最多充六元出现，必须第一时间向他汇报。

几个管理接到指令之后，都一脸茫然，面面相觑。他们显然不是很理解，这个人到底是哪里得罪了他们的会长大人，会长居然一副掘地三尺也要把人给挖出来的样子。

杨溯繁完全不知道游戏里面发生的事情，第二天起床洗漱之后，他吃了个早餐，便神清气爽地进入了游戏舱里，一上线就直奔副本门口，准备继续昨天没完成的升级任务。

然而，正当他左顾右盼地找着队伍的时候，忽然看到一个人迎面走来。他本来没有怎么在意，那个人却在他跟前停住了："朋友，有兴趣谈谈吗？"

杨溯繁抬头一看，正好看到对方的ID——"天下风范"。他不由得沉默了下，然后面不改色地说道："你认错人了。"

天下风范为了避免错过，一晚上都蹲在游戏里等着管理们的反馈，刚才好不容易收到了目标出现在副本门口的消息，他就刻不容缓地赶了过来，谁料对方一开口就装傻。他顿时吐血道："没认错，我确定找的就是你。"

杨溯繁可半点儿都不想和天下风范攀关系。他故作警惕地后退了一步："找我有什么事？"

天下风范看着这情景，怕他又要跑，当即走近了两步说道："别紧张，我不是因为昨天攻防战的事来找你麻烦的。"

他们果然已经知道是他了。

"就知道你们昨天输给我们公会不甘心。"杨溯繁觉得他这说辞完全就是此地无银三百两，他决定装傻到底，"有本事找我们副会长去，堵我这么一个小兵算什么本事？"

天下风范早就想吐槽了。

他本来以为这个人只是名字叫最多充六元，毕竟这名字和黄金财团公会的气质格格不入，结果一见到本人这寒酸无比的装备配置，居然真的是一个不折不扣的"六元党"，实在让人不得不怀疑他进入这家公会纯粹是为了混福利。

所以，这样的人，真的有必要重点接触吗？

天下风范心里已经认准了这个人并不靠谱，可是为了完成杜泽睿布置的任务，他还是好言好语地说道："我真的不是来堵你的。"

杨溯繁说："不是来堵我的话，就证明给我看。往旁边挪两步，谢谢。"

天下风范无语：这天聊不下去了！

眼见最多充六元转身要走，他慌忙又拦了上去，顺便示意其他人员不动声色地堵住了其他的路口。他尽可能心平气和地说道："是这样的，朋友，我们管理层看上了你的个人实力。作为堕天公会的会长，我真诚地邀请你加入我们公会。"

不管怎么样，先把人拐进公会里来再慢慢地观察，总是不会有错的。

杨溯繁对他的提议并不意外，他顿时抛出了早就准备好的问题："你们公会能包我满级后的全套紫色装备吗？"

天下风范一时没反应过来："啊？"

杨溯繁又问："如果不能的话，那么参加一次活动给个几万灵币也行。"

天下风范语塞："这……"

杨溯繁看了看他的表情，语调嫌弃："不能包装备，也不发游戏币，攻防战连我们玩家公会都打不过，也就更不可能组土豪队带我刷武勋了。什么福利都没有，我还过去干吗？"

天下风范被他呛得捂了捂胸，差点儿一个不小心气背过去。

这些东西能是正常公会提供的福利吗！他也不看看自己这身破烂装备，把他卖了都不值这么多！

但是从那番话里，天下风范倒是抓住了一个很关键的信息。

所以那天来抢龙影石的果然不只是一个人，应该是带他在公会战刷武勋值的土豪队干的，录像只是凑巧拍到了这个家伙。

这样推测下来，一切都显得合情合理很多，但是天下风范显然不可能拿着自己的一个推断就回去反馈，犹豫了一下后，他觉得至少应该先哄这人把他的好友加上，但他还没开口，就听到对方说道："你再不放我走，我可喊人了。"

杨溯繁还想去升级，可不想被这样一直堵着。说到做到，他非常干脆地点开了好友列表。

最多充六元：老板，我被堕天公会的人堵了。

最多充六元：应该是发现抢怪的事了，你是不是应该帮忙处理一下？

佑迁：嗯？

佑迁：加仇杀了吗？

最多充六元：……

最多充六元：你好像特别希望我被加仇杀？

佑迁：没有没有，坐标给我。

最多充六元：就55级副本门口。

佑迁：站在那儿别动，我这就来救你。

118

杨溯繁心满意足地得到了想要的回复，他看着天下风范道："你等着，我们副会长马上就过来。"

天下风范听着这略显得意的语调，越发肯定这个人只是黄金财团某个土豪的小跟班。他第一反应是想在事情变得复杂之前转身离开，可是一想说不定一会儿过来的人才是他们要找的正主，他又把已经迈开的步子收了回来。

然而这一收，他很快就后悔了。

人还没来，全服频道忽然刷出了一条消息。

佑迁：堕天公会的，公会战而已，这么输不起吗？有事冲我来，别动我们公会的人！

开服几天，像佑迁这种装备排行榜上排第一的土豪玩家，在十一区里自然是有些名气。再加上昨天堕天公会攻防战战败的事，现在他一刷喇叭，更是一石激起千层浪。

无为小青年：哇，有新瓜？

没问题：哈？职业俱乐部输给玩家公会，丢不起面子了？

自然狂人：《混沌》那边的风气这么霸道吗？

卷轴真体力：呸，别挑事！公会战而已，输就输了，我们《混沌》的职业俱乐部可没这么闲。

黑帽少年：刚才没看到啊？人都刷全服了，说堕天公会的找事情。

午夜狂欢：我觉得有误会吧，职业大佬不至于。

……

很多人昨天晚上还没吵够，转眼间本土玩家又和新来的一帮黑粉吵了起来。

杨溯繁这会儿可完全没空去关心世界和平的问题，反倒是有点儿怀疑天下风范会不会控制不住自己的风范，气急攻心下干脆直接开红砍了他。

天下风范这会儿确实很想杀人。

刚才全服消息这么一刷，堕天的公会频道瞬间炸锅了，不少成员冒出来问到底发生了什么事，就连杜泽睿也给他发来了一串问号。

但是他还能有什么办法，除了苦着脸一个个解释真的是误会之余，他只能眼睁睁地看着昨天晚上辛辛苦苦做的所有公关全部白费了。

看着跟前一身破烂的最多充六元，他忽然感到自己特别辛酸。

就这样沉默了片刻，天下风范才找回了自己的声音："所以，昨天的攻防战，你是和这个佑迁在一个队里吗？"

杨溯繁点头："对，副会长组了人带我刷武勋值。"

天下风范问："那抢遁龙兽的时候他也在？"

杨溯繁控制住了微扬的嘴角，略显惊讶地说道："你怎么知道？"

他这样的表情正好印证了天下风范内心的推测，他一边为自己确实找错了人而感到郁闷，一边感到终于可以回去交差了，就稍稍地松了口气。他也不继续和这人纠缠了，只是有些头疼地揉了揉太阳穴道："朋友，今天这事确实是个误会。你看，你要不替我向你们公会的人解释一下？"

"这我怕是不方便。"杨溯繁笑了笑，说，"我总不能说，你们堵着我的路，是为了让我跳槽去你们那儿吧？这一开口，万一让人家觉得我被你们收买了怎么办？"

天下风范这么一听，觉得确实不太合适，更何况他连要拉拢的对象都搞错了。

天下风范的嘴角不由得抽了抽："算了，我还是自己去说吧。"

"那么，有缘再见了。"杨溯繁挥了挥手，目送着堕天公会的几人郁闷无比地离开后，这才不疾不徐地打开了公会频道界面。

果不其然，佑迁在全服频道上喊了这么一嗓子后，公会频道里面已经跟着炸锅了。

疯疯癫癫的小可爱：怎么回事啊老佑，有兄弟被欺负了？

捂着心脏说疼：坐标哪里？兄弟给你镇场子去！

视你如命：我也去，直接开红，别客气，保你们死不了。

人类套近乎：给大佬们端茶递水喊加油。

青步踏雪谣：怎么回事，需要我喊人过去吗？

佑迁：最多充六元，需要喊人吗？

杨溯繁毫不意外地看到话题到底还是转到了自己身上，他只能冒泡。

最多充六元：不用了。

佑迁：真不用？

最多充六元：嗯，你刚发了全服，他们怕事情闹大，就直接走了。

佑迁：我还没到，这就走了？

最多充六元：副会长真厉害！

佑迁：那是，应该的。

某人顺着杆子爬得特别利索。

其他人看了他们的对话，很快也明白了过来，紧接着就有人提出了疑问。

七年毁忆：昨天抢龙影石的不是副会长吗，堕天的人去堵充六元干吗？

佑迁：大概是看出来他对我们公会来说特别重要吧。

疯疯癫癫的小可爱：嗯？

捂着心脏说疼：嗯？

虽然杨溯繁知道佑迁这样说是为了替他掩饰公会战的真相，但是看着这无比"感人"的解释效果，还真是要谢谢他了……

杨溯繁想了想，觉得这个时候还是不要在公会频道继续冒泡了。佑迁说完这句话后也没了声音，过了一会儿后倒是给他发了条好友消息来。

佑迁：刚才堕天的人找你是想拉你跳槽？

虽然没有听到声音，但是从这字里行间依旧可以感到佑迁有些不高兴。杨溯繁对这事本来也没想过要藏着掖着，回复的时候自然更没什么心理压力。

最多充六元：对，应该是发现抢怪的事和我有关了。
佑迁：那你什么想法？
最多充六元：当然不去，不然找你来帮忙解围干吗？
佑迁：原来是这么回事，这就说得通了。
最多充六元：嗯？
佑迁：他们挖不动你，所以想换个角度，现在开始游说起我来了。这是想来个买一送一？

杨溯繁不是很想纠结谁是被送的那个。

最多充六元：所以你怎么说的？
佑迁：我就发了份充值记录的截图过去，让他看清楚我玩这个游戏的开销数额，我是他们能养得起的人吗？
佑迁：如果再敢把主意打到我公会的人身上，我就把他们整个俱乐部买下来，让他尝尝什么叫失业。
最多充六元：那你可真是棒棒的……

杨溯繁已经无语了。

佑迁：不说这个了，刷本吗？

最多充六元：刷。

杨溯繁来副本门口本来就是想找队伍，眼下有现成的，他当然不会拒绝，看到发来的组队邀请就直接进了组。传送过去之后，他正好看到攻防战一起组队的另外几个土豪也在场。

"嗨，又见面了。"疯疯癫癫的小可爱很是友好地和他打了声招呼，然后笑眯眯地对其他人说道，"我刚说什么来着？看老佑这磨磨蹭蹭半天都不组队的样子，就知道是在等人。"

视你如命说："不奇怪。"

捂着心脏说疼说："意料之中。"

佑迁说："正式介绍下，现在我们的固定队伍全员到齐了。"

杨溯繁本来以为所谓的固定队应该和佑迁原来那支升级队伍的水准差不多，没想到佑迁居然把帮派里的几个土豪党拉到了一起。他不由得愣了愣："你们要不要考虑另外找个辅助？"

对于佑迁，杨溯繁倒是无所谓，但是他和其他人不熟，像这样的土豪玩家大可找个消费水平差不多的人一起玩，毕竟，黄金财团公会里随便找个辅助都比他的装备好上不止一倍。

自卑心理在杨溯繁身上是不存在的，只是目前他确实没准备去投资这些不必要的装备，与其在组队的过程中被人催着去提升装备，倒不如一开始就直接说清楚更好。

听他说完理由，佑迁没有说话，但是从表情上看，他确实算不上高兴。

其他人反而一副看好戏的样子。在旁边笑了一会儿后，疯疯癫癫的小可爱走过来揽住杨溯繁的肩膀，笑嘻嘻地说道："放心吧，我们特别好相处，你不用想那么多。装备这种东西那都不是事，反正你打辅助，换不换都无所谓。"

123

视我如命也在旁边帮腔:"就是,刚才你说的都是我们对其他人的标准,就凭你和老佑的关系,怎么能一样呢?"

捂着心脏说疼附和道:"主要也就是一些PVE副本活动和打大怪的事,你别想太多,死了尽管赖奶妈。"

视我如命说:"滚!"

明明是特别让人感动的队友情,可是不知道为什么,杨溯繁总觉得有哪里不对劲。

一直在旁边没说什么话的佑迁这才开口道:"好了,进本了。"

其他人应了一声,转身进入了传送点。

杨溯繁正准备跟过去,忽然被佑迁拉住了,他一转头就见佑迁直接扔了个什么东西过来,还说道:"昨天逛街时看到的,觉得你应该用得上,先凑合着拿去用。"

说完,佑迁也头也不回地穿过了传送点,留下杨溯繁一个人,低头看了看手里拿着的那件装备——一把雕功精良的55级法杖。

是一件橙色装备,从属性品相上看,市价不会低于3万灵币。

如果他没猜错的话,这应该是对他昨天晚上攻防战逆风翻盘的奖励报酬。这一刻,他的心情不由得有些复杂,他很想冲上去问一句——可以退货折现吗?

当然,这件事杨溯繁也只能在心里想想,他并没有真的问出来。

进副本之后,其他人看到他手里的那根破木杖终于换了款式,心照不宣地相视一笑。他们也没有说什么,就这样嘻嘻笑笑地往副本深处推去。

他们打的是55级的副本,对于刚刚升到这个等级的玩家来说,显然是难度最大的副本,虽然说昨天晚上就有公会顺利地拿下了首杀,但是毕竟等级摆在那里,普通玩家要推起来依旧比较费力。特别是在外面随便组的野队,一言不合就团灭的比比皆是。

但是杨溯繁现在所在的这支队伍不一样,所谓的属性压制完全不存在,反而是他这边的四位大佬在面板伤害上强行压了对面的小怪一截。他们一路推过去，堪称站撸小分队，硬到不讲道理。

混在这一队的大腿当中，杨溯繁只感到自己的划水生涯得到了升华。

他一边适时地帮着他们控一下路上的怪，一边听着他们嘻嘻哈哈地聊天。他忽然觉得其实土豪们的日常生活还是挺可爱的。

比如疯疯癫癫的小可爱是个典型的装备收集狂魔，只要是自己能够用得上的弓箭，他都必须要买上一把橙色品质的作为收集品，端端正正地摆放在仓库里，时不时地去欣赏一会儿，可谓乐在其中。

又比如视你如命平日里更喜欢在游戏里搭讪妹子，据说这才开区几天就换过三四个对象了，最后分手的理由更是稀奇古怪——有嫌人家年纪太小的，有不喜欢人家声音太嗲的，最后一次更夸张，他居然说是忽然间不想交女朋友了。

和这两人比起来，捂着心脏说疼恐怕是最正常的一个，如果他没有时不时地用自己的法杖去捅一把怪物这个怪癖的话……

倒是佑迁，和这些聒噪无比的家伙放在一起之后，他居然显得无比沉默寡言。

杨溯繁看着那个在前头开路的背影，忍不住走过去问道："老板，怎么了，堕天公会的还在骚扰你？"

因为刚才杨溯繁提议固定队重新找人，佑迁现在满脑子都在想着堕天企图拉人的事。最近接触下来，他越看这个六元越觉得顺眼，这样一来，对于怎么才能把这么一个人人觊觎的高手留在队伍中，他反倒是觉得有些底气不足。

佑迁心不在焉地一剑砍翻了一片小怪，闻言随口应道："那会长早跑了。我话都说到这份儿上了，他们脸皮再厚也该有个限度。"

杨溯繁打量了一下他的表情，对于这人心情不好的原因，他只能想到另外一种："要不这把武器你还是拿回去吧，当初说好的不论胜负都统一结账，现在追加报酬确实不太好。"

"我送出手的东西从来没有拿回来过。"佑迁见他还想退货,不高兴的表情更明显,他皱着眉心问,"你是不是觉得这把杖还不够好?等60级的时候我买一整套橙色装备给你。"

杨溯繁看着佑迁这副生怕钱花不出去的样子,只觉得又好气又好笑,他忍不住调侃道:"老板,你这是准备把我以后的装备都包了吗?"

不说还好,这么一说,佑迁觉得这还真是个留人的好办法。

行进着的独角兽忽然停下,佑迁干脆直接从坐骑上翻身跳了下来,凑到了杨溯繁跟前,笑着问道:"那么,你答应吗?"

杨溯繁被他问得一愣。

佑迁见他不回答,又补充道:"只要你想要的我都包了。"

杨溯繁一时无语。

这个时候副本已经推到了最深处,清理完所有的小怪,场上只剩下了最后的大怪。

队伍里的其他几个人从后面走过来时,就看到两个站在坐骑旁边互相对视着的身影。

疯疯癫癫的小可爱清了清嗓子道:"行了,你们有啥事出去再说,到大怪了,赶紧捋起袖子好好干!"

视你如命沉默了下,问:"55级本的大怪,谁会指挥?"

一时间没人说话。大家你看看我,我看看你,互相闪避着彼此询问的视线。

虽然除了佑迁之外的其他人都是老玩家,但是像他们这种花钱找乐子的土豪,当然从来都没做过指挥副本的苦力活。

杨溯繁正好顺势转移话题,他提议道:"我来吧。"

没人会对此有意见,他们二话不说将指挥权交到了他的手里。

对于这些人来说,副本指挥只需要按照官方攻略上的步骤给他们稍做提醒就行了,毕竟装备摆在那里,必要的时候硬抗一下也就过去了。

但是杨溯繁显然不是这种划水型的指挥。

正式开打之后，他不但随时提醒到位，而且每次都能在关键时刻做出有效的预判，更别说临时的随机调配应对了。他几乎带着他们这支队伍精准地打出了官方攻略视频演示的效果。

在这样的指挥之下，所有人本来需要的随机判断几乎都被杨溯繁一个人承包了，他们可以说是无脑操作着打完了全程，连平日随时都可能犯下的差错都半点儿没有发生。

通关出本后，虽然因为前期在路上浪费了太多时间而没有刷新副本纪录，但在装备本身的巨大优势之下，他们还是顺利地挤上了通关用时前三的排行，可见速度非常不错。

疯疯癫癫的小可爱看着最后的成绩，可以说是佩服得五体投地："大哥，以后你就是我们队伍的总指挥了！"

视你如命竖起了大拇指："就这指挥水平，马上要开荒的团队副本应该也不会有任何问题吧。"

像他们这样纯靠充钱的玩家，其实更加佩服技术流的高手。这轮副本结束后，众人对于这支固定队伍的构成越看越满意。

佑迁道："现在知道六元的厉害了吧？都别忘了，是我拉来的。"

这语调自豪得让人有些不忍直视。

众人无比配合地起哄："是的是的，你最厉害。"

疯疯癫癫的小可爱不忘调侃："行了，谁都知道是你拉的人了，瞎嘚瑟个什么劲？"

杨溯繁无语："咳。"

视你如命问："继续刷本吗？"

"等下吧。"捂着心脏说疼提醒佑迁道，"老佑啊，公会有人喊你。"

经他这么一说，大家就看到公会频道里正有不少人闹闹腾腾地在瞎起哄。

杨溯繁简单地看了一眼就明白了过来。

刚才他们刷副本虽然没有破纪录，不至于上系统公告，但是第一次通关后都会完成相应的个人成就，他们刷完副本出来时正好在公会频道里集体刷了屏。这个队里的其他人还好，只是其中混了他这么一个格格不入的，自然是让公会的成员们羡慕上了。

这不，估计是看着他们有闲心"带新人"，公会成员一个个都非常积极地打滚卖萌求带，还有人甚至直接指名道姓地提到了佑迁。

西西欧：副会长带带我们嘛，55级副本那么难，自己打不过呀。

佑迁：我带你们就打得过了？

西西欧：当然可以！我现在装备分数还不错的，你看看，比你们带的辅助高多了。

佑迁：哦，这样啊。

西西欧：我操作也不错的，还这么可爱，副会长带带我吗？

佑迁：操作我是不知道，但是我真没觉得你哪里可爱。

青步踏雪谣：……

在正好出来冒泡的妹子会长的一连串省略号下，那个西西欧不吭声了，估计是被打得脸疼。

队里的其他人看到这里，已经快笑抽了："你就不能怜香惜玉一点儿？"

佑迁不为所动："要去你们去。"

几人顿时闭嘴，显然谁也不想被这种一眼不和就卖萌的"软妹子"给黏上。

嗯，太麻烦！

比起来，他们队里的六元就让人舒服多了，操作犀利还能指挥，上哪儿找去？

杨溯繁却是无语了一把。

不过这些土豪玩家从某些方面来说也挺累的，一天到晚总有那么多人凑上来套近乎，一来二去也难免觉得不耐烦。可是一个公会的，又不方便撕破脸，所以拿他来当挡箭牌倒是情有可原。

杨溯繁蹭着这样的顶级劳动力，觉得偶尔付出一下无可厚非，也就非常配合地没有拆台。

几个人很快又进了另外一个副本，这一回他们干脆把所有的指挥权都交给了杨溯繁，一路刷下来畅通无阻。等他们把55级的所有副本扫完，看着在每个副本前三名队伍纪录上挂着的本公会大名，所有人感到非常满意。

从副本里出来，杨溯繁这个升级最慢的也顺利抵达了60级。

佑迁看了看他的装备，说道："走，去市场看看，给你换几件装备。"

杨溯繁几乎是脱口而出："不用了！"

佑迁见他没有反应，非常深明大义地说道："放心，不用你花钱。"

这话说得，他是不愿意花钱的人吗？他只是觉得在这个时间段并不适合花钱。

想了想，杨溯繁还是拒绝道："真不用了，现在我这身装备的属性搭得正好，再换也不见得比现在好用。"

"至少先把衣服换了，影响美观。"佑迁二话不说扔了个灵币袋子过来，"不然你就自己去挑，这些零花钱拿着，不够再喊我。"

说完，佑迁顿了一下，补充道："其实我不是为了满足个人审美，只是等65级之后就要开始刷团队副本了，到时候可能需要你帮忙带队，如果指挥看上去太寒酸的话，其他人可能会不太服气。"

其他队友在旁边听得直翻白眼，心里疯狂吐槽：编，你就使劲地编！

听佑迁这么一说，杨溯繁就觉得可以接受很多了。

所以佑迁果然是有求于他，这些也算是公款，于是他欣然答应道："行吧，我去看看。"

佑迁感到很满意地"嗯"了一声："去吧。"

杨溯繁对答应了的事向来不会敷衍，退队之后他就直接传送去了圣诺尔城东面的交易市场。

这个阶段直接换橙色装备确实有些过于奢侈，再加上现在他手上已经有了之前佑迁给的那把橙色法杖，所以一个个摊位看下来，他的关注点还是在那些价廉物美的紫色装备上面。

当然，外观是其次，最重要的是属性方面要适合他个人的操作习惯。

一圈转悠下来，他锁定了几件相对合适的装备，那么接下来就是讲价了。

杨溯繁是有心理价位的，他正准备回到刚才看中的摊位，忽然就收到了来自疯疯癫癫的小可爱的好友消息："六元你在干吗呢，这都闹翻天了，还不快回来！"

最多充六元：嗯？

疯疯癫癫的小可爱：看公会。

杨溯繁刚才挑装备挑得认真，还真没注意公会频道里的内容，经过提示后一看，他才发现现在确实是一副兵荒马乱的场面。

然而还没等他去翻聊天记录，系统频道忽然刷出一条全服公告来。

系统：《幻境》十一区再起风云，玩家佔迁向玩家无敌刷刷刷发起生死对决，恩怨情仇，谁将斩获最后荣光？

具体发生了什么杨溯繁确实不知道，但这么一个手残去和人家生死对决，是认真的吗？

第六章
生死对决

"生死对决"是《幻境》当中用来解决个人恩怨的途径之一，也就是平常时候大家所说的"下生死"。

但是这个系统的存在确实有些坑，特别是发起对决者需要支付面额不菲的灵币这一条，就足以让很多玩家在大多数情况下宁可选择直接私下打一架，也不愿意给官方送钱。

这所谓的大多数情况，自然也有例外。

毕竟私人对决更偏向于满足个人的私愤宣泄，肯定比不了生死对决这种官方提供的平台要来得声势浩大。生死对决不仅会在发起之后由系统进行全区通知，而且还能让所有玩家来现场观看，见证对决的全部过程，这种当众羞辱的模式，无异于公开处刑。

最为关键的是，生死对决的战败方将损失一定比例的等级经验和身上的灵币数值，可以说代价尤为惨烈。

虽然佑迁平日里高调无比，可是杨溯繁总觉得这次的生死对决发起得有些突然，至少以他这些天的了解来看，这人并不是那种容易被点燃的性格，更何况他们刚才还在一起刷着副本，怎么一回头就跟这个不知道从哪里冒出来的家伙对上了？

公会频道里的聊天记录可以说是混乱无比，杨溯繁拉到顶端一条条看下来，才梳理出了一个大概。

事情的起因应该是公会里面的几人正好和堕天公会的玩家组进了一个副本队，结果在打副本的过程中发生了口角，直接就把两家公会在攻防战后结下的恩怨给牵扯了出来。从副本里出来之后矛盾升华，双方干脆打了起来。佑迁作为副会长去了解情况，结果却演变成了下生死的局面。

杨溯繁很确定这个叫无敌刷刷刷的并不是堕天俱乐部的职业选手，应该只是一个普通的游戏玩家。从公会频道里的聊天记录可以看出，这个人是这场矛盾的主要激化点。按其他成员的描述来看，这个人似乎嚣张跋扈且毫无口德，满嘴低级恶俗的脏话，一副生怕这事闹不大的样子。

杨溯繁刚才发给佑迁的消息石沉大海，估计这个人正在气头上，眼看好友们都在劝他，他干脆连看都不看了。

没办法，杨溯繁只能去询问疯疯癫癫的小可爱。

疯疯癫癫的小可爱：这事不怪老佑，那个人嘴巴太恶毒，换成是我也一样忍不了。

看着这些土豪大佬一个个都沉不住气的样子，杨溯繁不得不提醒他们一个残忍的事实。

最多充六元：问题是下生死又能有什么用，他打过架吗？
疯疯癫癫的小可爱：……
疯疯癫癫的小可爱：气大发了，把他手残的事给忘了。

杨溯繁无语：真是服了他们了！
但是事情到了这个时候还能有什么办法呢？很多人已经留意到系统公告里那两人所在的公会，整个世界再次炸了锅。

姑娘你好酷：最近这是怎么回事，黄金财团和堕天公会真的结仇了吗？

十月二十二：只能说《混沌》来的人蹦得太欢，确实需要给点儿教训。
服务一流：呵呵，老玩家了不起？不就多玩了两天游戏，哪来的优越感？
心酸劲：哟，公会战输了还找碴儿的是谁？说到优越感我们可不敢比。
性感：有什么好吵的，不是都下生死了吗？谁菜一看就知道。

世界频道吵得不可开交，看热闹的群众早就涌进了对决场馆，围观这场第十一区开服后的第一场私斗好戏。

杨溯繁也进了房间，他挤在一群人当中，看着在场馆中心做着准备的两人。

不得不说，只从装备来看，对面那个无敌刷刷刷虽然也已经是一套60级的紫色装备，但在佑迁这么一身金光灿灿的神装映衬下，显得格外寒酸。

稍微打量了两眼，杨溯繁基本上就可以看出那个人走的应该是暗杀系的刺客流路线。按照理论来说，正好被佑迁这套高防装备克得死死的。可是偏偏就在刚才，那个人忽然把手里的匕首换成了一把斧子，不知道是不是为了这场对决故意更换的配置。虽然看起来不伦不类，但斧子能破防守，在这局势下显得特别合理。

之前一直听说堕天公会里都是《混沌》过来的新玩家，但现在一眼看去，杨溯繁至少可以肯定，这个叫无敌刷刷刷的，绝对不是一个新人。

杨溯繁心里隐隐有一种违和感，但一时半会儿他又说不上来具体哪里不对。唯一有一点可以肯定的是，佑迁要想把这个人当怪来刷，显然是不大可能的事。

杨溯繁不由得无奈。正好，对决场上的对话通过传输设备传到了看台区域。

"我说大土豪，你要真有钱，平时多买些装备自己打怪玩玩也就算了，这种PVP的平台真的不适合你。你看我们装备上就差了一大截，你赢了我还好，但如果反倒被我这普通玩家虐了，这不是整个区都知道你是个菜鸟了吗？"

无敌刷刷刷扯着有些尖锐的系统音，明里劝着，但从语调上听着，完全是在阴阳怪气："要我说，你现在直接跪下磕头认输算了，至少不用自取其辱。要不然，就怕你回头没脸在这个区里玩下去删号了，就这一身的装备，好几十万了吧？多浪费啊！"

这套说辞明里暗里都直指双方不对等的装备配置，这样一来，佑迁如果输了自然免不了被贴上一个"垃圾废物"的标签，但即使是赢了，也完全可以被归成装备碾压，反正不管怎么样，佑迁都讨不到半点儿好处。

之前只是听人转达，真的亲耳听到之后，杨溯繁算是明白为什么所有人都是一副怨不可遏的样子了。这个人说话是真的难听，这一套套的垃圾话，虽然低级恶俗，但很容易激起人的火气。

他不由得抬头朝佑迁看去，只见这个男人目前的脸色虽然有些沉，但是没有意料中的暴跳如雷。他绷着表情站在那里，毫不搭理对方，不管是不是装的，这都已经是出乎意料的沉得住气了。

就在这个时候，杨溯繁突然收到了好友信息。

佑迁：没什么大事，疯狗咬人。
佑迁：这事和你没关系，你不用管。

杨溯繁怎么也没想到，到了这个时候这个人居然还有时间回他消息，就算只是刚好看到他的随手处理，也可以说是非常走心了。

他当然知道最后那句话是怕他会因为这事关系到堕天公会而多想，他不由得有些哭笑不得。

大战当即，真是淡定啊大兄弟！

最多充六元：别分心，你先打。

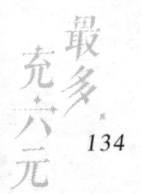

都已经到了这个时候，再劝也没有任何意义了，杨溯繁现在只能真心

134

地希望，对面那个家伙最好只是一个嘴上功夫厉害的才好。

这时候，随着世界闹腾得沸沸扬扬，涌进决胜场馆里的人也越来越多。

堕天公会毕竟是职业公会，平常这些小打小闹的事本不至于闹到天下风范那里，但是现在眼见事情一度闹大，他在收到消息之后自然不敢耽搁，当即派人把前因后果仔细地调查完毕。

此时召集了全体管理齐聚公会领地后，天下风范皱着眉心问道："这个叫无敌刷刷刷的，是你们谁收进公会来的？"

周围一阵沉默。

过了一会儿，一个管理人员惴惴不安地举了举手，道："是我……当时他说是我们俱乐部的老粉丝，我就把他收进来了。当时我也没想到他性格这么冲，之前他就闹过一些小事，今天居然为了给公会里的妹子出头又闹出这样的事来，是我筛选不慎。"

"你真以为他是为了给公会里的妹子出头？"天下风范被他气乐了，"他到底是什么来路，你收人的时候真的调查清楚了吗？根据我这儿收到的反馈，这人开区几天下来摆明了想尽办法在到处挑事，什么我们俱乐部的老粉丝，我看是哪家公会故意安排进我们公会捣乱的！"

管理人员完全没想过会是这种情况，他一脸错愕："不会吧？"

天下风范真想一棒子砸醒这个"榆木脑袋"。

但是现在又能有什么办法？不管这个无敌刷刷刷是什么来历，至少现在打着的可是他们堕天公会的名号，再加上之前公会战后他们跟黄金财团接连发生碰撞，现在估计整个区里的人都已把这事算在了他们两家公会的恩怨上头。

"泽神，我觉得，是不是应该先把这个闹事的无敌刷刷刷踢出公会去？"天下风范这么一想更加头疼，他不由得把视线投向了旁边坐着的那个男人，请示道，"等晚些的时候，我再联系下黄金财团的管理，尽可能地将这件事私下好好处理一下。"

杜泽睿语调平静地说道:"不急。"

天下风范闻言微微一愣:"这人继续留在公会里,怕是不合适吧?"

"人是要踢的,但不是现在。"杜泽睿在旁边听了全程,自然已经弄清楚了前因后果,可是比起公会部门需要处理的公关事项,他显然对另外一件事更感兴趣,"你之前说找错人了,抢龙影石的并不是那个最多充六元,而是这个刚刚下生死的佑迁,对吧?"

天下风范看他饶有兴趣的样子,明白了过来:"您的意思是说……"

杜泽睿道:"反正事情已经发展到了这一步,过于急躁也无济于事,有什么事,等他们打完再说也一样。"

天下风范知道他是有意想借这个机会观察一下那个佑迁的实力,无可奈何下,天下风范只能有些头疼地应道:"也好。"

当堕天公会的人传进对决场馆时,里面已经人山人海。

天下风范陪着杜泽睿站在最角落的位置遥遥地观察着,因为所有人的注意力此时都落在场上,没人发现他们,他们一时间倒是没有引起什么骚动。

此时场内的准备时间正好结束,随着周围炫目的光线颜色变换,这场全区瞩目的生死对决正式开始了。

"哎呀,可一定要手下留情啊土豪大佬!"无敌刷刷刷说着,在倒计时结束的一瞬,立刻朝着佑迁冲了过去。

杨溯繁一直站在人群当中等着对决开始,在周围众人的一阵惊呼当中,他神色平静地看了一眼这看似冲动的走位,眼中也微微闪过一丝诧异。

这进攻的角度相当刁钻。

不管怎么样的开局,如果是他本人在场上,他一瞬间就可以想出至少十种应对的策略来,可是现在在场的人是佑迁。

面对这种气势汹汹的快攻,只见场上的男人几乎毫不犹豫地直接在自己跟前筑起了一张护盾,乍眼看去无比淡定。

杨溯繁不由得无语了一把。

这是他们在刷副本的时候他教给佑迁的打法,面对小怪输出,率先起个护盾来维持血量，原本是不管在什么情况下都无比适用的战术。

可是，现在他面对的又不是副本里路线固定的小怪，而是一个灵活的暗杀系玩家，这样的操作就难免耿直了一点儿。

果不其然，无敌刷刷刷眼见就要冲到佑迁跟前，在护盾竖起的一瞬，他忽然间调转了路线，毫不犹豫地直接瞬闪到了佑迁的身后，手里的斧子挥砍而下，顿时血光四溅。

面对一身橙色装备，斧子的破防属性在此时完全显露了出来。

佑迁显然没有料到对方会转到他身后下手，他几乎是下意识地举着长剑挥砍过去，却被对方抬起来的斧子不偏不倚地拦住，完全没有对对方造成任何损伤。

"哟，黄金财团的副会长就这水平？这么好的装备放在你身上，和扔了喂狗有什么区别？"无敌刷刷刷还有闲情出言调侃，这挖苦的嘴脸要多难看就有多难看，"哦不对，喂了狗，狗至少还知道摇摇尾巴，也比搁你身上当这么一堆废物要来得好！"

话音刚落，便见佑迁反手一个横扫，无敌刷刷刷顿时往后方轻巧地跳了一步，轻飘飘地避开。他越发嬉皮笑脸："呵呵呵，大老板生气了？可惜啊，生气有用吗？真气不过的话，等打完出去后喊你手下的小狗们多咬我几口？"

杨溯繁低头看了看公会频道，显然有不少黄金财团公会的成员在现场观战，一瞬间大家的情绪被激得彻底爆炸，很多人甚至已经开始自发组队，准备去野外找堕天公会的人清场了。

青步踏雪谣显然也被气得不行，但是碍于公会会长的职责，她还算理智，并没有跟着其他人一起闹，她正在尽可能地控制住公会里混乱的局面。

黄金财团管理层面的事，杨溯繁不想插手也不便插手，他看了一眼就关上了频道。

这时候他抬头看向场上，只见那个无敌刷刷刷嘴上依旧毫无底线地嘲讽着，几乎可以说是压着佑迁在打，胜负完全没有悬念。

偏偏是这种原本完全可以速战速决的情况，这人却在好几次可以结束这场对决的时候故意偏了招数，强行给佑迁留了最后一口气。

按照佑迁的个性，他自然是高级药水喝个不停，光是这把钱当水喝般的做派就让人看得有些无语。但是这样一来，无敌刷刷刷就可以等他把气血值重新充满之后，再次用恶毒的手法虐待他，可以说，无敌刷刷刷把这套招数玩得风生水起。

这种故意吊着人玩儿的样子说是来打对决，更像是在想方设法地借机侮辱对方，显得下作又恶劣。

隔得远，虽然看不清楚佑迁此时的表情，但是杨溯繁的眉心不由得紧紧地皱了起来，他握着法杖的手也微微紧了紧。

确实有些过分了。

从现在的情况很明显可以看出，这人摆明了就是在故意羞辱佑迁。

而且，在这种万人观战的场合之下，这种方式更有效果。他无疑是看准了土豪丢不起这脸，才越发肆无忌惮。

不得不说，这个无敌刷刷刷煽风点火的水准实在有些太高，说出来的话一句比一句难听，最后在击倒佑迁之后，他还不忘笑眯眯地在佑迁的尸体旁边踩上两脚，再狠狠地恶心人一把。

当两人的身影从场地中间消失时，对决场馆里的所有人都随着生死战结束被传了出去，与此同时，系统公告也再次刷新。

系统：生死胜负已分，玩家无敌刷刷刷赢取最终荣耀，玩家佑迁接受天命惩处！

下生死后，败方会按百分比损失经验值和灵币，杨溯繁可以看到好友列表当中佑迁的等级从60级下降到了59级。很多装备他自然是不能用了，他只能将60级的装备套装换回了原来的55级的。

这个时候世界已经再次热闹了起来，所有的话题无不围绕着刚刚结束的生死对决展开，这种感觉无异于再次把佑迁公开示众。

杨溯繁看着这样的话题，觉得有些扎眼。瞥了一眼好友列表中突兀的59级后，他当即给佑迁发去了消息，故意想要引开他的注意力。

最多充六元：老板，要不要喊人一起去升级？
佑迁：不用。
最多充六元：嗯？
最多充六元：在生气？
佑迁：还好。

杨溯繁盯着这两个字两个字的回复看了半天，越看越觉得内容违心。

最多充六元：在哪儿，我去找你。
佑迁：晚点喊你。
最多充六元：嗯？
佑迁：等这里解决完。

这句话说完，没等杨溯繁做出回复，再次弹出的系统消息公告已经回应了他的疑问。

系统：《幻境》十一区再起风云，玩家佑迁向玩家无敌刷刷刷发起生死对决，恩怨情仇，谁将斩获最后荣光！

杨溯繁无奈：果然，是被虐得全身不爽了吧。

无敌刷刷刷：哈，废物，还来？

139

世界再次炸锅。

刚刚被传送出来的吃瓜群众再次一溜烟地涌进了对决场地，有一部分没赶上第一班车的，这一回也急匆匆地搭上了这第二期的大部队。

当然，也有一些觉得无趣而不想再继续凑热闹的。

"这就是你说的真高手？"杜泽睿看了看疯狂滚动着的世界频道，没有进决战场看那第二场对决，这毫无波澜的语调让人完全听不出他的情绪。

天下风范也没想到这声势浩大的生死对决会是这样一面倒的情况。他有些语塞："那或许是他们队里的其他人？"

"希望你下次提交的情报可以建立在有确切信息资料的前提下。"杜泽睿看了他一眼后，将一队的队员召回了队伍，直接传去了副本门口，显然对后续发展再没半点儿兴趣。

天下风范有苦说不出，只能一脸郁闷地回到公会领地，想办法去联系黄金财团公会的会长青步踏雪谣，企图寻求一个和平的解决方式。结果他连发几次好友申请，都被对方毫不留情地拒绝了。

天下风范非常理解此时这位公会会长的心情，平复了一下情绪之后，他好言好语地打了一串备注内容，再次发出好友申请。

这一次，他终于得到了回复，一个字——"滚！"

天下风范无奈：这妹子会长的脾气还挺爆……

杨溯繁在看到系统消息之后正准备传进对决场馆，便收到了来自疯疯癫癫的小可爱的组队邀请，确定之后，他传送到疯疯癫癫的小可爱的身边，发现固定队的其他几人也在，只不过大家的脸色都难免有些难看。

"六元，刚才的对决你看了吗？"疯疯癫癫的小可爱摸了摸手上的弓箭，一副强忍着没爆粗口的样子，"那家伙摆明了在故意耍老佑玩！"

杨溯繁看着他们的样子，问道："你们这是有什么计划？"

捂着心脏说疼面无表情地道："堕天的狗叫嚣得太狂，等我们清他们几个地图的人，看看他们还能怎么嚣张。"

140

视你如命也跟着冷笑:"我倒要看看他们的人有多强势,只要他们还在堕天公会一天,我们就杀到他们在这个区里玩不下去。"

很显然,经过这么一闹,这几位大佬已经全部被惹怒了,虽然他们没像佑迁这样冲动地下生死发泄,但也差不多不准备再考虑任何后果,反正杀就完了。

杨溯繁此时整个人也紧绷着,浑身上下有一种说不出来的不爽感,但是长久的职业生涯让他在这个时候难得地保持了冷静。

其实从一开始,那个无敌刷刷刷的所有举动就透着一种莫名的违和感,具体哪里违和,杨溯繁说不上来,但是他可以感觉到,这人的每一个举动都像是在想方设法地激化两个公会的矛盾。

就在他准备开口的时候,忽然收到了一条好友申请,他点开一看居然来自天下风范,备注内容则是:"十万火急,速加!"

如果是之前,杨溯繁肯定会直接拒绝,但是眼下,他点下了接受。

几乎在加上好友的一瞬间,天下风范的消息就发了过来。

天下风范:朋友,请你帮忙联系一下你们的会长!这件事我们堕天愿意承担所有责任!

天下风范:具体情况不便透露,但是我可以保证,我们马上就会把那个无敌刷刷刷清出公会。

天下风范:所有的不良影响我们愿意一力承担,但是请给我们一点儿时间,请相信在彻查完毕之后,我们一定会给你公会一个满意的答复!

接连三条信息,虽然并没有明确说明什么,但是足以印证杨溯繁之前隐约感到不对的猜测。

职业俱乐部旗下的公会一般都会和他们的俱乐部保持统一作风,虽然杨溯繁在《混沌》的时候并没有怎么和游戏里的堕天公会接触,但是以他对堕天战队几个职业选手脾性的了解,特别是杜泽睿的性格,他们完全不可能容许有这种风气存在。既然堕天的会长亲自找上门来了，杨溯繁相信这件事一定会得到妥善处理。回复了一句"知道了"后，他便将话向青步踏雪谣转达了过去。

　　事情发生到现在，妹子会长还算沉得住气，她本来就在公会里面安抚成员，现在虽然完全不待见堕天公会的任何人，但对天下风范的这个说法，她表示愿意考虑。

　　队里的其他人不知道杨溯繁在做什么，只是看他站在那里不说话，他们也可以觉察出他似乎并不太认可这种行动。

　　视你如命沉默了片刻，还是忍不住开口道："六元，你知道老佑刚开始为什么会和这家伙闹上吗？"

　　杨溯繁没想到这里面还有其他故事，他好奇地抬头看去。

　　视你如命道："最开始那人只是和帮里的其他人起了争执，我和老佑过去的时候，他就把矛头指向了我们。本来他冷嘲热讽时根本没人理他，后来不知道怎么他就知道你和我们组了固定队的事，就指名道姓地骂你是狗腿子，事情才彻底闹大的。"

　　杨溯繁眼中有错愕的神色一闪而过，他怎么也没想到佑迁居然是为了给他出头。沉默了片刻之后，他眉目间不易察觉地闪过了一丝锐色："你是说，那人知道我们组固定队的事？"

　　"没错。"视你如命不是很理解他为什么会更关注这个点，便皱了皱眉道，"老佑这么护着你，你难道就不觉得也应该为他做点儿什么？"

　　杨溯繁抬头看了他一眼，似笑非笑地扬了扬嘴角，没有接他的话，却是意有所指地说道："和你们组成固定队的事，我也是今天才刚知道的。"

　　视你如命不由得一顿，愣了片刻后，他也领会了过来："你是说……"

　　今天他们副本通关的成就在公会里刷屏之后，组队的事才被公会里的其他人知道，而无敌刷刷刷这个堕天公会的成员又是从哪里来的情报？如果说是因为看了各个副本前三纪录的排行，那未免把他们公会的事情盯得太紧了些。

杨溯繁见视你如命已经明白了过来,就把刚才天下风范找他的事简单地说了一遍,然后总结道:"所以,虽然知道你们很气,但是清人的事还是应该先暂时放放。"

道理大家都明白,可疯疯癫癫的小可爱到底还是觉得不够解气:"那怎么办?老佑都被欺负成这样了,难道就这么算了?"

捂着心脏说疼说:"很不爽!"

杨溯繁看着几人的样子,垂眸瞥了眼自己手里的金色法杖,说:"当然不可能就这么算了。"

其他人闻言,错愕地抬头看去,只见他手里的橙色武器已经换回了原来那根破破烂烂的新手木杖,就连好几件刚刷完副本后替换下来的新装备,也被他一股脑地换回了新手装。他们不由得满脸疑问:"干吗呢?"

"马上就知道了。"杨溯繁抬头看了看,正好看到佑迁第二次战败的系统消息出现在了全服公告上。

这一回没等那人上头,他就先一步采取了行动。

系统:《幻境》十一区再起风云,玩家最多充六元向玩家无敌刷刷刷发起生死对决,恩怨情仇,谁将斩获最后荣光!

佑迁连跪了两把,不管是经验等级还是身上的灵币都是一通狂掉,但是他心里憋着一口气,他毫不犹豫地准备下第三次生死,结果没想到居然被人抢了先。

等看到发起人的名字之后,不知怎么,他满心的郁闷仿佛被风一吹,一扫而空,他当即点开好友列表发了消息过去。

佑迁:玩什么呢?
最多充六元:看你玩得开心,手痒也试试。

佑迁看着他这语调平静的回复，其实不用问也知道，他是看不过去自己被虐，所以故意用这种方式拦下了，为的是替自己出头。

不知道怎么的，光是这句话，他只觉得越看心情越好。

从之前一段时间接触下来，他多少可以感觉到，六元这个抠门的高手似乎总是有意无意地试图掩藏自己的实力。虽然不知道原因，他也一直没有多问，没想到的是，眼下这个时候，对方居然会全然不顾地当着全区人的面高调一把，他的嘴角顿时控制不住地微微扬了起来。

佑迁：不用打太狠，差不多就行。
最多充六元：放心。

杨溯繁看着对方的对话列表里多出来的表情符号，就知道这个人的心情应该并没有他想象中糟糕，于是他也放下了心。确认了弹出来的提示之后，他直接由系统传送进了生死对决的场馆当中。

虽然下生死会消耗大量的灵币，但至少能确保被挑战的人会强制接受。而且为了避免故意逃避，在对决结束之前，系统甚至不允许双方下线离开，可以说完全是胁迫式设定。

无敌刷刷刷刚刚侮辱了佑迁两次，此时正春风得意。他本以为马上要迎来第三场，等到进入场馆后，他才看到这次生死对决的发起人ID，他不由得愣了一下。看着面前那个装备寒酸的角色，他忍不住讥笑道："怎么回事？主人打不过，现在换了条狗上来？"

听这语调，杨溯繁大概也可以猜出当时他在佑迁面前是怎么辱骂自己的了。不过这种水平的脏话他显然不可能放在心上，他只是轻轻地扬了扬嘴角，道："别太感动。我看你打得那么辛苦，特地来送拨福利，也让你尝尝装备压制的快感。"

很多人刚看完前面两把，这时候见第三把换人了，他们又兴致勃勃地赶来围观，等看到场中那个装备破烂的角色以后，大家无一不是一阵无语。

144

这人闹什么呢？穿着一身的新手装备来和别人的紫色装备套件打？这可比紫色装备打橙色装备过分多了，完全就是来送死的嘛！

无敌刷刷刷当然也看到了面前那个最多充六元的装备，他知道这人就是和那群土豪玩家组固定队的渣渣辅助，他隐约可以感觉到对方是故意穿这一套装备来变相侮辱他的。可是，对自己操作的自信让他觉得这人简直过于不自量力。他讥笑道："朋友，我劝你还是换上那些大腿送你的装备吧。要不然就你这身行头，就算我打赢了，人家难免也觉得我太欺负人了。"

杨溯繁微笑道："这不就是你想要的效果吗？"

他这话一出，无敌刷刷刷的表情不由得一僵。

围观群众当然知道杨溯繁这是在挖苦刚才无敌刷刷刷挑衅佑迁时的做派，他们忍不住一阵哄笑，只道是风水轮流转。

虽然在场内听不到外头的动静，但无敌刷刷刷大约也能猜到其他人的反应。他的脸色终于难看了一点儿："现在给你机会你不要，一会儿开始了可别哭着求饶。"

杨溯繁把玩了一下手里的木杖后，扬了扬嘴角："你到时候不要哭得太丑就好。"

围观的人都快笑疯了，只觉得不管这场生死对决的结果怎么样，反正这个叫最多充六元的玩家说话是真的不饶人，光是这嘴上的段位，可比无敌刷刷刷这种只懂用低级词汇侮辱的要高多了，简直就是气死人不偿命。

外头，固定队里的其他几人已经和佑迁组队了，这时候他们正在观战区里围观。

看着无敌刷刷刷已经彻底黑下来的脸，疯疯癫癫的小可爱笑得花枝乱颤："以前怎么没觉得六元说话这么损呢？瞧把那傻子给气的，早知道就该让他早点儿上，看那货还怎么继续蹦！"

佑迁现在已经只有58级，可是进了场馆之后，他脸上的笑容就没断过："你没发现的事情多了。"

疯疯癫癫的小可爱笑声戛然而止，他忽然觉得被什么噎到了。

视你如命看着场上站着的两人，却是有些担心："我知道六元是个高手，但是装备差距这么大，能行吗？"

疯疯癫癫的小可爱补充道："而且还是个辅助。辅助打输出，怎么打？"

捂着心脏说疼倒是淡定得很："没事，反正气够那货了，大不了出来后，咱们带他们一起升级。"

佑迁显然没有队友们担心，他目不斜视地说道："输不了。"

其他人只道他自带滤镜。大家焦急地等待着场上对决的开始，没有搭腔。

就在这个时候，对决的准备时间倒计时结束，场馆内的背景色一变，全场的氛围顿时紧张了起来。

这一回，无敌刷刷刷并没有像对待佑迁一样抢先手，毕竟现在的他反倒成了装备上占优势的一方，他半点儿不着急地把手里的斧子提了提，咧嘴一笑道："来吧，让你先动手，给你个替你主子报仇的机会。"

杨溯繁完全不为所动，也回以一笑："不用了，我不欺负人。"

围观群众彻底笑疯，这话说得真是损，到底是谁欺负谁啊？

无敌刷刷刷本来有意激起对方的怒气，就像刚才对付佑迁一样，没想到眼前这人根本不吃这套，反倒是漫不经心地噎得他半天说不出一句话来。

意识在嘴上讨不到半点儿好处，无敌刷刷刷准备直接用拳头说话，他选择了先一步动手："牛皮别吹太大，小心一会儿闪了舌头。"

杨溯繁看着对面的人迎面冲来，脸上没有太多的表情。他还有闲心轻轻地笑了一声："你都不怕把自己的皮给吹破，我怕什么？"

越是这样轻飘飘的态度，就越让无敌刷刷刷生气。他疾步冲到杨溯繁近前，突然一个瞬闪，转移到了杨溯繁的身后，接着举起斧子，干脆利落地重击了下去。他冷笑道："找死！"

他这一下转移可以说是毫无预兆，这么近的距离下，杨溯繁几乎没有闪避的空间。

眼见对方就要血光四溅，无敌刷刷刷脚下却毫无预兆地冒出一缕藤蔓，从下往上缠住了他的身体，牢牢地牵扯住了他挥砍而下的手臂，硬是让那一斧子在离对方身后咫尺的时候停了下来。

这怎么可能!

等无敌刷刷刷意识到发生了什么时,他脸上的表情顿时微变。他显然怎么也想不明白这个人到底是怎么预判出他瞬移的进攻路线的。

只能说对方把时间控制得太好,正好是他把两人的距离拉到最近的那个瞬间。

最多充六元似乎对于这个操作无比自信,甚至连闪避半步的意思都没有。此时他直接转过身来,举起木杖,朝着无敌刷刷刷的脑袋上干脆利落地拍下一棍子。

这一棍没有使用任何技能,完全是一个最为常见的个人操作,可是在这样几乎纯挨揍的局面下,杨溯繁硬是打得无敌刷刷刷两眼发黑,他真切地感受到了什么叫真正的天旋地转。

锁地藤这个低级控制技能的时间很短,所以在这一棍之后,杨溯繁向侧面挪了几步,与无敌刷刷刷拉开了距离。在这个过程中,他并没有施展其他技能,而是笑眯眯地看着无敌刷刷刷解除了控制。他就像之前那样好整以暇地站在那里,等着无敌刷刷刷继续进攻。

到了这个时候,旁边的围观群众才反应过来,发起这场生死对决的最多充六元居然是走辅助路线的。

所以,这么一个可以说毫无输出力的辅助居然跑来和人单挑,这是真的准备用手里的新手杖把人捅死的节奏吗?

很多人已经笑得不行了,比起之前无敌刷刷刷吊着土豪打的场景,眼前这个更让人吐血。

装备压制算什么?《幻境》世界的平衡度做得很好,装备优势再大也只是更好地满足一些土豪的游戏体验,在PVE(玩家对战环境)上的感官再好,在PVP真刀真枪的实战操作水平面前,实力差距过大的情况下,土豪还是没办法真的用钱把人砸死。

可是如果一个暴力输出被一个辅助在单挑的时候完虐,这情况就完全不一样了，传出去简直可以让人笑一年，不，笑十年都不够！

无敌刷刷刷早就没有了之前不可一世的样子，他嬉皮笑脸的表情也收敛了起来，低沉的神色足以暴露他当前临近暴走的心情。

根据之前得到的消息，他一直以为这个最多充六元是个不知道用了什么手段混进土豪队里的小跟班，但是从现在的情况看来，这人居然还是个高手。

按照实力来说，他虽然比不上职业选手，但在普通玩家群体里算得上是个实打实的高手玩家，特别熟悉的是暗杀类的操作路线，从玩《幻境》这款游戏到现在，他不知道完虐过多少辅助流玩家，在竞技场的时候，他从来都是"脆皮"辅助的克星。

虽然他现在把武器从匕首换成了斧子，多少会影响移动速度，可是不管怎么想，他都不至于被压制得太厉害。除非，跟他对战的人已经拥有职业的水平。

但是，可能吗？

无敌刷刷刷对于自己的个人实力绝对自信，他认定第一次发难被克制是出于偶然。重新调整了一下节奏之后，他眯了眯眼，看着全身上下都充满了破绽的最多充六元，他愤愤地"啧"了一声。

他的走位忽然间快了起来。他人影一晃，瞬间在众目睽睽之下消失了。

遁影术？杨溯繁了然地挑了下眉梢。他摸了摸手里的木杖，并没有做任何吟唱操作。

他这副一动不动的样子落在观众们的眼里，看起来像极了束手无策下的坐以待毙，大家心里不由得涌起些许同情。

这时，有一个身影忽然在场内闪现一瞬。

当无敌刷刷刷再次出现时，已经逼到了最多充六元的近前，这个角度正好是最多充六元的视野盲区。

要完！

几乎所有人的脑海中都闪过了这样的念头。他们一抬头，便见无敌刷刷刷一个霹雳斩，直逼最多充六元。

因为无敌刷刷刷是贴身出招，可以说最多充六元完全不存在闪避的可能，不少人下意识地"啊"了一声，然而接下来发生的事让众人不由得捂了捂嘴，把还没放完的气息又再次倒吸了回来，太难以置信了！

杨溯繁确实没有采取任何措施，应该说他根本就没准备采取任何措施。

其一，他不了解这个无敌刷刷刷的进攻习惯，前期那些小范围的控制技能在这个时候没有任何意义；其二，他有足够的自信，认为确实没有放技能的必要。

既然要让这个人掉面子，就该采取让人最颜面扫地的方式，比如说，被一个辅助流玩家在一个技能都不用的情况下，直接乱棍打死。

所以，在无敌刷刷刷就要偷袭得手的一瞬间，最多充六元手里的木杖再次出手，而这回不是对准了无敌刷刷刷的脑袋，而是不偏不倚地在其膝盖处重重地敲了一下。

《幻境》这款全息游戏本就是完全模拟现实感的，这种撞击看似毫无攻击性，可实际上会让对方的动作出现反射性的偏移。

这样一来，无敌刷刷刷进攻的姿势诡异地侧了几分，恰好让最多充六元迈开步子往旁边移了两步。他本来以为百分百命中的招式，就这样莫名其妙地被避过。

这回，杨溯繁显然没有要继续放过他的意思。

杨溯繁将手里的木杖舞得虎虎生威，如果不是之前明确地看过他施法，观众们会觉得这人手里拿着的不是辅助系的木杖，而是一把实打实的近战武器。

木杖一下接一下地敲打在无敌刷刷刷的身上，遥遥看去就像是在逗弄一只顽劣的猴子。任那只猴子如何张牙舞爪地奋起反抗，在一棍棍的教训下都只能抱头鼠窜，压根没有半点儿还手之力。

无敌刷刷刷确实被打得有点儿蒙，这种前所未有的受辱方式，甚至让他一度对自己的游戏人生产生了质疑。

他居然被一个辅助用普通攻击在压着打？

此时此刻，在这种过分诡异的场面下，整个观看场馆里也是一片寂静。

过了好半天，终于有人反应了过来，大喊了一声："空招？这人用的都是空招！"

他这么一说，其他人也纷纷回过神来。

仔细一看，这个最多充六元虽然每次挥杖的操作看似不疾不徐，但是他的敲击点都精准无误地控制住了无敌刷刷刷企图进行的所有反抗操作。这种堪称碾压的个人实力秀，不是完完全全的空招克制又是什么？

整个现场顿时彻底炸锅了："这就是传说中的神级操作啊！"

要知道，虽然空招在所有全息游戏里并不少见，但是这样毫无间隙且精准持续地运用，就算是在《幻境》一年一度的神武坛这种巅峰对决当中，也是极度少见的。

和杨溯繁组了两天副本的几位土豪，此时也看得有些蒙。

疯疯癫癫的小可爱愣了半响，错愕地看向了佑迁。他问道："老佑，你到底是上哪里找来的高手啊？"

佑迁挑了挑眉，笑而不语。

对决场内的决斗还在继续，只不过现在的场面看起来，俨然一个狂暴的虐渣现场。

在第十几次试图反扑的意图被彻底打断之后，无敌刷刷刷整个人俨然已经处在崩溃的边缘。

头上一下又一下敲击下来的棍子让他感到似乎回到了小时候，他做错事回家，被父亲拽进小黑屋里，拿鸡毛掸子狠揍的场景。他所有的斗志早就被打得荡然无存，满脑子只恍惚地盘旋着几个问题：我是谁，我在哪儿，发生了什么……

按照正常的比赛节奏，不管怎么拖时间，个人对决最多进行到十五分钟就基本结束了。可是杨溯繁手里拿着的是攻击力低得可怜的新手村木杖，打在无敌刷刷刷这紫色套件下跟挠痒痒没什么区别。再加上他完全没有使用任何输出技能，全凭一根木杖不讲道理地一通狠揍，等对方气血值终于清空，已经是半个小时以后了。

太惨了！

围观群众都感受过无敌刷刷刷的嘴欠，虽然知道他罪有应得，但是看着场内满脸茫然地倒在地上的无敌刷刷刷时，他们到底还是忍不住露出了同情的表情。

无敌刷刷刷从对决场馆里传出去的时候，等级毫无疑问地降到了59级，身上的装备也不得不换回了55级的套装。他走在路上，整个人都似乎有些飘。

然而，终于从无尽折磨当中解脱的念头才刚让他萌生出劫后余生的庆幸，系统公告当中忽然又刷出了一条消息来。

系统：《幻境》十一区再起风云，玩家最多充六元向玩家无敌刷刷刷发起生死对决，恩怨情仇，谁将斩获最后荣光！

无敌刷刷刷一时头皮发麻。

被下生死后是不允许离线的，无敌刷刷刷别无选择地被系统再次拉进了那个熟悉的对决场馆当中。

这回，一看到这样的场景，饱受摧残的记忆涌上脑海，无敌刷刷刷一瞬间觉得有些崩溃。

站在他跟前的最多充六元倒是心情不错，依旧用那笑眯眯的表情看着他，还慢悠悠地问道："怎么不继续装了？"

"你到底想怎么样？"无敌刷刷刷欲哭无泪，他彻底地感受了一次什么叫搬起石头砸自己的脚。

杨溯繁认真地思考了一下这个问题，然后笑道："这样吧，你跪下来道歉，说不定我心情好了，可以考虑饶你一次。"

再次传进场馆来的佑迁看到这情景，忍不住笑了一声。

高手兄平日里看起来一副温和的样子，没想到记起仇来，比他还心黑。

其实杨溯繁这样看似过分的要求，最多也就是以其人之道，还治其人之身。

毕竟只要是早点儿来围观的人都见证了无敌刷刷刷恶劣的行径，只能说现在是风水轮流转，报应到了他的身上。

到目前为止，几乎再没有人的注意力落在土豪被虐这个点上了，毕竟相比起来，这种新手装备辅助虐杀紫色装备输出的戏码更具爆点。

无敌刷刷刷隔着虚拟屏障依旧可以感受到围观群众高涨的情绪，闻言，他脸色沉了沉，到底还是抹不下面子。他特别有骨气地没吭声，试图捍卫一下自己士可杀不可辱的尊严。

前一场比赛，很多人一脸蒙地看完全程才后知后觉地想起来，自己居然忘记录屏了。所以这次一开场，大家就非常统一地拿出了影讯卡。明明是全息世界里的个人对战场馆，硬是给折腾出了一种现实世界里看明星演唱会时万人拿手机录像拍照的即视感。

疯疯癫癫的小可爱也跟着掏出了一张影讯卡。他啧啧称奇："按这阵势，我们家六元这是要当巨星啊！"

旁边的佑迁看了他一眼，问道："他什么时候成为你们家的了？"

疯疯癫癫的小可爱无语："好好好，不是我们家的，是我们工会的，行了吧！"

佑迁这才满意地再次把视线移了回去。

准备时间很快结束，场内的对决终于正式开始。

因为有了上一场噩梦般的经历，无敌刷刷刷一开局就做好了再次陷入持久战的准备。他无比警惕地没有选择轻举妄动，生怕一不小心就重蹈之前的覆辙。

可惜的是，这一次杨溯繁似乎并没有继续蹂躏他的意思，见对方不动，他二话不说就迎面突进。

对于一个辅助而言，打个人战本身就有些吃亏，但如果非打不可的话，自然还是后手反击更具优势。而现在,他这种把辅助当成近战的玩法,就显得有些不讲道理了。

如果不是刚刚看过他们的第一场,懂行点儿的围观群众估计都要忍不住吐槽这过分鲁莽的操作了,但毕竟之前的对局已经把众人的期待高高地吊了起来,先入为主的观念让他们莫名觉得,这个最多充六元怕是又要开始秀操作了。

无敌刷刷刷经过刚才那一把,心态已经崩得差不多了,这场刚进来他就把期望值放到了最低,只想着尽量不要死得太难看就好。这时候看到对方居然按捺不住地先动了手,他的眼里反倒闪过了一丝希望的光芒。

他手里的斧子在进场的时候已经换成了他善用的匕首。他观察着这一瞬间对方的移动轨迹,强自镇定下来,准备来一拨绝地反击。

吸取了上一把轻敌的教训后,现在他身上所有的装备都调整回了自己最为擅长的路线配置。对自我水平尚存的一丝自信,让他又提起了一丝斗志。

毕竟是个辅助,他也未必就真的打不过了……

这一瞬,无敌刷刷刷确实是这么想的。

可惜的是,他显然想太多了。

虽然辅助系前期没有任何瞬发技能,但是即使在无法施法的快速移动中,杨溯繁依旧非常漂亮地凭着走位,轻松无比地闪开了暗杀者突然发起的一系列攻势。

不止如此,停下脚步的一瞬,杨溯繁一套简单的吟唱、控制、近身,干脆利落,赫然是前一场的翻版。

"来了来了,又要开虐了!"

"这一回又准备要打多久?"

"下注下注,我赌40分钟!"

围观群众看热闹不嫌事大,影讯卡已经全部就位,最佳摄影角度也选择完毕。大家一切就绪,就等大神表演开始了。

然而出乎大家意料的是，这一场的用时非但没有打破之前30分钟的纪录，反倒是快得有些不可思议。

3分钟！

从无敌刷刷刷被控住到倒地，居然只经过了短短的3分钟！

全程下来，众人对这场战斗的印象只局限在那个叫最多充六元的控住了无敌刷刷刷，然后他拿着木杖对无敌刷刷刷一顿狂揍，然后……就没有然后了，战斗直接结束。

快到不可思议！

场内的围观群众在结束对决之后被传出场馆时，依旧有些蒙。回过神来之后，很多人纷纷将刚才录像的影讯卡拿出来观看，等仔细地看清楚了慢镜头的特写后，他们脸上本来有些茫然的表情顿时变成了深深的错愕。

难怪他们总觉得这次无敌刷刷刷的气血值掉得太快，仔细一看才发现，最多充六元的这通揍用的居然不是第一场时的空招套路，而是完完全全的技能连击。粗粗计算下来，他全程至少有二十连，而且是无缝衔接使用的，还完全都是近战输出的技能。

技能产生的伤害当然不是普通空招可以比的，如果最多充六元手里不是拿着没什么物理攻击的新手木杖，只需随便换把武器，这场对决估计连一分钟都不需要。

但是，这算个什么事，一个学了近战输出技能的辅助？

老天爷啊，这又是什么神仙套路？

众人面面相觑，一度怀疑自己和这人玩的不是同一款游戏。

如果说第一场生死对决完全是精神上的折磨，那么第二场结束之后，无敌刷刷刷整个人的步调都已经有些虚浮。他一直以来自诩高手玩家的自尊心仿佛遭遇了史无前例的践踏。

之前他还一度在世界频道挑衅，现在他却完全没有勇气打开世界频道了。即使不用看，他也可以想象那些看热闹不嫌事大的吃瓜群众正在进行着怎样的热烈讨论。

他的第一反应是，这区他已经没脸再继续玩下去了。

他魂不守舍地朝着副本区走去，然而还没走两步，跟前就拦了几个人。他一抬头，最先映入眼帘的是那两个熟悉无比的ID。

佑迁和最多充六元，一个被他狠虐了两场，另一个把他反过来摁在地上虐了两场。

旁边的几个人也都是熟悉的ID，正是黄金财团那支金光闪闪的土豪固定队成员，此时他们看着他的眼神可以说是诡异又玩味。

无敌刷刷刷心底隐隐地腾起了一股不好的预感。他警惕地说道："你们还想怎么样？"

这语调，不知道的人还以为是他被人恃强凌弱地欺负了。

杨溯繁对旁边那些时不时朝他们这儿来看的路人视而不见。他微笑着说道："不怎么样，只想把账好好地算一下。"

无敌刷刷刷觉得在很长一段时间内，这笑容将会久久地萦绕在他的脑海中，成为他挥之不去的噩梦。他下意识地后退了两步道："我是杀了他两场没错，但是你也同样杀了我两场，难道还不算结清吗？"

杨溯繁道："这账不是这么算的，经验什么的随时能补，这都不是什么大事。"

无敌刷刷刷正想问"那什么才是大事"，便见最多充六元转头看向了旁边的佑迁，不轻不重地用他正好能够听到的音量问道："你身上一共放了多少灵币，两场生死下来掉了多少？"

这话从耳根擦过时，无敌刷刷刷瞪大眼睛看了过去。

所以这人的关注点居然在那些灵币上？这就没法玩了！

生死对决战败方损失的灵币数量和经验值一样用的是百分比的算法，所以不同的人阵亡的时候产生的损失自然也不相同。

像佑迁这种土豪玩家身上会放多少钱，无敌刷刷刷觉得，即使是让他想象一下，他也需要无比巨大的勇气。

佑迁听完这个问题，还非常认真地看了一眼背包，计算了一下，道："刚开始的时候应该有4285679的灵币，现在损失的也不多，四舍五入一下也就掉了214284灵币。"

无敌刷刷刷差点儿吐出一口血来。最多充六元问完佑迁之后又朝他这边看了过来，用很是公事公办的语调一脸平静地问道："那你呢？"

看了一眼背包里寂寞无比地躺着的35000灵币，无敌刷刷刷越发感到绝望。

如果按照这比例换算，对方至少得下生死下到把他打回新手村回炉重造。

无敌刷刷刷终于抑制不住地哭出声来："大神，你到底怎么样才肯放过我？"

"这个问题你之前已经问过了，那我就再回答一次好了。"杨溯繁笑眯眯地看着他，道，"跪下来道歉，我心情好了，可以考虑饶了你这一次。"

这微笑着的表情看起来似乎态度很好，可惜眸底的那抹凌厉怎么看都莫名瘆人。

无敌刷刷刷可以感受到来来往往的路人朝这边投来的视线，在强大的求生欲和面子上来回犹豫了很久，他到底还是狠狠地咬了咬牙，豁出去般"扑通"一声跪了下来："对不起！"

杨溯繁看了他一眼，淡淡道："上世界。"

两秒后——

无敌刷刷刷：对不起，我错了！
最多充六元：行了，滚吧。

杨溯繁也没想到，他来到这区后发的第一条世界消息居然是这个，不过他心情倒是不错。

发完之后，他没再看跟前跪着的身影。他喊了固定队的其他几人，转身就带着佑迁刷本升级去了。

156

这一路走来，一直到进了副本，就见佑迁扬起的嘴角就没落下过。杨溯繁忍不住问道："老板，被打傻了？"

佑迁心情颇好地看着他，道："没有，就是觉得被人罩着的感觉，真好。"

周围的其他队员闹哄哄地催促道："马上要开新等级上限了，还不赶紧把级升回去，速度，打副本打副本！"

杨溯繁对此倒是无比赞同，只是一想起佑迁损失的那一大笔灵币，他依旧感到有些痛心疾首。

这可是二十多万啊，够买多少高级材料和装备了！

看着那群人影从视野里消失，无敌刷刷刷感觉自己对这人来人往的注视已经彻底麻木了。

他生无可恋地从地上站起来，正想去公会频道寻求一些安慰，还没来得及点开，便收到了自己被堕天公会踢出去的系统消息，他终于忍不住爆了一句粗口。

这个事件从头到尾，他都没有收到过来自公会管理层的询问和慰问，他们甚至连招呼都没跟他打过一声。这种始终沉默的态度和之前会长亲自去黄金财团堵人的行为完全不符，毕竟双方明明因为攻防战失利的事情已经把矛盾闹上了世界，这次他们居然还沉得住气，着实让他百思不解。

直到被踢之后，他才隐隐地想到了另外一种可能。

无敌刷刷刷点开好友列表，发出了好友消息："我被堕天公会的人踢了，他们应该已经怀疑我了。"

对方很快回复道："他们没查到你和我们的关系吧？"

无敌刷刷刷说："应该没有，我一直很注意，开区后就没有和我们的人私下碰过面。"

对方回答："那就行，这几天你先随便加个其他公会试试，暂时别回来了，等过段时间风声过去，你再悄悄地改个名字，应该不会有人注意。"

"算了，我还是先当个散人吧。"无敌刷刷刷一想起今天的经历，就感到很是生无可恋，他叹了口气，发消息问道，"其他人呢，都没出问题吧？"

对方回道："暂时没和我联络，应该暂时安全。"

"那就好。"无敌刷刷刷咬了咬牙道，"真可惜，本来以为这次至少可以从堕天公会和黄金财团着手把两边玩家之间的矛盾挑起来，结果被那个不知道哪里冒出来的小子给搅和了，功亏一篑！"

"不着急，这个区才开了不久，以后还有很多时间。毕竟这是两个完全不同的全息世界，不可能一下子就融合在一起。本来俱乐部之间的公会竞争就很激烈，现在又有这么多外来公会抢饭碗，迟早会让那些《混沌》俱乐部无法生存下去。"

对方对此还算淡定，安慰道："经过这次事件，无论表面上怎么样，但是堕天公会和黄金财团之间的矛盾肯定已经产生了。从这个角度来看，你的任务算是完成了，现在先休息一段时间，然后找个时间回自家公会吧。"

无敌刷刷刷的任务就是挑起两方玩家之间的矛盾，只要《幻境》的老玩家开始排斥那些《混沌》过来的新公会，就可以帮助俱乐部摆脱一些不必要的竞争者。

事情发展到现在，他只能郁闷地回答："那就这样吧。"

"那个最多充六元，我会找机会好好教训他一下的。"

听对方这么说，无敌刷刷刷的脸上才露出了满意的笑容："那最好不过了。"

此时此刻，堕天公会的会长天下风范恐怕是最吐血的一个。

只不过，这让他吐血的点并不是全世界都在猜测他们会如何找黄金财团的麻烦，相反，他在思考如何让对方感受到他们善后的诚意。

刚刚，黄金财团公会的会长青步踏雪谣终于通过了他的好友申请，而且她还友好地和他商量了一些善后事宜。

由于暂时还没有摸清无敌刷刷刷的底细，再加上这次事件之后，堕天公会内部有必要进行仔细的排查，所以在这种不好声张的情况下，作为"挑事方"的他们只能选择在全区面前向黄金财团公会表达诚挚的歉意。

关于道歉流程，那位妹子会长倒是非常不客气地提出了一些要求——

首先，必须是堕天公会的会长亲自在全服频道上公开道歉，以表现出足够的诚意，好方便她有效地安抚公会成员的愤怒情绪；

其次，为了让全区的玩家相信两家公会真的已经在私下达成和解，这次公开道歉的论据不得少于十条，而且每一条都必须达到两百字以上；

最后，为了避免道歉发言在频道上过度刷屏，导致有人来不及一次性看清具体内容，堕天公会方面必须将道歉发言的全部内容完整地重复三遍以上。

只要做到以上条例的全部细节，他们黄金财团就不会干预堕天公会所谓的内部问题，并且对于他们后续将会展开的调查处理过程不加干扰，也会有效地控制、避免公会成员私下里进行任何寻仇报复的行为，确保协议双方的和平共处。

天下风范也不是没接触过普通玩家公会的管理，可他还真的是第一次碰到行事作风如此严谨强势的。

光是这些乍看之下"有理有据"的要求，哪里还看不出来这位妹子会长是在伺机报复？工作报告天下风范倒是天天做，可是这完完全全比得上一篇纯正的学术论文了，不免让人想到小时候贪玩闹事，被教务处主任喊去办公室写检讨书的不堪回首的过往。

这叫公开道歉吗？这完全就是要他去全服频道进行至少一小时的检讨演讲吧！

可是事已至此，为了表示足够的诚意，天下风范也没有其他选择，他只能硬着头皮答应了下来。

确定之后，双方还约定了一个时间，好方便黄金财团公会的各位成员预留出档期，来围观这场史诗级的"论文大秀"。

说实话，这方式还不如让那位副会长直接下生死给他，让他在全区人面前毫不还手地被砍杀几次来得痛快！

天下风范头痛欲裂地和黄金财团这边谈完，就看到另外一位公会管理人员急匆匆地跑回了公会领地，汇报道："会长，你要的录像我给你弄来了！"

因为之前杜泽睿先一步离开，管理层的其他人也就没有留下来继续看戏，以至于后来收到新消息的时候，总计四场的生死对决已经全部结束，他们只能从围观者的讨论当中大概地了解一些情报。

但是随便一问之下，也足以让天下风范明白过来，当时他想要找的那位高手哪里是这个佑迁啊，摆明了就是这个叫最多充六元的家伙！偏偏这家伙插科打诨的功夫一流，硬是扮猪吃老虎地将他的注意力转移到了佑迁的身上，这才有了后面找错人的闹剧。

现在好不容易找人弄到了对决时候的录像资料，天下风范当即观看了起来。

在看无敌刷刷刷第一场被虐的时候，天下风范的表情有些惊叹，等看完过分速战速决的第二场后，他便彻底坐不住了。

毫无疑问，这人是个货真价实的高手！

皱了皱眉后，他暂时先将影讯卡收了起来，问道："泽神现在在哪里？"

小管理道："好像和一队在刷'维泽平原'副本。"

天下风范没再迟疑，直接传送了过去。

在副本门口等了十多分钟之后，他终于等到了堕天俱乐部一队众人的身影，生怕他们再次进本，天下风范当即飞速地迎了上去。

杜泽睿见天下风范专门到副本门口来等他，问道："又发生什么事了？"

不得不说这个"又"字用得太恰当，天下风范只觉得泪流满面，他当即把后面发生的那一系列戏剧性的变化详细地描述了一遍。

"果然是那个最多充六元吗？"杜泽睿若有所思地沉默了片刻，道，"录像给我看看。"

天下风范当即把手里的影讯卡递了过去。

堕天战队的其他队员听了个大概，眼见杜泽睿投放出了影像，他们顿时也饶有兴趣地围了上来。

第一场的录像不太齐全，当拍摄者想起录像的时候，赛况已经进入后期的完虐阶段，从画面上看去，全程就见最多充六元拿着木杖对那个无敌刷刷刷一顿揍，压得对面毫无还手之力。

周围一片寂静，只能听到影像当中木杖挥舞的声音。

堕天战队的队员苏港错愕地说道："这人用的全部是空招？"

旁边的副队长潘逸阳点头道："是个高手。"

杜泽睿全程没有说话，他直接播放了第二场对决的视频录像。

苏港脸上顿时换成了一副见了鬼的表情："我看到了什么，输出路线的辅助？"

"不，是辅助路线的输出。"杜泽睿纠正，他关上录像，把影讯卡交还给了天下风范，道，"不错，这两段录像很有参考价值。"

天下风范听到表扬，心里不由得有些激动。他询问道："所以，这个最多充六元果然就是我们要找的高手吧？我刚刚加上他的好友，需要再去试着联系一下吗？"

杜泽睿沉思了片刻，道："暂时不用，水平太低，还不好确定评价。"

天下风范震惊道："这水平还太低？"

杜泽睿看了他一眼："我说的是那个无敌刷刷刷。"

"咳咳。"天下风范掩饰性地清了清嗓子，问道，"那我们接下来应该怎么做？"

杜泽睿想了想，道："我找时间自己去看看。"

天下风范惊呆了：泽神亲自去试探？这么刺激的吗？

苏港饶有兴趣地摸了摸下巴后，瞅了一眼他们家队长的表情，笑道："看来，泽队是真的对这个充六元的朋友很感兴趣啊！"

因为佑迁整整掉了两级，所以当一队人兢兢业业地帮他把等级重新刷回去后，时间已经很晚了。

大家互相告别，下线休息。

杨溯繁从游戏舱里出来后多少感到累了,他伸了个懒腰,溜达到厨房煮了一碗方便面垫肚子。

他打开手机,看到有一条消息提示,也不知道是谁在《混沌》的职业选手群里提到了他。他把叉子叼在嘴边,随手点开群聊记录翻了翻。

不出意料地,作为今天第十一区当之无愧的MVP(最优秀选手),最多充六元在生死对决里的表现顺利地引起了各大俱乐部的关注。

这些刚从《混沌》世界过来的战队,自然都想着要从这款游戏里吸取适合发展的新鲜血液,这次平地一声响,惊现疑似高手的普通玩家,他们一个个毫不意外地关注上了。

虽然说杨溯繁在为佑迁出头的时候就有所觉悟,不过眼下真的发展到了这个局面,他依旧免不了感到有些头疼。

好在他在《混沌》联盟的时候用的角色是魔剑士职业,法系近战输出,和现在这个新角色走的路线完全不同。再加上没有人知道他也进了《幻境》第十一区,更别说他在老区有过号的事,在这种目标高手一看就是老玩家的节奏下,倒不是很容易联想到他的身上。而且,他在那两把对决中分别用纯空招和纯技能输出做了了结,就是以防万一,避免让他的那些老对手和老队友从这两场战斗里看出蛛丝马迹。

果不其然,一看聊天记录,此时提到他的萧远忻确实不是因为猜到了什么,而是纯粹唯恐天下不乱地挑唆了一拨。

"微澜"聂寅:泽神,你们公会和黄金财团到底怎么样了,还能和解吗?

"堕天"杜泽睿:放心,已经谈好了。

"微澜"聂寅:那就好。

"暗夜"陆思闵:那个最多充六元怎么回事?录像我看了,这手法,高手啊!

"苍羽"萧远忻:嘿,听这口气,你们暗夜也盯上了?

"暗夜"陆思闵:还不一定,这两段视频看不出套路,不知道适不适

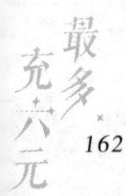

合我们俱乐部的风格。

"微澜"聂寅：《幻境》的神级选手我们还没接触过，这位说不好也是从老区来的，这个 ID 虽然没有任何神武坛的资料，但是万一人家改了个名字呢？

"暗夜"陆思闶：真是这样的话，他恐怕会优先考虑《幻境》的老牌俱乐部。

"苍羽"萧远忻：这有啥？能不能挖到手，那就各凭本事了呗！

"苍羽"萧远忻：不得不说那人的空招用得可是真溜，说起来我们这儿不是也有一位空招高手吗？出来帮忙参谋一下！杨大神，你看看是你的空招厉害还是这个六元厉害？

"星辰"唐胥斌：你什么意思？当然是我师父厉害了，那还用问？

"苍羽"萧远忻：小朋友，你已经成年了，能不能快点儿独立，别一天到晚师父长师父短的？

"星辰"夏雨泽：同意。

"星辰"唐胥斌：呸，关你们什么事！

眼看话题就要歪到十万八千里去，杨溯繁眨了眨眼，非常适时地冒了个泡。

"路人"杨溯繁：不知道你们在说什么。

"路人"杨溯繁：不过如果真要问我的话，管他什么人，跟我比都还差得远呢！

"星辰"唐胥斌：师父最棒！

"苍羽"萧远忻：论没脸没皮我就服你！

"路人"杨溯繁：所以不要迷恋哥，哥只是个传说，你们要找出第二个像我这么厉害的空招高手是不可能的。放弃吧，睡觉睡觉。

怒刷了一拨存在感后,杨溯繁真的再也不看群聊了。吃完了方便面后,他心满意足地爬上了自己柔软舒服的床榻。

他也确实没有说错,自己和自己比这种事,难道还指望他跳出来自爆不成?反正他只是随手迷惑一下局面,毕竟,谁还没个演戏的时候呢?

接下去的几天里,《幻境》第十一区的等级陆陆续续地开放到了70级,也是目前游戏里的最高等级。

先前发生生死对决事件之后,全区人都在观望着黄金财团公会和堕天公会的一举一动,结果他们没有等来恩怨纠葛的续集,反倒是等到了堕天公会会长天下风范上全服频道公然致歉的戏码。声势倒是足够浩大了,但毕竟少了刀光剑影,让某些好事群众狠狠地失望了一把。

在这一出好戏之后,这场风波算是终于过去了。

日子渐渐恢复平静,但如果真要说这件事留下了什么,那就是杨溯繁可以明显地感受到他在黄金财团公会内部的地位似乎有了微妙的变化。

比如说,公会里的人本来都很喜欢找那些大佬搭话,而现在,话题总会莫名其妙地绕到他的身上来——

调儿啷当:大佬们,什么时候带我们刷副本啊?

疯疯癫癫的小可爱:冲级中,满级后再说吧!

雨不眠地下:你们这些土豪总是抱团玩,什么时候也考虑下我们这些普通成员?

九月你好:六元大神在不在?六元大神求带飞啊!

很显然,在那场扬眉吐气的生死对决之后,公会里的其他成员终于不认为最多充六元只是那支土豪固定队里的吉祥物了,毕竟秀翻全场的操作在那儿,这么厉害的大神,谁能不稀罕呢?只是可惜的是,想跟大神套近乎不是那么容易的事,毕竟前头还有一个人守着。

佑迁：别喊六元，他没空。
九月你好：副会长，你怎么知道？忙什么呢？
佑迁：忙着带我。
九月你好：……
调儿啷当：……
雨不眠地下：……
……

公会频道里保持了一连串省略号的队形之后，有人终于忍不住吐槽了。

霸道：副会长，你才刚被人虐，就不能自强一点儿，先把自己的操作技术提升上来吗？
九月你好：就是就是，好歹得配上你这一身装备呀！
独领风情：你老黏着六元大神，这不合适啊，好好自力更生，自强点儿不好吗？
绅士范儿：副会长，你醒醒，你的追求在哪里，你以前不是这样的！

因为后来杨溯繁痛揍无敌刷刷刷的两场对决，公会成员对于之前佑迁的"耻辱之战"也释然了不少，平日里也经常动不动地拿出来玩笑似的调侃上两句。而且，佑迁作为当事人，也显然没把这事放在心上，回应起来更是没有半点儿思想压力。

佑迁：要什么追求，有必要吗？
佑迁：我想过了，提升操作什么的不适合我，我有六元带飞就够了。

整个公会频道不可控制地安静了一瞬。过了片刻，一群人开始捶胸顿足地痛呼，但是再也没人说出让佑迁放六元出队来带人的提议了。

这个时候，杨溯繁他们已经从最后一次副本里出来了，所以他非常怀疑佑迁这么说只是单纯地不想让他带别人。不过既然有人替他挡枪，他当然也不会故意拆穿，正好刷完副本没事做，他可以空出一点儿时间来自行安排。

"那我先闪了。"临走之前，杨溯繁不忘和其他队员打招呼。

"去吧。"佑迁看着公会频道里一片哀号声，心情很好，他不忘提醒道，"后天就65级了，别忘记去市场上找几件装备，看好了和我说，到时候换上好带会里的开荒团队副本。"

"知道了。"杨溯繁已经习惯了这人隔三岔五给他送一拨温暖的举动，他知道如果自己拒绝，估计这位老板会亲自给他选一身"极品装备"回来，他干脆就不推辞了。

他离开队伍走出副本区域，才刚离开其他几个队友的视野，便看到跟前乌压压地围上了一群人，似乎是等这一刻很久了。

这些人都显得非常热情："六元大神，有兴趣交个朋友吗？"

杨溯繁面无表情地看着那些人头顶上顶着的各大公会的头衔，特别冷酷地拒绝道："不用了，没兴趣。"

这些都是各家公会的管理人员，自从看了那些被疯狂转发的生死决斗的视频后，他们不无意外地都被这个最多充六元惊艳了。

眼下，他们都是在自家会长的授权下来有意接近，想看看有没有机会把这么一个大高手从黄金财团手里挖回公会去，这会儿好不容易等到最多充六元脱离了那些土豪的视野范围，结果才刚开口，就被毫不犹豫地拒绝了。

被噎了之后，管理们好不容易找回自己的表情，让脸上的笑容尽可能地和善可亲一点儿："别这么冷漠嘛，朋友，我们并没有什么恶意。"

杨溯繁看着他们的态度，不用问也知道这些人打的是什么主意。他当然不愿意掺和进那些不必要的麻烦事里，于是他毫无思想负担地把锅甩到了某人的头上："我们副会长说了，让我没事不要和陌生人讲话。"

各家公会的管理一时语塞：黄金财团的副会长？那个佑迁吗？

166

那天最多充六元就是为了给这位土豪出头才出的面,现在看起来,他们两人之间的关系果然不错!

几人虽然都来自不同的公会,各为其主,但是此时也不由得互相看了一眼。他们在彼此眼里均看到了无比复杂的情绪。

有同病相怜的惺惺相惜,也有求而不得的痛苦纠结。

《幻境》世界发展到今天,说实话,除了早期的那些"远古大神"相继问世时激起的轩然大波,已经好几年没有出现过这种众多公会争相哄抢一个人的疯狂局面了。可偏偏眼前这个人已经有了归属,俨然一副要让他们求而不得的态度。

这局面不得不让人怀疑,那个佑迁是不是早就猜到了会有这样的事情发生,才把这位高手玩家看得紧紧的。

在劝说对象过分警惕的情况下,各家管理无法可想,只能暂且作罢。他们纷纷回到自己的公会向会长汇报情况,寻求下一步的指示。

这几天下来,杨溯繁不知道遇到多少批人了。

他有些头疼地叹了口气,为了避免再次被其他公会盯上,他也不继续在外面闲逛了,而是非常迅速地找到了传送点,直奔诺维科森林区域。

这片地带里的野怪都是65级起步的,而现在全区的普遍等级才62级,大多数人都会选择刷副本升级,这里相对来说非常安静。最重要的一点是,诺维科森林里的野怪属于紫色品质,运气好的话,可以掉落相当不错的生产材料。

杨溯繁选了一个相对不错的怪点,很快就开始刷起来。

这里确实没什么人来,而且非常安静,虽然怪物等级偏高有些难打,但对他来说完全不是问题。

时间就这样在一片宁静的岁月中流逝,直到他视野中出现了一个高挑修长的人影。

一看到那人的ID,连杨溯繁都不由得恍了下神。他差点儿停下了手里刷怪的操作。

好在他及时反应过来，没有露出什么破绽。他心里却是忍不住地暗骂道：老泽这家伙，果然跑来凑热闹了！

不远处那人的ID名为"符泽万物"，正是堕天战队的队长，曾经在《混沌》职业联盟中叱咤风云的顶级选手杜泽睿。

之前他在《混沌》联盟时的职业是咒术师，一个略偏辅助的法系输出职业，而来到《幻境》世界之后，他手里拿着的依旧是一支法杖。虽然他只是站在旁边没有施展技能，但杨溯繁多少可以猜出他大致的发展路线。

杜泽睿会出现在这里，杨溯繁当然不会天真地以为他只是恰好路过。他太了解这个男人了，如果不是出于某种目的，他绝对不可能去关注任何没有必要的东西。

其实杨溯繁一点儿都不意外，毕竟最多充六元这个备受瞩目的新人可以说是踩着他们堕天公会的脸扬名的，不可能不引起这个男人的注意。这样想着，杨溯繁轻轻地吸了吸鼻尖，依旧目不斜视地在那里刷着怪，故作没有觉察的样子。就算知道这人来的目的，眼下他也绝对不能表露出来。

拼演技的时刻到了！

杜泽睿始终站在不远处，倒是没想过要故意掩藏自己的行踪。

眼下，不知道那个最多充六元到底是真的没看到他还是故意无视，依旧在那片区域有条不紊地刷着怪，规律且恰到好处，显然是非常熟悉这种刷怪的节奏。

至少有一点他可以肯定，这人绝对是从《幻境》老区过来的玩家，手法非常娴熟。

观察了一会儿之后，他将手中的法杖举了起来，毫不犹豫地朝着怪群中的人影掷了过去。

杨溯繁虽然在那边刷怪，但是一直留意着杜泽睿的动静，这时候见那人居然二话不说就这样逼近，他哪里不知道对方是想做什么，心里顿时又是一阵无语：老泽这家伙真是日子越过越马虎了，现在办事居然都变得这么直接了吗？

可是他一直假装没有注意到人家，现在也只能别无选择地继续装下去。

直到一团灼烧的火球落到了身上，杨溯繁才故作震惊地在处理完旁边的野怪后往后面闪了两步，他神情不满地问道："你干吗？"

杜泽睿始终观察着杨溯繁的举动，他语调平静地说道："朋友，切磋一下。"

话音刚落，他直接举起法杖吟唱了起来。

"谁是你朋友！"杨溯繁知道这一架是迟早要打的，他嘴里叫着，倒是没想着要跑，眼见又一道冰箭射来，他当即动作轻盈地躲开，同时不忘冷言冷语地挖苦道，"我说你们这些大公会的人都怎么回事？说了好几次了，我对跳槽的事没兴趣，干吗非要把人逼这么死？"

他假装没发现杜泽睿所属的公会，为的就是让对方觉得他至少并不认识这个在《混沌》世界里大名鼎鼎的神级 ID。

杜泽睿没有回应，他余光落过地面，忽然一个果断的后跳，恰好避开了地上生出的那片藤蔓。紧接着，一缕黑烟从他的法杖中涌出，黑色的气焰弹朝着最多充六元的身上打去。

面对这样紧凑的攻势，杨溯繁不退反进，直接冲到了杜泽睿的跟前。

他把手里的木杖一挑，直接朝着那张古板的脸扫去，眼见那人仰头避开，他的语调更加轻挑："哟，倒是有两把刷子，但你也是玩辅助为主的吧，之前真的研究过我吗？你确定凭着这些少得可怜的输出技能，真能打赢我？"

说真的，杜泽睿一直以来潜心打职业，在这次全息世界的巨大变故之前，他确实已经很久没进网游里来了。

他平时接触的都是一些严谨的职业选手，这时候边打边听这人啰唆，确实感到有点儿脑壳疼，但他还是一直绷着表情没有说话。虽然被近身攻击，可是在灵巧的走位下，他半点儿没被压制，依旧一个接一个技能地朝着最多充六元放去。

杨溯繁看似穷追猛打，实际上始终收着点儿力，为了尽可能地拉开人设上的不同，他显然把更多的心思放在了如何打嘴炮上，顺便发泄了一把对这个老狐狸的不满，他可以算是说得特别真情实感："装什么装啊？自己来故意找麻烦还装高冷，成天绷着一张脸，你以为你是扑克K吗？玩个游戏都这么严肃，平日里会不招人喜欢的，大兄弟。怎么样，感情生活一定不太顺畅吧？"

二十余年没谈过恋爱的老光棍杜泽睿，差点儿脱口而出"关你何事"。

杨溯繁表面上一副痛心疾首的表情，心里其实笑开了花。天知道他想要这种当面撑这货的机会已经很久了。

两人就这样你来我往地纠缠在一起，不知不觉就过了十多分钟。

这样堪称神仙打架的画面如果被其他的人路过看到，估计可以震惊到怀疑人生。

最后，在最多充六元一个"不小心"失误的走位之下，符泽万物顺利地在他身上挂上了一个减速的负面Buff，紧接着劣势瞬间拉大，最多充六元顷刻间被打得只剩下了血皮。

杨溯繁当然知道杜泽睿肯定不至于真的杀他，所以他"输"得毫无思想负担。

杨溯繁撑着一张表情倔强的清秀脸蛋，一脸不满地看着跟前的男人，语调不悦地说道："行吧，你赢了，说，到底想怎么样？"

杜泽睿就站在不远的地方，看着跟前这人破破烂烂的装备。略一沉思，他问道："这位朋友，有考虑过成为职业玩家吗？"

终于来了！

因为《幻境》内部神武坛赛事的特殊性，这些和俱乐部签约的大神并不像《混沌》联盟一样被称为职业选手，而是叫"职业玩家"。

而现在，这个男人显然是以堕天战队的队长身份发出邀请，其实也算得上是要他加入堕天俱乐部的正式邀约了。

杨溯繁早就猜到会有这么一出，他心里淡笑着，表面上却是桀骜不驯地朝对方挑了挑眉，毫不犹豫地拒绝道："别说了，我是不会加入黄金财团之外的公会的。"

杜泽睿道："你可以回去考虑一下，不需要急着回答。"

他才不需要考虑！

"真的，你们都放弃吧！"杨溯繁看着这个男人，语调坚定且认真地说道，"我就是这么一个注定要让全服公会求而不得的男人。以前是，现在是，将来也是！"

为了拿捏好两种完全不同的人设，天知道他到底是怎么做到把这么幼稚的话说得如此自然流畅的。

杜泽睿下意识地想象了一下把这人真的招进战队后的画面，似乎有些……不忍直视。

难得地无语了一把后，杜泽睿有些艰难地说道："那真的是太遗憾了。"

看到杜泽睿离开的时候，杨溯繁第一次感觉老泽走起路来似乎有点儿飘。

第七章
暗杀风波

　　从杜泽睿目前的反应来看，他应该没有认出这个最多充六元的真实身份，而且在很长一段时间内，他估计都不会再考虑招募他入队的事了。

　　对于这个结果，杨溯繁自然感到非常满意。他继续在诺维科森林刷了会儿怪，看着等级升到了63级后，他和佑迁打了声招呼，就心满意足地下线休息去了。临睡之前，他躺在床上还不忘打开了他最近的快乐源泉——《混沌》职业选手群。

　　不出意外地，群里依旧是一副热闹无比的景象，只不过这些热闹都是其他人的，杜泽睿从头到尾都没有冒过一次泡，估计他还在消化今天那段神奇的经历。

　　想象了一下那张不苟言笑的脸上此时此刻的表情，杨溯繁忍不住抱着被子笑得直颤。

　　他并不知道，此时在《幻境》世界的某处，正在进行着一场和他有关的交易。

　　幽冥谷公会作为暗杀型服务类公会的领军者，无疑是属性特殊的存在。

　　此时的公会领地里，会长幽冥子坐在正中央的椅子上，垂眸看着堂中央站着的人，微微地挑了下眉："你确定要下仇杀单子？"

　　来人顶着一张一看就捏得不太走心的大胖脸，笑容满面地说道："只要你们能接，价格好说。"

172

"这个你尽管放心，我们这种暗杀公会干的就是这种事。我们的业务遍布《幻境》所有的区服，从来没有接不了的单子。"幽冥子问道，"说吧，你们想杀谁？"

胖子眯了眯眼睛，道："游戏ID，最多充六元。"

一般情况下，下单杀人都会提供一些相对详细的线索，但是因为最近这个名字在十一区里实在是太出名了，所以那人显然也没准备做更加详细的介绍。

幽冥子原本冷漠傲然的脸上多了一丝微妙的表情，但是很快收了起来。他把诧异的情绪不动声色地压了下去，看着跟前的人道："这人的话，价格可不便宜。"

"只要可以好好地教训一下这人，价格什么的都好说。"胖子也不废话，直接掏出一个沉甸甸的灵币袋子递到了桌上，"这是订金，任务完成之后需要多少尾款直接联系我，我一并补上。"

幽冥子把灵币收了起来："成交。"

目送那人离开后，旁边一直没有说话的副会长大杀四方才皱着眉心开口道："这个单子真的要接吗？这个最多充六元我知道，最近很多公会都在试图拉拢，这个时候对他下手，怕是有可能会得罪很多人。"

"接。为什么不接？"幽冥子道，"我们幽冥谷创办到现在也有十年了，正是因为从来不拒绝任何客户，我们才可以一直发展到今天，这是本心，不能忘。"

大杀四方眼见自家会长又开始要念叨公会的发家历史，顿时重重地咳了两声，转移了话题："那需要去查查刚才那人的底细吗？"

"不用了。这人摆明了就是哪家公会安插在外面的眼线，这种随时可以当炮灰扔了的角色，就算想查，估计也查不出什么来。"说到这里，幽冥子忍不住笑了笑，"这个最多充六元也挺有意思的，想要拉拢他的人绞尽脑汁，看他不顺眼的人居然找到我们这儿来了。能得到这么极端的两种待遇，看来也确实是个能人啊！"

"谁说不是呢？"大杀四方对这一点也感到非常认同。

在《幻境》世界当中，像他们幽冥谷这种做杀人生意的公会其实有不少，但是他们的价格是其他公会的十倍不止，而且，根据被仇杀者水平的强弱，他们还会额外追加报酬，如果不是什么深仇大恨，很少会有人到他们这儿来散财的。

比如说就在昨天，他们刚接下一单史无前例的大生意，这个最多充六元和那位大神一比，可就完全算不上什么了。

幽冥子想了想，道："最近这两单生意就放一起做吧。到时候都交给A组，你负责带队。现在你就派人出去盯着，目标一上线，就直接开始行动。"说完，他沉思了一瞬，补充道："一号那位毕竟是'远古大神'，如果实在完成不了任务，就让人先撤下来，做不了的订单也不需要强撑。"

大杀四方点了点头，应道："明白。"

确实，比起他们之前接的那个一号订单，这个最多充六元就完全不算什么事了。

只要有人在的地方必然就有恩怨，而他们幽冥谷这种公会的存在就是为了"帮忙"解决这种恩怨，所以，对于名单上的那两位，他们也只能在心里默默地说上一声抱歉了。

杨溯繁并不知道《幻境》世界里面发生的事，更不知道自己莫名其妙就上了某家暗杀公会的目标名单。只不过他最近被一群乱七八糟的公会管理缠得实在是够呛，第二天也就没有着急上号，直到下午两点左右，他才不紧不慢地进入了游戏。

奇怪的是，前段时间几乎24小时沉迷游戏的佑迁，今天居然破天荒地没有在线。

杨溯繁点开公会频道的成员列表来看了看，发现妹子会长青步踏雪谣的名字也是暗的，他想了想，估计他们是现实中有什么事情。

游戏毕竟是游戏，对于他们这种不是把全息作为工作的人而言，碰到现实中的要事时，游戏自然需要让道。

174

盯着那个暗着的名字看了会儿，关上列表后，他忽然发现自己不知不觉间似乎已经习惯了一上线就被老板拉去打副本的节奏，现在没人喊他，他居然不知道去干什么了。晃晃悠悠地溜达了一圈之后，他还是觉得找个地方躲起来继续刷怪比较靠谱一点儿，等到某人上线了，正好喊上固定队一起去刷副本。

半个小时之后，大杀四方接到了探子成员汇报的地点坐标。

虽然不是很理解这个最多充六元一个人暗戳戳地躲在这么偏僻的区域刷怪的举动，但大杀四方也很快召集了部分A组成员，留下大半继续留下等待一号目标，然后他亲自带着十来个成员前往坐标点。

他们不知道的是，这边前脚才刚组织好人，后脚就有人给他们的暗杀对象传递了消息。

繁星点点：六元你在吗？最近你最好小心点儿，有人下了暗杀公会的单子要追杀你。

杨溯繁看到这个消息的时候，说实在的，他挺惊讶的。

不过不是因为有人仇杀他，而是他在惊讶繁星点点连这种事情都能知道。但不管怎样，对于这种患难时刻的通风报信，他还是感到非常温暖的。

最多充六元：谢谢提醒，不过，已经不用了。

回完消息，他手上刷怪的动作虽然没有半点儿停顿，但余光瞟过的时候，他已经非常迅速地锁定了那些小心翼翼地藏身在周围树丛中的人影。粗略估计，应该有十来人。

在还不知道他真实身份的前提下，这样的阵仗确实还挺看得起他的。

杨溯繁吸了吸鼻尖，不动声色地留意着那些自以为悄无声息地朝着自己逐渐靠近的家伙，饶有兴趣地想看看他们能玩出什么花样来。

幽冥谷的人一边渐渐地和目标拉近距离，一边小声地交流着。

"看这刷怪的节奏，果然是高手吧！"

"上次那生死对决的录像我也看了，这大兄弟贼牛！"

"你们说会不会是上次输了的那个无敌刷刷刷找人下的单子？"

"嘿，不好说，但这脸都丢遍全区了，换成是我，我也咽不下这口气。"

"都给我少说两句！客户就是上帝，客户资料是你们想扒就能扒的吗！"大杀四方额前的青筋忍不住地突突了两下，他压着嗓子训斥道。

其他人顿时安静下来。

就在这个时候，公会里有人给他通报道："副会长，一号目标也上线了，现在给你具体坐标吗？"

大杀四方不由得有些头疼。他们蹲了大半天，这两人怎么要么不上线，要上就一起上了呢？

暗暗地打量了一眼不远处显然还没发现他们踪迹的那人，思索了片刻后，大杀四方决定道："你们人多，先让失勋疯带队，找机会试着围剿一下。他是老手，应该没问题。我先处理了这个六元，完事后马上过来会合。"

通报者得到指令，应道："收到！"

安排妥当后，大杀四方观察了一下目前双方的距离。

如果是在普通的练级刷怪区，人来人往的，显然不太容易引起注意，可这里偏偏是高级野怪地段，除了一个孤零零的最多充六元，根本没有半个人影。

目前他们所在的位置，已经把距离拉扯到极致，如果再靠近一些，很容易就会被对方发现。于是，在如此赶时间的当下，他也不耽误，一声令下之后就带着暗杀队的几人毫无预兆地冲了出去。

幽冥谷虽然是民间的杀手组织，但是里面的所有成员都是签订合约的正式员工，凡能够进入A组的，都是经过魔鬼训练后留存下来的精英中的精英，操作完全都是高手以上的水准。

这一拨发难，为了避免被对方提前发现，所以他们之间距离算不上太近，可是每个人的操作角度都非常刁钻犀利，再加上磨炼过上万次的配合，即使是很多排行榜上的高手玩家，在这样的局面下估计也会避无可避。

然而，他们眼睁睁地看着最多充六元忽然一抬法杖，把旁边的一只野怪朝其中一人甩了过去，紧接着在他们阵形错乱的一瞬间，最多充六元格挡住了一个迅猛无比的砍杀后，几乎毫无空隙地在地上一个侧翻，就这样在众目睽睽之下，不动声色地从集火当中脱身而出。

只要看过这人录像的，都不会太看轻他的实力，所以大杀四方见其避开第一拨攻势，并没有表现出太多的惊讶。他非常果断地指挥着其他人再次变动队形，准备迅猛无比地发起第二次进攻。

这个时候，杨溯繁已经看清楚了来人所在的公会，之前虽然接到了繁星点点的密报，但是他没想到接单子的居然会是幽冥谷的人。

早在《幻境》一区刚刚开启的时候，幽冥谷就成立了，说起来他和这家杀手工作室的老板算是很有渊源，交情也不错。毕竟玩游戏嘛，多多少少都会惹纠纷，不过有些人打着打着，兴趣相投的话也不是不能成为朋友，就比如说那位幽冥谷的大老板沧古。

这样一想，杨溯繁就觉得更有意思了。

看着跟前这不知道第几代的杀手工作者，他忽然犹豫起来，不知道要不要把当初受沧古所托，帮幽冥谷公会编制了一整套训练课程的事告诉他们。

回想一下，其实他本人也觉得那些课程确实有些魔鬼过头了，说出来后怕是不用人下单，这些饱受摧残的成员都能实实在在地追杀他几年。

毕竟是老熟人手下的员工，杨溯繁到底还是觉得应该给对方留点儿面子，于是他收起了逗他们玩的心思，头也不回地一通狂奔。

大杀四方余光扫过那个人影移动的方向，脸上的表情终于有了一丝变化："赶紧追，他想跑！"

其他人闻言顿时一拥而上，大杀四方更是一马当先地追了上去。

杨溯繁一早就发现了这位带头的副会长，为了避免纠缠，他打算尽快离开这个是非之地。

这时候，秉着"擒贼先擒王"的准则，看着人家巴巴地送上门来，他到底是不好意思当作看不到，于是他抬起法杖，朝着大杀四方的头上就是那么一下。

照道理说，大杀四方已经是玩家当中的高手水平，可是眼睁睁地看着这根法杖迎面甩来，即使一早就做好了应对的准备，他也依旧无比诡异地正面中了那么一下。

"啪唧"一声，从跃在半空的姿势变成脸着地的人形坑。

虽然是在全息世界里，这场面依旧让人看着都疼。

幽冥谷杀手A组的成员好不容易才控制住自己疯狂上扬的嘴角，不去看他们副会长的表情，他们只强绷着一张脸，面无表情地继续狂奔追击。

大杀四方以前见过不少空招高手，可他还是头一次被人一棍子打趴下。

是的，一棍子。

就看对方这耍武器的方式，他都不好意思说这是一根法杖。

杨溯繁显然不关心其他人对他作战画风的评价，只是瞅着身后跟着的那群人，他越看越觉得烦人。

暂且不说幽冥谷的这些人的操作手法怎么样，但是他们几乎把移动的节奏掌握到了极致，虽然说有这样的成果还得归功于他留下的那套训练方案，可是这时候用到他自己的身上来，这确实不是什么值得让人高兴的事。

又跑了几步之后，他干脆停下了步子，眼见后面几人来不及刹车就这样直冲而来，他果断先发制人。

幽冥谷的几个人刚才为了追上这个充六元，始终吊着一口气不敢有半点儿松懈，结果冷不丁看到对方停了下来。对于对方这一言不合就发难的做派，他们忍不住都骂了一声。

他们反应倒还算是迅速，在对方翻身而来的瞬间就直接甩出了一拨技能，强行组织出了一拨攻势。虽然有些仓促，但这种迎面的攻势，对方基本上可以说是避无可避。眼见他们就要得手，只见最多充六元的身影忽然一低,一个蹲下的动作险险地躲开了所有的攻击,紧接着他吟唱技能,给冲在最前面的几人套上了一个眩晕,然后简单粗暴地拿着法杖一扫,众人躲闪不及,顿时倒了一大片。

几个人像叠罗汉一样堆在一起,又是一阵骂骂咧咧。

等大杀四方赶来的时候,看到的就是这样一幅场景。他气得无处发泄,问道:"这么多人都搞不定一个辅助吗?他人呢?"

地上的一群人哼哼唧唧地抬手指了指。

大杀四方抬头看去时,恰好看到那个高挑的人影三两步跑到了崖边,然后一跃而下。

大杀四方一时惊讶:这是做什么?在表演士可杀不可辱的戏码吗?还追什么?

杨溯繁当然不可能被人逼得跳崖自杀。

这个《幻境》世界的每一张地图他都太熟悉了,他心知这个看似陡峭的山崖下面有几个斜坡,于是他动作敏捷地接连跃过。一番行云流水的操作之下,他如同轻功在身般翩然着地,只激起地面上一层浅浅的尘土,翩若惊鸿。

他落地的姿势摆得不错,英姿飒爽得很,可惜的是下面那片区域似乎和他想象中有些不同。

本该是没有任何野怪的空地,不知为什么赫然多了一群拿着狼牙棒的野猪怪,被他这么从天而降一脚踩下,一阵杀猪般的叫声顿时撕破天际。

杨溯繁有些惊讶地抬头看了看周围,恰好和不远处拿着法杖的那个男人四目相对,紧接着,他的视线就停在对方头顶的 ID 上。

对方也这样一言不发地看着他。

笑不笑本来正在这里刷怪。

他向来喜欢一次性将所有野怪引到一起来暴力集火,这次他刚把怪聚完,就被这从天而降的家伙给冲散了。

他的节奏顿时全部被打乱了,这人在干什么!

他眯着眼睛打量了两眼这个空降的朋友，越看这个ID越觉得有些眼熟，过了一会儿他才想起来好像是前段时间里挺热门的那个视频的主角。

不过他闲散惯了，从来不关心公会发展的事，更不用说挖掘高手这种麻烦到死的事情了。他抬头看去，就事论事地问道："朋友，我的猪被你吓跑了，你准备怎么赔偿我？"

杨溯繁站在原地没吭声，他脑子里只剩下了一个念头：你个老匹夫，换个"马甲"还是和原来一样厚脸皮吗！而笑不笑显然没有需要他回答的意思，自顾自地继续说道："这样吧，刚才我完美地调整这拨节奏总共用了20分钟，现在却需要重新调整，我也不多要你的，你就按这20分钟的损失补偿给我就好。"

杨溯繁差点儿把手里的法杖直接扔过去。

要是知道笑不笑，也就是他的这位老朋友喉中痒在下面，他估计宁可跟上头那些朋友继续玩游戏，也不会一时冲动跳这个崖。

这人可比幽冥谷的杀手难缠多了！而眼下，他也没那么多时间可以继续纠缠下去。

此时此刻，虽然周围只有茂密的树林，但是并不影响他发现藏身在周围的那些人影。

杨溯繁皱了皱眉道："这位朋友，我现在估计没什么时间来跟你算这笔账了。"

笑不笑自然也感受到了这有些异常的氛围，看着跟前这个最多充六元如临大敌的样子，他顿时了然："都是来追你的？人气挺高啊！"

"过奖过奖。"杨溯繁听着对方这风凉话说得贼溜，便没好气地看了他一眼，问道，"你要不要考虑下路见不平拔刀相助？"

话刚说完，没等对方回答，凭着对对方性情的了解，他已经深深地叹了口气道："算了，靠你还不如靠自己。"

笑不笑一时语塞。

不待两个人再说什么，埋伏在周围的人豁然冲了出来，瞬间围住了这

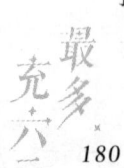

片地段唯一的路口。

虽然这片峡谷的周围都是茂密无比的树林，可是恰好这片空地周围并没有什么植被，除了那些哼哼唧唧的野猪怪之外，可以说根本不存在任何多余的藏身空间。

幽冥谷的杀手们刚刚在外面等了很久，虽然他们也没弄明白这里怎么会突然冒出个人，可等了半天后见那两个人居然还聊上了，他们终于按捺不住了。

眼下这么一冲后，杀手们站在唯一的出门。没有石壁的阻隔，他们终于看清楚了里头的情景。

可是当这两个ID落入眼中后，他们原本气势汹汹的势头诡异地停顿了一下。所有杀手都有些犹豫，落入了难以确定攻击目标的困境当中。

这批人正是大杀四方分派出来围剿一号目标的A组其他人员，这时他们犹豫，并不是因为多了笑不笑这么一个大神，相反的这才是他们的初始目标，他们本来就是冲他来的。

他们现在反倒是有些想不明白，明明应该正在被他们副会长围杀的二号目标最多充六元，为什么会凭空出现在了这里？在这样静止的遥遥相对中，有人压低了声音问："疯子哥，现在怎么办？"

失勋疯看了看笑不笑，和站在笑不笑身边的最多充六元，只是片刻的迟疑后，他果断地决定道："我们的任务是一号目标，二号留给副会长来处理，先完成任务再说！"

"是！"其他人瞬间明白过来，仿佛是被按下的停顿键再次开启，他们终于有了动作，朝着目标人物直冲而去。

"哎哟，这看起来结仇不少啊！"笑不笑本来拿着法杖事不关己地站在一边，正扯着粗犷的嗓音说着风凉话，余光瞥过那些人袭来的势头，哪里还看不出来他们是冲自己来的，他顿时忍不住爆出一句粗口。

杨溯繁当然也发现了这戏剧性的变化，他顿时悠闲地收起了迎敌的架势，轻飘飘地往后退了两步，恰当无比地避开那些迎面袭来的人影。

看着那些人瞬间把笑不笑围了个水泄不通，杨溯繁忍不住笑得一双眼睛弯弯的："原来是场误会呢！好巧啊朋友，你也被人追杀呢？"

笑不笑瞬间爆炸："好巧你大爷！"

杨溯繁看到笑不笑暴走，忍不住轻笑一声。他这才觉得这位大兄弟果然不是那种吃一堑长一智的性格。

即使刚刚在自家公会里找了不痛快，自我放逐来了第十一区，他依旧是这样直来直往的暴脾气，也不知道到底算不算是件好事。

很显然，笑不笑可不像他这样考虑幽冥谷这些杀手谋生不易，他没有半点儿手下留情的意思。

虽然因为被杨溯繁干扰而没有及时防备杀手，但是失去先机后，笑不笑很快直接进入到了自己的节奏。

他法杖一转，火焰冰箭连番射出，硬是把围上来的一众人打得阵脚大乱。在频繁的技能衔接中，他俨然打出了一副冰火两重天的景象。

场面有些壮观，杨溯繁忍不住想搬条板凳来一边嗑瓜子一边欣赏。

但围杀笑不笑的这批人也是幽冥谷的，估计只是手上的任务不同，所以才没着急对他下手，现在他的坐标恐怕已经再次泄露了，很显然此地不宜久留。

趁着混乱，杨溯繁毫无思想负担地准备扔下笑不笑火速离开，结果刚转身，他就看到了正遥遥赶来的那批熟悉的人影："见鬼了……"

大杀四方刚刚得到失勋疯递来的消息时也有些蒙，他确实很难想明白，这个最多充六元从这么高的山崖跳下去怎么非但没死，还和他们追杀笑不笑的大部队给撞上了？但他也没有刨根问底，既然已经有了目标的具体位置，他当即从山道上绕了下来。

别看从崖上跳下来就那点儿距离，可是真要绕道跑起来可是远得很，为了避免对方跑路，所有人都撒开了腿一阵狂奔，心里免不了有些火气，此时一到地点后正好撞见那人显然想跑的情景，一群人顿时毫不犹豫地围了上去。

大杀四方咬牙道:"你还想跑到哪里去?"

这片地段刷怪是好,只有一个路口,正好能够把怪全部卡在里面,如果现在杨溯繁不是被卡的那个"怪"的话,他估计会对老笑找刷怪点的水平竖一竖大拇指。

眼看杀手们堵住了唯一的入口,杨溯繁操作再强,在这样的地形当中也不可能单挑十几个,要是再硬冲就等于送人头了,于是他毫不犹豫地往后连退数步,直接回到了谷中。

笑不笑身在混战当中留意到了外头的动静,他一边应付着夹击,一边还有心思开口嘲笑道:"哟,兄弟,不是着急要走吗?"

只能说风水轮流转,苍天饶过谁!

杨溯繁绷着表情看了一眼笑不笑持续下降的血量,冷酷无情地"哦"了一声:"还是先多关心一下自己的血槽吧,朋友!"

笑不笑挑眉道:"不牢费心,还能再撑一会儿。"

这轻描淡写的语调,让幽冥谷的杀手们看着自己骤升骤降的血量,只觉吐血。

炫耀归炫耀,能不能顾及一下他们的感受啊,大神!

杨溯繁可没兴趣和笑不笑打嘴炮,眼见外围的杀手朝他攻来,他手里的法杖一抬,直接就迎上了第一个冲到他面前的轻装近战的人,毫不客气地将其掀翻在地。紧接着,他趁着空当吟唱了一个冰封咒,借着地面上那人作为媒介,在眼前霍地竖立起了一道厚重的冰墙,瞬间完成了战场的切割。

此时已经有几人接连冲了过来,眼见冰墙拔地而起,他们一时没来得及刹车,顿时一个个朝着墙上撞了上去,"吧嗒吧嗒"的声音落入耳中,特别清脆。

笑不笑抽空瞄了一眼这边的情景,眼中终于闪过一丝诧异。

说实话,他也没想到这人在这种情景下居然还有一战之力。

之前视频录像传得满天飞的时候,他只听其他人提过几句,但是因为这种生死对决和他实在没什么关系,所以他并没有太往心里去。毕竟这种玩法说白了就是一场单人PK局，普通玩家里就算出现了碾压的情况，毕竟普遍的实力摆在那儿，也不至于能让他感到惊讶。

而现在，当目睹了杨溯繁的一系列操作之后，他才真正觉察，这人能够引起那么多家公会的注意，并不是毫无道理。

笑不笑是经历过《幻境》世界整个发展过程的骨灰级玩家，第二世界的出现，也是全息时代正式进入到新纪元的象征。

当时，数以万计的玩家疯狂涌入第二世界，不可避免地创造了"群雄争霸"的最辉煌年代。那时候还没有所谓的俱乐部公会的存在，而是完完全全以个人实力作为地位象征的唯一准则。

当时的顶级玩家陆续出现在众人视野当中，渐渐地开始引领着职业联盟日益完善，各大全息俱乐部陆续成立，旗下的公会开始在游戏当中拼命地挖掘有实力的民间高手，喉中痒、浩繁、轻染尘、仇无敌等，都是当时出来的第一批顶级大神，至今影响深远。

只不过，也不知道是不是因为他们那代人太耀眼，在接下来很长的一段时间里，各家公会在二区、三区等区服持续开放的过程中，虽然依旧能够挖掘到不少实力超群的新人，但更多的是各家公会从新人时期便开始自行培养的人。其中不乏有人封神，影响力却远远不及那些初代大神来得深远，也再没有出现过当初那样，有人一问世就让万会争夺的壮观场面了。

这一次，这个最多充六元的出现，不可否认，确实让人感到眼前一亮，但到底他是否真的拥有足够的实力值得如此备受关注呢？

至少在笑不笑看来，就最多充六元刚才的那一拨操作，不管是时机、判断，还是精准的细节把控，他都不是普通的高手。

杨溯繁可以感受到混战当中那抹打量的视线，但是他也无可奈何。

毕竟不管他的个人实力有多强，面对足够数量的压制时，一挑十这种壮举，并不是随时随地都可以做到的。他在十一区的这个角色走的特殊路线注定了前期偏弱，在没有相应的装备支持下，他暂时还打不出一区老号那种纯输出角色遇神杀神、遇佛杀佛的风格来。

更何况，跟前这些幽冥谷的人可不是普通玩家，而是专门为了完成暗杀，经过训练千挑万选出来的精锐杀手，如果他不展现出点儿真实水平的话，随时都可能被人撂倒在地上。

这不，在对面阵营里还有治疗存在的情况下，即使他已经接连将一众人耍猴似的遛了几圈，对方的气血值依旧称得上非常健康，照这节奏下去，估计再战三百回合都不成问题。

杨溯繁在"有可能被认出"和"迟早会被耗死"这两者中间犹豫了一下，到底还是扯着嗓子朝着笑不笑遥遥喊道："这位朋友，我看你也很困扰的样子，要不要考虑下联个手？"

笑不笑本身就是暴力法系输出，已经清了好几个人回去，局面上虽然看起来比杨溯繁那边好一些，可是毕竟有二十余人围着他，他被人打趴也不过是迟早的事。

但他到底是个顶级大神，杨溯繁本以为他对于一个路人的提议会多考虑一下，没想到他几乎是毫不犹豫地一口应了下来："当然没问题，来吧！"

大杀四方毫无防备地听着两人的对话，心头猛然跳了两下才反应过来，他脱口喊道："拦住他们！赶紧拦住！"

可是那两人哪里会给他们反应的机会？

几乎在同一时间，他们已经侧身避开了又一拨攻势，顺势一个翻滚之后，还没等旁人有其他应对的操作，两人已经漂亮无比地完成了会合。

杨溯繁把手里的法杖把玩了两下，笑问道："我控人？"

笑不笑很是爽快地说："输出我来。"

两人这么背靠背地一站，幽冥谷的暗杀任务显然已经完全没有分开完成的必要了。

大杀四方看着那两个身影，不知怎么，心里莫名涌上了一份奇特的不安，但他很快指挥着成员重新铺开队形，将他们牢牢地围在了其中。

这个任务进行到现在已经耗费了太多的时间，再往下拖很可能会让对方喊人过来支援，于是大杀四方刻不容缓地发起了攻势。

而与此同时，站定的两人也各自有了动作。

刚才杨溯繁为形势感到头疼，最大的原因是在对方拥有治疗的前提下，他在一挑十的情况下确实感到有些输出不足，但现在可就完全不一样了！

在他的旁边，可是站了一个超级无敌加强版的法系炮台。

简单一句话：干就完了！

"我来负责封死左路！"其中一个幽冥谷杀手扫视了现场一圈之后做出了判断，然而他话音刚落，还没来得及完成移动，只见地底毫无预兆地生出了无数的藤蔓，牢牢地缠上了他的身体，他顿时叫道，"去人补位！我被控了！"

其他人倒是有心想要补上这片空隙，杨溯繁却显然没想过给他们机会。

冰雹向杀手们迎面砸去，杀手们瞬间被迫群体减速。前排的几个杀手强行施展技能迎面突进，企图打断那个最多充六元烦人的技能读条，却反被其一棒子给拍了回来。

紧接着，一道冰墙竖起，彻底把双方的战场隔离。

幽冥谷的几个远程输出接连不断地抛着技能，可是，也不知道是对面这两人的细节走位太好还是他们已经在节奏被打乱的情况下失了方寸，他们的技能居然诡异无比地被全部闪避了过去。

没等第二拨攻势发起，之前一直等着最佳输出时机的笑不笑终于有了动作。

他一出手，在完全没人干扰的输出环境下，可以说和之前被围攻时的节奏判若两人。

笑不笑最早在面对群殴的时候输出就彻底爆炸，但他毕竟是需要吟唱读条的法系玩家，在同时应对那么多随时可能出现的变故时，他的节奏还是保守了一些。

而现在，火力全开之后，他一个接一个法术技能就如同不可控制的疯狂火弹，铺天盖地地向杀手们袭去。

狂风暴雨，电闪雷鸣，地狱烈焰，水漫金山，不管用哪个词汇都不足以形容这场面的壮观。

如果不是现场看到,外人恐怕会误以为眼前的景象是三倍速快放。

笑不笑走的向来是极致的冷却缩减流,加上他堪称完美的操控节奏,一时间,这狭小的区域里风云变色。

若非本身就是这水深火热中的受虐者,大杀四方估计真的要心悦诚服地给这位大神跪了。可偏偏现在自己的人马一片狼狈,他不得不强行拉回视线,尽可能冷静地扫视一周之后重新开始调配人手,试图组织一拨攻势,扭转一下当前急转直下的局面。

然而,没有机会!不管他怎样积极地试图突破,根本没有半点儿机会!

如果说笑不笑的输出足以令人恐惧的话,那么最多充六元对于全场的把控,才真正地让他感到绝望。

明明只是一人一杖,明明是那几个平日里随时可见的低级控制技能,可是在这个人的掌控之下,他们两人所在的那片区域称得上固若金汤。不管幽冥谷众人如何尝试,都看不到哪怕一丝击杀目标的希望。

在这摧枯拉朽的碾压式输出下,在两人联手的一瞬间,大局已定。

半个小时后,幽冥谷 A 组所有成员总计近 40 人,全部阵亡。

当一群人面无表情地站在回城后的复活点里时,他们已经完全没有心思去在乎周围路人投来的打量的视线了。

随着一连串的击杀消息刷新在公会频道里,没有参与这次暗杀活动的其他成员被惊得纷纷冒泡,俨然一副风雨欲来的场面。

显然,大家都不是很明白到底发生了什么事,看这刷屏的阵仗,赫然是 A 组成员被人全数歼灭了,难道是有人走漏了风声导致他们中了埋伏?毕竟,这可是他们公会创办以来从未有过的情况!

失勋疯此时还没从刚才的震撼中缓过劲来,他看着远处的视线也有些迷茫,完全没有心思理会公会频道,只是机械地问了一句:"副会长,现在该怎么办?"

大杀四方依旧长时间地沉默着。

过了近十分钟,他才抬头扫视了一圈成员们"生无可恋"的表情,看着已经彻底丧失士气的众人,他觉得再次发起追杀也没有什么意义了。他摆了摆手道:"会长那边我会去交代,你们赶紧把损失的等级重新练回来吧。"

众人确实被这两个人打出了心理阴影,闻言他们如释重负地松了口气,一哄而散。

大杀四方很是头疼地揉了揉太阳穴,一抬头见失勋疯还站在旁边没有走,他不由得问道:"还有什么事吗?"

失勋疯有些迟疑地看着他,过了片刻后,他还是把心里的话问了出来:"副会长,你难道不觉得那个最多充六元强得有些过分了吗?"

这句话一出,大杀四方又陷入了沉默。

这正是他果断地选择了放弃暗杀任务的最主要的原因。

虽然说他当初也考虑过笑不笑的订单无法完成的情况,但是现在连那个最多充六元都无法拿下,确实是完全在他预料之外。

从刚才的情形来看,乍一眼看去似乎主要是因为笑不笑的暴力输出导致他们被疯狂碾压,可是只要关注局面的人都不难发现,真正把控节奏的,是那个在后面悄无声息地控制着他们输出节奏的辅助玩家。

在作战的过程中,如果只是被阻挠一次也就罢了,但是每一次在他们试图做出突破的时候,总能被对方精准无比地限制住,这只能说明他们的一举一动完全在那人的控制之中,这就着实有些令人细思极恐了。

大杀四方以前只以为这个最多充六元只是一个被各家公会看好的高手玩家。现在看来,恐怕并没有那么简单。到底是什么程度的高手,才能够把他们幽冥谷近四十个杀手像傻子一样地放在眼皮底下耍?

可是,如果对方并不是个普通玩家,那又到底会是什么来历?

"这事你就不用管了,我去找会长。"大杀四方越想越觉得心惊,他没有回答失勋疯的问题,丢下一句话后便一脸沉重地走到传送点,直奔幽冥谷的公会领地。

比起士气低迷的幽冥谷公会,刚刚还腥风血雨的山谷里此时可以说是一片宁静。

清理完幽冥谷公会那些烦人的家伙，杨溯繁看着跟前爆了一地的战利品，心情很好地挑了挑眉，象征性地问道："这些东西准备怎么处理，平分吗？"

《幻境》世界当中，玩家在野外遭遇击杀时有一定概率被爆道具，具体掉落什么道具是随机的。虽然说这种概率确实低得可怜，可是像刚才那种大范围的一次性击杀，等同于提升了一定数值的掉落率，这次他们的收入还算可观。

笑不笑闻言瞅了一眼地上的那些破铜烂铁，眼皮子都没抬一下："你喜欢的话，都拿去好了。"

杨溯繁自然是乐意得很："那我就不客气了。"

笑不笑看着这人真的把东西一件件捡起来装进背包，不由得有些无语。只是视线落在那个背影上，他反倒是陷入了沉思。

虽然说这人明明和他以往接触的任何一个辅助的手法都完全不同，可是说不上来为什么，他总觉得对这个人有一种莫名的熟悉感。

这完全不像是一个辅助玩家应该有的操控感。

这不免让他联想到某个毫无预兆就删号，却同样拥有着这种让人叹为观止的全局观的家伙。

杨溯繁回头的时候正好对上笑不笑沉思的视线，他当即把刚刚拎在手上的那只破靴子甩进了口袋，然后皱了皱眉道："刚刚你说的全部给我，现在不会又变卦了吧？"

笑不笑看着跟前这人一副生怕自己过去抢他东西的警惕神情，不由得噎了一下道："当然不会，你继续。"

算了，这货不可能会是浩繁！好歹是堂堂一代剑圣，怎么都不至于混到这么惨的地步。

虽然这样想着，但是笑不笑心里依旧有一种说不出来的奇特感觉。他思考了片刻，还是甩了个好友申请过去："也算是有缘，加个好友？"

杨溯繁的内心是拒绝的，可是为了不引起怀疑，他故作轻松地通过了申请，应道："好啊！"

笑不笑满意地"嗯"了声，转身刚走了两步，又回过头扯着粗犷的嗓子说道："以后有机会的话，也可以一起打打副本。"

说完他也不等回应，径自走了。

杨溯繁看着那渐渐消失在视野里的背影，眨了眨眼，终于有些回过味来。所以，刚才这家伙是对他发出了邀请吗？但是按照他对喉中痒的了解，如果不是真的对他有了兴趣，那应该是有所怀疑了吧？

满怀着一肚子莫名心思的笑不笑回到了公会领地，远远地就看到大堂当中坐着的几个公会管理似乎正在议事。

他虽然和仙踪林俱乐部签订了合作合约，但是对于管理层的事毫无兴趣，再加上他本来就没准备跟其他人提今天被追杀的事，于是他继续想着心事，目不斜视地走了过去。

其他人这些时间下来也习惯了这位大神古怪的个性，并没有凑上去套近乎，而是继续着之前的讨论。

笑不笑走着走着，就听到了一个熟悉的名字。

"所以说，那个最多充六元是打定主意要留在黄金财团了吗？"

"据负责联络的人回报，似乎是这个意思，说是他和那个副会长佑迁关系匪浅，如果他们真有关系，估计确实不太容易挖。"

"那其他公会是什么意思？"

"好像还在观望。据我了解，目前只有少数几家放弃，大多数依旧不太死心。"

"现在有潜质的高手早就被发掘得差不多了，这个充六元是第十一区里第一个出头的，大家为了证明自己公会的雄厚背景，肯定都不愿意就这么算了。"

"那就再看看？"

……

190

几个人谈着谈着，忽然发现本该直接穿过大堂离开的笑不笑停下了脚步，正神色莫名地看着他们，他们不由得停下了对话。

"那个，笑神找我们有事？"朝露歌向来捉摸不透这位大神，打量了两眼笑不笑的神色后，他试探着问道，"有什么需要安排的尽管告诉我，我派人帮您去办。"

"没什么事。"笑不笑扫视了场内那几个公会管理一眼，眉心皱了皱，到底还是开口道，"那个最多充六元。"

"啊？"朝露歌之前就给笑不笑看过那个对战视频，当时对方明明是一副毫无兴趣的样子，这时候从他嘴里听到这个ID，他差点儿以为自己听错了，"你说谁？"

"我是说，那个最多充六元，他的事你们之后就不用跟进了。"笑不笑从来都不是一个婆婆妈妈的人，他很是直接地说道，"有件事情我需要先确认一下，如果是我想错了，到时候我会自己试着拉拢看看，但如果确定没错的话，那么这个人，你们真的就不用想了。"

说完，他不再看场内人一个个惊讶得嘴中足以塞下鸡蛋的样子，转身就走。他心里忍不住一阵愤愤。

那家伙不是浩繁最好，如果真是的话，就冲这装傻充愣的样子，先吊起来打一顿才解气！

就在同一时间，H市某处。

面容英俊的男子刚刚结束了一场视频会议，关上眼前的虚拟屏幕之后，他低头看着手里的资料文件，微微地皱了皱眉，沉默地思索着刚刚结束的议题。

这里是全球屈指可数的高端金融商业地段，寸土寸金，可以在这里落户的公司无一不是金融界最为顶尖的存在。而现在，他所处的这间办公楼处于整个商业区的最中心，从巨大的落地窗看出去，耸立入云的高度足以俯瞰整片区域的全貌，尽观商业区的繁荣兴盛。

办公室的门被轻轻地敲了敲，一个妆容精致的女人从外面推门而入，高跟鞋在地面上敲击出轻快好听的节奏。将手里的文件资料递交到了男人手里，女人说道："老板，这是全球全息职业联盟发给我们的反馈，从目前的情况来看，完成审批应该不是什么问题，需要的话，随时可以进入下一步的流程。"

女人留着成熟美丽的大波浪头发，干练的制服并不能掩藏住她凹凸有致的身材，细致动听的娃娃音和她妖娆艳丽的外貌形成了鲜明的对比，但是仔细看来又有一种独特的魅力。

庄宸闻言，将视线从手中的文档移开，看着手中新增的那份表格，他紧皱的眉心终于不易觉察地松了几分。他说道："这事你继续跟进，资金方面不用考虑，具体需要多少，完成整合之后提交给我详细的报表就行。在梳理路线的过程中记得尽可能地以缩短时间为前提，不用刻意节省开支，对我们来说，时间比金钱更宝贵。"

"明白，我会争取明天提交给你一份完整可行的方案。"女人点了点头，看到面前这个人显然有些疲倦的神情，她不得不提醒道，"关于我们集团准备正式入驻全息世界的事情，虽然进展还算顺利，但毕竟是全新的尝试，后续可能会出现什么问题我还不能确定，这其中的风险你应该比我更清楚，如果到时候……"

"放心，不会有什么问题。"庄宸知道她要说什么，他微微扬了扬嘴角，打断了她后面的话，"牧姐，数据分析那块你确实比我强，但是在赚钱这方面，我才是专业的。"

作为公司的数据顾问，对于这个过分真实的事实，牧屿确实感到无言以对："你说得没错。"

庄宸以一己之力在"华塞街"彻底站稳脚跟，自从五年前在金融界崭露头角之后，就成了业内的绝对传奇。不管是从最开始的操盘投资还是接下来在各个领域的跨界运营，只要有他着手的项目，似乎永远不会出现"亏损"这个词。

192

如果只从"赚钱头脑"这一点来说,他确实是一个绝对的天才。

只要和庄宸有过生意往来的人都无不被这个年轻男人从容不迫的气度所折服,再加上他与生俱来的俊朗帅气的外貌,自带一种独特魅力,使得他在业内口碑颇佳的同时,更是受到无数人的青睐。

然而,不管其他人怎样旁敲侧击地暗示,他依旧一门心思地投入财团的发展事业当中,从未牵扯进任何暧昧不清的绯闻事件。他循规蹈矩得如一个遵守戒律的苦行僧。

在这样的花花世界里,纤尘不染的人万中无一,庄宸的私生活越是干净,越是让圈内的其他人纷纷猜测其中缘由,从心理疾病到生理缺陷,凡是可能出现的原因全部被传了个遍,即使如此,庄宸除了工作之外,依旧从未表现出过有填充感情生活的意向来。

然而,在外人眼里完美又古怪的庄宸,只有和他相熟后才知道,这个在金融理财方面精明无比的男人,一旦离开了那些让人头昏脑涨的金融数据,就是一个不折不扣的"生活难以自理分子"。赚钱之外的事情,只要没有其他人关注提醒,他一不小心就会弄得一塌糊涂。

这大概就是所谓的,上帝给你打开了一扇窗户,就会把门关上。

"那么,下周我就将公会的俱乐部审批申请正式提交上去。"牧屿说着,打量了一眼庄宸的神情,忽然转移了话题,问道,"话说回来,昨天给你的药都吃了吗,老板?"

庄宸闻言显得有些错愕:"什么药?"

就知道会这样……牧屿转身走到桌边打开抽屉,毫不意外地看到昨天买回来的感冒药包装整齐地放在原地,纹丝未动,她脸色不由地沉了沉。她拆开包装后直接拿了两颗药,和温水一并递到了对方手里:"按照经验,你感冒不吃药很快就会转为发烧,到现在还不知道长点儿记性?现在赶紧吃了,趁事情暂时告一段落,先回去休息一下,晚餐我会找人给你送别墅去。"

庄宸看着手里的药片,不太高兴地皱了皱眉,但在助理兼好友的审视

193

之下，他还是心不甘情不愿地仰头把药吞了下去。他的喉结随着喝入的温水滚动了两下，对于她最后的两句话，他还是表达了一下抗议："我会休息的，不过回去后得先上游戏看下。"

牧屿皱了皱眉道："如果是担心公会里有什么事，一会儿我去看看就行了。"

刚结束了一场耗时三个小时的视频会议，再加上之前一不小心着凉感冒了，庄宸此时确实头疼得有些厉害。他伸出手指揉了揉太阳穴，随口应道："公会有你看着我很放心，就是今天有事不能上号的事我忘记打招呼了，得上去给他们说一声。"

牧屿的脑海里不由得冒出一个ID来，她抬头看了他一眼，问道："这个'他们'是指你的土豪固定队，还是最多充六元啊？"

"最近都是我喊着六元刷副本，今天我没上，不知道他自己打了没有。'小可爱'他们无所谓，估计这个时候他们早就喊会里的人一起刷完了。"庄宸说完，见牧屿一直盯着他看，不由得问道，"怎么了？"

"也不是什么大事，我就是在想……"牧屿看着这人脸上一如既往平淡的表情，饶有兴趣地扬了扬嘴角，"当初我大费口舌你才肯来全息游戏里面体验一把，现在倒是玩得挺积极的。"

庄宸应道："嗯，我发现其实挺有意思的。"

到底是游戏有意思还是别的什么有意思啊？

牧屿笑而不语地打量了一眼庄宸的神色，她倒是没把心里的想法说出来。

当初刚刚遇到那个最多充六元的时候，还是她率先发觉这位辅助玩家绝佳的技术水平，只是没想到歪打正着，在一次次的接触过程中，他们似乎有了不错的交情。

牧屿特别深明大义地说道："既然喜欢玩就上去看看吧，但毕竟是感冒的人，别玩太晚了，记得早点儿休息。"

庄宸被她啰唆得头疼。他皱了皱眉道："知道了，我是三岁小孩吗？"

牧屿看了看跟前这个西装革履的男人，微微挑眉，道："不，三岁小孩都比你省心。"

庄宸一时语塞。

庄宸从公司回到别墅的时候，已经是晚上七点了。

但就在他刚刚登录游戏后，好像是一早就等着他上线一样，他一瞬间就收到了好几个公会成员的私聊，内容都无比一致，那就是他们帮会的最多充六元在白天被幽冥谷的人追杀了。

不得不说这个消息确实特别提神，他原本还有些昏昏欲睡的头脑顿时清醒了一点儿。他二话不说就去找当事人了解情况。

白天的追杀事件后，杨溯繁一时半会儿还确定不了幽冥谷那边的想法，他就没有再回去刷怪，而是找了一个地方挖矿。他实在有些无聊，没注意到好友列表里的头像不知什么时候已经亮了起来。

当看到佑迁骑着赤焰独角兽出现在跟前的时候，盯着那个熟悉的ID，杨溯繁不由得微微愣了一下："你怎么知道我在这里？"

"公会里的人说的。"佑迁在来之前已经在列表看过了等级，至少有一点他可以确定，幽冥谷的这次暗杀没有成功，但这件事有必要解决一下，于是他开门见山地问道，"白天有人追杀你了？"

杨溯繁听他这说话的语气，就知道肯定有人打过小报告了。

虽然说幽冥谷的暗杀计划向来都是秘密进行的，但是白天他们全员被清回城的阵仗有些大，必然会有人顺藤摸瓜地把发生的事情给挖出来，会落入自家公会成员的耳中也就不让人感到奇怪了。

杨溯繁打量了一下跟前那人的表情，觉得对方多少有些不高兴，但他确实觉得揪着这件事情不放的意义不大，于是他笑了笑道："说不上追杀，千里送人头还差不多，快递挺丰盛的。"

说完，他直接把背包里的那一大堆战利品展示了一圈，以证明自己所说的真实性。

佑迁看了看这被塞满了的包裹，感觉气消了不少，可是一想到自己不在的时候公会的高手被人追着打的画面,他依旧沉默了片刻,然后招呼道:"先不挖矿了,你跟我来!"

杨溯繁不解道:"去哪儿?"

佑迁道:"幽冥谷。"

杨溯繁错愕了一下,很快明白过来这人是想替他去讨说法。他摇了摇头拒绝道:"暗杀公会接单是《幻境》世界默认的,就算要寻仇也寻不到他们头上去。我们不能这样上门去讨说法,这不合规矩。"

佑迁问:"那你知道是谁下的订单吗?"

杨溯繁道:"不知道。"

佑迁又问:"今天追杀你的那些人ID你都记得吗?"

杨溯繁道:"基本上吧。"

"所以说你跟我来就行了。"佑迁扬了扬嘴角,安抚道,"放心,我不会违反规矩的。"

杨溯繁看着他的表情,却始终看不透这个人到底在打什么主意。迟疑了一下后,他还是跟着那个人上了独角兽的背。

高端坐骑就是这点好,即使双人骑乘也不会觉得拥挤。

"正好,我最近骑乘的技术越来越好了,带你见识见识。"佑迁说着,用力地拉了拉缰绳,赤焰独角兽一声长嘶之后,带着两人飞速地奔跑了起来。

杨溯繁看着身边呼啸而过的风景,心想:别的不说,就这坐骑的操控水平,确实进步了。

幽冥谷公会领地。

幽冥子对于有人光顾公会本应该感到高兴才对,但是此时看着站在大殿里的两人,他的脸色一度十分复杂:"我说两位,关于之前接到的订单,我可以告诉你们,我们今天已经正式撤回了。如果是因为白天的事感到不太愉快,你们来找我们这个第三方计较,是不是有些不太合适?"

新开区不久,本来订单就不多,好不容易接了两单,结果都黄了,作为幽冥谷的会长，他本身就很气愤，晚上又被当事人找上门来，他没有立马赶人，已经算是非常沉得住气了。

真要算起来，A组成员白天追杀不成反被杀，虽然身上非常专业地没带什么值钱的东西，但毕竟还是被爆了那么多装备，比起那两位被追杀的大佬，他们幽冥谷才是损失惨重的一方。

都这样了还要被人家找上门来讨说法，他真的是想说理都找不到地方。

杨溯繁本来是没想过要来的，但既然佑迁已经说了不会闹事，那在弄清楚这个人到底在打什么主意之前，他都保持着沉默的态度站在旁边，一副"我只是看看不说话"的样子。

佑迁面对质问也不解释，只是语调平淡地反问道："你们幽冥谷就是这样对待客人的吗？"

"客人？"幽冥子闻言不免有些惊讶，"所以两位不是来寻仇的，而是来下单的？"

"当然。"佑迁笑了笑，"《幻境》世界的规矩我懂，暗杀公会接单是合法行为，就算要寻仇也找不到你们的头上。"

幽冥子听他这样说，稍稍松了口气，终于对他口中的订单产生了那么一丝兴趣："你能明白这个道理就好，那么，请问你想要我们追杀什么人呢？"

佑迁问道："在此之前我想先确定一下，幽冥谷这么大一个暗杀公会，应该不会出现拒不接单的情况吧？"

杨溯繁闻言微微地挑了挑眉，他总觉得这句话之后有阴谋。

幽冥子毫无觉察，无比耿直地说道："当然不会！我们幽冥谷向来有自己的宗旨，除非是确实完成不了的任务，要不然，我们不会出现撤单操作。"

"那就好。"佑迁得到了满意的答案，点了点头道，"稍等，人名太多，我有些记不太住。"

对话进行到这里的时候，杨溯繁忽然好像明白了什么，他下意识地回头朝旁边那人看去，果然见对方低了低头，似乎在翻看聊天记录。

"我这里大概有二十多个单子，名字先简单地给会长过一遍。"佑迁说着，开着对话框，按照上面的 ID 一个一个念了下来，"抄底，summer 李，且行且满，朝东歌，柳柳依依，插花师，六六大顺，我就是天堂……"

这些都是他刚刚从杨溯繁那里问出来的 ID。

从第一个名字念出来的时候起，幽冥子原本面对大顾客的微笑表情顿时僵住，越往后面听，他越是觉得整个人都有些不太好了。

这难道不都是今天出行动的 A 组成员的 ID 吗？

见鬼的谈生意不寻仇，这人摆明了还是为了今天白天的事，特意来出气的吧！

佑迁不疾不徐地把前面杨溯繁回忆出来的所有 ID 一个不漏地念了一遍，虽然对于有一部分没记住的漏网之鱼，他感到有些遗憾，但也只能先这样了："就这些了，如果会长记不住的话，回头我再私下发你一份。"

杨溯繁刚才就猜到了事情的发展方向，但即使如此，他依旧忍不住低着头暗暗地憋笑。不得不说，这招真的是太损了！

幽冥子现在觉得整个世界都似乎对他充满了恶意。

记不住个鬼，我记得比你熟！

佑迁见上头坐着的那人没反应，便抬头看了一眼，扬了扬嘴角："怎么，这笔订单生意太大，幽冥谷接不了吗？如果真是这样，那真的是非常遗憾，我们只能找其他暗杀公会做交易了。"

言下之意就是如果他们不接，他就会再去找别家，反正这么大一笔钱放在这里，就看他们是选择自刎还是他杀了。而且，如果他们现在拒绝的话，虽然看起来比较有骨气，可是一旦传出他们幽冥谷对订单挑三拣四的风声，对于他们整个公会未来的发展，只能是有弊无利。

虽然不管从哪里说都是跟前这人在胡搅蛮缠，但是眼下除了受着，幽冥子没有第二种选择。

"我之前说过，我们从来没有接不了的订单。"幽冥子深深地吸了口气，

198

尽可能心平气和地问道,"只不过这订单的数量有些大,我必须确认一下,你确定知道我们公会仇杀订单的价格是多少吗?"

佑迁微微一笑:"这个你尽管放心,钱不是问题。"

幽冥子咬了咬牙:"合作愉快!"

佑迁说:"合作愉快。"

两人骑着独角兽从幽冥谷出来时,杨溯繁自始至终没有说过一句话。

佑迁忍不住打量了一眼他的表情,问道:"想什么呢?"

杨溯繁道:"我在想这些订单的钱该怎么还给你。"

佑迁忍不住笑了一声:"我花钱买开心,为什么要你还?"

话虽然是这么说,但是杨溯繁总觉得有哪里不对,毕竟被追杀的人是他,怎么反倒是这位朋友更加不爽了?

但是,在他打开自己的背包看了看里面的那些破铜烂铁之后,想了想,他觉得还是算了,就算把这些东西全部奉献出去,估计还要被这人嫌太占包。

他正琢磨着,脑海中忽然灵光一闪:"这样吧,等70级后,我送你一样东西。"

佑迁道:"不用,我什么东西都买得到。"

杨溯繁轻轻地笑了笑:"这东西,你还真买不到。"

当初杨溯繁从一区转服过来时选定的五件装备道具,只有在70级开放圣泉广场地图后才能到相应的区域去领取。他思来想去,眼下身上确实没啥值钱的东西,但是那玩意倒是稀罕得很,他相信这位有钱的大老板一定会喜欢的。

佑迁虽然不知道那到底是个什么东西,但听他这么一说也提起了兴趣,再一想这大概是高手兄送他的第一份礼物,于是他非常愉悦地应道:"好啊,那我就等着了。"

他们就这样不带一片云彩地离开了,幽冥谷的管理们却是差点儿吐血几升。

"你是说,黄金财团的人过来我们这儿下单,要仇杀……我们A组的成员？"当得到这个消息的时候，大杀四方忍不住揉了揉耳朵，几乎怀疑自己产生了幻听，但是自家会长生无可恋的表情又无时无刻不在告诉着他，这确实是事实。

"没错，就是这样的情况。虽然很荒唐，但既然我们已经接下了任务，就必须认真执行。"幽冥子有些不忍看桌面上那个满满当当的灵币袋子。他尽量绷着脸上的表情，看着面前那群还没来得及把今天弄丢的等级练回来的成员，尽可能公事公办地说道："为了维护我们公会的工作信誉，大家，自杀吧！等级什么的，回头再重新练！"

A组的暗杀成员们生无可恋地面面相觑，手上的武器抬了又抬，总觉得有些下不去手。

就在这个时候，幽冥子忽然想起了什么："对了，还有件事！"

众人满怀希望地抬头看去：果然还是有其他方式的吧！

幽冥子提醒道："不要忘了录像截图。"

众人无奈：还不如死了算了！

当佑迁收到幽冥谷公会的订单反馈时，不得不佩服他们职业暗杀公会的工作效率，转发给杨溯繁看过之后，他观察了一眼，感觉杨溯繁似乎心情不错的样子，便提议道："接下来干什么，陪你刷副本？"

虽然佑迁用的是系统音，但透过他的呼吸，依旧不难听出那股有些严重的鼻音。

其实杨溯繁早就留意到了，刚才被那人拖着跑了半天，这会儿他终于有机会问道："感冒了？"

佑迁"嗯"了一声，道："还行，不太严重。"

"今天算了吧。"杨溯繁看了一眼时间，说道，"我玩挺久了，正好下线休息。"

佑迁想着他被人追杀的经历，觉得他确实也该累了，也就没多说什么。应了一声后，佑迁开口报了一串字母数字："ASS 6666 6666。"

杨溯繁有些疑惑地看着他，问："这是什么？"

"我的手机号码。"佑迁道，"下次如果我不在的时候又有什么突发事件，记得随时联系我。"

杨溯繁不由得无语了一把，他总觉得这人好像一直拿他当小孩子对待，他忍不住提醒道："你别看我用着这个角色就真以为我是未成年了吧？我玩这款游戏比你久，像这种小事，我自己可以搞定。"

佑迁笑道："那就等发生大事的时候再联系我。"

说得真好，逻辑完美，让人无言以对。

杨溯繁看着佑迁生怕自己记不住还特意在好友消息里给自己又发了一次手机号码的操作，顿了一下，他还是收下了这份好意："OK，有事情我一定第一时间来找你。"

佑迁对他这样配合的态度感到非常满意，随后他忽然想到一件事，不由得提醒道："再过两天就是65级团本开荒的日子了，到时候你需要担任公会里的总指挥，都做好准备了吗？特别是装备，如果还有什么需要的，一定要提前和我说。"

65级开放的是《幻境》世界唯一一个没有满级就可以进入的团队副本——阿塞尔玫瑰废墟。

这个副本在70级换完终极装备之后并不算什么，但是在刚刚抵达65级的阶段，对很多人而言，确实是噩梦般的存在。

"阿塞尔玫瑰废墟"这个副本，杨溯繁刷的次数不下一百次，当然是熟悉得很。闻言，他半开玩笑地说道："装备什么的就不用了，到时候只要你这个主T（负责承受伤害的角色）别有意外，我这儿肯定不会有任何问题。所以，这两天你一定要记得先把感冒养好。"

如果知道自己的乌鸦嘴那么灵的话，杨溯繁估计当场就得紧紧地堵上自己的嘴。

两天后的阿塞尔玫瑰废墟副本门口，来来往往的都是组团开荒的玩家，门庭若市。

身为黄金财团的会长，青步踏雪谣正根据杨溯繁提供的人员需求配置名单，在公会频道里招募开荒团的成员。

这毕竟是一个25人副本，对于成员位置的要求比五人副本高很多，因为具体关系到一系列的技能选择、装备搭配等问题，所以可以看到团队当中的人员数量增加得有些缓慢。

一开始，青步踏雪谣是在公会内部招募，到后来实在缺少几个特定的位置，她就将招募消息发到了世界上。黄金财团土豪固定队的几人作为目前公会里面的主力队员，在这样的重要时刻当然不会缺席。

此时，他们在副本门口等着整支团队集合，几个人站在佑迁身边，看着他的视线里不免都是浓浓的担忧。

"我说老佑，你要是真的身体不舒服，我们另外找个主T也行。"疯疯癫癫的小可爱瞅着那人一看就无比萎靡的状态，眉心紧皱，"你不知道，看着你现在这个样子，我真的是贼揪心。"

全息游戏舱直接连接全身的神经系统，因此现实世界里的生活状态会被一模一样地拷贝进游戏当中。

此时佑迁依旧骑在独角兽上，但是不管怎么看，他都有些病恹恹的，隔着系统处理效果都可以听到他已经彻底哑下来的声音，还带着浓重的鼻息："放心吧，感冒而已，不要紧，公会第一次副本开荒，我这个副会长怎么可以缺席？"

这句话落入众人耳中，可以说是充满自我牺牲精神，但是不等别人感动，这人又不疾不徐地补充了一句道："如果我请假了，你们上哪儿去找一个像我装备这么好的钢板主T？"

捂着心脏说疼为自己过分饱满的情感心疼了一把："你说得真对！"

杨溯繁站在旁边听着他们的对话，时不时地瞄上一眼佑迁，他一时半会儿也有点儿看不出来佑迁到底是在强撑，还是感冒真的并不严重，只是单纯地哑了嗓子。

虽然以这位老板的装备来看，很多时候只需要在那里一站，拉住仇恨后无脑带大怪走位就行，确实可以降低不少开荒难度，可如果他真的身体不舒服，杨溯繁私心还是偏向于让他多休息一会儿。

杨溯繁犹豫了一下还是走了过去，刚到佑迁跟前准备开口询问时，他忽然看到有一个眼熟的ID新加入了团队列表，他整个人的动作不可控制地一顿。

随着那人的加入，原本还一片和乐融融的团队频道忽然间诡异地安静了一下，然后瞬间彻底炸锅。

OK没问题：我没眼花吧，我看到了谁？
激晴与速度：笑神？是真的笑神吗？笑神来跟我们开荒？！
青步踏雪谣：帮里没有合适的人选，从世界喊来帮忙的。
笑不笑：嗨，大家好！

杨溯繁盯着那个ID看了一会儿后，非常果断地假装没有看到。

然而对方显然不准备放过他，而且完全是一副生怕别人不知道他们认识的样子，特别热情地开启了认亲模式。

笑不笑：六元小兄弟在吗？我看是黄金财团的副本团在喊人，这才特意来找你的！
笑不笑：当初说了有机会一定可以一起打副本的，你看，我没说错吧？
人面桃花：原来笑神认识我们公会的六元吗？
专业刷钻：果然大神都是和大神一起玩的吧，连打本都要一起走！
撒旦狂热族：你们这感情很好啊，居然可以让笑神特意到开荒团里来找人。
最多充六元：笑兄好，你能来帮忙开荒，我真是太开心了。

杨溯繁面无表情地在团队频道里发了一句热情的回复，心里却不是这么想的。

他就知道之前在笑不笑跟前露了那一手绝对不是什么好事!

这家伙的眼睛就是毒,他都已经完全变了个发展流派了还能怀疑上,现在甚至不惜放弃仙踪林的副本开荒直接追到这里,摆明了就是想近距离地盯着他,随时抓他的小辫子。

以前在一区的时候,喉中痒虽然是PVP玩家,但平日里也没少来找他蹭副本队伍,对他的指挥风格可以说是了如指掌。现在好了,这货居然直接混进了他们黄金财团公会的团队!

毕竟是一个无比强力的法系输出大神,他肯定也不好找借口把人踢出去,这样一来,他应该怎样既尽职尽责地带着公会通关团本,又可以尽可能地不引起这个家伙的怀疑呢?

千古难题,太让人头大了!

杨溯繁皱眉沉思的时候,并没有留意到有个人悄无声息地走到了他的旁边。他无意中一抬头,正对上佑迁投来的视线,他不由得吓了一跳:"怎么了?"

佑迁盯着他看了一会儿,问道:"这个笑不笑是谁?"

杨溯繁想了想,挑着最简单的说道:"他啊,老区的一个'远古大神'。"

佑迁从他的表情里看不出什么端倪,又问:"所以是你老区的朋友?你们很熟?"

杨溯繁想都不想,直接否认三连:"不是朋友,不熟,我们没关系。"

佑迁点了点头,道:"不管是什么大神,这样故意套近乎一定有问题,小心着点儿。"

杨溯繁对此特别认同:"我也是这么认为的!"

疯疯癫癫的小可爱几人站在不远的地方听着他们的对话,都忍不住绷着表情交换了一个意味深长的眼神,每个人都感到憋得够呛。

此时笑不笑还在团队频道里非常亲民地和其他成员热情地交谈着,可越是这样,越是衬托得他们所在的这片区域内,空气里似乎弥漫着一种诡异的气息!

其实仔细一想,平常六元兄一直都是和他们固定队的一起刷本玩的,这还是第一次有人这样热情地上门来找他,更何况还是来头还这么大的一尊"远古大神"。也怪不得佑迁一副如临大敌的样子,如果换成是他们,也一定会下意识地多长一个心眼。

半个小时之后,组建开荒团队的巨大工程终于圆满完成。

进副本之前,杨溯繁绞尽脑汁,终于想出了一个算是可行的办法。

趁人不注意的时候,他悄悄地拉住了佑迁,小声地道:"老板,商量个事呗?"

佑迁道:"你说。"

杨溯繁犹豫了一下,说道:"等会儿不管发生什么事,还请你尽可能地配合我一下。"

佑迁看了一眼杨溯繁的表情,虽然不知道杨溯繁在打什么主意,但他无条件地答应了下来:"没问题。"

随着团队的成员陆续进入副本,杨溯繁在"阿塞尔玫瑰废墟"入口处站了一会儿后,便看到传送点里出现了笑不笑的身影,他第一反应就是转身走远点儿。

可是笑不笑早就看到了他,直接三步并作两步地走了过来,接着毫不客气地一把揽住了他的肩膀,意有所指地笑道:"六元兄,有缘千里来相会,我们果然又见面了!"

杨溯繁强忍着一把拍开肩膀上那只手掌的冲动,也还以一脸微笑,心里却疯狂翻白眼。

佑迁原本正带着其他人清理门口一些捣乱的小怪,回头的时候看到的正是这么一副哥俩好的画面,他的动作不由得顿在了那里。

捂着心脏说疼没有留意,依旧迅猛无比地放着群攻技能,一转眼居然看到那些小怪的仇恨值不知道怎么居然一股脑地全转移到了自己身上,他顿时转身就跑:"老佑,你划什么水呢?吹什么自己是神级主T,还不赶紧快把小怪的仇恨拉回去！"

佑迁闻言头也没回，象征性地甩了几个技能过去，把一部分小怪拉了回去。

捂着心脏说疼只能和其他团员硬顶着伤害把剩下的小怪强行击杀，看着自己薄薄的血皮，他强压下爆粗的冲动。

"别激动，放轻松。"疯疯癫癫的小可爱在好友爆发之前拦住了，他将人拉到旁边压低了声音好言好语地安抚。

捂着心脏说疼无言以对，只能绷着一张脸反问道："你确定笑神真是来抢人的？如果真是这样的话，你认为和这么大一尊"远古大神"比起来，老佑的胜算能有多少？"

疯疯癫癫的小可爱在他的灵魂拷问之下陷入了沉默，最后他生无可恋地说道："其实我们家老佑也不是一无是处，至少，贼有钱不是吗？"

对这说法，视你如命表示非常认同："当初他就是凭借着这点成功吸引到了我。"

捂着心脏说疼看了他们一眼，说："再有钱也敌不过手残。"

现场诡异地沉默了片刻，几位土豪大佬都感觉有些心累。他们齐齐地叹了口气："算了，愿主与他同在吧！"

佑迁没有留意到那三个缩在角落里为他操碎了心的好友，虽然在带头清理怪物，但是他的视线自始至终落在门口处的两人身上。

好不容易等到最后一只小怪彻底消失，他当即驱使着独角兽溜溜达达地转回到了门口，走到两人跟前。他居高临下地看着笑不笑眯了眯眼，对杨溯繁说："六元，准备一下，可以开始推第一个大怪了。"

杨溯繁正被笑不笑骚扰得不行，看到佑迁过来，他确实高兴了一把。他当即应道："就来！"

"路有点儿远，我带你。"

笑不笑心里一阵不爽：大兄弟，就一个副本，从门口到第一个大怪的路能有多远？这是专门来秀高贵座驾的吗！

杨溯繁巴不得离这个家伙远点儿，他非常乐意地坐上了独角兽，搭了一把顺风车。

笑不笑看着那两个背影，心情复杂地摸了摸下巴，也跟着走了上去。

《幻境》世界当中，二十五人团本和五人副本的设定不同。

满级之前的五人副本主要是以刷经验为主，里面的小怪都是升级的主要经验来源。而二十五人团本里面只是在各条路线上安排了一部分拦路的小怪，清理起来非常方便，在经验方面只能说是聊胜于无了。在这里，通过前面地段之后遇到的守关大怪，才是全本的关键。

这些大怪会随机掉落高级材料，都是70级之后制造特级装备必备的，而且每关结束时副本内都会掉落一个钻石宝箱，打开后会有属性随机的五件紫色或橙色装备。

虽然说眼下只是65级的装备掉落，但是毕竟满级后的70级橙色装备价格不菲，对于很多人来说，通过团本得到的橙色装备即使低于五级，也是非常不错的选择。

当然，掉落值钱的代价，就是副本大怪的难度比起低级副本来，要整整高出一大截。

"阿塞尔玫瑰废墟"作为玩家升级过程中首个开放的团队副本，前后总计安排了三个守关大怪，这张地图里并没有开通额外的行进路线，所以只能按照策划设计的路线逐一推进。

眼下，开荒团队里的25人终于陆陆续续地集合在第一个大怪玫瑰之女纳尔丽萨的面前。

青步踏雪谣把团队的指挥权交给了杨溯繁，然后安静地闭麦了。

在开始推第一个大怪之前，杨溯繁非常熟练地将团队里的25人分组根据发展方向调整了一遍。

首先自然是需要确保每两个小组之内都至少有一个治疗，并且他将视你如命这个超级奶爸安排到了佑迁这个主T所在的小队当中，好让他在看住主T的血量的同时，还能够有额外的精力帮忙关注全团其他小队的血量情况。

笑不笑毫无疑问地被分配在了主力输出队里。

除了他之外,疯疯癫癫的小可爱和捂着心脏说疼也在里面,另外还有两个装备相对不错的远程输出。

之前大家和笑不笑不熟,而且在团队频道里不好交流,眼见这位大神进了小队,疯疯癫癫的小可爱和捂着心脏说疼借着小队频道的便利,心照不宣地开始了蓄谋已久的搭话。

疯疯癫癫的小可爱:嗨,笑神你好啊!
笑不笑:你们好!
捂着心脏说疼:我们是六元的固定队成员,听你说你是六元的朋友?
笑不笑:对,很高兴认识你们!

经他们这么一说,笑不笑才反应过来这两人看着有些眼熟。

他正愁找不到地方探查那个最多充六元的底细而烦恼。眼下显然是一个不错的突破口,于是他也非常有兴趣地和他们攀谈起来。

小队里的其他两人都是黄金财团公会的成员,此时看着"远古大神"和土豪大佬之间对话,他们非常识趣地摆出了一副安静状态。

疯疯癫癫的小可爱:六元兄确实挺厉害,不知道笑神是怎么认识他的?
笑不笑:严格来说,我和六元算是患难见真情,关系当然很好,就是不知道你们又是怎么认识的?
捂着心脏说疼:其实我们和六元认识得比较晚,最早是我们队长把他拉进队里来的。

疯疯癫癫的小可爱见状,忍不住暗暗地给捂着心脏说疼比了个赞,对其无比自然地切入了话题表示非常满意。

果不其然，笑不笑对此产生了兴趣。

笑不笑：你们队长？

疯疯癫癫的小可爱：没错，就是那个骑着赤焰独角兽的贼帅气的主T，看到了吗？

笑不笑：嗯？

这回不只是笑不笑一脸困惑，队里的其他两人心里也是一阵兴奋。

感觉好像听到了什么不得了的八卦！

而两位土豪大佬看着笑不笑的反应，顿时再接再厉。

捂着心脏说疼：你是不知道他们两人的关系有多好，平常打副本的时候就一直一起，今天估计是因为团里的人有些多，所以他们就没黏在一块儿。

笑不笑：是……这样的吗？

疯疯癫癫的小可爱：没错，他们每天都这样，别人真的羡慕不来！

捂着心脏说疼：他们两人平日里感情好得很，唉，说多了都是泪！

笑不笑：……

眼见对方的话越来越少，土豪固定队的两人越说越起劲。

看着笑不笑似乎有些不能接受的样子，他们心里更加认定了这个"远古大神"图谋不轨，于是他们互相交换了个眼神，琢磨着目前说的这些内容是不是不够，是不是需要再多加一把火好直接让他死了挖人的这份心。

他们不知道的是，此时笑不笑的心情确实有些复杂，但他更多是觉得，如果这人真的是浩繁的话，他好像有些想象不出来那家伙跟别人黏黏腻腻地说话的画面。

那实在是太恐怖了！

就在这个时候，团队语音里杨溯繁对于开局站位的安排暂时告了一段落，此时正好轮到分配主T的走位，他似乎做了一番酝酿，之后语调忽然从公事公办变得温柔如水："你站到我标记的那个位置去，一会儿在那里拉怪。"

原本还在滚动讨论着副本打法的团队频道，也随着这句话一出，忽然间诡异地安静下来。

所以刚才发生了什么？总指挥这语气，喊的难道是……

佑迁在听到这句话的时候也微微地愣了一下，随即他很快想起刚进本时候高手兄的叮嘱，于是他神情淡然地走到杨溯繁标记的那个位置上，顺便不忘打开语音当着全团的面自然无比地配合道："放心吧，我已经就位了。"

笑不笑麻了，他再次给自己狠狠洗脑：这货绝对不可能是浩繁！

杨溯繁原本已经准备再暗中和佑迁通一下气了，结果没想到对方居然秒懂，连一个眼神都不需要就直接毫无破绽地接上了，不得不说让他非常惊喜。

不过，感受到目前团队里弥漫着的诡异氛围，他还是发了好友消息过去沟通。

最多充六元：这么默契？

佑迁：不是你让我配合的吗？

最多充六元：你这配合得太好了，其实收着点儿也没事，不然结束后我怕没办法在公会里圆回来。

佑迁：这个不用担心。

佑迁：你专门演戏，是为了给那个笑不笑看？

杨溯繁盯着这句话看了一会儿，觉得毕竟是自己的搭档，他还是透了点儿底。

210

最多充六元：怕被缠得太烦，想让他彻底死心。

他不知道的是，这句话落入某人的眼中，自然而然地转换成了另外一种信息。

所以说，这个叫笑不笑的什么大神，果然是来他们这里挖墙脚的吧？

佑迁不再多问了，因为他心里已经有了主意。

佑迁：这个你放心，演戏我是专业的。

杨溯繁看着这句话挑了挑眉，还想回什么，就听到佑迁的声音从不远处传来："六元，这个副本我第一次打，有什么需要注意的地方吗？"

杨溯繁把好友对话框关上。对方既然心甘情愿地配合，他也就不多说什么了。把心思重新落回副本开荒的正事上后，他点了点头道："有几点你确实必须留意一下。纳尔丽萨全程一共有三个阶段，等会儿开怪后你先把她定在眼下的这个位置，后面听我口令就好，下了阶段之后我会喊你带位置，到时候听我口令操作就行。"

佑迁认真听完，看着远处那两个清晰的标记点，应道："基本上清楚了，就是还有一个小问题。"

杨溯繁问："什么问题？"

佑迁笑着朝他招了招手："你过来一下。"

杨溯繁不明所以地走了过去，他可以感到四面八方投来的视线落在他的背上，尾随了他一路。等走到点上，他抬头看了看骑在独角兽上的人，还没等他再开口提问，便见佑迁忽然俯身凑了过来。

佑迁握了握他的手，神情淡然地说道："我毕竟是第一次 T 这么大型的副本，难免有些紧张，现在没事了。"

虽然知道这人是在兢兢业业地配合表演，但杨溯繁的嘴角还是忍不住抽了一下，余光瞥见笑不笑有些惊疑不定的表情，他用温和的语调面无表情地说道："老板你这么棒，一定可以做到的，要相信自己。"

佑迁微笑道："好。"

周围坐等安排的其他成员只觉得有些控制不住了，连连哀号道："指挥，你能不能也看看我们？我们的位置还没分配呢！"

杨溯繁可以理解他们的感受，毕竟他也不想这样。他当即从佑迁身上收回了视线，回归团队后继续进行剩余成员的安排。

趁着这个空当，疯疯癫癫的小可爱不动声色地溜达到了佑迁的身边，压低了声音问出了在心里抓心挠肺的问题："老佑，你们怎么回事啊？什么时候变得这么黏糊了？"

佑迁实事求是地说："刚刚。"

"刚刚？"疯疯癫癫的小可爱感觉自己仿佛被噎了一下，他错愕道，"你说的'刚刚'是我理解的那个'刚刚'吗？就在我们进入副本以后？"

佑迁点了点头："没错。"

疯疯癫癫的小可爱震惊道："难道是因为笑不笑的出现？"

佑迁模棱两可地说道："我也觉得应该感谢他为我们做出的重要贡献。"

当疯疯癫癫的小可爱回到小队后，看着好友有些飘忽的表情，揣着心脏说疼忍不住把他拉了过去，用只有两人才能听到的声音问道："怎么说？"

疯疯癫癫的小可爱瞄了他一眼，感触颇深地说道："再看看吧。"

就在两人相顾无言的时候，杨溯繁发来了就位确认。

确定所有人都已经准备就绪之后，开荒正式开始。

佑迁上去开怪，杨溯繁一边观察着全局的情况，一边冷静无比地做着指挥："治疗注意一下三小队的血。远程站6号点输出，视你如命后退两步，注意自己的气血值。四小队注意万箭齐发的冷却时间，准备，放！路牙BB你的位置不对，往左后方走五步。近战上，记得绕后。苏木木你在大怪的输出范围内，速度闪开，治疗给他加口血，OK，就这样……"

因为他用的是游戏自带的系统音，加上即使是在这样紧张无比的节奏中，他指挥的语调依旧冷静无比，不带一丝起伏，落入每个人的耳中就像是一剂强心针，明明面对一个不慎就可能随时团灭的狂暴大怪，不知怎么的，大家还是感到特别笃定安心。

笑不笑作为全团最暴力的法系输出，在这过程中自然没少被点名。

他一边保持着高效的技能连发，一边皱着眉心倾听着指挥频道里传来的声音，他总觉得这种过分冷静的指挥风格确实透着一股说不出来的熟悉感，于是，他在对方点名自己的时候更加留意。

就在笑不笑心底的那种感觉越发强烈的时候，玫瑰之女纳尔丽萨忽然开始低喃，大怪终于进入了下个阶段。

杨溯繁看了一眼大怪目前的气血值，依旧无比镇定地说道："佑迁，按照我之前说的，可以把大怪拉到2号点去了。"

佑迁当即果断地朝着纳尔丽萨身上挥去一剑稳定了一把仇恨值，然后把大怪直接引到了2号位上。

第二阶段和第一阶段的定点输出不同，需要随时引导大怪进行位移确保整个团队不受到吟唱伤害的波及，这对主T的要求显然颇高。

鉴于知道这位副会长的个人水平，所有人在这个时候都不由得捏了一把冷汗，他们暗暗祈祷佑迁在关键时刻千万不要掉链子。

而与此同时，指挥的重心自然而然地从输出部分转移到了佑迁的身上。

大怪的推进仍在继续，杨溯繁的指挥语调依旧是不疾不徐、从容不迫的，他的画风却从原本无比公事公办的态度直接来了个一百八十度的大转变。

"佑迁，你带大怪转个90度角，特别好。"

"5秒后准备后撤，就现在，做得非常漂亮，你真是越来越厉害了。"

"治疗帮忙加口血，来，上防护盾，看到我的标记了吗？三秒后去下个点。好，就现在，真棒，不愧是我们公会的主T。"

如果说第一阶段的时候大家还在为推进过程中堪称完美的节奏而感到无比兴奋的话，那么自从进入第二阶段，整个副本地图就似乎陷入了一种诡异的寂静。

耳边除了总指挥淡定从容又有些……语调诡异的话语之外，只剩下了各种技能绚烂无比的音效，以及众人一脸冷漠且肃然的表情。

就在所有人试图屏蔽这一切时，只有笑不笑还在努力尝试着将耳边的声音和印象当中的某人联系到一处。

但最后，他额前的青筋还是忍不住狠狠地跳了两下，他差点儿把手里的法杖摔出去——像什么浩繁！这要是浩繁，他把名字倒过来写！

杨溯繁其实每说一句心里也是满满的违和感，但是余光瞟见笑不笑有些放空的表情，他忽然又觉得自己这样的牺牲是值得的，于是，他继续目不斜视地指挥着。

也不知道是不是该归功于指挥的事无巨细，在第二阶段全程，顶着感冒上阵的佑迁居然奇迹般地没有出半点儿差错。主T这么给力，整个过程进行得非常顺利。

完成第三阶段就等于推过了第一个大怪，所有团队成员终于露出了欣慰的笑容。

虽然他们不是第一个首杀通关的团队，但在全区绝对排得上前十，已经算进度不错了。

击败玫瑰之女纳尔丽萨后，材料随机掉落，偶尔可以听到有人惊喜地尖叫，显然是好运地获得了品质不错的高级材料。

杨溯繁也打开背包看了看，一眼就看到了躺在背包里的橙色品质的纳尔丽萨之心，他顿时笑逐颜开。

虽然团队副本会掉落高级材料，但橙色品质的还是非常少见，有的人刷上一年都未必能碰到一次，没想到这才第一次进本开荒就让他给撞见了，只能说他这次创建的角色依旧延续了在老区时的爆棚欧气（运气），美滋滋。

他并不因为特殊材料而太兴奋，多看了两眼后，他就心满意足地收起了背包。

他本想去看看守关宝箱里都掉了些什么，却发现箱子居然还是原始的未开启状态。

佑迁朝他招了招手道："六元，过来，箱子你来开。"

杨溯繁错愕道："我开？"

佑迁道："是你带队打过的大怪，当然应该你来开。"

杨溯繁拒绝道："不用了，谁来都一样，你开吧。"

他话音落下后，不知道为什么，佑迁沉默了一下，然后，他语气更加坚定且不容置疑地说道："你来。"

其他人这一路来早就被摧残到了极限，眼下见这两人就连开个箱子的事都要你推我让半天，大家顿时大呼受不了，纷纷表示让他们赶紧开了了事。

杨溯繁见大家都这么说，虽然有不好的预感，但也没再推辞，他走过去毫无仪式感地直接把旁边的钥匙拿起来朝孔里一塞，然后将盖子一把掀开。

众人好奇掉落情况，顿时一拥而上。

等看清楚里面的装备时，所有人的表情一度十分复杂。

在这千载难逢的奇观下，大家莫名不知道是应该欢呼还是应该沉默了。

虽然团队副本里有概率掉落橙色装备，但实际上这个概率低得可怜，通常情况下一个守关宝箱里能开出两件橙色装备就非常不错了，作为安慰奖，普遍只是单独一件。

而这次，杨溯繁打开的箱子里满眼都是金色的光芒，五件橙色装备整齐地摆放在跟前，可以说是耀眼无比。

不管从哪个角度看起来，他都应该是欧皇本皇了吧，但是再看这五件橙色装备的部位……

嗯，整整五把65级的橙色品质那赛利亚法杖。

这一个箱子里五件装备全是一个部位的概率，估计比出现五件橙色装备的难度也低不到哪儿去。

杨溯繁可以感受到周围投来的诡异视线，他忍不住清了清嗓子道："我都说了别让我摸箱子了吧。"

以前在一区的时候他就有这种特殊的体质，开箱子时掉落的装备虽然件件极品，但是部位都是根据他本身的需求走的，以至于到后来为了不被人心态爆炸后仇杀，他很长一段时间内都没做过第一个打开宝箱的人了。

这样想着，他不由得看了笑不笑一眼，欣慰的是，这位大哥和他一起刷本的时候，他就认清了自己的手气，再也没有开过箱子了。要不然，这个身份验证方式可以说是百试百灵。

出于今天组的并不是纯公会团，还有从世界喊的几个玩家，所以大家在物品需求上按照当时入团时上报的流派路线进行按需分配，采取的是比较公平的 Roll 点（扔骰子已获得对应点数）模式。

现在五把橙色属性法杖，团队内部的法系、辅助、治疗玩家均可以需求，和其他人比，他们都非常高兴地跑出来试了试手气。

杨溯繁当然也在其中，他轻轻松松地将三枚色子扔了出去，整齐统一的三个"6"。

18点，豹子！

终于有人忍不住凑过去问道："六元，能知道打完大怪你拿到什么材料了吗？"

杨溯繁本来没打算晒出来，但是既然有人问了，他还是把包里的橙色道具发在了团队频道。

最多充六元：纳尔丽萨之心。

十月十二：……

黑框眼镜：……

疯疯癫癫的小可爱：……

一杯纯天然：……

在一连串整齐统一的省略号之下，刚才因为拿到了紫色材料而兴奋不已的成员再次打开自己的背包看了看，忽然感觉自己无比渺小。

午夜狂欢：拜欧皇！

为你倾覆天下：拜欧皇！

青年典范：拜欧皇！

……

第一个大怪掉落的装备被迅速地瓜分完毕之后，所有人开始集合往第二个守关大怪的位置推进。

佑迁作为主T自然是在最前面冲锋陷阵，带队清理小怪，杨溯繁这个"辅助"则是在后方划水。

但是视线落在那人的身上后，不知道是不是错觉，杨溯繁只觉得佑迁的脸色似乎更加难看了，趁着小怪清理完毕的时候，杨溯繁凑了上去，问道："不舒服？"

佑迁微微地眨了眨眼，道："还行。"

杨溯繁道："真不舒服的话去休息，换个人没事。"

佑迁道："那不行，戏得演全套。"

这时候整个团队已经推进到了第二个大怪跟前，视你如命等了半天见那两人还杵着不动，忍不住催促道："赶紧开工了，两位大哥！"

"来了！"杨溯繁应了一声，又狐疑地仔细打量了一下佑迁的状态，"真没事？"

佑迁笑着揉了一把发丝，翻身骑上了独角兽："真没事，走吧！"

后面打大怪的过程中，佑迁倒确实没有掉链子。

在杨溯繁的指挥下，除了一开始有人没注意连踩了两次雷区导致灭团之外，进入正轨后，原本整体机制偏复杂的第二号大怪从开打到逐一下阶段，全程平稳无比。

虽然耗时有些长，但最后，他们还是顺利地完成了击杀。

杨溯繁打开背包看了一眼，满意地发现里面又多了一个橙色材料素来格登羽毛。

这一回，团队里的人倒是再也没有起哄说让他去开宝箱了，毕竟再一言不合开出五把橙色法杖来，这团队里的法师、辅助、奶妈玩家倒是可以人手一把，其他人怕是都得去喝西北风了。

于是，大家都把视线投向了佑迁。

被关注的人似乎有些走神，片刻后他才反应了过来："我去摸箱子？不行的。"

杨溯繁鼓励道："我相信你。"

佑迁本想推掉，但是听杨溯繁这么说，他当即义无反顾地说道："那好吧。"

众人沉默。

等佑迁拿起钥匙来打开守关宝箱之后，其他人都围了上去。

这回，是比上一次更加长久的沉默。

因为人数过多，有人没能顺利挤进前排，眼见围在前面的人都没有反应，他们只能在团队频道里提问。

黑框眼镜：都掉了什么？怎么没人说话？

十月十二：拉姆耳弓、青丝柔面纱女、贤者之戒、鲛人泪项链、抵以可匕首。

黑框眼镜：橙色装备呢？

十月十二：大概被系统吃了吧。

回不去的经典：所以继欧皇之后，我们迎来的是……

请你吃子弹：唯一搞笑的大概是这五件装备居然没有一件是副会长可以用的。

病态西瓜：鬼知道我经历了什么，妈妈我想回家。

佑迁看着全团人生无可恋的样子，觉得有必要为自己辩解一下，他忍不住冒了个泡。

佑迁：是你们自己让我摸的。

黑框眼镜：别说话，我想静静。

回不去的经典：想静静。

梦在天空遨游：想静静。

想待在角落里看天：想静静。

疯疯癫癫的小可爱：我才发现我们固定队里人才辈出啊！

……

佑迁想了想，到底还是放弃了和他们争辩。他有些委屈地看向杨溯繁："我本来真不想摸的。"

杨溯繁强忍着笑意拍了拍他的肩膀，颇是感同身受地说道："我能理解你的心情。"

整体来说，今天的开荒进行到现在，可以说非常顺利。

虽然豪木剑客是第三号守关的大怪，但比起前面两个怪来难度低了一大截，在已经推完两只大怪之后，结局基本上没有太大的悬念。

团队整体的开荒体验可以说无比良好。

打完最后一个大怪，正式通关65级副本"阿塞尔玫瑰废墟"后，众人因为之前两个宝箱过分感人的掉落而有些绝望的心情终于得以稍稍扭转过来。

而这一回，显然没人准备让那两位大哥再去碰箱子了，大家一致认同让会长青步踏雪谣来终结他们的噩梦经历。

谢天谢地的是，这一回箱子打开后掉落的是三紫二橙，部位也合理。

终于恢复了正常水平！

众人忍不住喜极而泣：平凡真好！

"恭喜你们，连进团本摸箱子的黑名单都是一起上的。"疯疯癫癫的小可爱还不忘幸灾乐祸一把，他对这两位人才的特殊体质也是无比叹服。

219

佑迁这个时候显得无比冷酷。他不屑道："箱子有什么好摸的，完全没有任何乐趣。"

疯疯癫癫的小可爱看破不说破："是是是，你说的都对！"

副本打完，所有人就地解散，各回各家。

杨溯繁得到了一把法杖外加两个橙色的稀有材料，可以说是收入颇丰。

心满意足地关上包裹之后，想起后面沉默到几乎彻底变成透明人般的笑不笑，他朝周围看了看，正准备去试探一下今天一趟副本下来的整体效果，就得到了一个意想不到的消息："你是说，刚打完副本，佑迁就把笑不笑给叫走了？"

"是这样没错，我亲眼看到他们一起离开的。"说实话，视你如命也觉着这两个人凑到一起大概不会有什么好事，他问道，"你要不要考虑过去看看？"

杨溯繁毫不犹豫地问道："说吧，他们往哪儿去了？"

在离阿塞尔玫瑰废墟不远处的罗萨湖边，两个高挑的身影面对面地站着。

远远看去，似乎是两个相熟的人在驻足相谈，但只要靠近一些，就可以感受到附近的氛围显然算不上融洽，甚至可以说，有些明显的火药味。

笑不笑看着跟前的男人，眯了眯眼，他从对方的表情上看到一抹分明的排斥和不喜，虽然他平日里行事不拘小节，可是联系到刚才打团本的整个过程，他忽然就明白了过来。

这人显然是把他当成假想敌了。

如果说他原本还只是怀疑两人之间的关系，那么此时其中的一个正主居然按捺不住地率先找上了他，只能说，若真是逢场作戏的话，对方未免太入戏了一点儿。

压下了心底的小心思，笑不笑笑呵呵地先开了口："这位朋友，找我有什么事？"

佑迁道："商量个事。"

笑不笑看着这人显然不像是要和平商议的态度，忍不住扯着粗犷的嗓音笑了一声，道："说来听听。"

佑迁倒很是直接，开门见山地说道："六元似乎不太喜欢你，所以，希望以后你可以离他远点儿。"

同一时间，笑不笑脑海中不由得自行分析起来。

他和这个最多充六元说白了也就接触了几次，他不管怎么想，都想不到自己到底哪里得罪了那位大兄弟。这么看来，这话更像是黄金财团这位副会长个人的意思。

他这人向来是吃软不吃硬，看对方这种态度，虽然已经对最多充六元的身份没了太多的想法，这时候他依旧笑呵呵地调侃道："如果我说不呢，你能把我怎么样？"

"我确实打不过你。"佑迁看着笑不笑那充满威胁性的视线回答得毫无思想负担，只是他语调平静地说道，"但是我有一百种方式可以让全区知道，笑神，你明知我们关系不错还企图挑拨离间，为了挖墙脚无所不用其极。我相信这么好的素材，《幻境》时空各大媒体应该都非常有兴趣，如果炒作得当的话，让你这位'远古大神'再火一把应该不难。"

笑不笑无语：这么损的招都想得出来，你还是人吗？

佑迁可以猜到对方此时正在心里对他一通骂。他微微一笑，面不改色地说："不好意思，来《幻境》世界之前我刚好在做娱乐圈方面的内容，对于这种操作模式有点儿顺手。"

笑不笑既然已经消除了对最多充六元的怀疑，自然也没有继续和这个奸险的家伙纠缠下去的兴趣，于是他按下了要脱口而出的脏话，沉着脸色说道："OK，你赢了。"

他辛辛苦苦积累了那么多年的声誉，可不想因为跟人打趣而彻底完蛋。大丈夫能屈能伸，他才不玩火！

佑迁对笑不笑的态度感到满意，他略微扬起了嘴角："那就不送了。"

笑不笑扫了他一眼，冷哼一声，转身就走。

佑迁看着那个身影从视野中消失。嘴角的弧度落下后，他有些疲惫地靠在独角兽上揉了揉太阳穴，忽然听到身后响起了一个熟悉的声音："你找笑不笑来这里谈了什么？"

杨溯繁过来的时候，正好看到他们两人一拍两散，从笑不笑几乎炸毛的背影看来，显然他们交谈得并不愉快。本来看他们都已经聊完了，杨溯繁也想过不多干预，可是他心里有些摸不透，到底还是走过来问了一句。

佑迁转过身看了杨溯繁微皱的眉心一眼，道："我和他说你不喜欢他，我也不喜欢他，劝他不要搞事情。"

杨溯繁问："然后呢？"

佑迁想了想道："然后他大概觉得我确实太优秀，比魅力的话自己没有什么胜算，就生气地走了。"

杨溯繁语塞：这事会就这么简单？

如果不是一早就知道了笑不笑接近他的目的，他真的要信了这人的鬼话。

不过，他还是抓住了其中一个很关键的信息点："你的意思是，笑不笑以后应该不会再故意接近我了，对吧？"

佑迁点头："应该是这样。"

杨溯繁暗暗地松了口气。

不管真实过程到底是怎么样的，至少从笑不笑最后的态度看来，有了佑迁这次歪打正着的神助攻，他应该还是顺利地蒙混了过去。

虽然说浩繁这个"马甲"掉不掉他其实无所谓，但是这个区里有太多从《混沌》过来的老熟人了。

单独公开一个《幻境》本土大神的身份自然没太大影响，但如果"马甲"一掉，他可以预见接下来一个月《幻境时报》的头版头条。这滋味太酸爽，还是能省就省的好！

杨溯繁稍稍放下心来，他正准备说什么，忽然看到一条好友消息提醒

222

弹了出来，居然是来自青步踏雪谣的。

自从之前因为堕天公会的事加上这位会长妹子的好友之后，实际上他们两人之间一直没什么联系，这时候她突然找他不知道是为了什么事，他当即好奇地点开了消息。

青步踏雪谣：六元，老板和你在一起吗？

杨溯繁不由得抬头看了一眼跟前的男人，回复——

最多充六元：嗯，在。
青步踏雪谣：我给他发消息，他一条都不回我，有句话麻烦你帮我转告他一下。
最多充六元：嗯？
青步踏雪谣：赶紧滚下线去吃药睡觉！要不然信不信我罢工一个月给他看！
最多充六元：……
最多充六元：我一定帮你转达。

这些时间下来，他多少可以猜到这两位正副会长的现实身份之间的联系，只是看着青步踏雪谣怒火中烧的样子，未免让他有些哭笑不得。很显然，这位妹子会长应该不是第一次被佑迁逼得上火了。看得出来，除了普通的上下级之外，他们的私人关系应该很不错。

于是，杨溯繁一字不漏地将青步踏雪谣的话向佑迁重复了一遍。

佑迁听完后陷入了长久的沉默，最后他表情沉重地说道："我知道了。"

杨溯繁总觉得如果只是一般的感冒的话，应该不至于让青步踏雪谣着急到需要这样隔空喊话。看着佑迁显然比打本时更加萎靡的精神状态，他忍不住问道："感冒很严重？"

佑迁道："还好，今天才体温 39 摄氏度，比前天已经降了不少。"

杨溯繁无语：这叫"还好"？39 摄氏度居然还用个"才"，这人以为自己是"火娃"吗？而且听这话，这人应该是已经连续高烧好几天了吧！

全息游戏本身在进行的过程中就十分损耗精力，杨溯繁之前就试过高烧参赛，简直是对全身体能的一场强力考验。正是因为感同身受，所以这种时候他越发觉得佑迁不好好在家休息还跑来参与团本开荒，完全不知道到底是怎么想的。

他当即不再多说什么，催促道："去休息吧，后面几天没什么事，把病养好了再上线吧。"

佑迁道："那个笑不笑……"

杨溯繁道："你不是说已经警告过他了吗？这种'大神'总不至于说话不算话。"

"也对。"佑迁点了点头，道，"那我下了。"

看着佑迁的身影从眼前消失，杨溯繁点开好友列表回复了青步踏雪谣一声之后，余光瞥过旁边笑不笑亮着的好友头像，忍不住笑了一声。

闲着没事，他也退出了游戏。

也不知道是不是真的听了他的话，接下来的两天，佑迁真的再也没上过线。

青步踏雪谣这位会长倒是每天例行上线处理公会事宜，但也是准点上线，准点下线，跟上班打卡似的，除此之外公会里的一切风平浪静。

杨溯繁有些拿捏不准佑迁的感冒到底好了没有。他和固定队的几人日常刷本做任务，到了第三天，还没等到佑迁上线，他终于忍不住给青步踏雪谣发了消息询问。

最多充六元：会长，你老板现在什么情况了？

青步踏雪谣：你说他啊，听我一句话，别拦着他去死。

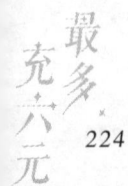

224

他不问还好，一问似乎戳到了妹子会长的某个点，紧接着妹子会长噼里啪啦地发来了一堆消息。

青步踏雪谣：当时就给他说了发烧不要来开荒了偏不听，当天晚上他体温直接飙到了40摄氏度，我直接在医院开了间病房给他住了两天院。
青步踏雪谣：这两天忙，我也没去看过，让他自生自灭就很不错了。
青步踏雪谣：你见过这种人吗？
青步踏雪谣：知道自己是一感冒就容易发烧的体质还不记得吃药，可劲儿作！
青步踏雪谣：作到最后自己难受也就算了，现在所有的工作全堆在我一个人的身上。
青步踏雪谣：真的，特别完美！

杨溯繁隔着屏幕都可以感受到妹子会长几近暴走的心情，沉默了下，他还是安慰道——

最多充六元：会长辛苦了。
青步踏雪谣：我不辛苦，认识他是我命苦。

杨溯繁又隔空安慰了几句后，会长大人终于结束了暴走模式，恢复了平常公事公办的冷静作风。
杨溯繁则是盯着两人的对话看了好一会儿。
原来佑迁是住院了，难怪一直没再上过线，也不知道情况好点儿了没。
杨溯繁翻出了之前和佑迁的聊天记录，久久地看着那人发来的电话号码。犹豫了一会后，他暂时从游戏里退出了。
其实庄宸这个时候已经从医院回来了，只不过由于牧屿刚刚和他发生过一次争吵，虽然他迫切地想要登录游戏，但是碍于自家助理的"威胁"，他到底还是没有顶风作案，乖乖地在家里吃药睡觉看文件。有私人医生的定点照看，他只希望可以早点摆脱感冒的困扰。

说实话，这种急切地想上游戏的念头都有些出乎他本人的意料。

毕竟他最初来《幻境》世界只是为了对下个发展市场进行现场考察，他从来没想过他这种从来不玩游戏的人，居然也会有变成"网瘾青年"的那一天。

在一片安静的氛围中，手机铃声突兀地响了起来。

因为来电显示是个陌生号码，所以庄宸只以为又是哪个忘记备注的往来客户，在接听的时候并没有太放在心上。他只是漫不经心地"喂"了一声："您好，请问哪位？"

对面却是没什么反应。

就在庄宸皱了皱眉准备挂电话时，对面一个温润好听的声音传了过来："老板，感冒好些了吗？"

这个第一次听到的声音让庄宸愣了一瞬。他脑海中下意识地冒出一个名字来，片刻后，他询问地问道："六元？"

杨溯繁此时正轻轻地靠在客厅的沙发上，一只手搂着柔软的垫子，听着对方似乎有些难以置信的语调，他忍不住轻笑了一声："是我。"

听得出来佑迁的声音因为刚刚经过的感冒还有些沙哑，但正因为这样，在没有了系统对于本人声音的特殊处理之后，他原本就偏向低沉的声音似乎显得更加磁性。

怎么说呢？

就是这种声音落入耳中之后，一听就是个事业有成的业界精英。

杨溯繁总觉得这位老板的形象一瞬间越发地丰满了起来。

庄宸虽然之前给了杨溯繁号码，但他怎么也没想到居然这么快就有了用上的一天。他下意识地就想到了一个可能，于是他没有回答对方之前提的问题，倒是反问道："是游戏里出什么事了吗？"

"放心吧,没什么事。"杨溯繁对他这份关心只感到哭笑不得,"听会长说你前两天住院了,看你这么多天没上线,我就想打电话问问你好些了没。"

庄宸清晰地接收到这份关心,嘴角下意识地微微上扬了几分:"好多了,没意外的话应该明天就可以上线。"

杨溯繁听他这样说,略微松了口气:"游戏不着急,把病养好最重要。"

"嗯,明白。"庄宸还想再多说几句,可是杨溯繁说他病没好还需要多休息,没有办法,他就只能意犹未尽地结束了这次通话。

他低头看了一眼手机上面的来电显示,毫不犹豫选择了存入号码簿。

在填写联系人姓名的那一栏时,他输入的手指微微停顿了一下,想起那天副本开荒的情景,他眼里掠过一丝笑意,最后他一笔一画地打上了"六元"两个字。

说实在的,亲耳听到高手兄真实的声音时,庄宸多少感到了错愕。

最多充六元在游戏里面的角色使用的是一个清秀少年的造型,平日使用的也是系统音。而刚才电话里的声音如同潺潺的流水,清澈婉转,轻轻地一笑又像是照入心扉的暖阳。虽然依稀透着一丝不可抹去的距离感,但是让人不由得想听他再多说几句。

就像之前这个人曾经说的,这确实不是一个少年该有的声音,他是一个经历过人生沉淀的男人,温柔淡然。

打完这通电话,庄宸忽然间心情大好,连病都似乎好了大半。

这个时候,两人显然已经把之前让他们感到头疼的某人抛到了脑后。

而笑不笑在经过这次刺激之后,也确实再没有关注过最多充六元,事情进行到这里,两边本该再没什么交集,可是就在这时,有人忽然找上了他。

打电话过来的是笑不笑当初在老区时的好友轻染尘:"老笑,之前我托你办的事进行得怎么样了?"

笑不笑这几天依旧沉浸在副本开荒时受到的刺激里,闻言,他嘴角忍不住狠狠地抽了一下,道:"不怎么样。"

轻染尘听出他语调有些不对劲，问道："怎么，有线索了？"

有什么线索！

笑不笑强忍着爆粗的冲动把之前发生的事说了一遍，他说道："要不是为了帮你找浩繁的下落，我需要吃饱了撑的去凑这种热闹吗？"

听他说完，电话那头的轻染尘忽然陷入了沉默，过了片刻后，轻染尘问道："副本开荒的过程，你录像了吗？"

笑不笑道："录了，你要的话我发你邮箱？"

轻染尘点头："嗯，发我吧。"

笑不笑把录像视频给对方发了过去，忍了忍，他还是说道："其实我觉得你还是不用看了，那货不可能是浩繁。毕竟浩繁那家伙虽然不招人喜欢，但至少还算正常。至于这个六元……算了，总之这人要是浩繁，我名字倒着写！"

他说完，对面并没有回应，显然是在观看这段开荒录像，他只能暂时安静地等着。

不知道过了多久，轻染尘听不出什么情绪的声音才再次响了起来："我觉得，你可以做好把名字倒过来写的准备了。"

笑不笑刚刚仰头喝了一口茶，动作顿时停在了那里。

轻染尘道："这个最多充六元，就是浩繁。"

笑不笑一个没忍住，嘴里还没来得及咽下的那口茶猝不及防地喷了出来，但这时候他也顾不上咳嗽连连了，他一边忍着被呛出来的眼泪一边道："咳，咳咳，你说这货，咳，这货是浩繁？你别逗我！"

轻染尘反问："我逗你有什么意义？"

笑不笑过了好久才消化了一点儿这个信息："真的是他？"

"是他没错。"轻染尘道，"一个人可以改变角色的流派，但是指挥风格和作战习惯是没办法改变的。我太了解浩繁了，他骗不了我。更何况，那个过分欧皇的体质，已经彻底暴露了他。"

笑不笑沉默了下："你稍等一下，我想静静。"

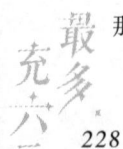

轻染尘苦笑道:"我也想。"

两个人拿着手机彻底地安静了许久。

笑不笑终于找回了自己的声音,问道:"所以,如果这个六元真的是浩繁的话,你准备怎么做?"

轻染尘显然早就有了决定,他语调平静地说道:"明天我就删号换区。"

笑不笑不由得想到了那个佑迁,他到底还是提醒道:"我觉得你还是再考虑一下的好。现在那个六,咳,浩繁的具体情况你在录像里也看到了,你真的删号换区过来的话,会不会牺牲太大了一点儿?"

轻染尘不为所动:"你不是也删号来了新区,为什么我就不能来?"

"我不一样。"一想到自己换区的原因,笑不笑依旧感到有些不爽,"我是在一区待得不爽,换个区正好换一种心情。而你呢,医仙大大?我们这些所谓的'远古大神'里面就你口碑最好了吧,所有公会都挤破了头等你来,你这一换区,就不怕全区炸锅?"

"这有什么好怕的?"轻染尘对此特别淡定,"浩繁都能删号重来,我又有什么不可以的?最多也就让一区像之前那样再闹上一阵子。"

笑不笑见是劝不动了,只能叹了口气道:"你自己决定就好。"

"有些事情,还是得自己亲眼见过才能死心。"轻染尘扬了扬嘴角,提醒道,"你暂时不要去揭穿浩繁的身份,等我过去再说。"

揭穿?我现在压根就不想和这货说话!笑不笑觉得自己受践踏的信仰需要许久才能愈合,他嘴角狠狠地抽了抽,道:"总之,到时候你创号后记得先联系我。"

轻染尘道:"没问题。"

直到挂断了电话,笑不笑整个人依旧有些恍惚。

照道理说,最初觉得那个最多充六元可疑的就是他,他不应该这么震惊才对。但是,后续副本开荒的情景实在是有些太有冲击性了,以至于到现在有了轻染尘的确认之后,他仍有一种活在梦里的荒唐感。

他以前认识的那个浩繁,和现在这个最多充六元,真要把这两个身影联系到一处，即使得知了真相，他依旧感到有些艰难。

至于他到底要不要把名字倒过来写这个问题，在他有些崩塌的人生观面前，似乎已经不那么重要了。

受了刺激的笑不笑在这个注定不平静的夜晚，迎来了人生的第一次失眠。

他想揍人！

第八章
新学徒

自从打完电话后，杨溯繁不知道佑迁接下来的表现到底如何，但是他暗中观察到会长青步踏雪谣似乎还不错的心情，私认为佑迁应该还算配合。

果然，一天后佑迁终于又神采飞扬地上线了，看了看当前的等级排行榜，他不由得沉默了下："掉队了啊……"

这个时候十一区等级排行的第一梯队已经顺利地升到了70级，原本圣诺尔城东面那个热闹无比的交易市场也渐渐失去了热度，满级后的大部队的主要活动区域开始转移到了目前整个《幻境》世界的正中心地带，圣泉广场。

固定队因为佑迁这几天生病，升级进度受到了一些干扰，但是比起这位全程旷工的大哥，其他人还是领先了一级多。

"走走走，刷本去！"见他终于上线，大家很快把五人队伍组了起来。

杨溯繁跟着队伍走进副本后，还是忍不住凑到佑迁身边仔细地看了看："病都好了？"

佑迁道："好了。"

杨溯繁看着他确实还算精神的状态，这才放下心来，专心地投入刷本冲级的节奏当中。但毕竟有好几天的副本CD没有清，就算现在开始全力冲刺，他们要升到70级，到底还是比第一梯队慢了两天。

纵观整个网络游戏发展的进程，经常会出现两种模式。

一种是以升级为主,在追逐等级的过程中享受游戏带来的乐趣,而另一种则是刚好相反,只有在抵达满级之后,游戏人生才真正开始。

《幻境》世界,显然属于后者。

在抵达70级之后,这个世界的所有体系才算是完全开放,正因为如此,每次刚开新区的初期时段,很多玩家往往会选择放下现实当中的事情,来全身心地投入升级当中。为了抢先突破等级大关,成为第一拨进入圣泉广场的人。

当第二梯队的人正在拼命冲级的时候,随着全区等级的提高,早就冷清下来的新手村门口,却站了一个不管怎么看都不像是会出现在这里的身影。

刚开区的热潮虽然还有余温,但是毕竟大部队已经临近满级,目前虽然也有新玩家陆续进入新区,到底没有了开服第一天时分夸张的爆满景象。所以,官方一早就撤下了之前提供的新手村的众多分线,只留下了一张独立的主位面地图。

在略显冷清的新手村里,刚刚进入第十一区的新玩家穿着新手装备,在路过门口那个装备闪亮的男人身边时,总是会忍不住驻足,下意识地多看上几眼。

只要稍微了解游戏内容的人都不难看出,这人身上穿着的是一整套70级的橙色品质装备,此时他往这片淳朴无比的区域一站,因为格格不入而难免显得特别醒目。

笑不笑收到轻染尘的消息之后,已经在这里站了整整一个上午了。

其间,他不知道被多少人来回围观过,但是他始终绷着一张脸,拄着法杖,目不斜视地看着那间作为出生点的小木屋,尽可能地控制住随时可能进入暴走状态的自己。

他活了近三十岁,就连女朋友都没等过,万万没想到居然为了一个男人,这样被别人当珍稀动物似的围观了近三个小时!笑不笑深深地吸了一口气,他觉得自己的耐心应该已经差不多抵达极限了。

就在这个时候,小木屋里又走出了一个人来。

笑不笑精神微微一振,但是当看到那人手上拿着的匕首时,他额前的青筋不由得跳了跳,暗暗地收回了视线。

轻染尘可能玩任何法系职业,唯独不可能去玩个近战。

笑不笑等得心态有点儿爆炸,终于,他再也没有耐心继续等待下去了。他在心里暗骂了一句,正准备转身走人,便见出生点的传送区域又闪过一道灵光,隐约出现了一个男人的轮廓。

ID 夜晚的夏,武器法杖。

笑不笑停下了转身后刚迈出的脚步,他依旧撑着一张脸没有动。

今天下来已经浪费了他太多时间,他现在完全没有任何期待的情绪。

他就这样定定地看着对方,便见对方也抬头朝他这里看了过来,然后对方走出了传送区,朝他迎面走了过来:"老笑,久等了。"

虽然用的是听不出本人声音的系统音,但这句话足以确定对方的身份,是轻染尘无疑了。

终于等到了来人,笑不笑差点儿老泪纵横:"不就建个号吗?真磨叽!你要再不来,我估计就真走了。"

"有些事情耽搁了一下。"夜晚的夏这个角色的身材高挑,整个五官都塑造得十分细致,足以让人见之难忘。

虽然和他在一区的时候用的不是同一张脸,但是一眼就可以看出他花了不少心思。

这不由得让人联想到当初医仙那白衣飘飘的造型,他绝代风华的容貌一度在各大论坛的捏脸爱好者当中引起热议,所有人都疯狂地想知道那张脸的详细数据。那张脸一度被《幻境》世界封为"有史以来最美容颜",堪称 360 度毫无死角的整容级脸部建模。

笑不笑以前对此完全不以为然,现在才算真正感受了一把为什么用"整容级"来形容,就这人捏脸用的时间,确实够去进行一整套整容手术了!

憋了半晌,他到底还是忍不住骂道:"为了捏脸耽搁时间了对吧?你不臭美能死吗？"

轻染尘说道："我已经只是随便处理了一下，不要在意细节。"

听这轻描淡写的语调，笑不笑差点儿控制不住自己，他想要一法杖呼上这张帅脸。

自恋的家伙，鼓捣外观就花了这么长时间，害得他跟个傻子似的在新手村被人围观了这么老半天！精神损失费他赔得起吗？

但轻染尘没有给笑不笑发作的机会，他随手发了个好友申请过来，堵住了笑不笑后面的话："以后好友联系。"

笑不笑通过后问道："要不要顺便拜个导师？"

师徒系统虽然一直存在，但因为需要玩家满70级才有成为导师的资格，所以在这个新区里几乎没有人使用这个系统。直到现在大家陆续满级，这个系统才开始正式运作起来。

通过引导学徒获得的导师值可以用来兑换部分特殊道具。此时，轻染尘正好是个新号，他想顺便混点儿积分，反正也没什么坏处。

"拜师就算了，导师的位置我留着有用。"对于这个提议，轻染尘几乎没有思考就直接拒绝了，"而且，我还要去和浩繁接触，不能暴露出我们之间的关系。"

"也对。"笑不笑虽然感到遗憾，但也知道轻染尘说的是事实。而且他真要收学徒，肯定会有一堆人排着报名。他也就没继续纠结这个问题，看了一眼对方的武器后，他问道："所以这个区你准备走什么流派，还是和一区一样玩治疗吗？"

轻染尘道："我暂时不想暴露身份，所以应该不会走纯治疗路线了。目前考虑会辅修部分辅助技能。"

"偏辅助的治疗吗？倒是挺新鲜的。"笑不笑不由得联想到了某人，"要说起来，浩繁那个角色也挺奇怪，明明是拿着法杖的辅助，偏偏还学了一大堆物理系近战输出技能，怕是要当他那剑圣号用了。我说，你们这些人跑来新区难道都是为了重新开宗立派吗？"

"他早就想换个流派了，这次换区是个机会。"轻染尘显然也没准备一直站在这里闲聊下去。从笑不笑手中接过灵币袋子后，他道："我先升级去了。为了避免暴露关系，以后有什么事我们尽量别单独见面，好友联系。"

"啧，跟个间谍似的。"笑不笑嘴上虽然这么说着，但他早就习惯了这人过河拆桥的做派，"反正，以后有事随时喊我。"

轻染尘点了点头，道："明白。"

走出新手村后，轻染尘联系了一家代练工作室，用笑不笑给的灵币直接购买了一个升级套餐。他一边跟在代练后面舒舒服服地躺着升级，一边打开了目前区内的各大榜单，饶有兴趣地翻看起来。

就在这个时候，经过连续几天的冲级，杨溯繁也终于顺利升到了70级。

刚满级的时候有大量的技能属性点需要分配，再加上各部位的装备也都需要替换，所以固定队的其他人都暂时别了刷本的生涯，各自回去调整自己的角色。

还有一个差不多等级的佑迁，在没有副本CD之后，他只能选择跑任务来补充剩下的升级经验。

而杨溯繁在满级之后的第一件事，就是直奔圣泉广场的账号信息处理局，想要完成财产转移。结果没等走近，他就看到了一条长龙，整整从大厅一路排到了街尾。很显然，新区的玩家陆续满级，那些从老区来的玩家也和他一样，都迫不及待地来找《幻境》的工作人员，想要领取从老号移来的五件装备遗产。

杨溯繁看着这长不见尾的队列陷入了沉思。他看了一眼时间，最终还是非常理智地选择了改天再来。他转身走进隔壁不远处的另外一间办公大厅，这里主要进行的是导师资格的登记申请。

以前在一区的时候，杨溯繁早几年也确实带过几个徒弟，但因为当时全息游戏才刚起步，后来他们都陆陆续续地或转区或不玩了。后来，随着他进入《混沌》电竞联盟，没了那么多闲暇时间，他自然再也没去申请过导师资格。而现在，随着师徒系统的越来越完善，导师值可以兑换的道具都有不小的用途，去引导一两个学徒成长顺便赚点儿积分，应该还是个不错的选择。

"您好，请填写一下您的导师资格申请资料。"柜台上的工作人员说着，递来一份虚拟面板。

杨溯繁按照上面要求填写的资料一列列登记了下来，在看到"善于引导协助的领域"时，他思考了一下，综合考虑了自己近期打得比较多的位置和目前主要的流派分配后，锁定了辅助流的选项。

工作人员按照他提交的信息完成了录入，道："您好，您的信息我已经替你上传至导师信息栏，现已全区公示。如果其他玩家有拜师意向，系统将直接发送确认邮件到您的邮箱，请随时注意查收。"

杨溯繁点了点头，道："谢谢。"

导师信息栏是面向所有50级之内玩家的拜师招募区块，近期像他这样广征贤徒的人有多少可想而知，所以在这样过分巨大的信息网之中，要想相互结成师徒，靠的就完全是一种叫"眼缘"的东西。眼下这种师多徒少的市场，他也不确定什么时候能收到第一位小徒弟，这倒是一点儿都急不来，只能一切随缘。

然而杨溯繁没有想到的是，本以为一周后都未必可能实现的事，就在他刚完成登记甚至没有迈出办公厅大门时，他就收到了来自《幻境》官方的系统邮件——

亲爱的最多充六元导师您好，玩家夜晚的夏希望能够成为您的学徒，是否愿意通过该条申请？

就在今天，已经满级好几天的成员有不少在公会频道里议论收不到徒弟的事，就眼下这种收徒效率，能这么快收到邮件，一时间还真让人怀疑是不是背后有着什么阴谋。于是杨溯繁并没有着急确认，而是保持警惕地打开了那个夜晚的夏的个人资料仔细地看了看。

那人目前等级24级，还在持续上升中，应该是今天刚进区的号，找了代练的工作室在升级。从其角色信息上看不出来什么，从其前期几个技能点的分配来看，走的确实算是辅助方向的发展路线，并没有什么可疑的成分。

大概是他想多了，这人应该是刚好看到了导师信息才发的申请吧。

杨溯繁想了想自己充满欧气的体质，没多怀疑，非常愉快地回复了这封邮件。

就在导师申请通过的时候，某个副本当中，站在工作室后方划着水的轻染尘，在看到师徒关系确立的一瞬间，脸上露出了满意的笑容。

从刚进区开始，他就时刻留意着导师信息栏上的内容更新，为的就是在第一时间找到最多充六元的导师招募消息。

毕竟，如果真的需要去近距离接触，不管怎么说，有着师徒的身份总比一个毫无关联的陌生人要来得方便很多。

现在他心满意足地完成了第一步。他当即发了一条消息过去。

夜晚的夏：导师你好啊！

最多充六元：你好。

夜晚的夏：刚才发出拜师申请后我还有些担心呢，生怕导师如果不要我怎么办……

夜晚的夏：但是还好导师最后还是收了我，我现在超级开心！

轻染尘在整个输入的过程中表情始终无比淡定，宛若发消息的那个根本不是他。

杨溯繁那边倒是觉得挺惊讶的，因为看徒弟的角色外形还以为是个成熟稳重的，没想到一开口说话居然是这么一个反差的效果，他忍不住问出了心中的疑问。

最多充六元：徒弟你多大？

夜晚的夏：导师我才刚成年！这个游戏也是第一次玩，很多地方都还不懂，你会超级耐心地教我吗？

原来是个新手。

杨溯繁笑了笑，应道——

最多充六元：只要你快速升级，有什么问题随时问我就行。

夜晚的夏：导师真好！没想到一进游戏就可以好运地遇到这么好的导师，超开心！

轻染尘看着对话框里对方回复的微笑表情，轻轻地扬了扬嘴角。他一边继续蹭着经验，一边为了更好地贴近自己的"人设"，噼里啪啦地发了一大堆很蠢的问题。

杨溯繁刚刚满级后倒是非常有空。小徒弟这么可爱，而且还懂得找代练带升级，他一想到马上就要到手的一大笔不菲的导师值，就格外有耐心地一一解答。

这个时间段已经没有了所谓的等级上限，在高级工作室人员兢兢业业地带领之下，夜晚的夏的等级可以说是突飞猛进，转眼就顺利地升到了45级。

杨溯繁看了一眼好友列表的信息。

最多充六元：你找工作室带到几级？

夜晚的夏：我身上没有太多零花钱，只够让他们带到60级的，有点儿忧伤。

最多充六元：够了。

最多充六元：你是自己一个人来玩的吗，有没有什么熟悉的公会？

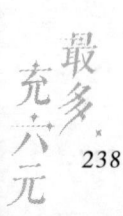

轻染尘看着这个问题，毫无思想负担地直接把某老友扔到了九霄云外。

夜晚的夏：没有，就我自己。
夜晚的夏：这是我第一次玩全息，一个人都不认识，以后就要靠导师带我了。
最多充六元：没熟悉的公会的话，不如来我这儿吧。
夜晚的夏：好啊！

杨溯繁见他答应，直接发了个公会邀请过去，轻染尘自然毫不犹豫地选择了同意。

过了片刻后，轻染尘显然是正在进行着公会系统的引导任务，黄金财团的公会频道里冒出了一条消息。

夜晚的夏：嗨！

其他人原本在有一搭没一搭地聊天，忽然看到一个生面孔，顿时饶有兴趣地围了上来。

雨不眠地下：这是谁啊，新来的吗？
一二三木头人：只有45级，是谁刚收的徒弟吗？
夜晚的夏：大家好啊！最多充六元就是我的导师，我第一次玩这个游戏，以后还希望大家多多关照！
疯疯癫癫的小可爱：六元兄这么快就收到学徒了？开玩笑的吧！
最多充六元：是我徒弟没错，以后多帮忙照顾下。

两人的关系得到本人的亲口验证之后，其他人顿时不干了。

九月你好：天哪，为什么！我挂了两天的导师信息，怎么就没有一个人看上我！

旧人勿恋：大概是因为你长得丑吧。

捂着心脏说疼：他长得丑收不到徒弟可以理解，但为什么我这么帅的也没有收到徒弟？

九月你好：大佬，你这样说话合适吗？伤人心了！

视你如命：别理他，他自恋。

视你如命：小徒弟你是怎么找到六元的，说给我们听听？

夜晚的夏：这个嘛，大概就是缘分吧！当时看资料的时候我一眼就看到了导师，直觉认为他一定是我想找的那个人。

夜晚的夏：接触之后果然发现导师真的特别温柔，我感觉这就是上天的安排！

视你如命：小徒弟你要控制一点，盲目崇拜是不好的。

夜晚的夏：我不管，我导师真的超棒！

视你如命实在笑得不行，忍不住私聊杨溯繁。

视你如命：你到底是哪里找到的宝贝徒弟，这么可爱，一定是个女孩子吧？

杨溯繁知道这个人的脾性，提醒道——

最多充六元：你悠着点儿，我这徒弟才刚成年，还是个孩子。

视你如命：当了导师就是不一样，连兄弟都不认了，就知道护犊子。

最多充六元：微笑。

就在这个时候，公会频道热闹起来，距离70级还差最后半级的某人终

于从等级冲刺的节奏中抽离,关注了一下外界的情况。

佑迁:发生了什么事,这么热闹?

当看到这个被提过无数次的ID时,轻染尘输入聊天内容的节奏微微一顿。

公会的其他成员一看到自家副会长,当即一个个冒出来热情地介绍起来。

九月你好:副会长,你快看,六元收到徒弟了!
疯疯癫癫的小可爱:老佑,你还是赶紧满级吧,这节奏都要跟不上了!
旧人勿恋:说起来小徒弟应该叫副会长什么?
夜晚的夏:我有点紧张,我听导师的。
最多充六元:徒弟乖。

佑迁面无表情地点开公会频道的聊天记录翻了翻。看完整整十页的聊天内容之后,他沉默了下,只想到了一个词来表达自己的心声。

佑迁:哦。

夜晚的夏这个角色的等级升得还算迅速。

在工作室的效率带领下,他很快就一路飙升到了60级。随后他按照晚进区角色正常的升级路线开始着手清理一直没有碰过的主线任务,不出意外的话,等清完之后,他至少能够升到65级。

身为新晋导师,同时为了获得更多的导师值,杨溯繁非常尽责地来询问需不需要帮忙。

前期的任务在有等级优势下还算友好,等越靠近后期,任务所需击杀的野怪难度也会随之增加。

虽说夜晚的夏这个角色主要走的是辅助治疗路线，但轻染尘毕竟是"远古大神"级别的存在，自然不会被这么一点儿小小的困难给难倒。可杨溯繁既然已经主动提出了，为了更好地符合自己目前的人设，轻染尘还是非常愉快地和杨溯繁一起组了队。

杨溯繁传送过来后正好看到小徒弟站在一堆树精的旁边远远地看着。接收到任务共享，看了看完成条件后，杨溯繁毫不犹豫地冲进了野怪群中打起来。

轻染尘也跟着走了过去，他站在旁边时不时地给杨溯繁放上一个治疗术回血，一时间岁月静好。

就在这个时候，轻染尘这边弹出了好友消息提示，显然是某人刚刚发现他信息列表里的公会资料。

笑不笑：厉害了，你居然就顺利地混进黄金财团公会了吗？
夜晚的夏：嗯，我拜了浩繁当师父，就进去了。
笑不笑：他难道一点儿都没有怀疑过你吗？
夜晚的夏：暂时应该怀疑不到我的身上。
笑不笑：这么自信？小心翻车。

轻染尘想了想，截了一段比较有说服力的公会频道的聊天记录发了过去。

笑不笑忽然陷入了长久的沉默。许久之后，他才再次发来了消息，显然他的世界观又再次受到了强烈的撞击。

笑不笑：说出这样的话，你就不会恶心到自己？
夜晚的夏：说实话，确实有点儿。
笑不笑：不忍直视！我说你们这是在比谁的人设崩得更快吗！

笑不笑：我的天，我最近真的是受够刺激了，就你这玩法，如果以后"马甲"掉了，我要是浩繁，估计得直接追杀你。

轻染尘：……

这个过分现实的问题，老实说，轻染尘不是没想过，只是他暂时还不愿意去面对。

夜晚的夏：到时候再说吧，而且，也未必会有这么一天。

笑不笑：你难道还准备一辈子捂着"马甲"？

夜晚的夏：也不是不行。

笑不笑：不对，这不是你的风格。老实说，你是不是看到那个估迁了？

夜晚的夏：嗯，见过了。

笑不笑：所以，他们两个……

轻染尘不由得回想了一下帮派里其他成员的态度，他有些无奈地笑了一声。

夜晚的夏：应该不错。

笑不笑：那你现在准备怎么做？

夜晚的夏：没什么准备。

笑不笑：如果你在那个公会待着实在难受的话，还是来我这儿吧。毕竟，眼不见心不烦。

夜晚的夏：再看看吧。

笑不笑：让你抢人又不抢，回避又不回避，我说你这人是不是有自虐倾向啊！

笑不笑向来是个直来直去的人，眼见好友这苦兮兮的样子，他只觉得满肚子火没地方发泄，憋得慌。

轻染尘知道对方也是在为自己着急，只不过自从浩繁删号之后，他找了这么久，好不容易找到了，还真不是一时半会儿说放手就能放手的。

他想了想，对于笑不笑的好意还是心领了。

夜晚的夏：反正我现在还没满级，去你那儿也没什么意思，就先在这里待着吧。等过几天满级了，说不定我就去仙踪林找你了。

笑不笑：行吧，那就随时保持联系。

结束了和笑不笑的好友对话后，轻染尘抬了抬头，视线落在不远处挥舞着法杖的身影上。

杨溯繁并不知道自己的小徒弟刚刚在和别人聊些什么，转眼间处理了20只树精之后，他从野怪区域里灵活地退了回来，问道："还有什么需要帮忙打的吗？"

轻染尘看了一眼身上的任务，道："没了，暂时都清完了。"

虽然说他在文字交流的时候确实很分裂，但是真要和浩繁面对面"卖萌"，他还是脸皮不够厚，多少会感到羞耻。于是他干脆放低了声音，做出了一副和人沟通时会感到害羞的样子来。

杨溯繁只觉得小徒弟接触起来比之前更显得乖巧。闻言，他点了点头道："那你先去把任务都交了，接上新的我再继续帮你打。"

轻染尘当即回城交任务。接取到新任务后，他也不着急和杨溯繁共享，而是忍不住提醒道："导师，有人找你。"

杨溯繁本来就没有看聊天频道的习惯，加上刚才一心求速度地打怪，经小徒弟这么一说，他才留意到公会频道里的消息，发现佑迁不知道什么时候已经上线了。

佑迁：我上来了，去刷本？

最多充六元：稍等一下，我先帮徒弟过几个任务。

佑迁：……

杨溯繁随手回完，转身问夜晚的夏道："下个任务是什么，共享给我看看？"

他把公会频道关得太快，没有看到在这一句过后，其他人唯恐天下不乱地瞎起哄的情景。

疯疯癫癫的小可爱：哈哈哈，老佑，你也有今天，六元这是有了徒弟就不要你的节奏啊！

辣鸡不辣：副会长，打本少人吗？我可以帮忙的！

捂着心脏说疼：这可不一样，你们懂什么？

小甜饼：哎呀，我们真的不懂，同情你。

朝天笑：哈哈哈，同情你。

雨一直下：同情你。

捂着心脏说疼：同情你。

小甜饼：同情你。

莫斯科没有眼泪：同情你。

长江黄河黄海渤海：同情你。

佑迁：别闹了，我和一个小朋友争什么。

佑迁这边故作轻松地回完，没再理会公会里其他人毫不掩饰的一片笑声。他抬头看了看刚才最多充六元那句可以说毫无感情的回复，整张脸上没有一丝多余的表情。

然而，但凡认识他久一些的人都知道，这已经是他非常不爽的前兆了。

固定队的几个人虽然也在公会里调侃，但考虑到某人的心情，他们还是非常积极地跑来问他要不要他们陪着他去打本。

佑迁沉默了片刻，回道："当然要打，不过，等我一下。"

他私聊问了下杨溯繁的位置后，就翻身骑上了独角兽。

因为轻染尘在回城后新接到的赏金任务是击杀峭壁下的穿山甲，这个时候，杨溯繁正带着他在亚希尔峡谷下方的九转溪涧旁杀怪。

虽然前期主要的表现是辅助流派，但因为今天刚刚去圣泉广场领到了老区的五件遗产，这时候杨溯繁身上的法杖、衣服和鞋子都已经顺利地换了一批。在完成技能和属性分配的全部加点之后，此时一把本该属于法系的武器被他舞得虎虎生威，这些低级的野怪更是被他一棒一个清理得异常迅速。

轻染尘站在旁边看着，经过这段时间的观察，他似乎已经摸透了最多充六元这个角色的真正套路。

目前杨溯繁手上的那把法杖附加的应该是物理加成，这种属性，本来放在任何相关职业手中都是堪称废品的存在，此时却被这人无比合理地运用了起来。

在70级的技能点分配当中，最多充六元显然在力量属性方面做了不少投入，再加上技能上大量学习近战物理输出技能，使得这个角色完全符合近战输出的伤害要求。而法杖这把武器的存在，又顺利地确保了辅助技能的释放，这样一来，物理加成的法杖这种不伦不类的武器，反倒像是为他量身定制的。

早在一区的时候，浩繁就曾经说过一系列关于个人角色的调整想法，只是没有任何试验的机会，而现在，赫然是他验证成果的时候了。

可控又可输出，这完全横跨了两个不同的领域，不可否认是一次无比大胆的尝试和创新。

轻染尘不由得隐隐地有些期待。他心里莫名有种感觉，等到这个角色正式成熟起来的时候，《幻境》世界里已经定型的流派分支，很可能将会出现一次翻天覆地的洗牌。

杨溯繁很快就清理完了任务需要的所有野怪，他打完最后一拨正准备转身离开，忽然感到被一片巨大的阴影覆盖住了视野。

他几乎是出于本能地完成了一系列的闪避操作，堪堪避开后余光里便有一个人影"吧嗒"一声从高空坠落在了他刚才站的那个位置上，直接摔成了一具尸体。

两个活人自然可以看到跟前这个人的ID，正是因为这样，周围忽然诡异地静了下来。

然后，便见原本应该死亡回城的男人身上忽然亮了亮，下一秒，他"诈尸"般站了起来，满血复活。

不用问也知道，这人身上显然是带了市价两万灵币一颗的化身丸。

杨溯繁想起刚才的好友消息对话，这时候也顾不得为这人的暴殄天物而感到肉疼了，他特别真诚地说道："我不应该把坐标告诉你的……"

刚才佑迁问他坐标点的时候，他没有多想就把当前的坐标发了过去，没想到对方居然直接找了过来。

这片区域周围都是悬崖峭壁，至于那人为什么会从天而降，很显然是因为迷路直接爬了趟山。只要在山顶上，不管有没有路，直接照着坐标一通无脑走，才会有这么一拨自由落体的神级操作。

佑迁显然没想到自己居然会当着高手兄的面上演一出跳崖自杀的戏码，不由得也沉默了。但他并没有回答刚才的那句话，而是仿佛什么事都没发生，直接忽视了站在旁边的夜晚的夏。他非常平静地看看最多充六元问道："你徒弟的任务刷完了吗？没完的话我帮你刷。大家都等着你下副本，已经在催了。"

远在副本门口站着的三人在毫不知情的情况下猝不及防地背了个锅，不由得齐齐地打起了喷嚏。

之前杨溯繁没有再看公会频道，但是轻染尘一直看着，当然知道后来集体起哄的情景。

这个时候看到佑迁千里迢迢找来这里，他哪里还不知道这人的目的。

他倒也没多说什么，非常淡然地说道："没事的，你们去打副本吧，任务我自己做就可以了。"

"那就不好意思了，人我先带走了。"佑迁说着，直接将杨溯繁一把拉上了坐骑，他缰绳一甩，只留下了一个背影。他就这样头也不回地扬长而去。

杨溯繁本来还想跟小徒弟交代上两句，谁料佑迁这一顿操作利落无比，愣是没给他半点儿说话的时间。他不由得没好气地问道："你这到底来这里干吗？"

佑迁嘴角微微地扬了扬，轻笑了一声，说："都说了，是他们等急了。"

杨溯繁看着他的表情，心里忍不住想：信了你的鬼！

但人家既然都用上"专车接送"这一招了，他自然也没什么怨言。他低头悄悄地看了一眼背包中躺着的那件道具，琢磨着等今天打完副本后就兑现之前的承诺，正式地把东西送出去。

两人来到副本门口和固定队的其他三人会合后，转身就进了副本。

轻染尘在原地站了许久，直到视野当中那两个并骑的身影已经消失成了一个点，他依旧没有半点儿动作。

不知道过了多久，他才缓缓地抬头看了看那高耸入云的峭壁，嘴角莫名地扬了一下。

他当然看得出来那个男人特地跑这一趟的真实用意，虽然有些幼稚，但不得不说，这确实诛心得很。但他又有什么办法呢？

轻染尘不由得叹了口气，他忽然觉得，他或许应该提前考虑一下笑不笑转会的提议。

想是这样想的，但他的身体还是很诚实地没有采取任何行动。

没了最多充六元这个导师带级，他开始继续往下跑任务。

虽然说夜晚的夏这个角色主修的是治疗方向，可他毕竟是一区的"远古大神"，不需要掩饰之后清理起野怪来自然是毫无难度，整体的进度也非常迅速，比起杨溯繁来并没有慢上太多。

就当他又顺利地提交了新一轮的主线任务时，忽然收到了一条好友申请。

申请人的 ID 名为西西欧，很陌生，但是资料的公会一栏上写着是黄金财团的成员。轻染尘虽然本人并没有随便加好友的习惯，但是犹豫了一下之后，他还是选择了通过。

对方似乎一直等着，在加上好友的一瞬，对方的消息就发了过来。

西西欧：你好呀小朋友！
夜晚的夏：你好！
西西欧：听说你是第一次玩，需要姐姐帮忙吗？
夜晚的夏：不用了，谢谢啊！我现在自己做任务也挺快呢！

他可没有让其他人"带"的兴趣，所以回答得根本没有半点儿犹豫。

本以为这个小姐姐只是出于热心来问候下新人，没想到对方并没有因为他的"自强"而结束话题，反倒是表现得越发积极，这种莫名其妙的关心让他感到有些不解。

西西欧：咦，你居然自己一个人在做任务啊？六元不是和你在一起吗？

轻染尘本来只是随口应付着这位热心的公会成员，到了这个时候，他的眼睛不由得眯了起来。

这句话如果单独看似乎正常无比，但是一联系前面的几句交流，显然逻辑不通。

既然这个西西欧因为他单独做任务而感到惊讶，那就意味着之前对方应该一直默认他是和最多充六元这个导师一起做任务。然而在这种情况下，他们两人刚刚加为好友之后，对方还先一步地提出了是否需要帮忙的问题，

249

这就有些前后矛盾了。

轻染尘虽然有些奇怪，但这毕竟只是一个逻辑漏洞，他暂时还不好做定论。他收敛起了敷衍应付的心态，停下了手里的任务，试探性地聊了起来。

夜晚的夏：导师本来确实在的，但是刚才被副会长带走了。

西西欧：哈哈，真可怜，我们副会长和六元的关系一直很好，你才刚来，当然是比不上副会长重要了。

夜晚的夏：是啊，没办法的事呢！

西西欧：所以以后六元没空的时候，有什么需要尽管来找姐姐，姐姐帮你。

夜晚的夏：好啊，谢谢姐姐！

对话进行到这里尚算正常，轻染尘不由得有些怀疑自己刚才是不是过分敏感了，但他还是保持着耐心，和对方有来有往地把对话继续了下去。

就在他们从新手咨询聊到公会发展现状时，西西欧忽然抛了一个问题过来。

西西欧：话说回来，你觉得我们副会长怎么样？

到底还是来了吗？

轻染尘看着这个无处不透着陷阱味道的提问，微微地扬了扬嘴角。他并没有打草惊蛇，而是顺着对方的思路继续进行了下去。

夜晚的夏：我和副会长真的还不熟，只是觉得他好像不太喜欢我和导师待在一起。

西西欧：是吧，副会长很强势的，看到你和六元的关系那么好，他肯定看不过去。

夜晚的夏：那怎么办？我还挺喜欢导师的！

西西欧：那也没办法啊，有副会长在，六元肯定迟早要在你们之间做一个选择。

西西欧：到时候，像你这样逆来顺受的包子性格，肯定吃亏，除非……

夜晚的夏：除非什么？

西西欧：除非，你可以让六元彻底跟我们副会长分道扬镳！

轻染尘没有着急回复，却是微微地皱起了眉心。

他确实是觉得这个女人可能会有问题，可他没想到对方打的是这种挑拨离间的主意。

这样看来，浩繁在这个区里的日子，似乎也并不像是表面上那样平静安宁啊。

这人明明是黄金财团的公会成员，也不知道为什么这样唯恐天下不乱。借着他这个徒弟的手破坏了佑迁和浩繁的关系，她又能有什么好处呢？

他越想越觉得这事有些蹊跷。

果然，还是暂时不要换公会了吧。

这样想着，他收回了视线，面无表情地继续将计就计，把"傻白甜"人设运用得毫无思想负担。

夜晚的夏：开玩笑的吧！

夜晚的夏：我毕竟是第一次玩这个游戏，也不认识任何人。副会长这么有钱，他们又比我更早认识，我觉得我做不到。

西西欧：没关系的，我看得出来他也挺喜欢你这个徒弟的，试过才不会有遗憾嘛！放心吧，只要你想做，我就一定帮你。

夜晚的夏：姐姐你人真好！我……那我就试试吧！

西西欧：真乖！姐姐就喜欢你这种有勇气的好孩子。

夜晚的夏：那我需要怎么做呢？

西西欧：这个的话，我回去帮你想想，回头等我消息好吗？
夜晚的夏：好！等你！

两人的对话进行到这里暂时告一个段落。轻染尘在关闭聊天框之后，却没了继续做任务的心情。

认真地回想了一下刚才对话的所有内容之后，他略一沉默，再次点开了好友列表，直接给笑不笑发了一条消息。

夜晚的夏：老笑，麻烦帮我调查一个人。

此时，杨溯繁和固定队的成员一起刷的是70级的五人副本。

满级之后，大家对于副本的需求自然不再是经验，而是奔着通关奖励去的。

70级一共有"天空废墟""维耶斯的诅咒""虫尸墓穴""格林童话小屋"和"时空跨越之门"这五个副本。这些副本除了背景设定上的不同，掉落的材料道具品质和其具体概率没有太大区别，而且每个副本每周只可以进两次，大幅度地减少了原先在满级之前需要投入在副本方面的时间需求。

按照新区的节奏，在第一梯队满级后的第二周，官方将会全面开放70级后的所有玩法功能，等同于正式开放整个《幻境》世界。官方自然不可能再让玩家把太多的时间浪费在刷本这一件事上，而是推荐大家可以拥有更加灵活化的时间分配。

而杨溯繁的这支固定队组成到现在，经过了那么多次副本的配合，大家都已经非常默契。

即使现在刷的是70级的满级副本，可在几个土豪大佬都已经换上了一身耀眼神装的前提下，虽然这些还不能说是顶级装备，但在这个时间段，他们也都稳稳地跻身了装备排行榜前十，推起副本来自然是毫无压力。

作为全队最穷的存在，杨溯繁身上倒是还有几件过渡装备，但是换上了一区拿来的那几件装备后，最多充六元这个角色的整体外观看来也有了些许变化。

佑迁今天上线后只顾着和夜晚的夏抢人，之前并没有留意，进了本之后他才发现高手兄的不同。多看了两眼后，他不由得问道："六元你换的什么装备？这外观我好像没有见过。"

他这一问，其他人也好奇地围了上来。

除了佑迁之外，大家毕竟都是老区来的玩家，只需一看就觉察出了这些装备外观上的特殊性，特别是那把法杖，通体翠绿，如同一件精雕细琢的翡翠制品，一看就不是批量化的普通锻造产品，属于高级定制。

作为一个资深的收藏爱好者，疯疯癫癫的小可爱上下端详了几眼后，无比惊讶地问道："六元，你这法杖一看就不是什么地摊货，应该是出自哪个锻造宗师的手笔吧？"

《幻境》世界里有不少生活玩家，对很多人来说，全息世界里的职业本身就是他们现实生活中无比重要的一部分。

武器锻造师就是其中一类生活玩家的统称，他们专门研习武器制造技能，制造出大量的武器装备投入市场售卖，以此谋取酬劳。这些武器锻造师各人本身的手艺水平不同，打造出来的武器品阶属性，当然也存在着很大的差距。

目前市场上流通着的70级装备虽然有不少出自副本掉落，但是毕竟官方提供的装备属性分配太平庸，往往不能满足很多玩家的需求。因此，如果想要拥有最适合自己的装备，还是要去谋求那些专精生产的产品。

但是，并不是所有人都能够成为一名合格的装备锻造师，这不仅需要超高的专精技能水平，而且在制造装备的过程中，流程、灵感、操控力缺一不可。这也使得不同的锻造师所产出的装备，不仅在外观上自带个人审美风格，属性上也会存在着明显的差异，即使同样都被系统判定为橙色品质的装备，宗师级别的锻造产品和普通匠人水准的锻造产品，在各方面的数值上都可能天差地别。

而所谓的"锻造宗师",是对一位装备锻造者的最高资格认证。能够达到这种水平的锻造师,在《幻境》世界的每个区里都不会超过十个人。

这些锻造大师出品的装备不止各项属性绝佳,最主要的是,有极高的可能性会在成品装备上产生附加的专属特技。这种特技武器一器难求,往往是有价无市。

只能说疯疯癫癫的小可爱不愧是个装备收集狂人,一眼就看出了杨溯繁手里拿着的武器不是什么凡品。

这把名为"翠玺权杖"的法杖,其实出自人称"《幻境》第一锻造宗师"的万海潮之手。这位大师的每一件作品都会制成一件精雕细琢的艺术品,不仅属性惊人,外观也别具匠心,所以很多追捧他的粉丝实际上看中的并不是装备本身,而是一种对美的追求。更多时候,在锻造者这一栏里写上"万海潮"的名字,就足以让这件装备价值连城。

杨溯繁在一区的时候和万海潮算是点头之交,再加上这位宗师级别的锻造师脾气确实有点儿古怪,所以最初他构思好新的角色发展路线后去下这个订单时,他已经做好了被拒绝的思想准备。

没想到的是,这一回万海潮居然对他这匪夷所思的想法非常感兴趣,他当场就答应了下来。再后来,翠玺权杖成品完成,就连万海潮这个制造者本人,在成品上看到备注附加的"神佑"特技时,都感到无比震惊。

这或许是《幻境》世界中产出的第一把"神佑"特技装备。

所有人都知道,不管是哪个级别的锻造师,在制造过程中可以把控的也仅仅是装备本身的属性分配。即使是万海潮这种锻造宗师,也只能提高特技的出现概率,并不能确保百分百产生,更不用说在这数百种特技当中做主观选择了。

结果,杨溯繁的欧皇属性再次爆发。

"神佑"是五年前官方新增加入技能库的特技之一,因为"30%概率触发满状态复活"的效果,其一度在《幻境》世界当中引起轩然大波,甚至引起了一拨锻造特技装备的热潮。

然而，因为《幻境》特殊技能库里的技能在装备上出现的概率和效果强弱呈互逆关系，不知道是不是"神佑"这个技能对欧皇而言真的是个行走的漏洞，自从这个技能问世之后，居然从没有传出过有人顺利将其打造出来的消息，一晃就过了五年。

杨溯繁并不能确定是不是其他玩家也像他一样，偷偷地把有神佑特技效果的装备藏了起来。看着队友好奇地围了上来，考虑到低调行事的准则，他并没有把法杖的具体属性发出来，而是非常随口地应道："对，我老区一个锻造宗师打的，我今天刚去装备转存库里把它拿出来了。"

"真的好看，就是有点儿可惜，锻造者不在这个区。"疯疯癫癫的小可爱一看到这种外观完美的武器就有点儿控制不住自己，虽然是他完全用不上的法杖，他依旧抱着一丝希望问道，"六元，你要不要考虑转卖给我？价格好说，外加一把全新的宗师级特技法杖，属性随你挑？"

杨溯繁看了一眼自己装备栏里法杖上的神佑特技，笑了笑，说："真的不好意思了，这回不是钱的问题。"

"那算了，毕竟君子不夺人所好。"疯疯癫癫的小可爱叹了口气，虽然是这样说着，他依旧忍不住不时地朝着他手上的法杖看去，看起来无比依依不舍。

看他这副样子，杨溯繁忍不住笑了一声，但也只能非常抱歉地视而不见。没办法，这翠玺权杖法系武器带力量附加属性的奇葩分配倒还在其次，这特技真的是可遇而不可求，所以也只能抱歉了，大兄弟！

一群人热热闹闹地一路推进，两轮副本很快刷完。

从传送点里出来后，杨溯繁趁着队伍还没解散，开口喊住了佑迁："老板，你等一下。"

其他人互相交换了一个眼神，非常识趣地纷纷退队，留下了他们二人。

佑迁不知道杨溯繁喊他为的是什么，但是他本能地感到心情不错，直到收到对方递过来的一个吊坠，他才有些疑惑地说道："这是什么？"

杨溯繁看了他一眼，说："我之前答应过到70级后要送你一件东西的，

255

忘了吗？"

"啊，记得。"佑迁应着，把手里这个黑色水晶状的吊坠反复地看了看，嘴角不由得微微扬起，"真好看，我很喜欢。"

杨溯繁有些无语地说道："这是一件装备，不是外观饰品，你别光顾着说好看，难道你就不看看属性？"

项链部位增加的主要是气血和法系防御的属性，对佑迁这个主修坦克方向的近战战士自然是非常适用，但是碍于这位土豪老板的性格，如果只是普通属性不错的项链，杨溯繁当然是送不出手的。

重点，自然是在特技栏上。

佑迁闻言点开了项链的详细属性资料。

深渊之泪：生命值+1500，法术防御+800。复生（特技）：有30%概率可承担死亡效果一次，原地满状态复活，触发后冷却时间3600秒。

看完介绍，佑迁眉目里不由得闪过一丝诧异："这是……特技装备？"

虽然说"复生"这个特技并不像"神佑"这么罕见，而且相比之下多了一个小时一次这个额外限制，但也绝对是《幻境》世界里面超级稀有的技能之一。

特别是对于佑迁这种皮糙肉厚的玩家来说，在PVP平台上碰到对方累死累活好不容易把人打残，结果眼见要死的他忽然来个满状态复活，即使触发的间隔时间有点儿久，也足以让人心态爆炸。

"是不是特别适合你？"杨溯繁对佑迁这种惊讶的表情感到非常受用，他笑眯眯地说道，"其实我应该早点儿给你，说不定就帮你省下那个化生丸的钱了。"

佑迁知道路痴坠崖的这个事一时半会儿是过不去了，他抿了抿唇说："这事我们能不提了吗？"

杨溯繁努力地控制了一下自己忍不住上扬的嘴角："OK，一切好商量。"

只要不说那件事，大家还是好朋友。

至少在佑迁这边，关于高手兄因为小徒弟而忽略他的郁闷心情顿时多云转晴。

于是自从那天下午起，佑迁脖子上常年戴着的大粗金链子，正式地换成了一枚精致小巧的黑水晶吊坠。

这个吊坠虽然只是用一条黑色的绳子穿着，远远看去并不显眼，但是近些看的话可以发现其做工非常精致，衬得他原本有些张扬的外观也带上了一番别样的韵味。

黄金财团公会的所有成员很快都知道了副会长换项链的事。

这主要归功于忽然间非常热衷于在公会频道里聊天的佑迁，就算其他人本身没有关注，他也能想方设法地把话题转移到新项链上面，不动声色地炫耀一番，让人想不知道都难！

整个黄金财团公会的成员在很长一段时间内，每天都有人处在受不了的边缘。

小甜饼：为什么现在的装备这么难淘啊！圣泉广场的所有店铺我都快逛遍了，感觉一件合适的都没有。

莫斯科没有眼泪：可不是吗？我也逛了好几天了。

佑迁：换装备有什么好急的，我都换得差不多了。

小甜饼：副会长有好的装备师推荐吗？

佑迁：我换装备不需要专门去找装备师，你点开我的资料看看，我的新项链好看吗？

莫斯科没有眼泪：嗯？

小甜饼：装备好不好看不重要吧，重要的是属性……

佑迁：这些都不是重点，重点是这条项链是不是特别配我的气质？

小甜饼：大概……是吧？

佑迁：配是应该的，六元送我的！和外面买来的那些个庸俗的金钱交

257

换品就是不一样!

小甜饼：……

莫斯科没有眼泪：……

青步踏雪谣：不好意思，他今天出门没吃药。

对于会长这个没吃药的说法，大家都挺认同的。他们私下里依旧会忍不住聚在一起聊起这事。

小甜饼问道："副会长最近到底怎么了，是终于升到70级了，太兴奋了吗？"

朝天笑说："项链是挺好看的，但是看他天天秀，秀得我莫名心累。"

雨一直下说："你们没发现吗？重点就在项链是六元送的！"

小甜饼说："再这样下去我要报警了！"

莫斯科没有眼泪说："难道只有我觉得他还能保持这种节奏再秀至少一个月吗？"

众人面面相觑，终于发出一声哀号："神哪，救救孩子吧！"

而这些普通成员不知道的是，公会频道还只是佑迁秀项链的其中一个途径，真正的"重灾区"还在他的朋友圈里。和他朋友圈的内容比起来，他们这些小意思真的不值一提。

捂着心脏说疼第二天一上线，就收到了来自好友的骚扰。

佑迁：上了，疼？

捂着心脏说疼：说了多少次了，不要叫我"疼"！

佑迁：这不是重点，不要在意细节。

捂着心脏说疼：嗯？

捂着心脏说疼：有事说事，少跟我拐弯抹角。

佑迁：你点开我的个人资料看看，疼，有没有发现什么特别的？

捂着心脏说疼满脸疑惑地看完了资料。

捂着心脏说疼：什么特别的？需要夸你一如既往帅气十足吗？还是脑子坏了？

佑迁：没看到我的项链吗，好看吗？

捂着心脏说疼：哦，这个啊，看着不错，哪个店里淘的，什么属性？

佑迁：说属性不就俗了吗？

捂着心脏说疼：你自己让我看装备，不说属性说什么？

佑迁：当然是看情谊。这是六元送我的，全区独一无二！

捂着心脏说疼：……

说实话，捂着心脏说疼忽然有些后悔，刚开始的时候他到底是为什么要去回这人的话，直接装死不好吗？

但佑迁这边显然情绪还很高涨。

佑迁：你摸着自己的心脏再告诉我，这条项链是不是特别好看？

捂着心脏说疼：我的心脏让我想揍你。

佑迁：你这是嫉妒，不过我也可以理解。

佑迁：毕竟你们这种没人送装备的人，是不可能理解我现在激动的心情的。

捂着心脏说疼：……

捂着心脏说疼：趁我还没有彻底把你拉黑之前，你还有一次重新组织语言的机会。

佑迁看着这样赤裸裸的威胁，想了想觉得自己确实不应该太刺激这些朋友。他暂时停下了炫耀行为，在捂着心脏说疼举着法杖来捅他之前，适时地转移了谈话的内容。

佑迁：对了，有件事需要拜托你。

捂着心脏说疼：只要你别再给我发那条破项链，什么事都好说。

佑迁：就是六元的那个徒弟，你有时间的话帮忙多照看一点儿。

捂着心脏说疼：六元的徒弟为什么要我来照顾？

佑迁：你不觉得最近他少了很多时间陪我一起玩了吗？

捂着心脏说疼：这就是你要我牺牲自己个人时间的原因？

佑迁：我今天在圣泉广场发现了一把很不错的特技法杖，已经让老板帮忙预留下来了，如果你有需要的话，我觉得可以安排一下。

捂着心脏说疼：好的，成交。

捂着心脏怕疼绝对不是差钱的人，但是特技装备实在是千金难求，在找了几天都没什么收获的情况下，他到底还是点了这个头。

他这种法系职业擅长群攻，清起野怪来更是快速，带小徒弟这种事情自然是小菜一碟。

轻染尘那边完全不知道有人给他安排了一个免费劳动力，在委托笑不笑几天之后，他终于收到了对方的回复，可惜的是，并没有得到他期望中的消息。

夜晚的夏：所以，一点儿都没有查出来？

笑不笑：是的，按照我这儿得到的反馈，你说的这个西西欧一开区就直接加进黄金财团公会了，平时的活动范围也非常小，不是日常活动就是在任务副本，也没和其他公会的人接触，不像是有什么特殊背景的。

夜晚的夏：那就只有两种可能了。

笑不笑：哪两种？

夜晚的夏：这个人要么是真的像你说的一样身份清白，要么，就是其他俱乐部一早安排进其他公会的间谍之一，藏得够深的。

笑不笑：玩个游戏而已，用得着这么复杂？

夜晚的夏：更复杂的我都见过。

既然连仙踪林这么大一个公会都暂时查不出线索，看样子，他只能考虑从那个西西欧本人进行调查了。

轻染尘正准备结束对话，笑不笑又喊住了他。

笑不笑：下周就要正式开竞技场了，你到时候应该已经满级了吧，有什么打算？

夜晚的夏：你想我有什么打算？

笑不笑：比如和我组个队什么的？

《幻境》世界的竞技场向来是跨服匹配的，但为了更好地配合，玩家们一般会选择找同服的朋友提前组队。笑不笑虽然人在仙踪林，但是并没有关系特别好的治疗和辅助，眼下正好有个现成的高手，他自然是打算邀请他组队。奈何轻染尘现在显然对这种PVP竞技毫无兴趣。

夜晚的夏：冲分不急，我现在和你组队不就暴露身份了？过几个月再说吧。

笑不笑：几个……月？

夜晚的夏：不用等我更好。

笑不笑：再见！

轻染尘看着笑不笑黯然下线，虽然感到有些愧疚，但依旧忍不住扬起了一丝笑意。他正准备继续升级，突然弹出了一个好友申请，申请人的ID是捂着心脏说疼，他觉得很眼熟，记得是那支土豪固定队的成员之一。轻染尘不知道他的来意，直接选择了通过。下一秒，对方直接发来了一个组队邀请，还发来了一条好友消息。

　　捂着心脏说疼：小朋友，来，叔叔带你打怪怪！
　　轻染尘疑惑：叔叔？

　　如果不是看在浩繁的面子上，轻染尘绝对不可能接受这个组队邀请，毕竟这意味着又要演戏，他难免有些心累。
　　两人组队之后，捂着心脏说疼非常积极地找了一个65级野怪的区域，正式开启了带新手的旅程。
　　法系流派的玩家群怪的速度本就比其他职业快一截，更何况像他这样拥有极品装备的土豪，面板上的法攻数值更是爆表。在70级之前的最后冲刺阶段，比起跑任务这种耿直的带人方式，在野外刷怪自然更快。等他选好位置后，抬头一看，就看到了夜晚的夏，他根据坐标找到了这里。
　　捂着心脏说疼虽然在公会频道里见过最多充六元的这个小徒弟，但还是第一次亲眼见到他本人，他不由得多打量了几眼。当视线从那张脸上掠过时，他不由得有些错愕，也不知道这张脸到底是完全由虚拟数据捏成的，还是直接由本人的外形导入的，这张脸确实长得太好看了。还好佑迂没喊视你如命过来带人，要不然，光是这张脸的建模数据就足够让那家伙垂涎了。
　　"小朋友，来，你站在这里，叔叔带你刷怪升级。"捂着心脏说疼遥遥地朝来人招了招手，示意他过来自己现在站着的这块岩石上。
　　轻染尘实在是对对方这一口一句"叔叔"的自称感到十分无语，但也只能绷着一脸乖巧的表情走了过去。他乖乖地在指定的位置上站好，说道："那就麻烦了。"
　　哦，虽然是系统音，但是听着也感觉不错。捂着心脏说疼虽然是出于某种目的接受的这份委托，但是这个时候看着这小徒弟无比乖巧温顺的样子，他不由得也感到酸了一酸。

啧，六元到底是哪里冒出来的欧皇，他怎么就收不到这么好的徒弟呢？

于是两个人一个站在旁边蹭经验，一个在怪堆里冲锋陷阵，奋勇杀怪。

轻染尘看了一会儿就可以看出这人不仅投资不少，其实操作水平也相当不错，放在普通玩家当中起码也是比较高端的水平，至少刷起怪来有板有眼的，每个节奏都在点上，效率非常可观。

这满级的阶段，65级的野怪挠在捂着心脏说疼身上，虽然对他消耗不大，但久而久之，他的气血值总是避免不了地有所下滑。

轻染尘眼看捂着心脏说疼吃了好几个气血药剂，觉得毕竟是来带自己刷经验的，他到底还是往前走了两步，不动声色地给捂着心脏说疼抬了几口气血值。

捂着心脏说疼余光瞄见了对方的举动，看了看那显然有所选择的移动站位，心里不由得有些感慨。

到底是六元兄收下的徒弟，才玩这游戏这些时间，就懂得自己找安全点了。

他心里赞叹着，刷了会儿怪后觉得有些闷，不由得有一句没一句地和轻染尘搭起话来："我说小朋友，听你师父说你刚刚成年？"

轻染尘毫无思想负担地应道："嗯，是的。"

捂着心脏说疼道："你以前都不玩游戏的吗？那平常都做些什么？"

轻染尘道："看书，学习，写习题。"

捂着心脏说疼听着就觉得这孩子的童年似乎失去了很多的乐趣，同情之余为了活跃气氛，他蠢蠢欲动地提议道："你看我们拿的武器都是法杖，其实法杖还有另外一种用法，叔叔教你认识一下，怎么样？"

轻染尘平日里就很喜欢研究套路，闻言便有了点儿兴趣，问："什么新用法？"

"你看好了啊！"捂着心脏说疼轻轻地笑了一声，原本吟唱着的法术技能突然停了下来，眼见旁边的一只克里克得了空隙张牙舞爪地冲了上来，他嘴角扬起一抹玩味的弧度。他突然非常灵敏地一个走位，堪堪避开了那只挠上来的爪子，一个干脆利落的侧身绕到了野怪身后，法杖一瞬间娴熟地挥出。

这一系列的操作可以说是行云流水，一气呵成，很显然他早就进行过无数次实战演习，把法杖当棍子使得特别得心应手。

随后，在做了0.5秒的动作定格之后，法杖在他手上灵活无比地舞动几下，直直地朝着野怪克里克的屁股狠狠地扎去。

受到偷袭的克里克顿时不可控制地发出一阵咆哮，尖锐的声音还没来得及从嗓子里挤出，捂着心脏说疼又展开了新一轮进攻，把附近几只野怪毫不客气地逐一捅了一通。

伤害效果产生，可以说捂着心脏说疼把伤害控制得相当好，周围一片怪物在这样的攻势下，生生爆体而亡。

轻染尘一时沉默。

捂着心脏说疼显然对这一连串的操作感到非常满意，收工之后，他朝轻染尘这边看了看，非常期待地问道："你觉得这个用法怎么样？"

这话真没法接！轻染尘沉默了半响，非常违心地挤出了一丝崇拜的语调："特别……棒。"

捂着心脏说疼一直苦于找不到人欣赏他这唯一的兴趣爱好，闻言，他只觉得对带这个小徒弟刷怪升级的任务越来越满意。于是他很是热诚地说道："那我再给你表演一下另外一种套路。"

其实可以不用的！

轻染尘忽然有些后悔他刚才为什么要捧上这么一句，但这个时候，他也只能绷着表情拍了拍手道："很……期待。"

捂着心脏说疼没有留意到他语调中的不对劲，非常愉快地再次投入表演当中。

轻染尘只能暂时保持着站姿在旁边"欣赏"，好在这个时候他收到了一条好友消息，暂时分走了他一部分注意力。

消息来自西西欧，隔了几天之后，他终于等来了她的再次联系。

西西欧：在做什么呢？姐姐来帮你啦！

夜晚的夏：在升级。

西西欧：你的六元导师又没带你呀？

夜晚的夏：是的呢。

西西欧：摸摸。不怕，姐姐给你找来了一样好东西，到时候送给你导师，相信他一定会喜欢的。

夜晚的夏：是什么东西呀？

西西欧：三世之缘，就是这个！

轻染尘本以为对方会拿出什么独特的东西，没想到居然是橙色品质的烟花。

因为三世之缘这种烟花只能靠任务获取，而且获得概率又极低，所以在市面上价格向来不菲。再加上很多人为了追妹子更是想方设法地高价收购，直接使得这种除了特效之外一无是处的消耗品一物难求，到了情人节之类的特殊的日子，有人想买都未必可以找到入手途径，于是一度被誉为《幻境》世界十大奢侈用品之一。

然而，就是这种市价好几千灵币的昂贵烟花，西西欧居然非常积极地表示要直接送给他。

夜晚的夏：这么值钱的东西，我恐怕不能收。

西西欧：有什么不能收的？姐姐说了要帮你就一定帮，反正也是任务送的，你放心拿去用吧。

夜晚的夏：我还不起啊！

西西欧：傻孩子，谁要你还了？

西西欧：你看，放烟花的地点我都帮你选好了，就去枫叶湖这个坐标的亭子附近。在那里点燃烟花之后，旁边的湖水还会有反光效果。

夜晚的夏：哇，听起来就很美！那就谢谢姐姐了！

西西欧：乖，我一会儿把烟花给你邮寄过去。

结束了对话，轻染尘反复把整个聊天记录看了好几遍，却还是没有猜透对方的意图。

很快他就收到了来自西西欧的邮件，里面橙色品质的烟花特别吸引人眼球。

从里面拿出三世之缘来收进了背包，经过思考之后，轻染尘决定将计就计，到时候，就可以顺利地引蛇出洞，看看她到底打什么主意了。

在刷怪升了两级之后，捂着心脏说疼觉得自己这把"老骨头"彻底累了，于是他道了声"再见"后就下线休息了。

轻染尘自然不会继续拖着对方。告别之后，他从好友列表里找到了最多充六元，发出了邀请。

夜晚的夏：导师，在吗？

最多充六元：嗯？需要帮忙过任务？

夜晚的夏：不是，就是有一样好东西给你看，你能过来一下吗？

最多充六元：好啊，等我一下，我在钻小树林。

"钻小树林"是星辰之沙任务的俗称，这个任务只能两人组队之后通过上交相同颜色的星辰之沙接取，在完成后可以获得随机品质的生产材料。

杨溯繁跟佑迁已经做完两次了，他分别得到了两个橙色品质的材料，而佑迁则是接连获得了两个灰色品质的。

这一回是最后一次，杨溯繁的欧皇属性再次爆发，又是一块橙色的水晶石。他不由得抱着看好戏的心态凑了过去，笑眯眯地问道："这回你得到了什么？"

佑迁面无表情地把一根黑漆漆的壁虎尾巴放到了他的跟前，非常淡定地说道："蓝色品质，至少比灰色品质的容易让人接受一点儿。"

三次星辰之沙任务，正常人至少能拿到一紫一橙，还真是没见过这么黑的。

杨溯繁强行控制住自己忍不住上扬的嘴角，尽可能地安慰道："嗯，至少有进步。"

佑迁盯着他的表情看了半天，总觉得这人似乎忍得有些辛苦。

杨溯繁在他的注视下掩饰性地清了清嗓子，道："任务做完了，我先退组了。"

佑迁看他有些着急的样子，问道："有事？"

杨溯繁应道："嗯，徒弟找我。"

佑迁看着列表里捂着心脏说疼已经暗下去的好友头像，沉默了一下，说："哦。"

杨溯繁感受到他好像不太情愿，就没着急退队，而是好言好语地安抚道："就是去看一样东西，一会儿回来一起去刷会儿低级本？"

佑迁道："不用了，你去玩吧。我刚好有事需要下线一会儿，估计晚上才来。"

杨溯繁这才放心地退了队，进了夜晚的夏的组里。

轻染尘已经到了刚才西西欧和他说的那个地点，见最多充六元进组，他便在队伍频道里发了个坐标。

杨溯繁根据坐标位置来到了枫叶湖，远远地就看到小徒弟一个人坐在湖边。他不由得笑眯眯地走了过去，问道："刚才疼兄不是在带你刷怪吗，你怎么忽然跑这里来了？"

轻染尘之前还奇怪为什么上线后自家的这位导师半句问候都没有，现在一听就明白了过来，这是有人帮他做好了安排。至于这个做安排的人是谁，不言而喻。

在心里又好气又好笑地叹了口气后，他站起来，走到了杨溯繁的身边，道："我有样东西，想给你看看。"

说完，他就把背包里的三世之缘拿了出来。

杨溯繁倒是怎么也没想到，居然也能有别人为他放烟花的一天，而且，这人还是他来新区后一时心血来潮收的小徒弟。

烟花绚烂地围绕在两人的周围，旁边是满地火焰般灼烧着的红色枫叶，如镜的湖水反衬着因为白天明媚的阳光而若隐若现的烟花，别有一番韵味。

那个西西欧有一点没有说错，在这个地图里放烟花，真的美得过分。

轻染尘不由得侧了侧身，看着旁边神色错愕的男人，他心里莫名有些感触。

轻染尘微微地眯了眯眼，仔细地留意着周围的动静。

果不其然，他在几棵树的背后看到了几个若隐若现的身影，但是对方并没有如他猜测中那样围上来，而是闪过之后就没了身影。

这个出乎意料的发展，让他不由得皱了皱眉。

难道他又猜错了？

就在三世之缘被使用的一瞬，系统频道弹出了一条全服公告——

系统：玩家夜晚的夏在枫叶湖为玩家最多充六元放了传说中的三世之缘烟花。

消息一出，整个世界和公会频道顿时热闹了起来。

第十一区开服到现在，放烟花的其实也并不少，只是这一回，其中一个当事人的名字是这样引人瞩目，太吸引眼球。

一联想到最多充六元上次是因为下生死而上的系统频道一战成名，这实在很难不产生话题。

杨溯繁在烟花突然炸开的一瞬有些蒙，他完全不知道外界发生了什么。

杨溯繁转过身去看着站在身边的小徒弟，道："突然给我放烟花做什么，你知不知道这个卖了能换多少钱？好不容易做任务拿点儿值钱的，就这样被你给挥霍掉了。"

"这个我真不清楚。"轻染尘这些天下来也已经习惯了他在这区里精打细算的人设,心里却依旧忍不住暗暗地笑了一声。他表面上神情认真,非常虚心地听着这位导师的谆谆教诲。

杨溯繁见小徒弟似乎是真的不知道这烟花的价值,也就没多想,而轻染尘等了一会儿见周围似乎确实没有什么人埋伏,两人也就分开,继续各干各事去了。

本来事情到这里基本上告一段落,结果当天下午,《幻境》世界的论坛上有人发了一个新帖。

笑不笑本人并没有逛论坛的习惯,但是这几天为找竞技场搭档心力交瘁。他本想上论坛去看看有没有什么新区高手的爆料,谁料居然翻到了这么一个帖子。

看完之后,他整个人顿时有些不太好了。他当即找到轻染尘把链接地址发了过去,问道:"你给浩繁放三世之缘烟花了?"

放烟花的时候他正好不在线,自然是没看到系统消息,现在他满脑子只觉得自己的这位朋友表面上装作毫不在意,现实里动手可是比谁都快,太别扭了。

谁料轻染尘在收到消息后并没有马上回复,而是把帖子内容仔仔细细地看了一遍,又观察了一下有些异常火爆的回帖热度后,笑了起来:"有点儿意思。"

笑不笑显然没有听懂:"什么有点儿意思?你自己放的烟花当然有意思了。"

轻染尘道:"我是说这个发帖人的用意,有点儿意思。"

帖子的主楼放着几张游戏截图,里面可以清晰地看到他和最多充六元的 ID,在一片烟花中无比绚烂夺目。

但如果只是这几张图也就算了,最多是在他们放烟花的时候有人路过随手拍的,但接下来几层讨论楼里的一些"路人",知道得就未免太多了。

大到他和最多充六元的师徒关系,小到他"傻白甜"的"人设",甚至那些人还上传了不少他平日里和这位导师互动的内容，直接刺激得一大群不知情的围观群众热烈讨论。

而其中几楼似乎有黄金财团公会的成员，他们试图解释过，然而，这些楼层的内容都被一些显然是故意带节奏的人直接忽视了，讨论方向整齐统一地将群众视线往他们师徒二人的身上引。

事情进行到现在，轻染尘感觉好像终于有了一些眉目。接下来，只需要最后确定。

当天晚上，当佑迁再次上线，西西欧忽然在公会频道里冒泡了。

西西欧：副会长你终于来了，我等了你好久，加个好友私聊？

佑迁：有什么话直接在这里说吧，我不喜欢随便加人。

西西欧：师徒之情太温暖了吧！，你看看这个，我今天逛论坛时无意中看到的！

佑迁：这是什么？

西西欧：啊，我不敢说！副会长你还是自己去看吧！

轻染尘看到这里，已经忍不住笑出声来。对方到底还是着急，把狐狸尾巴露了出来。

果然，彻底搅和佑迁和最多充六元之间的关系，才是这位朋友的最终目的。

那么搅和到最后的结果又该是什么呢？

佑迁是黄金财团的公会会长，自然不可能脱离组织，那么唯一的可能性就是最多充六元在这个公会里待不下去，只能选择退会，寻找新的容身之处。

再往大了说，这个公会里最核心的固定队彻底解散。

到目前为止，轻染尘心里已经有了基本的判断，他至少可以确定西西欧必定是其他公会安插在这里的间谍。虽然他们这样处心积虑地搞黄金财团到底为了什么,他还不清楚,但只要顺藤摸瓜把背后真正的指使者引出来,一切自然就水落石出了。

一旦不再着急,轻染尘便只是静静地看着公会频道里的消息。他倒是忽然有些想看看,这个佑迁对这种事具体准备怎么处理。

是把他这个不太顺眼的小徒弟直接踢出公会呢,还是如那个西西欧所愿,去找最多充六元好好地吵上一顿?

然而出乎意料的是,佑迁过了片刻后只是在公会频道里淡淡地"哦"了一声,就再次彻底潜水了,也不知道他到底有没有看过帖子。

公会里的其他成员下午多少收到了一些风声,本来看到西西欧这么直接地把帖子直接抖出来,他们都恨不得把这条消息给刷下去,现在看阻拦不及,他们也就只能暗戳戳地窥屏观察着后续的发展,生怕自家副会长一个忍不住和六元大神闹起来,那就真的玩大发了。

然而一整个晚上依旧风平浪静,就当所有人都怀疑佑迁是不是压根儿就没去看帖子的时候,整个系统频道忽然出现了一拨疯狂的刷屏。

系统:玩家佑迁在落霞山坡为玩家最多充六元放了传说中的三世之缘烟花。

系统:玩家佑迁在落霞山坡为玩家最多充六元放了传说中的三世之缘烟花。

系统:玩家佑迁在落霞山坡为玩家最多充六元放了传说中的三世之缘烟花。

……

系统消息几乎霸屏了整整两个小时之后,公会里的有心人悄悄地跑到市场上去调查了一下目前三世之缘的价格,发现已经从原本1500灵币的价格涨到了8888灵币,而且还有继续上升的趋势。

世界频道彻底炸锅,区里的其他玩家都忍不住纷纷冒泡,来围观土豪撒钱。

知道真相的黄金财团众人不由得面面相觑，一个个顿时泪流满面。

有钱果然可以"为所欲为"。

当整个世界都在为火烧落霞山的壮举而疯狂惊叹的时候，杨溯繁脸上的表情却差点儿没绷住。

这个时候他的身边围绕着一堆堆烟花，漫山遍野地炽热燃烧着。

因为是在晚上，所以这样的场景看起来似乎真的像是染红了整片山坡，使得他整个人都沉浸在一片绚烂的海洋当中，如梦似幻。

是真的如梦似幻！

一开始接到佑迁的邀请，他完全不知道是因为什么事情，然后他刚到消息里所说的地点，就看到某人开始毫不犹豫地放起了三世之缘烟花来。

就这炸烟花的阵仗，不知道的人还以为放的只是五块钱一把的鞭炮。

杨溯繁这一瞬间有些走神，他感觉这些绚烂的烟花并不是绽放在天际，而是在他的脑海中炸开，一拨又一拨的，没完没了。

杨溯繁一时间心情有些复杂。

一想到天上炸开的那些全部是真金白银，他就感到有些肝疼。这败家玩意儿！

虽然两个当事人谁都没有冒过泡，但这个时候整个世界频道早就炸锅了，甚至有人千里迢迢赶到落霞山这个事发地点遥遥地观察着，截屏录像。

杨溯繁自然早就留意到了周围那些自以为藏得很好的围观群众，他脸上本来就有些复杂的表情不由得又绷紧了几分。

这个时候佑迁已经放完了身上所有的烟花，他骑着独角兽不紧不慢地回到了杨溯繁的身边，看着周围一片火树银花的景象，他垂眸含笑地看着杨溯繁，问道："喜欢吗？"

喜欢什么？喜欢这种拿钱当纸烧的狂野作风吗？

杨溯繁心里无力吐槽，可是在对方无比期待的表情下，他到底还是没忍心说出口，而是有些违心地"嗯"了一声，道："还……不错？"

佑迁笑道:"喜欢的话,改天再放给你看。"

杨溯繁感到自己的肝一疼,他不由得脱口而出:"还是不要了。"

佑迁不解:"你不是喜欢吗?"

杨溯繁道:"我说不错不代表着就喜欢,说到底,你不觉得放烟花这种兴趣爱好太烧钱了吗?"

"这样吗?"佑迁没再说话,他忽然陷入了沉思。

周围一瞬间安静了下来。

杨溯繁打量了一下他的表情,不免有些怀疑自己是不是说得太直接了,他正准备安抚上两句,就听佑迁忽然开口道:"没关系的。"

杨溯繁一时无语:什么就没关系了?

佑迁说:"我有钱。"

杨溯繁的嘴角忍不住抽了一下,他很难得地出现了情绪无法控制、想揍人的一瞬间。

杨溯繁冷静下来后,只觉得又好气又好笑,他到底还是没办法再融入这氛围中了。

看着周围已经陆续消散的烟花,他转移了话题:"反正,以后这种浪费灵币的事就不要再做了,确实太败家了点儿。这钱都够买几件特技装备了。"

佑迁道:"行,以后不放烟花了。"

杨溯繁点了点头:"有钱也不是这样浪费的。"

佑迁笑道:"嗯,好的。"

不知道为什么,杨溯繁在他这样的注视下,下意识地有些心虚地避开了他的视线:"时间不早了,早点儿休息吧。"

说完,他也不等佑迁回应,直接原地下了线。

悄悄过来围观的吃瓜群众本来还期待着会不会有什么更刺激的画面出现,谁料其中一个当事人居然就这样下线了,他们顿时忍不住大呼扫兴。

佑迁看着跟前忽然空荡下来的山坡,微微地抬了抬头,看到漫山遍野依旧炫目的烟花后,他忍不住轻笑了一声。

高手兄真的是非常勤俭持家啊!

佑迁的嘴角忍不住上扬了几分,他也在原地直接下线了。

激情等待后续发展的围观群众无语:到底还有没有瓜吃了!

杨溯繁从游戏舱里出来后,躺在床上翻来覆去地滚了几圈,结果看着屋顶愣是睡不着,他干脆拿起手机,想看看今天《混沌》的职业选手群里有没有什么新的话题。

结果这一打开他就后悔了。

"苍羽"萧远忻:你们今天看到了吗,放烟花那个?

"微澜"叶路时:看到了看到了,就是上次我们谁都没能挖到的最多充六元。

"苍羽"萧远忻:本来我们公会的那些管理回来反馈的时候,我还不信,没想到居然是真的!

"暗夜"陆思闵:所以说是彻底没戏了呗!

"微澜"叶路时:确实有点儿可惜,可是也没有办法,只能再看看有没有其他厉害的新人了。

"苍羽"萧远忻:做人也别这么悲观啊,今天不是说不只是那个土豪,还有一个不知道从哪里冒出来的新手也给他放烟花了吗?说不定那个六元就是单纯地喜欢烟花呢?

"暗夜"陆思闵:论对这种传闻的推理分析能力,我就服你。

杨溯繁这一刻非常想冲过去封住萧远忻的嘴巴。

这家伙以前就是个不折不扣的大嘴巴,圈子里的一众职业选手就没一个没被他乱点过鸳鸯谱的,现在倒好,他的"跑火车"事业直接发展到《幻境》世界来了,而且还变本加厉,可把他能的。

后面的聊天内容杨溯繁已经不想再看下去了,现在他还只是心累,怕多看一会儿他就演变成心梗。关上手机,躺在床上,沉默了片刻后,他心里暗暗地下定了决心。

果然,死也不能让他们这群人知道这个"马甲"的真实身份!

当天晚上,整个十一区并没有因为两个当事人的下线而安静下来,大家一个个在世界频道里热烈地讨论了起来,虽然话题已经从两个当事人身上跳出了十万八千里。

然而,并不是每个人都对这个事件拥有足够的热情,至少对西西欧这个始作俑者而言,事情的发展就像一匹脱缰的野马,朝着她完全没有预料到的方向疯狂奔跑,而且越跑越远。

她本以为至少可以让这两人之间产生一点儿嫌隙,没想到剧本完全歪了!

这种完全不在计划内的发展让她心态有些爆炸,可偏偏这个时候,她收到了新人的好友消息。

她还需要继续扮演知心大姐姐,强行温柔地回复着。

夜晚的夏:姐姐,你为什么要把那个帖子给副会长看啊?

西西欧:乖啦,别急,姐姐都是为了你好。

夜晚的夏:为我好?

西西欧:对啊,我本来以为副会长看了帖子后会生气,他们两个如果吵架了,你不是就有机会去安慰你的导师了吗?

夜晚的夏:原来是这样!可是……副会长好像并没有生气。

西西欧:是很遗憾,不过这样对你也没什么坏处,不是吗?

夜晚的夏:好像是呀!那我就放心了,我先去玩啦!

西西欧:去吧去吧。

好不容易耐着性子把人送走,她不由得有些鄙夷地冷哼了一声。

要不是这个人还有一些用处,她还真不想和这种没脑子的傻白甜继续打交道。

心里实在烦躁得难受，于是她打开好友列表，给其中一个人发了消息。

西西欧：今天的事情都搞砸了。

就要耍花腔：看到了。之前就跟你说过那两人不好搞，你还自作聪明。

西西欧：呵呵，至少我还没暴露，不管怎么样也比你这种被人踢出来的好。

就要耍花腔：是是是，你最厉害，麻烦你埋得深一点儿，马上就公会战了，看我怎么对付他们。

西西欧：你就继续吹牛吧！我看你还是小心一点儿，别到时候又被反杀。

就要耍花腔：只要这次你别出岔子，一切都好说。

西西欧：放心吧，那个"傻白甜"一点儿脑子都没有，现在我说什么他就信什么，完全用不着操心。

就要耍花腔：这样最好。

西西欧本来就只想找人发一下牢骚，现在只觉得和就要耍花腔话不投机半句多，就没了继续往下聊的兴趣。用以前发生的事情对这位同僚冷嘲热讽了一番后，她才觉得心里痛快了些。

她关闭了好友列表，找人刷本去了。

如果点开就要耍花腔的资料信息，可以见到对方公会一栏上写着"血月启星楼"五个大字，正是系统刚刚公布下来，将和黄金财团公会进行下一轮公会战的对手。

开区到现在，除了第一周运气不太好对上堕天公会之外，黄金财团公会在接下来的公会战里遇到的都是普通的玩家公会。有了装备压制，他们自然是赢得毫无悬念。而这次遇到的血月启星楼，从某方面来说是比堕天公会更难缠的存在。

虽然血月俱乐部在《幻境》世界里属于二流接近三流的职业级公会，

可毕竟是本土的老牌俱乐部之一，和那些还在适应期的《混沌》俱乐部比起来，他们对于这款游戏更加专业。

不过，这几年血月启星楼在《幻境》世界里的发展确实不尽如人意，多少有些强弩之末的意思，其内部职业玩家资源匮乏，就连第十一区开服之后，他们也只能安排第二梯队的成员来入驻。可是不管怎么说，瘦死的骆驼比马大，他们分派来的队伍毕竟也有接近职业级玩家的操作水平，对上普通的玩家公会，优势显而易见。

对上这种难啃的硬骨头，作为黄金财团会长的青步踏雪谣自然上心很多。

第二天一大早，她就开始积极地上线做起了队伍分配，将参加公会战的成员逐一进行了分组，以确保到时候公会内部可以实现最为合理的阵容分配。

土豪固定队的五人毫无疑问地再次被分在了一起。

但这一回不像对战堕天公会时的攻防战玩法，而是纯正的团体淘汰战模式，团战过程是以二十五人团的形式开展的，整个小队也就自然而然地成了其中的一个部分，和另外几支队伍完成了团队组建。

杨溯繁毫无疑问被委任为了一团的团长。青步踏雪谣负责二团的指挥，其他的团队则是交给了另外几个实力不错的高手成员进行调度。

因为前一天晚上连梦里都在一轮又一轮地放着烟花，杨溯繁在今天上线后免不了感到有些头疼。

在队里看到佑迁时，他脸上的表情不由得紧了紧，但后来隐隐有了一些绷不住的感觉，他当即飞速地移开，转向旁边的人道："徒弟，今天你第一次打公会战，记得跟紧大部队就行，不用紧张。"

轻染尘从头到尾没有表现出半点儿紧张的样子。他倒是对几分钟之前西西欧通过好友消息暗示他的"第二次机会"有些在意。

这时候忽然被叫到，他愣了一下，看到杨溯繁反倒有些紧张的样子，他视线瞟过后头注视着他们举动的那个男人，顿时有些不知道应不应该笑了。顿了一下，他还是一副乖巧状地应道："嗯，我会跟紧的。"

杨溯繁满意地笑了笑，和蔼地鼓励道："加油。"

轻染尘说："好。"

这次是团体淘汰战，顾名思义就是纯粹的战斗力上的比拼。对战双方公会相互厮杀，随着战死的人员被清理出场，哪家公会的成员在战场上站到最后，就是最终获胜的那方，特别简单粗暴。

杨溯繁考虑到目前68级的小徒弟还没满级，生怕没有队伍要他，于是找青步踏雪谣商量了一下后把他要到了自己的团里，也好方便照看，可以说是非常上心了。

固定队的几个人看着杨溯繁对自家徒弟的照顾，又看着他和佑迁上线后的互动，不由得饶有兴趣地把佑迁围了起来，压低了声音问道："老佑，昨天放烟花的事我们是知道的，但是后来你对六元兄都做什么了，他怎么一副不用正眼看你的样子？"

说到这个问题，佑迁其实也很无奈。

他当然不知道杨溯繁受刺激的点主要来自《混沌》那些职业选手丧心病狂的议论，他觉得没想到高手兄的脸皮居然比他想象中还要薄，到现在他还是没想明白昨晚到底是哪句话刺激到了高手兄，他也有些苦恼。

但是当着好友的面，头可断，面子不可丢，佑迁按捺下心里的无奈，一脸气定神闲地说道："没做什么，可能他不想说话而已。"

杨溯繁安慰完小徒弟回到队里时，面对的是一片意味深长的眼神。

即使知道是在全息游戏里，在这样的注视下，他还是不由得伸手摸了摸自己的脸颊。他一度怀疑是不是早上吃面包时的草莓酱不小心沾到了脸上。

可是摸了一会儿，他又觉得这样的举动有些傻，于是他又抬起头来看着他们，问道："怎么了吗？"

疯疯癫癫的小可爱笑道："没什么没什么。"

杨溯繁终于转头看向佑迁。

278

到底怎么了？

佑迁在他的审视下，有些无辜地耸了耸肩膀："我什么都没说。"

杨溯繁语调毫无起伏地说道："我信了。"

看着他这紧绷的表情，佑迁到底还是清了清嗓子，煞有介事地对队友们解释道："真的什么事都没有，你们别瞎猜。"

其他人微笑道："放心，我们懂。"

杨溯繁无语：这大概就是传说中的越描越黑了……

这些天他已经习惯了和这位大老板在一起玩，两个人相处起来也很是融洽，但到目前为止，他们毕竟只是在游戏里接触，万一以后在现实中见了面，发现线上线下不一样怎么办？

以前他们战队的黎伽言曾经有过一个相见恨晚的网友，结果线下一见面，对方居然是个乳臭未干的小屁孩。当时这事让他们笑了好久，可是对那位自以为找到了网络知音的纯情青年的打击确实还蛮大的。

这件事，让战队里包括他在内的其他人都不由得长了个心眼，毕竟脱离网络之后，一切皆有可能。

杨溯繁对佑迁并不抗拒，他甚至觉得两人非常投机，可是这毕竟只是在全息世界里的感觉，现实里拥有太多的未知性。

作为星辰战队昔日的队长，杨溯繁到底还是在感性的临界点保持住了一丝理智。眼见公会战即将打响，他将佑迁悄悄地拉到了旁边。

佑迁多少预感到了他接下来要说的内容。他垂眸看着杨溯繁，安静地等着对方开口。

杨溯繁整理了一下思路，酝酿了一会儿后，说道："关于昨天晚上的事，我觉得，我们还是当作没发生过比较好。"

佑迁闻言并没有露出半点儿惊讶的表情，反倒是微微地扬起了嘴角，低低地笑出声来。

杨溯繁本来准备好的大段演讲忽然间莫名噎在了嗓子眼里。

佑迁则是站在那里静静地看着他，说："嗯，我明白你的意思。"

这个时候，公会战打响的系统提示恰好弹出，杨溯繁在心头猛然一跳的同时，几乎是出于本能地点下了传送确认。"嗖"的一声，他被传进公会战的地图当中，消失了踪影。

佑迁看着跟前似是落荒而逃的背影，有些茫然地眨了眨眼。所以，他又说错什么了吗？

杨溯繁出于本能地就这样进入了公会战地图。看了看身后，见佑迁还没来得及跟进来，他不由得沉默了一瞬，暂时把注意力都投放在了眼前的正事上。

今天是第十一区全面进入70级大关后的第一次公会战，从某方面来说，这一战的结果直接象征着各公会强弱，很有可能会造成全区的第二次大洗牌。

从会长青步踏雪谣之前做的一系列准备不难看出，这一战对于黄金财团而言也是非常关键的。

团队淘汰战的地图杨溯繁自然是熟悉无比，基本上分为三条主路，在这基础上还有数十条延展出来的小路，地形包括山丘、溪流、峭壁、山林，整体来说错综复杂，也就使得整个对战的过程添加了不少不确定性。

根据战前会议的安排，一团的所有成员集合完毕之后，杨溯繁就直接带着队伍从中路进发，在确保守住这条要道不被突破的同时，他也要在公会频道当中和其他团队的团长随时随地保持着有效沟通，以确保可以在第一时间做出支援。

与此同时，对面血月启星楼公会各团也采取了行动，三路上很快就出现了来势汹汹的敌军，转眼间对战双方便交战在了一起。

团队淘汰赛采用的规则很是简单粗暴，可是具体的过程并不简单。

在这场公会战中，每个人可以拥有的行动力只允许产生三次回营复活的机会，行动力归零后将直接被清出公会战地图。因此，如何根据每个人不同的行动力进行人员的调配，并且在不均衡的战力下获取己方的优势，是拿下本场公会战至关重要的因素。

杨溯繁在行进片刻之后观察了下周围的地势，安排道："三队人去左路，四队去右路，你们装备比较轻巧，主要以侦查情况为主。二队负责防守，其他人暂时和我集中从中路推进，推进过程中请随时留意团队语音，准备下一步的队形变化。"

他的声音一如既往地冷静沉着，眼见碰到了血月启星楼的第一个团队，也没有显出半点儿慌乱，反倒是在双方刚刚照面的一瞬间，他就灵活无比地做好了成员的调度。他们明明是处于人数较少的不利的一方，反倒是稳稳地和对面形成了对峙的局面。

从此时公会频道得到的消息来看，其他两路的情况暂时还算稳定，除了青步踏雪谣所在的下路因为遇到了拥有职业玩家的主力团队，在实力差异下不可避免地落了下风，从整体的局面上来看，他们黄金财团居然暂时稍占优势。

而功劳最大的，自然是杨溯繁。

中路虽然没有血月启星楼公会的主力团队坐镇，人数却是三条路线上最多的，可是这样的人数压制显然并不能在杨溯繁的手中吃到半点儿好处，他总能在最关键的时刻做出最合适的反应。

这种灵活得堪称诡异的战术变动使得对手苦不堪言，几次交手下来，黄金财团一团虽然免不了有几个人陆续阵亡回城，但血月启星楼那边的伤亡是他们的几倍不止。

明明是一家普通的玩家公会，但此时此刻，对于血月的几个团队指挥而言，在感觉上，甚至比跟某些职业俱乐部对战时更加艰难。

对方队形变化太快，人员移动太迅速，几乎每次在他们做出反应之前，对方又已经有了新的动作，可以说他们根本跟不上这样的节奏，更别说抓破绽了，简直打都没法打。

血月启星楼的会长黑色荆棘已经接连收到了前线苦不堪言的反馈，他皱着眉心微微地眯了眯眼，语调低沉却肯定地说道："又是那个最多充六元！"

副会长囚影问道："现在怎么办？"

他们所在的主力团队目前在下路完全占优，但按照原本的计划，将大部队安排在中路图上是为了速战速决，现在却被对方牢牢地牵制住了。从某种程度上说，他们等于失去了大部分战斗力，就整体局势而言非常不利。

"当然不可能让他们赢！"黑色荆棘此时的脸色算不上太好，他冷冷地抿了抿嘴角，咬了咬牙道，"去联系一下三号。"

囚影眉目间闪过了一丝惊讶："现在？会不会太冒险了一点儿？"

"我知道你想替人报仇，但是你首先必须知道我们公会现在的处境！这场公会战的胜利，远比你们这些个人恩怨要重要得多！"黑色荆棘意味深长地看了他一眼，"我不管你们的兄弟感情有多深，可是在这种时刻，我还是希望你可以分得清主次。"

囚影被他这一眼看得背脊一僵，应道："明白了，我现在就去联系。"

公会战进行到20分钟的时候，黄金财团可以说是稳稳地掌握了优势。

血月启星楼大部分的战斗力被杨溯繁顺利地牵制在了中路，青步踏雪谣所在的下路虽然始终处于劣势，但还有部分成员拥有行动力，在尽最大可能地和对方主力团队进行周旋，能拖一秒是一秒。

就在这样一片大好局势当中，血月启星楼针对中路的情况迅速做出了一系列调整。在这样迅猛无比的重新配置之下，不知道是不是歪打正着，他们居然接连几次打破了杨溯繁的布局，硬生生地把局面再次扭转了回来。

成员A："报告团长，我们遭到了敌军的埋伏！"
成员B："对面是开天眼了吗？他们怎么知道我们在这里绕后？"
成员C："救命啊，他们把后撤的路全部给堵死了！"
成员D："有毒吧，我要死了！"
成员A："跑不掉，回城了……"
成员B："我这里也完蛋了。"
成员C："我们队全死了……"

……

短短的 5 分钟时间，黄金财团的公会频道里一片鬼哭狼嚎，到处可见求助的声音，原本稳定的优势局面被毫无预兆地打破。而这种破坏，始于原本以少打多还占尽了优势的中路。

毕竟之前已经吃到了甜头，对方突如其来的翻盘让众人有些措手不及，面对这样突然且反常的变动，杨溯繁并没有乱了阵脚，依旧冷静无比地进行着应对，在将伤亡降至最低的同时，他心里也隐约有些疑惑。

虽然说《混沌》职业联赛当中人数最多的只是 5 对 5 的团队战，可是在众多的职业选手当中，他的全局观向来都是顶尖的。此时对于 25 人团队的调配更是已经将这些普通玩家合理地运用到了极致，就算对面的总指挥反应再快，他也非常自信不可能有人可以做到彻底算透他所有的布局。

眼下有些匪夷所思的局面，让他不免有了另外一种猜测。

能做到这样，除非对方在他给各队分派任务的同一时间，就非常迅速地得知了他的所有指令。

之前堕天公会发生的事情让杨溯繁留了一个心眼，此时视线掠过团队列表里一个个公会成员的名字，他不由得陷入了沉思。

在接连的变动之下，他们的固定队也有些伤亡惨重。

疯疯癫癫的小可爱在带人支援的途中再次被人截住，又一次刷新在复活点后，他气得差点儿想把手里的弓箭给扔出去："上哪儿都是对面的人，这游戏没法玩了！"

"确实有点儿惨。"视你如命也有些无奈地叹了口气，见佑迁站在原地没有说话，他打量了两眼对方的表情，安慰道，"怎么了老佑，别是被打傻了？看开点儿，这游戏就这样，想想我们打本时候的爽感，其实钱还是没白充的。"

"想多了，我没事。"佑迁应着，视线则是落在装备栏上深渊之泪项链的特技介绍上面，他脸上虽然看不出半点儿情绪，但心里确实有些郁闷。

百分之三十的复活概率，可是他阵亡了两次，一次都没有触发过。

所以，他就真的有这么黑吗？他就是想感受一下复活的感觉，真难。

视你如命见他没再吭声，也没继续说什么。看了看团队列表里依旧状态不错的两人，他不免有些感慨道："还是疼兄和六元厉害些，到现在都一次没挂，简直是屹立不倒啊！"

这几个普通玩家当中，捂着心脏说疼的技术水平不只是在固定队里，就算是在《幻境》世界当中也确实是属于顶尖的。

这时候团队内部的人员伤亡有些惨重，他和杨溯繁并肩作战着，眉心微皱："六元，是我的错觉吗，我总觉得他们的人数变多了？"

"不是变多了，而是调配更加及时了，所以才会让你产生这样的错觉。"杨溯繁手里的一根法杖几乎全程都是在被当近战武器耍，他敏捷无比地再次干翻几个敌军，观察了一下周围的局面之后，心里隐隐有了几分打算。

此时一团内部已经有不少人被彻底地清除了出去，几个小队也陆续出现了位置的空缺。

杨溯繁非常迅速地把人员重新调整了一遍，直接整理出四支新队伍，而后他冷静无比地将和他同队的其他人也进行了分配："疼兄，你准备带二队，疯子你带下三队，命兄带四队。"

佑迁等了会儿，没听到自己的名字，他问道："那我呢？"

杨溯繁道："你跟着我。"

这样的安排正合佑迁心意，他无比满意地扬了扬嘴角："非常乐意。"

疯疯癫癫的小可爱不由得提醒道："但是这样真的合适吗？我们这几个人现在都只剩下最后500点行动值了，如果再被击杀一次就出地图了。"

杨溯繁点了点头，道："放心，我心里有数。"

短暂的集合之后，他没有再在团队列表里开麦，而是直接打开了小队频道的语音："疼兄你带人去东北面的荆棘林，左路现在人数比较多，疯子你的队伍从石堆后面绕后，命兄正面施压，尽量分散一下他们的注意力。"

疯疯癫癫的小可爱：嗯？

视你如命：嗯？

捂着心脏说疼：嗯？

其他人见他忽然切换频道，显然都不是非常理解。杨溯繁知道他们心里的疑问，但他还是语调平静地说道："暂时没时间解释那么多了，只能说，希望我的猜测是错误的。"

然而可惜的是，在他关闭团队语音的指挥模式之后，血月启星楼再次陷入了被动的局面，到底还是从侧面验证了他的猜想。杨溯繁本人向来不喜欢这种钩心斗角的公会相处模式，此时看着团队列表里幸存的几人的游戏ID，他平淡的神色间终于闪过了一丝不悦。

运用旁门左道也就算了，偏偏对面还是一家职业俱乐部，虽然现在进行的只是游戏里普通的公会竞赛，可这也完全是对竞技精神的玷污，那些人难道就真的没有一丝职业操守吗？

如果说最初他只是想尽自己最大所能赢下竞赛，那么现在他心里已经只剩下了一个念头——必须赢！

此时此刻，血月启星楼的会长黑色荆棘眼见局势再次发生了变动，终于忍不住有些暴走。

打不过？他们这样一家职业公会，居然打不过对面的乌合之众！

其中的根本原因，仅仅是对方中路多了一个难缠的指挥吗？

以前他从未感觉过，一个指挥对于战况会造成这样巨大的影响。

黑色荆棘一边疯狂地催促着下路的主力团队加速压进，一边深吸了一口气，强迫自己尽快冷静下来。

从最多充六元将指挥从团队频道转移到小队频道的举动不难看出，这人心里显然是已经有些怀疑了。这样看来，他们安插的卧底迟早也会被挖出来，既然如此，倒不如趁着现在还没有暴露，再做上一番合理的运用。

这样想着，黑色荆棘将副会长囚影喊了过来，果断地下了决定："联系三号,把我的指令传递下去。"

西西欧:小朋友,这里有个让你师父对你刮目相看的机会,想不想要?

公会战全程,轻染尘始终跟在自己的队伍后面,看似什么都没做,却偏偏毫发无伤地幸存到了现在,所有看到的人都为他的"好运"而感到惊奇。

这时候,他正好身在捂着心脏说疼的一队,无意中看到好友列表的消息提示。他打开来一看,确实也没想到西西欧居然会在这个时候联系他。

他一边给不远处的某法系玩家抬了一口血,一边站在无比安全的后方区域,本着自己的"人设",对这条消息做出了回复。

夜晚的夏:姐姐,什么机会啊?

西西欧:我刚刚拿到了血月公会的接下来的作战情报,你要做的特别简单,只要把这个告诉你的六元导师就行。

西西欧:到时候把对面顺利全歼了,我们赢了这次公会战,保证他会对你刮目相看!

夜晚的夏:哇,作战路线?姐姐你怎么拿到的?好厉害哇!

西西欧:嘿嘿,我自然有我的渠道。

西西欧:反正这份功劳就让给你了,只要以后别忘记我对你的好就行了!

夜晚的夏:姐姐真好!

轻染尘看着对话当中的内容,眉目间闪过了一丝了然。

他等了这么久,到底还是等到了对方露出马脚的一天。

他早就觉得这人怎么看都不像是为了某种私利在做这些事,只是他没想到,这个安插在黄金财团公会内部的间谍,居然是血月俱乐部的人。

他对血月启星楼的了解并不多,只知道他们虽然在一区也创办了总部,但实际上是在三区开启的时候才正式成立的。而这个时候,《幻境》世界里几家大牌公会已经完全站稳了脚跟,所以血月启星楼自从创建以来,始终不温不火。

后来,因为在争夺玩家资源上不存在优势,最近几年他们渐渐显出颓势。在上一届神武坛的赛事当中,他们甚至没有一个人可以顺利通过淘汰赛,如今已经在濒临倒闭的边缘了。

可以想到,他们好不容易终于熬到开了新区,这本该是一个不错的发展机会,却是运气极差地撞上了《混沌》世界倒闭。现在面对突然出现的来自《混沌》俱乐部的竞争者们,他们无疑是跌入了谷底。

对于这家公会有些艰难的局势,轻染尘本人确实略感同情,可即使是这样,在自己发展困难的情况下不积极地寻求生路,反倒是想尽办法拖其他公会下水,这种做派,未免有些太低劣了。

心里已经有了推测后,轻染尘又装傻充愣地应和了几句,便见西西欧将一早就准备好的"敌方战略"发了过来,还千叮咛万嘱咐,让他一定要说明是在对战当中从敌军的嘴中得知的消息,只有这样,他才能在导师心中树立良好的形象。

不得不说,这个西西欧精明起来的时候似乎精明得很,但是傻起来真的智商二百五,直到眼下这个时候,她居然还毫不怀疑地把他当成了一个心无城府的"傻白甜"来随意利用。

轻染尘确实没想到自己玩出了无间道的感觉。

轻染尘将内容稍稍看过之后,按照上面的路数倒推不难猜出对方真正的意图。他脑海中很快就产生了一份完整无比的应对方案来。

很显然,最多充六元这位一团指挥的存在给了血月启星楼极大的压力,他们这是想要借其对自己这个小徒弟的信任,来除掉这枚眼中钉。

"小徒弟,你发什么呆?快给叔叔奶一口,叔叔快死了!"捂着心脏说疼见轻染尘半天没动静,终于熬不住快要见底的气血值,远远地号叫了一声。

"先坚持一会儿,我马上回来。"轻染尘非常迅速地将他的气血值抬满,然后头也不回地离开了。

捂着心脏说疼本来也只是随便喊喊,这时候看着自己几乎是瞬间恢复满格的气血值,他不由得愣了一下。

是他的错觉吗?刚才小徒弟释放技能的频率,好像快得有些过分了?

轻染尘找到杨溯繁的时候,杨溯繁正好又顺利地清了一支敌对队伍回去。

虽然这时候没有留治疗在身边,但是杨溯繁和佑迁这两人,一个皮糙肉厚,一个精准点控,在越发默契的配合之下,一个小回复术的续航已然足够,应付普通玩家根本不是问题。

轻染尘给两人把气血值抬满之后,对杨溯繁说道:"能抽出点儿时间聊聊吗?"

杨溯繁虽然不知道小徒弟忽然找自己有什么事,但是这些时间接触下来,他也知道小徒弟并不是那种不知轻重的人。他点了点头,让佑迁带着其他人暂时守住这个路口后,就和小徒弟走到了旁边。

直到确定其他人已经听不见他们的对话,轻染尘才开口道:"我这里刚刚得到了一些消息。"

杨溯繁道:"嗯,说说看。"

轻染尘沉默了片刻,稍稍犹豫后,他在设置列表当中关闭了变声器,不疾不徐地继续说道:"是这样的,我们公会里有间谍。我刚才已经确定了间谍的身份,而且得到了一些非常有用的……"

公会战进行到现在,局面虽然已经再次占优,但是后面依旧存在着太大的不确定因素。杨溯繁过来听小徒弟提供消息,是出于完善情报的考虑,但他确实没抱多大的期待。

这时候,他主要的思绪还停留在如何调整整体的布局,拿下对面这个后患极大的主力队,以至于在猝不及防地听到这个熟悉无比的声音后,他直接一口气没上来，凭空把自己给呛得一阵剧烈咳嗽。

轻染尘？

然而对于他这种显然有些激烈的反应，轻染尘则完全没有半点儿反应，他依旧有条有理地将关于西西欧的所有事情详细地说明了一遍，然后才微微地扬起嘴角一抹弧度，淡笑着说："所以这件事，你觉得应该怎么处理？"

杨溯繁一时无语。

说实话，他只要一想起小徒弟之前可爱的样子，就怀疑自己现在是不是出现了幻听。

比起间谍这事应该怎么处理，反倒是他们两人之间的事情，是不是更应该先解决一下？

比如，先把这个"戏精"拖过来狠狠地揍上一顿！

第九章
将计就计

很长时间内，杨溯繁就这样站在原地没有说话。

确切地说，他完全不知道应该怎么开这个口。

轻染尘自然是知道此时此刻对方的内心有多震撼，他好不容易绷住了脸上险些控制不住想要扬起的笑意，一脸云淡风轻地问："有什么问题吗？"

有什么问题你心里没点儿数吗！

杨溯繁自认自制力极强，也险些按捺不住想要揍人的冲动。稍微冷静下来后，他回想一下两人从认识到现在发生的种种，哪里还能不知道自己的"马甲"估计早就在这人面前掉了个一干二净。

但是本着最后挣扎一下的念头，他还是问了一句："所以，你知道我是谁吗？"

这个问题有点儿玄乎，而且乍听起来很是莫名其妙。

轻染尘终于控制不住地扬了扬嘴角，道："当然是我亲爱的师父了。"

杨溯繁无语：什么师父！别以为我真的不打奶妈！

轻染尘现在的表情，他实在是太熟悉了，他可以百分之两百地肯定，这人绝对是提前知道了他的身份，才故意装成一个"傻白甜"蓄意接近他的。

至于巧合？根本不可能存在！

杨溯繁还想问笑不笑是不是也已经知道了这件事，可是回想起之前自己和佑迁的操作，他莫名有点儿不想面对这个残酷的事实。算了，就先这样吧!

　　静静地看了这个"小徒弟"一会儿,他再没有任何反抗的欲望。他终于把谈话内容移到了正事上:"这些事晚些再说,关于你刚才说的那些信息,如果属实的话,我倒是有一个想法。"

　　轻染尘道:"说说看。"

　　"将计就计。"杨溯繁缓缓地说出这四个字后,似笑非笑地看着面前的人,"现在唯一还存在的问题就是,亲爱的小徒弟,不知道你这68级的小号能不能配合我完成这次的清场秀呢?"

　　轻染尘不答反问:"你觉得呢?"

　　杨溯繁算是受够了他这种轻描淡写就可以把人轻松气死的调调,忍了忍,他随手把他们两人在团队列表里的分组单独拉进了已经空荡下来的第五小队,然后咬了咬牙威胁道:"今天要是失败了,你就等着我把你的'马甲'爆到世界频道上让人围观吧。"

　　轻染尘不为所动地笑道:"放心,血月的这批主力队都是第二梯队的人,打他们,68级足够了。"

　　两人回归团队的时候,其他人也发现了这有些诡异的分组调配,他们纷纷在团队频道里表示了疑问。

　　西西欧此时正混在三队当中,看到这种情况,她以为这个小徒弟已经完成了任务,眉目间闪过一丝喜意。她当即给血月启星楼公会的副会长囚影发去了确认消息,表示这事儿成了。

　　面对大家的疑问,杨溯繁并没有做太多解释,只是不咸不淡地安抚了几句。他的视线则是扫过了目前团队中尚且存活的成员名单,只要一想到此时卧底可能正在进行的行动,他那因为强行掉"马甲"而产生的不悦感顿时被冲淡了很多。

　　等平定了众人的情绪后,杨溯繁把佑迁调配到一队顶替了轻染尘的位置,又给几个负责带队的固定队成员各自发去了好友消息分配了任务。随后他单独脱离了队伍,和轻染尘一起朝着下路比较偏远的那片区域赶去。

这一系列的战术调整有些太迅速，捂着心脏说疼一边带着队员们赶去上路支援，一边免不了为突然损失的一个小跟班治疗而抱怨。

忍了忍，他到底还是拉着佑迁念叨了几句："老佑啊，六元怎么回事？你这么一个大肉盾他放着不用，带着个新手奶妈是要去什么地方？就他们两个人，也不怕发生什么危险？你就这么放心，一句都不问问？"

佑迁跟在他旁边，闻言有些不解地问道："有什么好问的？"

这样的态度，倒是让捂着心脏说疼感到有些诧异。

按照他对这人的了解，本以为这人就算不是第一时间表示反对，也应该已经发去好友消息问过原因了。现在这么淡定，真的一点儿都不像他们家老佑一向的作风啊！

佑迁本来不想继续这个话题，但是实在被这视线盯得难受，他还是开口道："我觉得你们大概对我存在着误解。毕竟现在还在打公会战，我像是那种不分场合胡搅蛮缠的人吗？"

捂着心脏说疼震惊了：你难道不是吗？

佑迁道："我特别深明大义。"

捂着心脏说疼说："是是是，你超棒！"

话是这么说，可他的语调显然很敷衍。

如果青步踏雪谣在场，自然知道佑迁说的是事实，如果没有这份理智，这个男人也不可能在商场上叱咤风云那么多年。

而这个时候，佑迁显然也没有和捂着心脏说疼继续解释的心情。

毕竟，要说他心里没有一丝不爽，那是不可能的。

杨溯繁并不知道某人此时复杂的思想活动，他和轻染尘一起往西西欧提及的那个坐标快速移动着。

按照对方的描述，血月启星楼的会长黑色荆棘会独自从这里经过，这里会是非常适合做伏击的地点。擒贼先擒王，到时候对面没有了总指挥，自然就变成了一盘散沙。

不得不说这个设想真的非常美好,如果不是提前知道来自间谍故意泄露的情报的话,这个陷阱简直可以说是天衣无缝。即使不知真假,也足以让人有冒一次风险的冲动。

而现在,既然知道了对方是有意为之,反向推论一下,他们自然也不难猜想对方到底打的什么主意。

在那个坐标点等着的,恐怕不是什么会长黑色荆棘。如果真的在那里做埋伏,他们很大概率会成为真正受到伏击的那一方。

而现在,杨溯繁表示非常期待对面的这次奇袭,并且,他还希望暴风雨来得更猛烈一些。

如果来这儿蹲人的只有他一个人,或许他还真没有这么笃定,可是现在不一样。整个《幻境》世界顶级的"奶妈"就站在他的身边,要是不干起来,他反倒觉得有些对不起血月启星楼绞尽脑汁设下的这个陷阱。

早在最初确定方案的时候,两个人就交换过意见。两个人的想法可以说是不谋而合,这才有了这次的行动方案。

但是当真正接近目的地时,轻染尘依旧不得不提出一个问题,给杨溯繁打上一记预防针:"你有没有想过,如果没有等到他们职业玩家所在的主力队,那该怎么办?"

杨溯繁这次的主要目标就是对方的主力队,可是对方具体会安排什么人在这里蹲守,一切完全出自他们的猜测,而这猜测的立足点,主要建立在轻染尘之前的描述上。

不难看出,血月启星楼一直以来对他有些过分的关注,而且对他的存在无比提防。现在,对方花费这样多的心思,好不容易把他骗"落单",如果是他,在这样至关重要的环节,一定会安排主力队来,这样才能万无一失地解决这个心腹大患。

不过猜测也可能存在误差,所以,对于轻染尘提出的质疑,杨溯繁并不觉得有哪里不对。他非常随遇而安地答道:"那也没什么关系,来什么人就杀什么人就是了。反正只要知道最关键的一点就行,那就是……这个赛场上站在最后的人必须是我们，我不接受反驳。"

轻染尘问："那如果埋伏的不只有一支小队呢？"

杨溯繁看了他一眼，反问："我们打不过？"

轻染尘说："也对，多少人都无所谓。"

杨溯繁说："就像我们调不出太多的人来伏击是一个道理，他们也没有那么多多余的人手。如果想要在解决我的同时让其他多路也开花，他们可以动用的最多也就两支队伍。"说到这里，他不由得轻笑出声："而我刚才给其他队伍下达的指令只有四个字，严防死守。"

轻染尘摇了摇头："可现在对方的人数毕竟占优势，你这指令怕是没那么容易完成。"

此时在黄金财团的中上两路，其他几支小队的成员已经再一次和血月启星楼的人撞上，但情况就如轻染尘所预料的那样并不太乐观。随着青步踏雪谣的团队被职业玩家的主力队全部清出地图，血月启星楼下路的人员也开始来到中路进行会合。原本就有些吃力的黄金财团处境更加艰难了起来。这个时候，杨溯繁不在现场，所有人只能按照之前的安排浴血奋战，战局一度非常惨烈。

疯疯癫癫的小可爱：六元，我这儿有点儿撑不住了。

视你如命：急需支援！

捂着心脏说疼：我们队死得差不多了，不过对面也没讨到好处，已经被我们灭掉了一队半！

杨溯繁接连收到的好友消息非常清晰地展示了目前有些艰难的局面。

最多充六元：大家再尽可能地坚持一下。

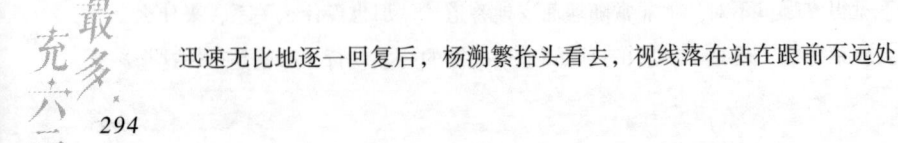

迅速无比地逐一回复后，杨溯繁抬头看去，视线落在站在跟前不远处

的那些身影上，脸上不见喜怒。

和预料中的一样，他们抵达这个坐标点不久，周围就冒出来了一群人，转眼就将他们两人围了起来。至于这些人的 ID，正是他非常乐意见到的血月启星楼的职业玩家主力队。

很好，顺利地让他们节省了很多寻找猎物的时间。

对于对方这种自动送上门来的举动，杨溯繁本人感到非常满意。

当青步踏雪谣所带领的二团在下路被全部歼灭的那一刻开始，血月启星楼的这支主力队伍有了余力后，就成了本场公会战中的最大隐患。

团队作战存在太多变数，只要这支队伍尚在，就会无休止地拉大双方的人数差距。

这样的差距一旦被拉到某个数值，平衡会被彻底打破，即使是杨溯繁，也不认为会有足够的能力扭转乾坤。

唯一的机会，便是要在他们有所发挥之前，提前一步做出决断。

血月启星楼的风格以暗杀为主，这些主力队的成员更是神出鬼没，踪迹莫测，如果不是他们自作聪明地主动暴露行踪，还真是很难抓到他们。

本来杨溯繁一直在头疼这个大难题，可偏偏人家通过轻染尘急不可耐地直接找上了他。只能说，聪明反被聪明误。

杨溯繁将团队的三支小队安排在外面，就是为了麻痹对方的神经，起一定的拖延作用，现在他更是轻轻一笑，将法杖拿在手中把玩了两下后，他直截了当地问道："一个一个来，还是一起上？"

血月启星楼的队伍里站着一个昵称叫"就要耍花腔"的人，本来他和其他人一起雄赳赳气昂昂地围上来，正准备冷嘲热讽一番，结果还没张嘴就听到这么一句，他不由得愣了一下，一度以为自己出现了幻听："你刚说什么？"

杨溯繁扬了扬嘴角，非常好脾气地又问了一次："一个一个来，还是一起上？"

就要耍花腔深深地吸了口气，控制了一下自己的情绪后，他咬牙切齿地问道:"到了这个地步你还敢这么猖狂?吹牛之前,我劝你还是先好好看清楚自己现在的处境!"

"我怎么不清楚了?"杨溯繁似笑非笑地问道,"难道不是你们已经被包围了吗?"

就要耍花腔顿时被他气乐了:"你可真是一点儿没变,这张嘴真是让人讨厌。现在硬撑有意思吗?我们被包围?我倒是想看看,等被清出去后你是不是还能笑得出来!"

杨溯繁挑了挑眉,显然有些不解。

听这人的语调,好像一早就认识他。但是,他们熟吗?

旁边的人听着他们啰唆,显然已经有些不耐烦了。他们将手中的武器亮了出来,语调不悦地说道:"还在那里废什么话?赶紧速战速决!"

话音刚落,另一个人忽然从背包里取出一枚旗帜,直接甩到了近旁的地面上。旁边的那片空地瞬间被划分出了一个独立区域来,隐隐泛着白色的光芒。

公会战团队淘汰赛地图专属道具"复活令旗",只有累计5000杀戮值积分才可兑换取,效果是在指定区域制造一个时长为30分钟的临时复活点,以该复活点为中心,一千米半径范围之内遭受击杀的人将无须回城复活,而是直接刷新在这个复活区域当中,不分敌我。

很显然,这位拥有这样大量积分的哥儿们,刚才在下路已经杀了不少人,杀气甚重。他看向杨溯繁时表情也冷冷的,显然不想再浪费太多时间。

以前听很多人说玩刺客流近战的玩家戾气重,杨溯繁不信,现在他才真正感觉到了此话非虚。就冲这看着自己的眼神,啧啧啧,凶得很啊。

看得出来,他们把复活令旗一甩,是准备要原地清人了。

杨溯繁看了看包里刚刚兑换出来的旗子道具,心里暗暗地叹了口气。

要是早点儿知道对面和他打的是一样的主意,他就不花那么多杀戮值做这个亏本的兑换了,这下可真是浪费大了。

就要耍花腔看着杨溯繁陷入沉默的样子,以为他终于知道怕了,便冷言冷语地嘲讽道:"怎么样,现在还得意得起来吗?"

杨溯繁皱了皱眉,隐约觉得这种没事挑事的叫嚣风格未免也太熟悉了一点儿,好像确实在哪里遇到过。

"让开一点儿,别影响我们办事。"甩令旗的人不耐烦地低斥了一声。之后他一声令下,带领着另外四人直接围了上来。

杨溯繁举起法杖来应对之前还有心思数了一数。

一二三四五……六?

敢情这个叫就要耍花腔的货啰唆了这么半天,居然压根不是职业主力队的人?这年头还真有狐假虎威的家伙啊。

这样想着,杨溯繁忍不住轻轻地笑了一声。

这一笑,赫然触上了就要耍花腔心头某一根震怒的弦。他顿时爆了声粗口,然后飞身加入了战局。

主力队的几个人都是刺客,在接近极限的敏捷加点下,他们一旦发动攻势,如同鬼魅的影子,瞬间站定了距离,从四面八方朝着杨溯繁直扑而去。

如果在这一瞬间定格画面,不难发现这五个人切入的角度都无比刁钻,再加上有一个就要耍花腔在侧面做照应,可以说被包围的人基本上没有任何突破点。

这显然是训练有素的队伍才能做出的配合。

然而,当锋利的匕首就要划破杨溯繁的身体时,原本站在原地一动不动的身影忽然一矮。众人甚至没有看清楚杨溯繁到底是怎样移动的,一瞬间,所有人都以为志在必得的攻势全部落了空。

这一切发生得太匪夷所思。

杨溯繁的嘴角微微浮起一抹弧度,众人还没来得及看清楚他的法杖是怎样动作的,有几个人的腹部就逐一被碰撞了一下。紧接着,杨溯繁一个近战技能横扫千军,用巨大的冲力把刚刚飞扑而来的众人不留情面地甩了出去。

血月启星楼的众人接连后退几步,才堪堪站定。

然而，他们完全没来得及反应，地面上就忽然冒出了几条碧绿的藤蔓，将其中两人的双腿牢牢地缠绕在了原地。

随后一片暴风雪铺天盖地袭来，另外三人在群体伤害下不可避免地被瞬间减速。

他们本想一个翻身朝侧面避开，结果面前忽然立起了一道冰墙，彻底隔绝了他们最后的退路。如果不是这几个职业玩家反应迅速，他们已经直接表演一拨华丽的撞墙大秀了。

"这不可能！"

被迫退回，即使是血月启星楼的职业玩家，此时此刻眼里也不由得闪过一丝诧异。

很显然，这个冰墙立起的位置远在最多充六元的施法距离之外，根本不可能是他的手笔。

想起唯一的一种可能性，众人下意识地朝着稍远的方向看去，只见夜晚的夏手中的法杖闪着若隐若现的光芒，让人本能地背脊一凉。

也不知道是不是错觉，他明明是个只有68级的新手，在这一瞬间却仿佛自带无形的震慑力，让他们不由得恍了一下神。

"其实一起上也不错。"杨溯繁看了一眼团队列表里已经越来越少的存活人数，毫无情绪地扬了扬嘴角说，"正好，我赶时间。"

虽然刚刚只是一拨短暂的交锋，可是大家都不是傻子，双方实力上过大的差距显而易见，说是单方面的碾压也不为过。

原本，当会长安排整支主力队来伏击这个最多充六元时，他们这些职业玩家心里多少有些不满，只觉得杀鸡用了牛刀。可是到了眼下才发现，这个人的实力，远比他们想象中的要来得恐怖得多。

而且情报中所说的这个新人又是怎么回事？本来以为只是个纯正的"傻白甜"，为了方便后续的剧情安排，他们副会长还特地交代了别太着急动他，务必把他留到最后。

可是不说别的，光是刚才那树冰墙的手法，不管是从角度、时机还是位置看，他分明就是一个完完全全的高手。

所有的事情可以说在双方交锋的那一刻开始，就朝着无法控制的一面开始疯狂飞奔。

就要耍花腔这时候显然也有些蒙，以前只道这个碍眼的充六元是个身手不错的普通高手玩家，他还特意申请跟着主力队来，就是想当面看这人出丑的样子。

结果丑是他自己出了，被虐的也是他自己。

这一瞬间，他心态可以说爆炸得一塌糊涂。过分的震惊之下，他一度失去了思考能力。

虽然他们俱乐部安排来第十一区的只是第二梯队的成员，可毕竟也是实力强大的职业玩家。现在，连五个职业玩家都被碾压得这么彻底，这个人的实力，到底夸张到了怎样的一个地步？

其他人一看就要耍花腔的样子，就知道他已经丧失了斗志。

他们本来就对多带一个人没什么兴趣，此时更是不屑地冷哼一声，飞速地整顿了阵形，再次发起了下一拨的攻势。

他们从来没有遇到过被人压制得这么彻底的情况。他们潜意识里倾向于这是运气问题，现在更是急着证实自己的推测。

然而，这样来势汹汹的进攻，迎来的是无异于开局的战况重演。

只是，这次杨溯繁把法杖使得越发顺手起来。他连给他们第三次进攻机会的想法都没有，仗着后方有轻染尘这个强力续航，他直接不讲道理地一顿近身肉搏。

就好像人群中突然转入了一只陀螺，血月启星楼的众人被他旋风似的全部扫到了地上。

这一回，他们气血值被全部清空，复活令旗首次发挥功效。

他们没能回营补给，只能无比绝望地重新刷新在了 50 米远的复活区域内，眼睁睁地看着安全保护时间进入了最后 5 秒倒计时。

而这时候，杨溯繁已经提着法杖笑眯眯地走了过来："来，我们再来一次！"

　　复活令旗创建的区域有30分钟的存在期限，确实算不上太久，但这些时间对于杨溯繁来说，已然绰绰有余。

　　谁能想到，血月启星楼这么强势无比的一支职业玩家队伍，再加上就要耍花腔这个外援，居然硬是被两个人追在屁股后头一通胖揍，俨然打出了一副老子揍儿子的气势来。

　　这还不算什么，追在他们屁股后面的其中一人居然还是个还没满级的治疗新手！这就有些丧心病狂了！

　　要说起来，如果只是被最多充六元这个全区出名的高手玩家压着打也就算了，他们在情感上多少还能接受，可是他们这么五个自诩实力高超的刺客流近战玩家，秉着"杀一个是一个"的信念，一度企图偷袭，却连夜晚的夏这个小奶妈的一片衣角都没摸到，他们的自信心可以说彻底地碎了一地。

　　直到被清出地图的一瞬间，所有人依旧有些茫然。他们一度不能反应过来，自己刚才到底都经历了什么。

　　看着跟前最后一具尸体从视野当中消失，杨溯繁象征性地拍了拍身上的灰尘，看了一眼目前公会地图当中所剩无己方人数后，他没有半点儿犹豫地说："走，处理下一拨。"

　　话音刚落，他便和轻染尘一起直奔战火纷飞的主战场。

　　所幸，在其他人的浴血奋战之下，对面的血月启星楼也有不少人员伤亡。

　　目前地图内的人数比为25比8，虽然看上去差距有些大，但对面的主力队已经被顺利解决，就算整个地图里只剩下两个人，只要另外一个人是轻染尘，杨溯繁就觉得问题不大。

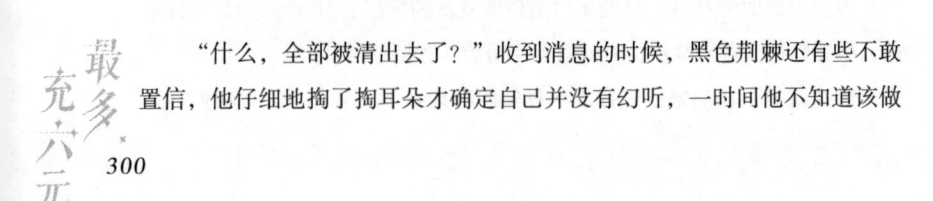

　　"什么，全部被清出去了？"收到消息的时候，黑色荆棘还有些不敢置信，他仔细地掏了掏耳朵才确定自己并没有幻听，一时间他不知道该做

什么样的表情，"怎么可能？五个职业玩家埋伏围杀，居然还打不过一个最多充六元？"

"据说……是这样的。"副会长囚影一开始也有些接受不了这个现实，看到自家会长的反应，他仿佛看到了刚刚收到消息时候的自己。

当时他本来还想多问一些详细情况，但看那些职业玩家一个个在线自闭的样子，他到了嘴边的话到底还是没能问出口。

此时此刻，囚影非常理解黑色荆棘的心情，他贴心地安慰道："不过现在我们公会战地图里还有一个团的人数，对面只剩下了最后8人，拿下这场公会战应该没什么问题。"

黑色荆棘只是在群战的时候走了下神就被清出了公会战地图，他本就心情不佳，在得知主力队全部阵亡的消息后更是暴躁得很。直到听副会长这么说，他脸色稍稍好了几分，但依旧绷着表情厉声道："还没打完，不要太自信！"

"人数差距这么大，最多充六元还能一挑二十不成？"囚影轻笑了一声，本来还准备再嘲讽上几句，视线瞥过公会频道时，他的表情不由得僵硬了。

落笔映惆怅：我挂了……

雪落成殇：我也出来了。

终人却散不离：什么鬼，我怎么死的？

呵呵呵：假的吧，发生了什么事？团里怎么只剩下15人了？

呵呵呵：现在12个……

囚影：怎么回事？

呵呵呵：我也不知道啊，明明对面只剩下最后两人了，可是突然之间我们的人就要死光了。

呵呵呵：啊啊啊啊，只剩6个了，出Bug了吧！

……

一股不好的预感涌上心头，囚影抬头看去，正好对上黑色荆棘已经彻底低沉下来的脸色。他下意识地抿紧了双唇："假的吧？"

黑色荆棘没有说话，确切地说，他现在一句话都不想再说了。

被清理出公会战地图的人没办法再看到内部的对战情况，可是光从公会频道里混乱的情况来看，这一战，他们怕是真的要输了。

原本他们还企图借助这场公会战来彻底离间最多充六元和黄金财团公会的关系，免得在以后的行动中又被这个难缠家伙坏了好事。可这一切的操作前提都得建立在他们血月启星楼拿下这场战役的基础之上。

然而，他们失败了，彻底地失败了！

当初他们还在为堕天公会输给一家普通的公会而幸灾乐祸，现在，只能说风水轮流转。

这一回的失利，他们输掉的不只是公会战，还很可能是血月公会的整个未来。

黑色荆棘甚至没有等战役彻底结束就直接退出了游戏，心情沉重地和总部汇报去了。由于过度郁闷，他甚至忘了让囚影去给身在黄金财团公会里的某位卧底提个醒。

这个时候，黄金财团刚刚被清出地图的众人正垂头丧气地围站在公会领地里。

等待战役结果的氛围，不可避免地有些消沉。

这些人大多算是公会里面的精英，努力奋战到最后一刻却深感无力回天，这时候满脑子只想着临出地图之前看到的 15 比 2 的人数比分，在这种几乎已经提前知晓结果的败局之下，他们自然是郁闷无比的。

"我说，对面毕竟是职业俱乐部旗下的公会，我们能打成这样已经很好了。"疯疯癫癫的小可爱酝酿了一下措辞，试图活跃一下气氛，"其实我们也不是输定了，刚出来的人不是已经说了吗，六元兄还在里面呢！他那么强，说不定就逆风翻盘了呢！"

视你如命点了点头道："有六元的地方就有奇迹，这点我完全认同。

不过，不是说里面还有两个人吗？另一个高手是谁？"

捂着心脏怕疼语调复杂地说道："他的小徒弟，夜晚的夏。"

疯疯癫癫的小可爱不由得沉默了一瞬。他语调沉重地说道："当我没说！"

确实，他们的六元兄很厉害，可是现在他面对的毕竟是15个人。

如果还有一个高手玩家在旁边跟六元兄搭档的话，翻盘倒还有可能，现在告诉他们另外那个人是个没满级的新手，这简直就是连幻想的空间都不给人留了啊！

周围自此彻底地陷入了沉默，就在这个时候，有一个弱弱的声音响了起来："那个，我有件事想跟会长说。"

众人抬头看去，只见西西欧脸色复杂地走了出来，看起来似乎有些犹豫，一副想说又不敢说的样子。

青步踏雪谣对会里的这个妹子还是有些印象的，她态度不错地问道："什么事？"

西西欧并不知道某会的会长和副会长的心态已经彻底崩溃了，没收到他们发来的消息，她只以为事情已经成功了，此时她自然是电视剧女主附体一般开始照之前的剧本走了起来："我……我想举报那个最多充六元和夜晚的夏，他们……他们和血月启星楼的人有勾结，是故意输掉今天的公会战的！"

此话一出，原本在旁边放空的佑迁眸色忽然一沉，他视线锐利地看了过来。

公会的其他成员本来正在焦心地等待着公会战结果，等消化完这句话的含义之后，场面瞬间爆炸。

最先按捺不住的自然是土豪固定队的成员。

不管怎么说，他们已经一起玩了这么久，自然是相信最多充六元的人品的，这个时候他们自然站不住了。

疯疯癫癫的小可爱本来就有些暴躁，这时候他更是不管对方是个妹子了,直接语气不善地说道:"说话可是要负责任的,小姑娘,泼脏水之前,你倒是先拿点儿证据出来!"

"怎么能说我是泼脏水?打公会战的时候,我可是亲耳听到最多充六元和血月启星楼的人在交谈!"西西欧一副被他吓到的样子,畏畏缩缩地说道,"我肯定不会看错,当时他把夜晚的夏调到了和他一个队伍后,就根本没有去杀什么人,而是和对面公会的人面对面相安无事地站着,要说没什么猫腻谁能信?"

说到这里,她顿了一下,又咬牙补充道:"而且事后我又仔细地想了想,如果不是因为有人和血月启星楼勾结,泄露了我们的战术安排,为什么在我们前期拥有巨大优势的情况下,对面突然间就疯狂反扑了呢?就因为这拨反扑造成了巨大的人员损失,才导致我们后面一直处于劣势,这件事,难道大家都不觉得奇怪吗?"

捂着心脏说疼一直没说话,而是拿着法杖一下又一下地敲着地面。

和他熟悉一点儿的人看着他这副样子,实在会怀疑如果这个西西欧多说一句,这法杖就会直接朝她捅去。

这个时候,法杖重重地往地上敲了一下,巨大的声响顺利地把所有人的注意力都转移了过来。

捂着心脏说疼却是依旧垂眸看着地面,他语调不明地问道:"按你刚才说的,夜晚的夏也是卧底?"

"对,他们根本不是师徒关系,夜晚的夏就是血月启星楼安插进我们公会的,说是最多充六元的徒弟,完全是为了掩人耳目!"西西欧道,"要不然,为什么自从这个徒弟进了我们公会之后,这两人就总是单独在一起?以这种身份交换情报,自然不会引起怀疑。"

话落,她站在原地静静地等着众人反应,也不着急再多说什么。

反正她现在只是一个无辜的、"撞破真相"的成员,至于之前怂恿夜晚的夏的那些聊天记录,全部都在她删除好友之后,随着她那在对方好友列表里面消失的头像一起,被清除得一干二净了。

至于提前截图这种事情，就冲那"傻白甜"新手的智商，根本就是不可能发生的，她完全不用担心。

现在，只要等黄金团长的会长青步踏雪谣秉公做出该有的裁决，将这两人踢出公会就好。

毕竟这件事关系到影响公会未来发展的关键战役的胜负，会长绝对不可能不清不楚地就息事宁人。

然而，青步踏雪谣自始至终没有表态，直到西西欧说完之后，她才抬头朝佑迁看去，语调询问地说道："老板，你怎么看？"

自从黄金财团公会创建以来，上上下下的事务都是由妹子会长一人操持。至于佑迁这个副会长，基本上就是挂个名号，他从来没过任何实质性的贡献，除了上次在世界闹得沸沸扬扬的下生死事件。虽然不乏有人会好奇他们两人的关系，但谁也不知道具体的情况。

而眼下，青步踏雪谣第一次在公会成员们面前喊了佑迁"老板"。

大家猜过无数种可能，从没想过他们居然是这种简单粗暴的雇佣关系。

所以，他们这个手残的副会长佑迁才是公会背后真正的老板？

西西欧在黄金财团公会待了这么久，自认为已经摸透了这位妹子会长公事公办的严谨作风，冷不丁出现了这种神转折，她脑海中不由得空白了一瞬。

她当然知道佑迁和那个最多充六元之间的关系，如果这个副会长因为顾及交情而选择原谅，那么她之前做的一系列事情，便等于前功尽弃了。

不过，有钱的男人应该不至于做出这种事吧？

西西欧的心里此时尚存一丝侥幸，可惜，这丝侥幸根本不存在。

佑迁知道青步踏雪谣此时忽然这么问，显然是有意把这件事交给他来处理了，于是他缓步走到了西西欧的跟前，垂眸看着她。

他微微眯了眯眼睛，无比直白地问道："这位朋友，你是想自己退会呢，还是被我踢出去？"

西西欧设想过无数种可能，也早就准备了数套说辞，但她万万没想到对方居然这样简单粗暴，蛮不讲理。

她顿时不可置信地睁大了眼睛："副会长，你这样以权谋私怕是不合适吧？叛徒明明是那个最多充六元，为什么你反而要我退会？"

"为什么？你这个问题问得真有意思。"佑迁扬了扬嘴角，语调平静地说道，"我自己的公会，想要踢个人，难道还需要理由吗？"

西西欧一时语塞。

"当然，如果你想死得明白一点儿，我也可以勉为其难地给你一个理由。"佑迁轻笑道，"既然你企图动我们公会的核心成员，那么现在我要给你穿个小鞋，应该也是非常正常的事吧。"

这理由过于充分，土豪固定队的成员都忍不住要给他点赞。

疯疯癫癫的小可爱由衷地拍了拍手，表扬道："老佑，我头一次觉得你这么爷们儿！"

西西欧在各区的各种公会都当过间谍，从来没有遇到过这种堪比土匪的霸道风气，这时她差点儿一口气没喘上来，她顿时给气乐了："你这样不给公会成员一个交代，就不怕让人感到寒心吗？"

佑迁淡淡地"哦"了一声："交代我自然会给，但这件事，就不容你操心了。"

西西欧被他这副"我就是没准备跟你讲道理"的态度给气得彻底吐血。

然而，还没等她暴走地再说什么，眼前的画面一变，她已经从黄金财团的公会领地传送到了外面人来人往的街道上。

与此同时，她还收到了系统发来的消息通知。

系统：副会长佑迁已经将您请离了黄金财团公会。

很显然，这人确实说到做到地动了手。

心里不爽之下，西西欧想要再进公会领地理论，结果手拿笔记本的儒雅男人推了推鼻梁上的金丝眼镜，彬彬有礼地说道："抱歉，您已被黄金财团公会登记在拒绝造访的黑名单之中，无法进行传送。"

西西欧忍了忍，到底还是没控制住地爆了粗口。

她心里虽然愤愤，但很快就冷静了下来，她迅速地找到了囚影汇报情况。

西西欧：副会长，我被黄金财团踢了。
囚影：嗯，知道了。
西西欧：你就不问问为什么？
囚影：反正这次公会战都输了，你暴露是迟早的事，具体细节无所谓。

隔着屏幕都能感受到对方生无可恋的气息，西西欧不由得愣了一下，她显然还没来得及消化这话里的内容。

不是说公会地图里的人数是15比2吗？怎么会输？

她下意识地想要再次发问，但消息还没来得及发出，便见系统频道弹出了全服公告。

系统：恭喜黄金财团公会在和血月启星楼公会的团队淘汰赛中更胜一筹，铸就胜利荣光！

他们输了？真的输了？

西西欧努力地把这条消息的每一个字逐一看了下来。她完全想象不出，在她被清出地图之后，那个公会地图里面到底发生了什么。

这个时候她有些庆幸佑迁提前一步把她踢出了公会，要不然，此时此刻，她估计正在和最多充六元、夜晚的夏当面对峙。

在那人帮助黄金财团公会赢下最终胜利的结果之下，不管她前面说得多么天花乱坠，证据又是多么充沛，一切都会不攻自破。

这一刻，西西欧感到自己的间谍生涯遭遇了史无前例的滑铁卢，她整个人都不好了。

而这个时候，与之相反，佑迁的心情显然很是不错。

虽然之前非常强势地直接把西西欧踢出了公会，但是出于这个女人前面的胡言乱语，他当然还是有必要想一套说辞来对其他成员做一番交代。

老实说，这可比他做商业统筹策划要来得困难得多，他绞尽脑汁，还是觉得很难编得完美。

可是现在，黄金财团公会成了这场公会战的获胜方，直接证明了那个西西欧的举报完全不成立，可以说省了他一大堆脑细胞。

当那两个人影出现在公会领地时，佑迁兴奋地走过去给了其中一人一个热情的拥抱："干得真棒！"

杨溯繁刚解决完血月启星楼的最后一人，地图切换之后，他眼前的画面还没来得及转变，就结结实实地感受了一把对方的热情拥抱。他差点儿出于本能地举杖，把这家伙一棍子掀翻。

直到土豪固定队的其他几人围上来把之前发生的事详细地说明了一遍，他才了然地点了点头，道："这就没错了，我还在想谁是卧底，现在看来，是这个西西欧无误了。"

疯疯癫癫的小可爱错愕地看着他："所以你一早就知道？"

"也不算太早。"杨溯繁看了轻染尘一眼，道，"具体过程你说说吧。"

轻染尘点了点头，直接把一早截图保存的聊天记录展示了出来。

事情的真相昭然若揭。

公会成员们也是第一次遇到这种钩心斗角的事，顿时一阵哗然，但是因为获胜了心情不错，他们更多的是感到很新奇。

"还有一件事。"杨溯繁沉思了片刻，对佑迁说道，"你还记得上次差点儿让我们和堕天公会闹起来的无敌刷刷刷吗？他现在好像也在血月启星楼。"

刚开始他确实没有反应过来，可是具体交手了几次后，他终于从那个就要耍花腔的作战习惯当中感受到了一丝熟悉的气息。虽然对方已经改名整容，但他还是可以确定，对方就是无敌刷刷刷无疑。

无敌刷刷刷曾经被他打到跪下道歉，也难怪现在一见到他就一副咬牙切齿的样子了。

佑迁没有多说什么，直接转过身去，对青步踏雪谣道："发个公告，把血月启星楼列为敌对。"

青步踏雪谣点了点头，语调不悦地说道："必须的。"

事情进行到现在，前因后果可以说都已经非常清楚，拿下了公会战的胜利，结局也是皆大欢喜。

轻染尘站在旁边看着众人忙碌，无意中一抬头，正好对上了某人充满审视的视线。

从刚才开始，捂着心脏说疼全程默不作声地听着，莫名地一言未发。这时候视线一对上，他忽然大步流星地走了过来，在轻染尘跟前站定，问道："所以，你们到底是什么关系？"

杨溯繁下意识地朝轻染尘看了一眼，两人短暂地交换了一个眼神。

杨溯繁说："我是他师父。"

轻染尘说："我是他徒弟。"

捂着心脏说疼差点儿暴走：我信了你们的邪！

经过这次，杨溯繁发现，至少在"马甲"这件事上，他和轻染尘的想法不谋而合。

他们不是已经和俱乐部签署协议的职业玩家，在没有和任何公会达成合作的情况下，只要他们身份暴露，不管走到哪里都注定是各家疯抢的对象。

现在既然已经从一区撤出来了，在短期内，他们自然不想再感受那种万众瞩目的感觉了。所以保持目前纯洁的"师徒关系"，不管对谁来说，都是再合适不过的选择。

不过为了让轻染尘不用再在"傻白甜"新手的"戏精"道路上越走越远，两人还是稍微通了下口风，一致对外宣称杨溯繁早就对公会内部的某些人产生了怀疑，所以让徒弟故意装新手，方便进行试探。现在内鬼已除，轻染尘自然也功成身退，终于可以活回自己。至于这个说辞到底有多少人能相信，一点儿都不重要，只要他们自己统一口径就行。

黄金财团在这次公会战里战胜了血月启星楼这个职业公会，毫不意外地在全区里刷了一拨新的存在感。

不管怎么说，他的对手毕竟是实打实的职业公会，所以，黄金财团这家普通的玩家公会居然已经强大到这个地步了吗？

引起大众震惊的结果便是大家疯狂地刷起了屏。

标准宅男：黄金财团这么厉害的吗？

流氓三少：第二次了吧，干翻职业公会！

午夜真人秀场：想采访一下血月启星楼现在的心情。

卷轴真体力：哈，还说《混沌》来的俱乐部怎么怎么样，你们《幻境》本土的不也输了？

小巧玲珑：一码归一码，堕天输了难道就不丢人？

正人君子：我只想说，黄金财团公会，牛！

午夜真人秀场：别的不说，但是都好几个区了吧，感觉血月启星楼是真的不行了。

心随你远行：楼上的别走，说血月启星楼不行的算我一个！

……

好在血月启星楼的会长黑色荆棘已经提前下线了，要不然，看到这堪比当初堕天公会战败的阵势，他估计得气到吐上好几升血。

堕天公会刚刚赢下战役，这时被世界频道点名，天下风范也很郁闷，可这时候显然也不方便上世界求放过，他只能在自家的公会领地里心塞无比地看着，只希望这话题早点儿过去。

青步踏雪谣自然不会错过这次造势的机会，在佑迁用灵币填满领地的建材仓库后，她直接把公会扩展到了五级，然后她上全服频道热热闹闹地发出了招募广告。

青步踏雪谣：黄金财团荣升5级公会，虚位以待，福利丰厚，诚招各路高手玩家激情加盟！

所有人都希望自己所在的公会足够强大，在众人的热议之下，青步踏雪谣毫不意外地收到了一大拨的玩家申请。

但是一个公会的成员数量有限，又刚刚出现过了卧底事件，青步踏雪谣这次在入会人员的审核上严苛了很多，她几乎完全根据各大排行榜进行筛选。但即使是这样，数量庞大的申请依旧让公会瞬间满员。

公会频道里顿时一片热闹，所有人很快聊成了一片，氛围无比融洽。

与此同时，随着这些综合评分靠前的新成员加入，黄金财团公会已经稳稳地处在全区公会影响力排行榜前列，隐隐有了和各大职业公会抗衡的趋势。

所有人都知道这种由普通玩家创建的公会，在《幻境》世界里生存艰难，这时候黄金财团公会的横空出世，不免让人想起了以前的一些传奇事件。

曾经，也有一家玩家公会在各大俱乐部遍及的新区声名鹊起。

当时，该公会创始人十月十二在那年的神武坛上一战成名，自此其公会发展势头更加一发不可收拾。他们从一家纯玩家公会起家，一路招募贤才、挖掘新人、注册俱乐部，自此，职业公会的名单上便多添了月神殿这名字。而这家公会的出现，也一度打乱了《幻境》世界几家老牌公会各占一片天的平衡局面。

现在，距离当初月神殿问世已经过去五年，眼下黄金财团这样过分强劲的势头，不免让人下意识地猜想，历史性的剧目会不会再次重演。

然而在把公会升至五级之后，黄金财团的管理们似乎又变回了闷声玩游戏的节奏，没有再出现任何变革性的大动作，一切又安静了下来。这几乎可以说是从侧面打破了众人的期待，不由得让人有些唏嘘。

月神殿这样传奇般的存在，果然不是那么容易出现的。

就算黄金财团确实有足够强劲的资金实力，可是这世上毕竟没有第二个十月十二，缺少了足以独自撑起一片天的神级玩家，就算发展再迅速，也只能是一家普通的玩家公会。

这就是普通公会与职业公会最大的差距。

这些私下里的议论，青步踏雪谣并不是没有听到过，对此她只是淡然一笑。

职业公会的申请表格她已经顺利提交，一切正在按部就班地进行，至于黄金财团的后续发展，她丝毫不着急。

等事情正式对外公布的时候，才是好戏开始的时候。

没有了破坏内部团结的卧底的骚扰，所有人的生活似乎又恢复了往日的平静。

在各自浪了几天之后，固定队众人终于有了意向去摸一摸70级后才开放的五人副本"科尔斯囚笼"。

不巧的是，视你如命却在这短短的几天内交上了一个新的女朋友，他们几乎是天天黏在一起，除了时不时在固定群里秀恩爱，就什么事都不做了，让其他人感到有些牙酸。

当疯疯癫癫的小可爱问他的时候，他是这样回复的："我现在正在和亲爱的一起'跳山山'，暂时没空。"

疯疯癫癫的小可爱掀桌："跳什么山山，你一个月就跟七八个人跳过山，成天这样上蹿下跳，也不怕腿都摔断！"

视你如命丝毫不为所动："我懂你的心情，你这样的单身汉是不会明白谈恋爱的乐趣的。"

疯疯癫癫的小可爱说："你继续跳吧，迟早栽在女人手上！"

视你如命纠正道："那真不一定。"

疯疯癫癫的小可爱怒道："滚！"

他终于放弃了对这个风流鬼进行劝说。他沉着一张脸回归了队里，道："那个不要命的死了，别管他了。现在少个治疗，你们准备怎么弄？要不上世界去喊？"

"不用，治疗的话我这儿有人。"杨溯繁说着，看了一眼好友列表，果然看到轻染尘已经顺利升到了70级。他直接发了条好友消息过去。

最多充六元：打本吗？科尔斯囚笼。

夜晚的夏：打。

轻染尘组进队伍之后，所有人在科尔斯囚笼副本门口集合完毕。

杨溯繁看了一眼轻染尘已然人模人样的装备，这些装备显然已经足够满足副本的需求。确认完毕之后，杨溯繁收回视线，却没有着急进本。

这个副本是他在潜心打《混沌》职业联赛的那三个月时间内新出的，他还没有正式打过。之前他也和轻染尘提议过，让轻染尘帮忙指挥一把，却被无情地拒绝了。轻染尘的理由特别充分，一句"你是怕我'马甲'掉得不够快吗"，就让他感同身受，无言以对。

"科尔斯囚笼"这个副本据说是目前五人本里难度最高的，为了避免在关键时刻掉链子，杨溯繁只能跟队友们要了一点儿时间，先翻出一份副本攻略看了起来。

就在杨溯繁一目十行地扫视着攻略内容时，便见一个熟悉的ID出现在了视野中。

笑不笑是陪仙踪林公会的人来开荒的，他没想到居然会在这里遇到这几个老熟人。

虽然说现在一看到某人，他内心的情绪就会有些复杂，但是毕竟相识一场，他总不能假装没有看到，于是他还是非常热情地过来打了招呼："嗨，大家好啊，我们又见面了！"

佑迁用一副"并不是很想见你的表情"应道："哦，好。"

笑不笑对此显然并不在意。他视线一转，落在杨溯繁身上时莫名变得沉重。他沉默了片刻才开口："好久不见啊，六元兄。"

"嗯，好久不见。"

因为已经从轻染尘口中得到确认，再加上这样一段让人浮想联翩的沉默，杨溯繁对笑不笑这突如其来的问候不得不提高警惕。

然而笑不笑反倒像是在故意逃避什么，非常迅速地转移了话题。他看向站在旁边的轻染尘，犹豫了一下，语调生硬地表达惊讶道："咦？这位朋友是新来的吗？之前没见过啊！这张脸真好看，加个好友呗，有空也教教我捏脸什么的。"

轻染尘和杨溯繁一时接不上话。

这又是什么神奇的打开方式？

仙踪林的人早就在副本门口集合完毕了，见笑不笑还在那里磨叽，他们忍不住远远地催了声。

笑不笑现在一看到最多充六元就觉得自己有些冲动，他害怕按捺不住自己的暴脾气突然出手打人，自然不想在这儿多待，道了声"再见"后，他就和自家公会的人一起转身进了副本。

然而，有些尴尬的氛围并没有因为他的离开而消散。

杨溯繁回想起笑不笑刚才傻子一般的表现，转过头问道："你掉'马甲'的事，没告诉他吗？"

轻染尘也觉得有些好笑，他扬了扬嘴角道："忘记了。"

看着这人的表情，杨溯繁非常怀疑他到底是真的忘记了，还是故意的。

于是，刚进副本的笑不笑忽然收到了一条好友消息。

夜晚的夏：你刚才打招呼的方式真特别。

笑不笑：机智吧？这样一来，我以后就可以光明正大地和你接触了。

夜晚的夏：其实你完全不用这么做。

笑不笑：怎么说？

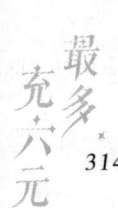

夜晚的夏：浩繁已经知道我身份了。

笑不笑：嗯？

夜晚的夏：公会战的时候我自爆了"马甲"。

笑不笑：你等下……容我缓缓。

笑不笑此时正跟在队伍后面清怪，在这样郁闷的情绪下，他差点儿连输出的心情都没有了。他好不容易才调整好了心态。

笑不笑：可惜我已经进本了，不然真想把浩繁这家伙给揍一顿。

轻染尘忍俊不禁地把聊天记录发给杨溯繁看。

杨溯繁其实能理解笑不笑的心情，毕竟当他知道徒弟就是轻染尘的时候，他也有揍人的冲动，但是这时候他不得不陈述一个事实："告诉他，现在他未必能打得过我。"

这话说得相当含蓄，但是熟悉他的人都能听得出来，虽然他说着"未必"，但心里笃定得很。更直白一点儿说，这是一句赤裸裸的威胁。

轻染尘唯恐天下不乱地做了转达后，瞬间收到了笑不笑一连串刷屏的省略号。

这时候，他们已经进入了副本，也就都关上了好友消息没有再看。

周围的光线忽然暗了下来，不时地吹来冷飕飕的阴风。在这样的氛围之下，让人连头皮都不由得有些发麻。

"我说，这个副本真的是进一次刺激一次。"疯疯癫癫的小可爱说着，从包里掏出一支火把来，点燃之后，周围顿时被照亮了。

看得出来他已经不是第一次打这个副本了，对于这里面的细节非常清楚，因此他准备得非常充分，自带了光源。

"确实有点儿吓人。"捂着心脏说疼绷着一张脸，完全看不出来表情。

佑迁看了看那随时可能被风吹灭的火把，问道："疯子，你这东西能烧多久？"

疯疯癫癫的小可爱想了想，答道："如果风不大的话，10分钟左右吧。"

"太麻烦了，还是用我的吧。"佑迁说着，直接从背包里面掏了个东西出来。

其他人定睛一看，在他掌心闪着温润明亮的光泽的，居然是商城里卖5000灵币一颗的夜明珠。

一瞬间，周围的区域被映得明亮了起来，效果比那忽明忽暗的火把好上了不知道多少倍，而且照明范围也大了好多。

疯疯癫癫的小可爱不得不承认这玩意在这地图里确实好用，但他还是忍不住地说道："老佑，你的收集癖怕是比我严重吧？好端端的买这东西干吗？"

佑迁看了他一眼，说："觉得好看。"

疯疯癫癫的小可爱回道："你怎么不干脆说你喜欢电灯泡？"

杨溯繁觉得他们再这样唠下去要没完没了了，于是他满头黑线地拍了拍手道："好了，赶紧开工吧。"

两人非常配合地没再说什么，为了避免佑迁在前面抗怪的时候影响后方的视野，夜明珠交到了疯疯癫癫的小可爱手里。

准备完毕之后，众人开始往深处移动。

几乎在开始行动的一瞬间，轻染尘非常清楚地感受到，捂着心脏说疼下意识地朝他旁边靠了靠。

捂着心脏说疼感受到轻染尘的视线后，依旧绷着一张脸道："这副本我第一次打，站后面比较安全。"

轻染尘的视线扫过这人几乎和他紧贴在一起的身体，不由得扬了扬嘴角，看破却没道破："那你跟紧点儿。"

"科尔斯囚笼"这个副本刚出来的时候，就因为这过分阴沉惊悚的氛围吓退了一堆人。

现在看来，他们队里也有这么一个胆小的。

有了夜明珠的照明，他们看清楚了周围的环境。但是这地牢的走廊蜿蜒曲折而且极为幽深，他们只能看到近前的灰白地砖和远处一片深不见底的黑暗。

过了片刻，疯疯癫癫的小可爱的神色微微严肃了起来，他问："听到声音了吗？"

确实有声音，像是有东西正一步一步沉重地踩在地面上，而且似乎数量还不少，这样的节奏落入耳中，缓慢又骇人。

应该是这个副本里的第一拨腐尸怪。

杨溯繁仔细地盯着走廊深处，还没来得及看到怪物的身影，眼前忽然一暗，他抬头看去，只见佑迁挡在了他的面前。从这人的表情里不难看出，这样的举动似乎是下意识的，连他自己都没有察觉。

杨溯繁微微地错愕了一瞬，他张了张嘴刚想说什么，便听那原本徐缓的脚步声忽然间快了起来。

从佑迁身后探出头去，他可以看到张着血盆大口迎面飞奔而来的腐尸怪群，与此同时，让人作呕的气息也扑鼻而来。

全息世界里的一切都无比逼真，有时候真的未必是一件好事，就好比说现在。

杨溯繁一瞬间被这些过分刺鼻的气味熏得有些发晕，但是他手上的操作并没有落下，几乎在对方刚进入攻击范围时，他就开始了吟唱。然而眼见就要完成施法，他身后忽然传来了一声惊天动地的尖叫声，刺激得他的手一抖，差点儿把冰墙放歪。

他下意识地回头看去，正好看到捂着心脏说疼在夜明珠的光线下微微发白的脸。

然后，他愣住了。

不是因为这尖叫真的有多吓人，而是这一刻，两个男人挤在一起的画面太匪夷所思。

轻染尘作为全队唯一的治疗，自然是站在后方补给，本来在怪物现身的时候，他正在迅速地给队友们逐一上状态，冷不丁身后传来一声尖叫，他还没来得及回头看，就在捂着心脏说疼受惊后出于本能的反应之下，作为其距离最近的依靠，直接跳到了他身上。

好在这个男人叫了一声之后就恢复了理智，没有继续制造尖叫骚扰，要不然，治疗玩家也不是不能打人。

疯疯癫癫的小可爱已经用箭雨把前排的腐尸怪全部射成了筛子，一回头看到这幅画面，在之前视你如命的刺激下，他顿时气不打一处来："你们干吗呢？靠谱点儿行不行！"

捂着心脏说疼也只是出于本能，这时候一抬头，正好对上轻染尘的视线，他顿时恢复了面无表情的样子，迅速地往旁边挪了一步。他逼着自己去面对那些让人无比不适的画面，而后他终于展开了法术攻击。

在巴不得尽快摆脱这些腐尸怪纠缠的想法之下，他的操作频率爆发到了顶点，群体法术几乎无缝衔接，加上其他几人的配合，第一拨被怪清理得异常迅速。

然而，那些被击杀的腐尸怪并没有像预料当中那样被系统回收，而是久久地堆叠在走廊上，更加浓烈的恶臭弥漫开来。

捂着心脏说疼感到自己的承受能力受到了前所未有的挑战，他好不容易才保持住一丝理智，问："这样的小怪一共有几拨？"

疯疯癫癫的小可爱道："还有三拨。"

轻染尘看着捂着心脏说疼这白得不能再白的脸色，难得好心地开口道："要不我扶你走？"

捂着心脏说疼的心情有些复杂，但看了一眼这深不见底的过道后，他还是用两根手指轻轻地捏上了轻染尘衣服的一个小角，算是纯爷们最后的小倔强。

杨溯繁看着这两人的互动只觉得好笑，一抬头恰见佑迁也朝他看来，他得不由问道："怎么了？"

佑迁盯着他看了一会儿，道："可以借你肩膀用一下吗？"

佑迁似乎怕他拒绝，又补充道："只借肩膀就行。"

杨溯繁更加沉默了。

因为这个地牢的空间太狭隘，并不适合骑乘，所以这人并没有把独角兽牵出来。

两个人这样肩并肩站着，不知道是不是错觉，他总觉得佑迁的语调好像有那么一些……飘？

虽然觉得对方提出的要求有些莫名其妙，杨溯繁还是往前走了两步："来吧来吧。"

就在佑迁的手臂搭上他肩膀的一瞬间，他感到对方似乎将整个人的重量都压了下来。

杨溯繁抬头朝前方看去，只见疯疯癫癫的小可爱拿着夜明珠在不远处带路，一副完全不想搭理后面几人的样子，只留下了一个倔强寂寞的背影，带着几分浓烈的不屑。

杨溯繁和佑迁就这样往前走了几步。

毫无预兆地，佑迁忽然低了低头。

此时，佑迁的视线有些迷离，他的眼睛看上去似是笼了一层雾气。随后，他低沉的声音传来："我……有些晕血。"

如果不是佑迁的状态确实有些不对，杨溯繁恐怕真要怀疑这人又在故意诓他了。

在全息网游的环境中，这种生理性的不适通常会被降低，所以对于轻度的晕血患者而言，虽然平常的作战中避免不了见血的情况，可毕竟怪物在倒地之后很快就会被系统回收，因此他们并不会产生太大的不适感。

可眼下的局面就不一样了。

这些腐尸怪死后，尸体依旧在地面上堆积着，并没有消失。

在这样视觉和嗅觉的双重刺激之下，就连杨溯繁这种正常人都不免感到有些不适，更何况是轻度晕血症患者了。要是佑迁说的是真的，那他确实免不了会被刺激过度。

也难怪在进入这张地图的时候会有系统提示，禁止患有心脏病、高血压、脑血栓以及身体状况欠佳的玩家入内了。

随着时间的推移，再过片刻，第二拨怪群就要出现了。

杨溯繁看着佑迁这副随时可能要挂的样子，关心地问道："没事吧？"

佑迁咬了咬牙，说："没事，我还能继续！"

杨溯繁感觉这语调听着有些"壮烈"，他忍不住提议道："要不，这个副本我们就不打了吧？"

他觉得实在犯不着为了这点儿小钱把命给搭进去。

然而佑迁忍了忍头晕目眩的感觉，心里想的却是坑谁都不能坑他的高手兄，因此他依旧无比坚持地说道："我真的能打。"

杨溯繁无语：看你这状态可真不像是能打的样子啊，大兄弟！

疯疯癫癫的小可爱原本在前面带路，这时候已经停了下来，正好听到后头两人的对话，他终于没办法继续装聋了，善意地点拨道："真想出去的话，我劝你们还是赶紧清怪吧。"

杨溯繁问："为什么？"

疯疯癫癫的小可爱回过头来，手上的夜明珠正好照亮了他扬起一抹诡异弧度的嘴角。他半边脸庞沉浸在黑暗中，若隐若现，连声音都无比配合氛围地森然了起来："因为，这个副本的策划者是个变态。在没有达到最后的大怪刷新地点前，如果你想要提前离开这个副本，只有满足两种情况才行。"

捂着心脏说疼看他这瘆人的样子本来想捅他一棒子，但听到最后那句话后，他下意识地问道："哪两种？"

疯疯癫癫的小可爱深深地看了他一眼："一种当然是按照剧本，把四拨小怪全部清了，还有一种就是，乖乖地让这些腐尸怪把你咬死，而且一直要咬到全身的装备耐久全部清零。怎么样，是不是听起来特别刺激？"

捂着心脏怕疼想象了一下被这些东西围在身边又是撕咬又是疯挠的画面，瞬间感到头皮都快要炸了："那还等什么？干他！"

"这策划确实是个变态。"杨溯繁想想也觉得有些恶心,可是他不得不提出一个非常现实的问题,"可是,等会儿出了第二拨怪,谁来抗伤害?"

他们这支队伍里就只有佑迁这么一个可以做前排的肉盾。

现在这个肉盾因为不可抗力,差不多已经没了,而其他几个"脆皮"都不太合适,轻染尘这个治疗倒是够皮糙肉厚了,操作水平也完全不用担心,奈何是个没有伤害的辅助奶妈,在这些暴力输出面前根本拉不住仇恨啊!

这个深奥的问题,顺利地让所有人都陷入了沉思。

原本半死不活地趴在杨溯繁肩膀上的佑迁,忽然垂死挣扎般地把头抬了一下,他语调虚弱地说道:"没事,放着我来。"

说实话,看他这随时可能断气的样子,杨溯繁都担心他还没走上战场就先倒下了。

但是这个时候,第二拨怪已经刷新。

听着由远而近,明显比第一拨的数量更加庞大的腐尸怪的脚步声,大家显然没了更多商议对策的时间。

杨溯繁把手上的法杖紧了紧,只要想到一旦失败就要被这种恶心的腐尸怪大军啃噬的下场,他的神情里顿时带上了一丝即将上刑场般的决绝。他的语气是前所未有的认真:"那就打吧!"

这时,他感觉到落在他肩膀上的重量轻了几分。

某个背影摇摇晃晃地往前面的走廊里挪了两步。他好不容易走到了位置站定,脚下却一不留神踩上了一颗小石子,差点儿一个趔趄摔倒在地。

杨溯繁无奈了:你真的可以吗,老板……

出现在视野当中的腐尸怪群已经接近,转眼就朝着佑迁扑了过去。

这个时候,一个专业MT(怪物仇恨的主要承受者)的素质就突显了出来。

不管被这些怪物怎样撕咬,佑迁仗着自己超高的防御值始终不动如山,他生怕漏了怪,直接在商城里买了一颗1000灵币的勾魂丹,连拉怪的技能都省得放了,直接靠着勾魂丹独特的香气吸引了所有腐尸怪的仇恨值,站在原地当起了木桩。

杨溯繁顿时收回了之前所有的质疑。

他错了，土豪大佬的世界里没有"不行"这两个字！

接下来，没了OT（即将面临死亡）的后顾之忧，就轮到其他人疯狂输出了。

为了减轻前方肉盾的压力，杨溯繁把所有的控制技能毫不吝啬地放出。他几乎耗尽了自己的毕生绝学，力求将每一个技能都用在至关重要的时机上。

后方有轻染尘在稳稳地控制全团的血量，整个过程显得特别安全。

很快，这批数量庞大的怪群终于被清理得一干二净。

然而众人还没有来得及喘息，耳边又传来了一阵更加剧烈且沉重的脚步声，甚至让人可以隐隐感受到腐尸怪踩在地砖上引起的共振。

"怎么还来！"捂着心脏说疼都有强制下线的冲动了，这没完没了的，谁受得了！

"没办法。"疯疯癫癫的小可爱非常理解捂着心脏说疼抓狂的心情，他一脸遗憾地说道，"忘记告诉你们了，从第二拨开始，后面的三拨腐尸怪都是连续刷新的，没有之前这么长的时间间隔给我们准备，我们必须一口气清完。"

捂着心脏说疼无语了：不早说！我死了算了！

轻染尘看着这胡子邋遢的大汉一副快崩溃的样子，忍不住笑出声来。他把手里的治疗权杖举了举，提醒道："别开小差了，它们来了。"

大敌当前，捂着心脏说疼也只能强行让自己镇定下来，即使心里万般不愿意，他也只能绷着一张脸开始了技能吟唱。

最后两拨怪物刷新的频率确实有些过快，好在数量不是和之前一样翻倍递增的，还在大家可以应付的强度之内。

随着地上的七零八落的怪物尸体越堆越多，走廊里的血腥气息的浓度一度超标，熏得人生不如死。所有人几乎是屏住呼吸才熬到了战役的完结，他们没有让那些腐尸怪咬死，反倒是差点儿被自己憋死。

随着最后一只怪物"嗷"的一声倒下，周围终于安静了下来。

佑迁挺拔的身影站在遍地尸体当中，身边是夜明珠光泽散开的一层薄薄的光晕，把刚刚经历过浴血厮杀的战场衬托得过分惨烈。

杨溯繁提着一口气走过去观察了一下佑迁的脸色。他试探地问道："还好吗？"

佑迁没有什么反应，过了好半晌，他才缓缓地回过头，扬起了嘴角，没头没脑地冒出一句话来："刚才我帅吗？"

杨溯繁被问得愣了一下，到底还是在鼓励和否认之间做出了选择："挺帅的……"

佑迁显然很满意这个答案："那就好。"

杨溯繁本来还想再说些什么，便见跟前的人忽然毫无预兆地晃了两下，然后直直地倒了下来。还好他及时反应过来，控制住了自己身体本能的闪避操作，要不然，这位晕血的有钱老板估计得一头栽倒在地上，跟一地的尸体在这里沉眠了。

疯疯癫癫的小可爱走过来瞥了一眼眼睛紧闭的佑迁，很是直接地问道："老佑啥情况，还活着吗？"

如果不是在全息世界里，杨溯繁非常怀疑他可能真的会做出拿手探鼻息的举动来。

杨溯繁说："应该只是晕过去了。"

疯疯癫癫的小可爱颇有感触地说："是什么让晕血患者在这个副本里苦苦支撑啊？"

捂着心脏说疼看着这两人大有站在那儿聊天的意思，终于忍无可忍地说道："你们是觉得这里的风景特别好还是怎么的，我们能不能换个地方说话？"

"当然可以！"疯疯癫癫的小可爱道，"其实除了味道超标了一点儿，这里的环境确实还挺刺激的，你们不觉得吗？"

捂着心脏说疼怒道:"刺激个鬼!"

眼见几人就要动身,杨溯繁却站在那里没有动,而是神情复杂地喊住了他们:"那啥,我还有一件事情。"

疯疯癫癫的小可爱转头问:"嗯?"

杨溯繁说:"你们能……帮我一起搬一下人吗?"

刚才佑迁搭在他肩膀的时候好歹脚上还撑着点儿力气,这时候这人完全倒下了他才感觉到,这人真的是沉得过分……他完全扛不动啊!

疯疯癫癫的小可爱说:"好说。"

几人合力,终于找了个空气相对清新的干净地方把佑迁给安顿下来。

"所以,我们到底是为了什么要来这个副本里面找虐?"捂着心脏说疼有些沧桑地说道,如果现在手上有一支烟,他大概早就毫不犹豫地抽起来了。

杨溯繁问道:"现在只剩一个大怪了是吧?"

"对,过了对面那道牢门就是最后的血伯爵科尔斯了。"疯疯癫癫的小可爱说着,看了一眼地上生死不明的佑迁,撇了下嘴道,"可老佑现在这样子也出不去副本啊,再过20分钟还没开怪的话,科尔斯就能把他的手下全部复活了。这种重新读档的感觉,是不是想想都觉得激动?"

捂着心脏说疼无语。他终于知道这张地图里的小怪为什么不会被系统回收了,敢情还自带着倒计时复活的Buff。

杨溯繁感到有些头疼:"这里有人懂得急救吗?总得先把人弄醒吧!"

把佑迁直接扔在这里自然是不可能的,这也未免太不仗义了。可如果全程陪在这儿不作为的话也不是个事儿,万一佑迁真的晕上个半个小时一个小时的,那些腐尸怪照样得复活,总之,他横竖都是死。

但很可惜,现场并没人拥有唤醒技能。

"我有个方法,倒是可以试一试。"疯疯癫癫的小可爱沉思了片刻,一本正经地问道,"你们听说过《白雪公主》或是《睡美人》吗?"

杨溯繁震惊道:"啊?"

疯疯癫癫的小可爱道："童话故事告诉我们……"

杨溯繁的嘴角抽了抽："超纲，下一个。"

"你别着急反对，我还没说完呢，你怎么知道我说的就不靠谱？"疯疯癫癫的小可爱兴冲冲地怂恿道。

杨溯繁看着跟前躺着的佑迁，忽然有些怀疑自己到底为什么要来打这个副本。

就在这时，地上躺着的男人忽然闷哼了一声，然后，他神色迷离地睁开了眼："嗯？这里……是什么地方？"

佑迁撑着身体从地上站了起来。他脸色看起来依旧不太好，但是至少没像最初那么惨烈了。他一抬头，正好对上杨溯繁审视的视线，他一脸迷茫地问道："怎么了？"

杨溯繁无语：怎么了？这人还好意思问怎么了！

他尽可能保持心平气和地问道："你什么时候醒的？"

佑迁实在没忍住，笑出声来："大概是在你们说什么《白雪公主》和《睡美人》的时候吧。"

杨溯繁没忍住，将手里的法杖甩了过去，但是考虑到这人才晕过一次，他到底还是没有下手，只能没好气地说道："行了，人都醒了，大家可以出去了。"

佑迁却是伸手抓住了他的法杖，道："都到这里了，把这个本打完吧。"

攻略里说过，科尔斯囚笼这个副本最难克服的心理障碍，主要在前面的那四拨小怪，只要通过了这个考验，后面的大怪考验的就是纯技术了。

但想要顺利通关的前提是玩家必须在 20 分钟内开大怪，并顺利完成击杀，如果超过 20 分钟，挑战失败，就意味着玩家需要回到副本的入口处，再享受一次腐尸怪们的狂欢盛宴。

杨溯繁看了看现在的时间，已经过去了 12 分钟，剩下的 8 分钟，估计也只够他们尝试性地摸一把大怪。

众人互相交换了一下眼神，都不约而同地做出了选择："那就打吧！"

大怪开打，没有了视觉上的恐怖氛围干扰情绪，捂着心脏说疼彻底恢复了自己原有的水平，也不知道是因为有杨溯繁和轻染尘这两尊超级大神的坐镇，还是出于谁都不想再面对一次那些惨无人道的腐尸怪，总之，在大家的同仇敌忾之下，血伯爵科尔斯的击杀过程居然出乎意料地顺利。

"啊，终于结束了！"疯疯癫癫的小可爱看着地面上那具脸朝下的尸体，不由得有些唏嘘，"这个副本，我们打了快三个小时了。"

捂着心脏说疼也很是感慨："这垃圾副本我再也不来了！"

杨溯繁瞥了眼包里的战利品，却是很满意："不垃圾，掉落的东西挺好的。"

其他人看了看自己包里多了的等于没多的蓝色材料和装备，不约而同地问道："你又得什么了？"

杨溯繁拿出来展示了一下——"科尔斯的獠牙""吸血鬼之戒"。

疯疯癫癫的小可爱顿时受了刺激："这游戏没法玩儿了！"

他头一次见到打五人本，橙色装备和橙色道具一起出的！

轻染尘对于某人的欧皇属性早就见惯不怪，他倒是惊奇地有了别的发现："这副本的大怪还掉箱子？"

听他这么一说，其他人才发现刚刚还倒在地上的大怪尸体已经被系统回收，取而代之的是端端正正地摆放着的两个宝箱。

"是啊，还掉箱子吗？我以前怎么没遇到过？"疯疯癫癫的小可爱也走过去仔细地看了看，一脸错愕。

"之前在论坛看到有人说过，似乎是概率性的。"捂着心脏说疼朝杨溯繁看了一眼，露出了进入这个副本后的第一抹微笑，"看样子，我们这是沾了某人的福。"

"这运气真是爆棚，我还是头一次在五人本里看到箱子，不知道这里面能开出些什么？"疯疯癫癫的小可爱用长弓戳了戳箱子，脑海中忽然冒出一个想法来，"我说，摸箱子的事，我倒是有一个好玩的提议。"

没人吭声，大家直觉这人想不出什么好事。

326

疯疯癫癫的小可爱并不在意这阵沉默，直接往下说道："我们队里不是有两个神人吗，正好一人摸一个箱子，我真的特别好奇能开出什么来。"

捂着心脏说疼终于承认："好像确实有点儿意思。"

到底哪里有意思了！

杨溯繁对这些土豪老板的恶趣味有些无语："你们确定？"

疯疯癫癫的小可爱道："确定，反正也不缺这点儿东西。"

行吧，你们有钱可以任性。

话都说到这份儿上，杨溯繁也不再推辞，他直接走过去把左边的箱子打开了。

也不知道是不是因为他已经有了极品武器，这一回箱子里倒是没有法杖，而是两双橙色品质的鞋子，速度属性非常惊人，正好可以替换他脚上那双属性稍差的破靴。

他摸完，轮到佑迁了。佑迁并没有朝箱子走去，反倒是转身走到了杨溯繁的跟前，把手心放平地伸到了他跟前。

杨溯繁问："怎么了？"

佑迁垂眸看着他，笑道："摸一下，蹭好运气。"

杨溯繁无语："这么迷信？"

佑迁道："可怜可怜我，我玩游戏后就从来没有摸到过好东西。"

他低低的语调听起来带着一丝委屈，杨溯繁在这样的注视下不由得心软了一下，他到底还是犹豫着把手伸了出去，当着众人的面，用食指在佑迁的掌心上蹭了蹭。

佑迁在他抽回手的瞬间，像是怕欧气一不小心给放跑了一样，赶紧把掌心握了起来，然后他到宝箱跟前深吸了一口气，庄重无比地缓缓打开。

其他人好奇得很，顿时围了上去，便见这个箱子里安安静静地躺着一件装备。

好消息是，这居然真的是一件橙色装备，但坏消息是，这件重装盔甲上面没有半点儿物理防御属性，数值全部堆在了法防上面。

整整超过 800 的法术防御值，足以让一个肉盾近战失去任何物理防御力，瞬间变得"脆皮"。

瞠目结舌之余，疯疯癫癫的小可爱都快笑抽了："这装备牛啊，一看就是你们两人体质的合成品，别人学都学不来啊！"

佑迁说："嗯，我准备拿回去收藏。"

杨溯繁无语了，收藏起来干吗？留着以后开奇葩装备鉴赏博物馆吗！

第十章
神仙打架

因为最后出的两个宝箱,从副本里面出来后,大家的心情很是不错,就是看这情况,以后大家大概是不可能再和整支固定队一起来碰这个副本了。

佑迁因为晕血导致精神不济,选择了下线休息。

杨溯繁打开背包看了看后,正琢磨着要不要去市场上找商人清一拨材料,便见一条好友消息弹了出来。

笑不笑:来黑森林,不来就不是人!

这条消息可以说没头没尾的,但杨溯繁只是愣了下神就明白了过来。他好笑地对旁边的轻染尘道:"老笑找上门来了。"

轻染尘毫不意外地说:"我刚告诉他我们打完副本了。"

就说这消息怎么来得这么及时,敢情是身边有这么一个间谍在啊!杨溯繁不由得感到无语,但也无可奈何地叹了口气,道:"行吧,去看看,都在一个区,想躲也躲不开,总是要面对的。"

轻染尘显然很乐意凑这个热闹:"一起去。"

杨溯繁心想:你这家伙看起来人模人样的,其实心坏得很!

当两人抵达位于黑森林的那个坐标点的时候,迎接他们的是铺天盖地的一阵强势冰雹。

轻染尘轻描淡写地朝旁边一避，堪堪躲过。他出言提醒道："老笑，冤有头债有主，可别祸及无辜啊！"

"你闪远点儿。"笑不笑应了一声，却是半点儿没有停顿的意思。

这样来势汹汹如同发泄般的攻势，实在非常让人怀疑他是不是等这一天等很久了。

说真的，杨溯繁还是觉得笑不笑未免小题大做了一点儿。不就是隐瞒了浩繁的身份吗？至于像现在这样，把他当成一个"负心汉"来对待吗？

杨溯繁当然不会想到，当初他和佑迁两人的那段操作，给这位仁兄的心理带来了多大的冲击。

他就这样在完全不走心的心态下，一边走位灵活地闪避着铺天盖地的高级魔法，一边还有心思打趣道："老笑，有意思吗，你这也太暴躁了点儿吧？"

这话不说还好，一说又再次点了一把火。

"我还有更暴躁的，想看吗？"笑不笑咬了咬牙，完全不等杨溯繁反应，瞬间就是暴风雪、浩天狂沙、冰荆棘、血色火焰一阵连发。

他的施法速度本来就是整个《幻境》世界里巅峰级的存在，好在杨溯繁刚刚换上了从副本里打到的高移速鞋，要不然一不小心真得吃上一个大亏。

眼见一时半会儿和笑不笑是讲不了道理了，杨溯繁显然也没有站在原地挨打的习惯，他把手里的法杖紧紧一握，接连几个侧跳避开了一系列法术轰炸之后，精准地掌握了极短时间内的空隙，豁然迎面逼近笑不笑，然后直接一棒子甩去。

笑不笑在知道这家伙就是浩繁之后，找来了之前他和无敌刷刷刷下生死的视频研究过，虽然当时他装备还没成型，但笑不笑也摸到了些许他的角色培养方向，心有警惕之下，笑不笑灵巧地避开了他突然而至的攻势。

紧接着，笑不笑飞速地释放了一个土系魔法，骚扰了一下他的移动，企图再次拉开距离，避免跟他近身纠缠。

杨溯繁更是反应敏捷地一个侧跳避开，几乎在同一时间瞬间完成了吟唱——一条藤蔓从地面探出，直奔笑不笑脚下。

笑不笑眼看闪避不及，干脆直接朝着杨溯繁跟前的区域下了一片密集的冰雨。这片范围巨大的减速区域顺利地阻挡了杨溯繁近身的操作，眼见短暂的定身时间即将结束，笑不笑飞速地完成了距离牵制，他警惕无比，不愿再给对方半点儿机会。

看他不给机会，杨溯繁干脆自己找。几次虚晃之后，他再次找到了机会。

两人在对峙的过程中只是稍稍一个停滞，各自调整后又交战在了一起。短短的几分钟之内，双方就有来有往地进行了数次交锋。

轻染尘在旁边饶有兴趣地看着，都忍不住想为他们鼓掌称赞。

这种两个神级玩家之间的巅峰交战，除了在神武坛赛事的战场上，平日里确实少有机会见。

虽然在这个区换了角色路线，但毕竟昔日曾被封为"剑圣"，杨溯繁凭借着自己对近战绝对透彻的了解，频频打破堪比枪林弹雨的法术轰炸。而且，他现在在战士的基础上又增添了辅助技能，从某方面来说，俨然比以前更难缠。

至于笑不笑，这位整个《幻境》世界公认的最强法系输出，不仅随时保持着超高强度的爆发式进攻，而且以无比机敏的反应时刻干扰着对方的走位，一度使得精彩纷呈的战局焦灼无比。

如果不是两人现在都还在装备的调整和更替阶段，恐怕对战能比现在激烈数倍。

一个物理一个法术，两个领域顶尖的大神这样你来我往地激战在一起，轻染尘啧啧称奇之余，脑海中不由得闪过四个字来——此情此景，大概就是传说中的"神仙打架"了吧。

在旁边看了一会儿，感觉笑不笑应该也发泄得差不多了，轻染尘终于站起身来，给战场中气血值都有些残损的两位大佬各抬了一口。他扬了扬语调，问道："你们还没打舒服呢？"

有轻染尘在场，笑不笑打一开始就没想过要闹出人命来，别看他表面上气势很足，实际上从头到尾都打得很是难受，那是一种具体说不上怎么回事，但又确实被对方彻底锁死了节奏的感觉，被动无比。所以，这个时候他自然非常乐意顺着这个台阶走下来。

临收势的时候，他还不忘恶狠狠地瞪了杨溯繁一眼，道："我就想教训教训这个'戏精'！"

杨溯繁才打了近三个小时的副本，被血腥气熏得上涌的呕吐感还没过去，他本来就巴不得这个暴走的家伙尽早消停下来，这时候当然也不会想不开地多做纠缠。

他拖着疲惫的身体走到草地上一屁股坐下去，又抬头看了旁边的轻染尘一眼，意味深长地笑道："要说这'戏精'可不止我一个，真要教训，你教训得过来吗？"

笑不笑哪里不知道他说的是谁，他绷着一张脸愣是没有接话，然后非常坚决地做出了一副抵死不承认自己也是同伙的态度。

三个人就这样坐在森林的草地上。

刚刚还战火纷飞的场面一瞬间安静了下来，谁都没有说话。

过了片刻，笑不笑忽然伸手挠了挠凌乱的发丝，重重地拍了把脑袋道："浩繁的这张脸实在太惹人生气了，害我差点儿把正事给忘了！"

杨溯繁无语：我这张清纯可人的俊脸又哪里招惹你了？

笑不笑随手调出虚拟屏幕划了两下，点出了一个资讯页面递给了旁边的两人，道："最近十区的珈蓝圣殿公会特别活跃，不久之前还突然出现了两位大神，不管是作战风格还是行为处事都与你们两人非常相似，一问世就吸引了一大拨粉丝，爆火的速度惊人。"说到这里，他顿了一下，忽然意味深长地幽幽一笑："而且就在最近，又接连出现了不少新的言论，这两位新神的粉丝们表示，老牌的剑圣和医仙空占这个位置太久了，也是时候更新换代一下了。我特别好奇，作为当事人，你们两位心里有什么想法。"

话落，他本着看热闹不嫌事大的态度沉默了下来，看好戏般地打量着两人。

杨溯繁一眼看去，便看到了资讯上"新神秘高手现世，剑圣医仙是否江山易主"的醒目大字，他还没细看内容，就先被这江湖气十足的标题给逗乐了："别说，这小编还真挺懂怎么抓人眼球的。"

轻染尘也笑道："就是内容有些哗众取宠，不知道这篇通稿花了多少广告费。"

这两人的反应显然都不是笑不笑想要的。笑不笑愣了一下，忍不住不爽地皱眉道："这珈蓝圣殿摆明了是在借你们两人的名号造势，你们居然一点儿都不生气？"

当初第十区这两个新晋大神刚开始活动的时候，虽然实力确实非常不错，但毕竟《幻境》世界里已经拥有了这么多神级玩家，想要从这饱和的市场里吸引粉丝，显然不是那么容易的事。

就当珈蓝圣殿的管理层为了增加影响力而绞尽脑汁时，恰好轻染尘这个医仙继剑圣浩繁之后也从一区突然删号蒸发，管理层顿时灵机一动，借着这两位"远古大神"的话题热度，开始疯狂地立人设、炒话题。

原本这样的操作确实顺利地吸引到了一批人的关注，可毕竟蹭这拨热度的人太多，热度分流得非常厉害，导致广告的最终效果比起预期来，着实非常一般。

就在这个时候，不知道是新的宣传手段还是真心猖狂，这两人当中的近战流高手独命唱公然发声，宣称自己才是目前《幻境》世界里剑系近战中的头号玩家，等今年的神武坛正式开赛，他就要拿下应该属于自己的荣耀光环，告诉所有人，一个新的时代即将来临。

这话明里暗里，等于是隔空喊话已经删号的前剑圣浩繁了。

很多浩繁的粉丝终于忍不住跳了出来，怒骂独命唱毫无自知之明，仗着浩繁弃游才敢出来上蹿下跳，整个就是一个跳梁小丑。而独命唱的粉丝则是反击说浩繁是见新的高手层出不穷，怕被人打下神坛才突然删号逃跑的，是尿包一个。

骂战一来二去，加上不知道是不是有人故意引导，轻染尘和画中人的粉丝也陆续加入，混战之下，居然真把第十区的这两人给骂火了。而且这期间，独命唱和画中人两人并不是毫无作为，两人夜以继日地投入竞技场当中，每天都能上传近十个视频。

在目睹两人竞技场双排二十连胜之后，有那么一部分人终于也不得不承认他们确实有些实力，渐渐地也不再骂得那么凶了。只不过，还是会有人时不时地冒出来劝告他们，不管是不是真的强到逆天，做人还是不要这么自视甚高的好。

杨溯繁听着笑不笑的描述，平静的态度中终于带上了一丝诧异："竞技场二十连胜？这么看来，确实有两把刷子。"

轻染尘也是若有所思："很显然，珈蓝圣殿暗中培养这两人，确实也是下了不少功夫的。"

第十区早在十一区一年前开区，竞技场系统自然早就开放。

在《幻境》世界中，竞技场的所有队列都是共通的，也就是说不管从哪个区的入口进去，都是所有区服的玩家共同进行匹配，根据积分的高低，随机安排对手。

在这个过程中，玩家刚开始遇到的还都是低分局的对手，等到十连胜之后就会开始跳段，这时候再匹配的，往往都是其他区里顶尖的高手。

二十连胜，绝对是一组非常强大的数字。

笑不笑得知这个消息的时候，第一反应是迫不及待地想看这两位当事人的抓狂反应，这会儿眼见两位大哥一个比一个淡定的样子，他反倒是整个人都有些不好了。

他难以理解地用法杖重重地在地面上戳了个大洞，恨铁不成钢地说："你们两人还能不能行了？人家都踩你们头上了还不吭声，到底有没有一点儿荣誉感啊？"

"这和荣誉感有什么关系？"杨溯繁疑惑地看了他一眼，"现在是他们扒上来要捆绑蹭热度，又不是我们去找的他们，只是博眼球的话，感觉其实和我并没有太大的关系吧？"

"我也觉得无所谓。而且比起这件事来，倒是你……"轻染尘似笑非笑地朝着笑不笑扬了扬嘴角，说，"老笑，你就知道为我们操心，其实你现在混得也不见得有多好吧？"

在他这样的注视下，笑不笑不由得想到了自己现在在仙踪林里的处境。他苦笑道："喂，这话扎心了啊！"

其实杨溯繁早就想问笑不笑了，只是之前因为"马甲"不好开口。现在既然已经没有顾虑，他便直截了当地问道："所以你准备怎么办？就仙踪林现在对你的这个态度，你还要以公会的名义继续参加神武坛吗？"

"两个月后神武坛就开始了，今年应该还是会以公会的名义参加吧。不过最多也就是个人战，团队战他们自己会安排。"笑不笑说道，"反正之前签的合约年底就会到期了，到时候我大概会选择直接解约。"

轻染尘说道："解约就对了，早就让你解约了，你还念着那些毫不值钱的交情。"

杨溯繁问："那解约之后呢？你有什么打算？"

笑不笑说道："还没想好，到时候再看吧。或者说就像你们那样，用自由的打工受聘模式也不错。"

杨溯繁点了点头："说得没错。"

其实仔细一想，他这样的担心确实没有太大意义。

像笑不笑这种实力顶尖的"远古大神"，一旦从仙踪林解约退会，估计所有的顶尖职业公会都会诚挚地邀请他加入。到时候，他只需要跷着二郎腿在家里随意挑选就好，无处可去这种情况，根本不可能出现在他身上。

三个人又坐在那里有一句没一句地聊了一会儿，毕竟谁也没想到有朝一日居然会以这种方式在新区碰面，他们不由得有些唏嘘。

但几人都是大老爷们，也真没那么多话好说，看时间差不多了，三人就各自下线休息去了。

一周后,笑不笑曾经提过的竞技场,终于在第十一区这个新区正式开放了。

在《幻境》世界的这么多玩法里,竞技场属于在新区里开放得比较早的,但是比起后期逐渐推出的其他各种玩法,杨溯繁反倒是最喜欢这个项目。

毕竟这里既能遇到其他区的PVP高手过过瘾,又可以赚取竞技场积分,兑换不少必需品,这样两全其美的活动真心不多。

所以在渐渐地熟悉了米虫生活之后,以往不到下午不上线的最多充六元,在竞技场开放的第一天,就早早地进入了游戏。

最近这一周下来,佑迁的现实生活似乎非常忙碌,基本上抽时间上来和他们固定队一起清个日常本后就下线了,也不知道到底在忙些什么。他没说,杨溯繁自然也不多问,只是杨溯繁隐隐有种预感,这人在暗中搞什么大动作。

这天上线后,杨溯繁一看好友列表,毫不意外地看到佑迁的头像依旧暗着,他的目光往下移了移,给轻染尘发了条消息过去。

最多充六元:竞技场走起?

这一次,轻染尘没有回消息,而是干脆地甩了个组队邀请过来。杨溯繁加入了组队,两人直奔竞技场入口,登记了双排。

竞技场有三种玩法,单排、双排和组排,即1对1、2对2和5对5。这三种模式的积分统计数据是独立的,互不影响。也就是说,当你在单排上升到排行榜时,即使在双排或组排时战败,只会失去相应的积分,不会影响个人排名。

现在杨溯繁他们在新区,积分为0,毫无疑问需要从低分场开始打起。

临进入之前,轻染尘问道:"怎么打?"

杨溯繁想了想说："前10场我们用眼神交流吧。"

轻染尘答道："好的。"

按照《幻境》世界的积分规则，新号前10场基本上不可能匹配到真正意义上的高手，当然，除非运气极好，碰到了同样是新区的神级玩家，那就另当别论。

很显然，杨溯繁不会有这样"爆棚"的运气。

进入对战地图后，两人默契地开始行动起来。

整个语音连麦系统一片安静，现场响起一阵阵技能特效音。基本上不到五分钟，他们就轻松地结束了一场比赛。很快，十连胜达成。

轻染尘又问："现在怎么打？"

杨溯繁说："我看情况开麦吧。"

轻染尘一听就知道这人又想偷懒了，他忍住笑意说："随你。"

两人再次进入匹配队列，很快，系统为他们筛选出了下一场的对手。

当看到对面的区服资料时，轻染尘稍稍惊讶了一下："是我们区的？"

杨溯繁仔细一看，果然是第十一区的，很显然也是和他们一样十连胜升上来的。

然而，看到对面的两个ID，他不禁微微挑了挑眉。追光者和无来去，星辰战队里他的那个小徒弟唐胥斌，以及之前曾让他气得吐血的那位新人。叫什么来着？对了，好像是夏宇泽。

这时，唐胥斌也注意到了对面的两人。

那个夜晚的夏他并不认识，旁边那个最多充六元却是现在他们第十一区热度很高的人物。就算他平时不怎么关注时事，在《幻境》职业选手群里被提到这么多次之后，他自然也对这个名字熟悉得很。

夏宇泽现在顶替的是杨溯繁之前的位置。作为星辰战队的战术要位，如果不是现队长孙昭平强制要求他们来磨合默契度，唐胥斌恐怕抵死都不想和这家伙有任何单独接触的时间。

现在他们刚刚从低分场出来，还没热身就直接遇到了这个貌似实力很强的对手,唐胥斌也不知道是该兴奋还是该吐血了。

但是一想到对方也是个空招高手,而且还在群里被萧远忻拿来跟他的师父做过对比,小少年私心里还是想好好虐对方一把的。到时候也可以截图发群里,打一打某个吹牛皮的家伙的脸,让他不要总拿游戏里一些乱七八糟的人来和他最最厉害的师父比。根本比不了的!

这样想着,唐胥斌心里也打定了主意。他暂时放下了成见,语调别扭地对搭档说道:"夏宇泽,这把认真点儿打,听到没?"

夏宇泽自然也看到了对面的人,听到组队后就没说过话的唐胥斌忽然开口,他本想说自己本来就没轻敌的意思,话到了嘴边转了转,最后他只是轻轻地应了一声:"知道了。"

这高冷的调调落在唐胥斌的耳里,唐胥斌心里忍不住疯狂吐槽。

杨溯繁完全不知道对面的唐胥斌已经做好了要把他摁在地上用力摩擦的准备,他倒是对星辰战队来到《幻境》世界后的适应程度感到有些好奇。

虽然说他现在已经正式退役了,不再是战队的队长,但么多年的感情不是说放下就可以放下的。更何况,对面的这个可是他货真价实的徒弟。

想着,他不由得默默地瞥了旁边的某人一眼。

嗯,小徒弟超可爱,跟这个"戏精"附体的假货完全不一样!

轻染尘感到杨溯繁有些过长的沉默,对氛围中隐约的异样有所觉察,于是他问道:"对面的人你认识?星辰公会,应该是从《混沌》那边过来的吧?"

一听这话就知道,这位仁兄显然从来没有关注过《混沌》职业联赛的情况。

杨溯繁心里想要探一探对面两人的底,到时候他自然是瞒不过轻染尘的,但是具体的关系他又不方便直接说明,于是他脑子一阵飞快地旋转,想出了一套说辞:"嗯,确实是那边过来的职业公会。以前我看过这支星辰战队的比赛,还挺喜欢他们队伍的。"

338

轻染尘错愕道："你居然还是《混沌》职业联赛的队伍的粉丝？"

杨溯繁面不改色地说道："《混沌》和《幻境》虽然是不同的虚拟世界，但是职业高手之间的操作依旧有很多值得借鉴的地方，而且多方位的刺激吸收更有利于思维的开拓，多关注下总不会有错。"

这话说得特别有道理，轻染尘并没有多疑，他又抬头看了一眼对面的ID，问道："所以这把准备怎么打？既然是你喜欢的队伍，要不直接放了？"

"当然不！"杨溯繁直接否决了，"不仅不能放，还必须好好地发挥一下自己的实力。"

轻染尘听他这掷地有声的调调，忍不住无语道："你确定你是真爱粉而不是黑粉？"

杨溯繁道："只有在高压下才能尽快成长，我也是为了他们好。"

听着这么冠冕堂皇的话，轻染尘毫不吝啬地赏了他一个鄙视的眼神，道："别告诉我你想走的是什么'你成功引起了我的注意'的戏码。"

杨溯繁耸了耸肩，不置可否。

眼见准备时间结束，两人没再多说什么，把所有的注意力都投放在了对局上。

对面的唐胥斌在虚拟屏障消失的一瞬间，已经从刷新点直奔而出。

《幻境》世界竞技场的双排地图设定得非常简单。

一个四四方方的正方形区域，中间整齐地竖着的四根巨大的柱子，大概已经是发挥空间中最大的障碍物了。其他地方放眼看去一目了然，满足一切公平公正竞争的准则，就是想做小动作也完全钻不了空子。

而作为进入《混沌》联盟后就始终坚守本职的职业刺客，这样过分简陋的障碍物也足以让唐胥斌完成绕后操作。

同一时间，观察过对方的装备之后，他在语音系统里对队友说道："这两人一个是辅助向的近战，另外一个应该是个治疗。奶妈的操作水平不太清楚，暂时先不管他，直接集火那个最多充六元。看好我近身的时间，配合输出。"

339

夏宇泽应道："嗯。"

他狭长的眼眸微微眯起，牢牢地锁定已经渐渐靠近的两人，余光则始终落在刺客若隐若现的身影上。眼见刺客顺利完成绕后，他当即长剑出鞘，配合着唐胥斌的攻势，朝着最多充六元直面冲去。

这波发难的时机特别刁钻。

目前双方并不处于最佳的进攻范围，因此很容易使人放松警惕。再加上两个职业选手矫健的身手摆在那里，只需要唐胥斌第一个招式的僵直效果顺利打出，便足以在对面治疗完全来不及抬血抢救之前，就把对面唯一的输出点，也就是最多充六元给直接打废在地上。

唐胥斌逼近最多充六元身后的一瞬间，匕首上锐利的光泽一闪而过。

然而，下一秒并没有出现他意料当中的血花，反倒是刺耳的金属摩擦声响起，被攻击的人好像背后长了眼睛一样，法杖轻描淡写地一甩，就堪堪招架住了这最为致命的一击。

唐胥斌这一手本是志在必得，此刻他不由得错愕了一下。眼见僵直失败，他正准备反手再补上一下，最多充六元却是已经接连后退了数步。

距离拉开，连击失效。

与此同时，被他们包围在其中的瘦长身影与夏宇泽的长剑擦身而过，法杖则是重重地在唐胥斌的小腹处撞击了一下，迫使他的身影突兀地歪了一下，彻底打乱了两个人近身缠斗的节奏。

杨溯繁这个角色虽然本质也是近战流派，但对面毕竟是两个实打实的纯输出，一缠二贴身打斗这种注定要吃亏的事，能不做他是绝对不会做的。

他一番操作之下堪称冷静得可怕，这大概已经是这个情况下的最佳应对方式了。但让他惊讶的是，这边顺利阻挠了唐胥斌，那边的夏宇泽的反应却是出乎意料地迅速，一剑未中，他瞬间又凶猛无比地逼迫了过来。

杨溯繁的法杖一举完成了格挡，然后他不得不正面和夏宇泽缠斗在了一起。他的嘴角却是不可控制地隐隐扬了起来。

他还记得当初唐胥斌被气爆炸后跑他家里赌气的情景，当时听小徒弟话里话外都是对这个新人过分目中无人的满满控诉，而现在看来，对于这个年纪的孩子来说，这个夏宇泽确实有骄傲的资本。

本来他还担心星辰战队找不到代替他位置的人，这时候有了正面接触，他顿时彻底放下心来。这对年轻的搭档，必定未来可期。

从开局到现在，几乎没有人搭理轻染尘。

眼看队友没怎么掉血，他便特别悠闲地在旁边给队友套了一个增加攻击的增益祝福 Buff，然后慢悠悠地提醒道："注意刺客来了。"

几乎在他话音落下的同时，杨溯繁后跳拉开了距离，飞速完成了一个减速控制技能的吟唱。

唐胥斌看到夏宇泽牵制住了最多充六元，调整了一下状态后本想尽快完成击杀，此时眼睁睁地看着自己极高的敏捷值瞬间被降到了龟速，面对这举步维艰的境况，他冲动之下差点儿爆粗口。

杨溯繁放完技能后没再管他，视野一转，他开始彻底把矛头对向了纠缠在他身边的那位夏宇泽小朋友。

他这一退一进的位移完成得太迅捷，以至于夏宇泽正准备完成二次近身时，反倒看着对方脚下一个借力迎面攻来。夏宇泽心头一凛，下意识地举剑迎战，两把武器顿时重重地撞在了一起。

巨大的撞击造成了一系列强劲的冲力，夏宇泽感到手上隐隐发麻，顿时有意避开这波锋芒。他侧了侧身朝着对方的背面反扫而去，借助了一个时间差，企图打对方一个措手不及。

然而，他的如意算盘到底还是落了空。最多充六元非但没中招，反倒在低头避开的同时，顺势把法杖特别豪迈地一扫，重重地朝着他的头就是一棒。

重装系近战技能"千斤顶"，可以瞬间造成巨额伤害，但也会因此在接下去的 10 秒时间内下降 10% 的敏捷值。

杨溯繁在用完这个技能后移动速度赫然慢了很多，但这种暴力的输出模式让他感到心情不错，因此他没有半点儿着急。

夏宇泽平白吃了这么一下，气血值顿时肉眼可见地下滑了一大截。他素来冷静的眉目间也不由得闪过了一丝错愕。

即使是在正式进入星辰战队开始接触职业选手之后，这也还是他第一次在对战过程中产生这种完全摸不着头脑的感觉，一时间他只觉得这个最多充六元的技能选择不应该说是变化莫测，这简直就是乱七八糟才对吧？

"夏宇泽，在那儿发什么呆！趁着这家伙减速，还不赶快把人给干掉！"唐胥斌话落，手中的匕首上已然闪过一丝锐色。

好不容易顶着这龟速的移动模式逼近至攻击距离之内，唐胥斌顿时毫不犹豫地一个瞬步，闪到了最多充六元的背后，朝着对方的喉咙处就是一刀。

这是刺客流很喜欢使用的技能"割喉"，虽然施展距离要求极近，且有具体部位的强力限制，但一旦成功，将会造成巨额伤害。

杨溯繁自然留意到了唐胥斌的动向，并且以他对这位小徒弟的了解，他早就猜出了其具体的进攻路线，此时他甚至连脚步都没有移开，提前吟唱召唤的藤蔓就从地底生出，精准无误地缠上了唐胥斌的身子。

这神来一笔，让唐胥斌犀利无比的割喉操作，堪堪停在了喉咙前的极限距离。

唐胥斌本来就被对方接二连三的控制技能折腾得够呛，这时眼见本该被一击毙命的猎物又再次轻松逃生，他整个人都要暴走了："我就不信今天弄不死他！"

夏宇泽一听这话，就知道他确实已经气得不轻。虽然这时候夏宇泽也打得很是不爽，但是想了想，他还是难得地开口安慰了一句："其实弄不死也没关系。"

他的出发点是好的，可惜这句话在这样的情形之下和冷嘲热讽没有区别，再加上他这过分容易让人误解的语调，安慰的效果无异于在火上浇油。

这一刻，唐胥斌非常冲动地想用手里的匕首当板砖，直接扔队友脸上。

但言语间，夏宇泽也已经近身缠上了最多充六元。唐胥斌虽然容易爹毛，但从来不会因此在战场上失去理智，此时既然无法放手进攻，他也黑着一张脸无比冷静地切换了配合模式，开始反过来为自己的队友打起了支援，并果断地转移了目标，毫不犹豫地纠缠上了轻染尘，企图干扰轻染尘的治疗节奏。

轻染尘见状，在语音当中叫了一声："喂喂喂，他来打我了。"

杨溯繁头都没回："别告诉我你应付不了。"

轻染尘道："那倒不是，就是告诉你一声。"

"我听到了。"杨溯繁知道这人只是刚才在旁边被晾久了觉得有些无聊，就没再搭理。

看了一眼本局已经进行的时长，杨溯繁在心里琢磨了一下，也觉得试探得差不多了，是时候可以正式结束了。

正和杨溯繁纠缠在一起的夏宇泽一抬头便见到了一抹单纯的笑容。

杨溯繁把语音频道从小队切到了当前频道，特别友好地说道："朋友，我们有空再见了。"

夏宇泽不解。然而，对方显然并不需要他回应就直接无比地用行动做出了答复。最多充六元手上的法杖上忽然闪过了一丝荧光，法杖挥舞的频率突然变成了原先的两倍以上。

在这突如其来的变速下，夏宇泽完全没有防备，他一瞬间乱了手脚。在这强势的压制下，他迫使自己迅速冷静下来，警惕起来。余光瞥见脚底隐隐泛起的冰霜，他立刻打算侧翻避开，但很快发现这片冰霜并没有延伸的意思。这种反常的情况让他心中突然升起了一丝不好的预感，但已经来不及了。

杨溯繁准确地算出了夏宇泽的落点，早就做好了准备。

夏宇泽的侧翻不仅没有避开他的攻势，反而让他干脆利落地落入了杨溯繁预设好的陷阱中。

落点的地面突然崩开一片土屑，夏宇泽陷了下去，就见最多充六元已经接近了，他不得不举剑迎敌，去面对接下来那一连串几乎让人无暇喘息

343

的快速连击。

眼见自己的气血值以肉眼可见的速度下降,他暗暗咬了咬牙,强迫自己集中注意力记住对方的每一个节奏点,企图找到反击的时机。

可惜,杨溯繁根本没有留下任何破绽。

他根本就是不讲道理地压着人一通狂揍,一点儿也不留情。从上次唐胥斌来找杨溯繁的时候的态度就可以看出,这个夏宇泽似乎经常无缘无故地惹他的小徒弟生气,虽然很大概率只是小朋友之间的打闹,但毕竟现在他这个师父不在战队里,能为他做的也只有这些了。

稍微虐一下,让这个夏宇泽适当地对自己的实力产生怀疑,一方面对他未来的发展更有好处,另一方面,也算是为徒弟出气了。

毕竟护短嘛,人之常情。

夏宇泽被压得难受无比,却无可奈何。

现在这种完全没有还手之力的局面让他终于明白,开局的时候,这个人居然是故意放水。而现在,无论他如何试图反抗,都被毫不留情地压制住。

最后,在对面这样技能与空招无缝衔接的攻击下,他的气血值被彻底清空。

夏宇泽的视野顿时变得灰暗,因为是在竞技场双排,他仍然可以以尸体的视角观看场内的情况。

这时候,唐胥斌的声音从语音中传来:"啊?夏宇泽你怎么死了?打不过不会提前喊我来支援吗?"

夏宇泽终于反应过来:哦,对,还能喊支援……

但是在刚才那种过分强势的完全压制下,他真的没有更多的精力去想其他事了。

他第一次发觉,原来一个人可以强大到如此地步。

夏宇泽一死,场内便只剩下了3个人。其中一方人数齐全并且还自带一个奶妈,胜负已经毫无悬念。

唐胥斌暗暗磨牙,他特别想把夏宇泽这个孤狼型选手踢出队伍,自己单排算了。

局势一变,他便迅速地和对面两个人拉开了距离。此时他警惕地看着对面两个遥遥相望的身影,眸色微微一沉,秉着输人不输阵的信念,他直接开启遁影术,瞬间逼近到了最多充六元的跟前。

技能,舍命击!

这个技能也被玩家们称为"自爆",位于刺客流派技能树的最后一项,从前期需要过渡的技能点上就足可见其强大无比的杀伤性,一些脆皮型的玩家直接被爆死也不是不可能的。

然而就在唐胥斌意图临死之前拉上一个垫背的时候,便见几乎在他技能释放的同时,最多充六元的身上多了一个若隐若现的护盾。他稍一凝神,就认出是治疗玩家普遍拥有的保护型物理屏障,他顿时彻底吐血。

暗杀又一次失败,自爆完毕后他在对面两人面前彻底现形。他顶着最后一丝血,倔强地没有说话,跟还有半血的杨溯繁就这样大眼瞪小眼。

刚刚还硝烟弥漫的战场顿时安静了下来。

杨溯繁从小徒弟的眼里看到了浓浓的委屈,可是不知道怎么的,他非但不心软,反倒感到阵阵好笑,想了想,他还是觉得应该鼓励一下后辈,便特别和蔼地说道:"这位朋友,打得不错。"

打得不错?他们刚才明明打得很差!

士可杀不可辱!

唐胥斌本想高冷到底,到底还是没忍住,他直接点了认输,气血值清空。

杨溯繁和轻染尘都沉默了。

杨溯繁可以猜到小徒弟估计是误会了,他正想对地上的队友解释两句,便见唐胥斌也一脸倔强地退出了竞技场。

安静了两秒后,轻染尘到底还是忍不住笑出声来:"你喜欢一个战队的方式还真挺特别的。"

杨溯繁绷着表情扫了一眼这个明显在说风凉话的家伙后,也选择退了出去。

345

正好这个时候已经到了吃午饭的时间，两人就没再继续。

刚刚的这一场对局，让杨溯繁非常正面地感受了一下星辰战队目前的准备情况。

至少这两位年轻的选手，在融入《幻境》世界的过程中可以说进度飞快，以第十一区开区到目前为止的时间来说，他们对这款全息游戏可以做到这样的理解，已经是很难得的一件事了。

接下来只要他们可以保持着这样的势头，两个月后的神武坛赛事，星辰战队也许未必能跻身前三，但打响在《幻境》世界当中的名号是没有任何问题的。

这样的发现让他心情不错，他脸上自然也多了一丝笑意。

但是这抹笑意并没有持续多久，甚至在他冷不丁撞上面对面走来的两人时，还微微地僵硬了一下。

每个区服的竞技场入口只有一个，杨溯繁这边打完对局退出来后，自然和同样没有选择继续双排的唐胥斌和夏宇泽撞了个正着。

因为刚刚结束一场激烈的对战，这时候敌人见敌人，自然是分外眼红。

轻染尘刚才几乎没怎么参与战斗，这时候自然没有任何思想负担，他非常亲切地走上前打招呼道："嗨，两位，我们又见面了。"

唐胥斌没说话。

夏宇泽脸上依旧没什么表情。他冷酷地点了点头，算是回应。

轻染尘留意到唐胥斌依旧一脸警惕地看着杨溯繁，大有一言不合就可能跳起来报仇的趋势，不由得嘴角微扬："这位朋友，所谓不打不相识，一场竞技场而已，也不要太放在心上。"

唐胥斌本来也不是输不起的人，但他毕竟年少气盛，自然受不得挑衅。

最多充六元最后那句话太意味深长，再加上这场对局从头到尾都是他们被对方压着打，而且还是二打一都没有打过，不管怎么想，都跟所谓的"打得不错"这四个字扯不上半点儿关系，于是这时候他依旧紧抿着双唇没有说话。

夏宇泽见搭档不高兴，也就没有表态。

轻染尘自然知道是怎么回事，看着现在杨溯繁的表情，他努力地憋住笑意，说："其实他真的没有别的意思，只是在你们的面前有些紧张，说话就词不达意了一点儿。"

唐胥斌终于有了一丝反应。他皱了皱眉，问："紧张？"

轻染尘笑道："你一定不知道他的另外一个身份。"

杨溯繁听到他这么说，心里忽然有了一丝不好的预感。他豁然抬头看去，但是依旧没能阻止损友的恶作剧。

轻染尘不疾不徐地说道："其实，他是你们星辰战队的粉丝。"

他的语调听起来似乎情真意切，可是落入耳中，莫名让人有种这人随时可能笑出声来的错觉。

唐胥斌说："原来是这样！"

杨溯繁内心一阵波动：我不是，我没有，别瞎说！

听了这样的解释，唐胥斌心里的不悦顿时一扫而空。

别的不说，他自己也是从喜欢战队开始的，将心比心，他对星辰战队的粉丝们向来不错。于是他非但不再计较，还非常热情地问道："需要和你合影留念吗？"

杨溯繁沉默了一瞬，到底还是在小徒弟真挚的注视下艰难地扬了扬嘴角："好啊……"

"这个最多充六元居然是我们战队的粉丝？"完成合影之后从游戏舱里退出来，跟夏宇泽并肩走在星辰俱乐部基地的走廊上时，唐胥斌依旧感到有些难以相信，"你说，如果我把这个消息发到职业选手群里的话，其他俱乐部的人会不会疯？"

别的人怎么样不知道，反正你现在倒是挺激动的。

夏宇泽心里默默地想，但是从认识至今，这位搭档还是第一次这么和颜悦色地跟他说话，这个氛围让他感到一种少有的舒适感，于是他按捺下了泼冷水的冲动,难得配合地应道:"大概会。"

其实唐胥斌也没有指望能从这人嘴巴里听到什么好话,这时候这人没有拆他的台,他就感到非常满意了,便好心情地没有回呛。

走到餐厅外面推门进去时,唐胥斌朝着里面一个熟悉的背影大声喊道:"孙队!新消息,我们刚才双排到第十一场被人虐了!"

孙昭平正坐在餐桌前和对面的黎伽言说话,他拿起旁边的果汁才喝一口,冷不丁听到这句语调愉悦的呼唤,他差点儿直接喷出来:"咳,你说,咳……说什么来着?"

"就是我们输了,特刺激的那种!孙队,你稍等下啊!"唐胥斌说着,飞速地打好了饭菜,一通小跑来到孙昭平旁边坐下,一脸神秘地说道,"你猜猜,刚才我们在竞技场里面遇到谁了?"

夏宇泽不疾不徐地托着餐盘走了过来,正好听到这么一句,他嘴角忍不住微微扬了一下。他在另外的空位上坐好,一边吃一边听着旁边的对话。

孙昭平看着唐胥斌这么兴奋的样子,回想了一下最近职业选手群里频繁打嘴炮的人,迟疑地问道:"你是不是遇到萧远忻了?"

但是也不对啊,如果他们是在竞技场里把苍羽战队的萧远忻摁着打了一顿还差不多,可刚刚进门时候,他明明已经说是输了,真是萧远忻的话,他没道理还笑得出来。

唐胥斌卖了一下关子也就满足了,他笑眯眯地说道:"我们遇到那个最多充六元了!"

这个游戏 ID 最近出现的频率有些高,孙昭平对此自然不会陌生。他微愣了一下,眉心便隐隐地皱了起来:"你是说,你们两人联手居然还输给了普通玩家?"

唐胥斌承认得倒也干脆:"对,就是输了,但是这个最多充六元绝对不止普通玩家水平。我和夏宇泽双排,对面的奶妈全程划水,基本就是二打一的节奏,我们都没打过他。"

如果在平常,两个职业选手居然没能打过普通玩家,孙昭平一定会怀

最多充六元

348

疑他们星辰战队目前的训练体系出了什么问题。

可是，从目前唐胥斌反馈的情况来看，他是真正输得心服口服，才能对于败局承认得这样泰然。所以他们之间的差距，显然不是那种简单地调整训练模式就可以改变的。

孙昭平沉默了片刻，问道："录像了吗？"

唐胥斌等的就是这句话，他特别自豪地秒回道："我录了！"

夏宇泽看着搭档这一脸兴奋的样子，不是很理解这人到底是怎么做到一天到晚都活力四射的。

众人吃完饭后没有回宿舍，直接来到了会议室。

黎佳言也破天荒地舍弃了午睡的时间，饶有兴趣地跟过来看热闹。

唐胥斌的这段录像是他本人的第一视角，所以他并没有记录下整场对战的全过程。但是从另一方面来说，这样可以更加清晰地看到对方在应对他的攻势时采取的各项操作手段。

录像一分一秒地播放着，越是往下看，整个会议室内越是一片寂静。直到结束后，依旧久久地没人说话。

孙昭平之前就推测过这两个小少年估计被人家压得有点儿死，可是他没想到居然会被碾压到这种地步。看完录像后他便陷入了沉思。其他人则是静静地等着他开口。

过了许久，孙昭平才语调有些复杂地问道："小斌，你觉得这个最多充六元的实力怎么样？"

唐胥斌完全不用思考就脱口而出道："是个特别牛的高手！"

孙昭平转头看向旁边的夏宇泽，问："你觉得呢，宇泽？"

夏宇泽对上他的视线，点了点头道："很厉害。"

唐胥斌平常遇事总是一惊一乍的，所以通常在评价的时候很容易带上个人主观情感，过分夸大。可是如果连素来冷静的夏宇泽也认可了这个最多充六元，只能说，这人的实力至少已经处在职业以上的水平了。

一个拥有职业水平的神级高手，而且还没有和任何俱乐部签约，要说孙昭平一点儿都不心动，那是不可能的。可是，只要一想到之前各家公会管理积极试探后的碰壁而归，孙昭平又不得不面对这个残酷的现实。

不管具体是什么原因，很可能，这人根本就没有要成为职业选手的打算。

旁边的唐胥斌见自家队长一副患得患失的无奈样，便感到自己预想的铺垫效果应该达到了，忍不住笑了起来。他终于抛出了已经酝酿许久的最大爆点："孙队，其实打完双排出来的时候我们遇到最多充六元了，你知道我们都说了些什么吗？"

孙昭平抬头看来，问："说了什么？"

唐胥斌笑道："你猜？"

孙昭平无语。这孩子什么都好，就是跟着他们家杨队久了，有些不学好。

可是看着对方这副嘴角笑意藏不住的样子，他直觉是个好事，于是他还是有些期待地问道："难道说，他想要加入我们星辰俱乐部吗？"

唐胥斌撇了下嘴："孙队你想得可真美！"

孙昭平一时语塞。

也对。如果真想要来，对方早就联系他们的公会管理了，用不着拐这么大个弯特意去接触他们的职业选手。

虽然被噎了一下，但他也觉得自己确实是有点儿想多了。他瞬间对其他的可能性全部失去了兴趣，随口道："哦，那就猜不到了。"

唐胥斌打量了一下孙昭平的表情，也不再继续卖关子了，笑眯眯地说道："说出来你可能不信，最多充六元，他居然是我们星辰战队的粉丝！"

在赛场上耳听四路的孙昭平，这时候感觉自己接收信号的能力好像不太灵光了。他微愣了下，又问了一句确认道："你刚说什么？"

"那个人是我们队的粉丝。"旁边的夏宇泽好心地补充了一句。

孙昭平终于明白了刚才看唐胥斌的录像时那种隐隐约约的违和感是怎么来的了。

难怪无论是在节奏还是细节把控上，最多充六元明明都比小斌强很多，却无故地错过了好几个可以一次性结束这场对局的机会。现在一想，这恐怕还是特意留了几分情面的。

通常情况下，作为粉丝在喜欢战队的时候，总是会特别喜欢其中的一人。说不定，他就是唐胥斌的粉丝，就算不是，好感度至少也不低。

可是，这一看就是《幻境》世界老手的神秘高手玩家，为什么会喜欢他们星辰战队的队员呢？

孙昭平动了动嘴唇，说出了自己心里一个有些荒唐的设想："你们说，他会不会也是从《混沌》世界来的？"

"这个假设不成立。你看我们这些职业选手，到现在也只能熟悉到这个程度，更何况他只是一个普通玩家。"黎佳言之前一直没说话，这个时候他终于开口分析道，"不过倒还有另外一个折中的可能性，那就是，最多充六元在之前，很大概率也曾经玩过《混沌》这款游戏。"

之前《幻境》和《混沌》为了竞争全球份额闹得不可开交，大家本能地习惯了把所有全息网民直接分成了两大阵营。但其中到底还有这么极小的一部分玩家是两边都玩的，这部分人倒是一时被忽略了。

不管怎么样，得到唐胥斌提供的消息后，原本已经放弃了对最多充六元进行招揽的孙昭平忽然间又有了想法。他安排道："小斌，给你个任务。"

唐胥斌问："什么事，孙队？"

孙昭平思考了片刻，道："既然这个最多充六元是我们战队的粉丝，你不妨在游戏里试着多接触一下，到时候看看有没有机会把他拉进公会里来。"

他这里说的是公会而不是俱乐部，意思已经非常明显。他主要是怕太激进反而造成反效果，就想要一步一步拉拢试试。

对于这个任务，唐胥斌很干脆地答应了。

等事情交代完毕，唐胥斌正想拿出手机去职业选手群刺激一下萧远忻等人，还没打几个字，就听孙昭平又道："关于最多充六元这事暂时不要跟其他人说，免得有人暗中使坏，节外生枝。"

唐胥斌输入的动作不由得停顿了一下，他只能一个字一个字地全部删除，心不甘情不愿地应道："是。"

吃完午饭，杨溯繁重新登录游戏之后，看着好友列表里新弹出的申请人ID，感到心情有些复杂。

打完竞技场之后，他心里隐约有些不安，总觉得唐胥斌回去要有什么动作，便趁着中午的时间给孙昭平打了个电话，闲聊了几句战队目前的整体状态，顺便也旁敲侧击地试探了一下对方的口风。结果这不问还好，一问就套出了他们准备招揽最多充六元的行动计划，他差点儿直接喷饭。

说到底也怪他自己嘴欠，编个什么理由不好，偏偏要告诉轻染尘说自己是星辰战队的粉丝。现在倒好，粉着粉着，倒是被自己的"偶像"给缠上了，还是特别不容易甩掉的那种。

真是自作孽不可活。

但是自己结下的孽缘，含泪也要自己受着。

于是杨溯繁面无表情地盯着好友列表里"追光者"的ID看了一会儿，到底还是对这份申请点下了接受。而就在他接受的一瞬间，又冒出来了一个好友申请。

ID无来去，是夏宇泽。

杨溯繁无语：星辰战队招募个人而已，这还准备用人海战术？

但是他已经通过了唐胥斌的，自然是没有拒绝这位的道理，毕竟还得一碗水端平，一视同仁。

等两个好友都加上了之后，夏宇泽不知道是不是忘记了这事，直接没了动静，而唐胥斌那边则是非常积极地发了条好友消息过来。

追光者：嗨，以后有空再找机会切磋切磋啊！

杨溯繁看着这条消息，微微地挑了挑眉。

果然孩子就是不能老养在父母身边，必须得单独出去多历练历练。

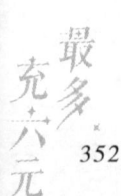

至少从眼下来看，唐胥斌在他离开战队之后成长得不错，现在面对孙昭平布置下去的任务，居然没有像他想象中那样直接开门见山地对他发出邀请，而是懂得运用迂回战术，先混个脸熟，然后再一步一步地"诱敌深入"了。

如果他不是提前知道小徒弟此番的目的，可能还真的就被蒙混了过去。

不过，就这个提议本身而言，杨溯繁倒觉得非常不错。

从上午的那场竞技场可以看出，唐胥斌和夏宇泽在《幻境》世界内的个人实力都提升得非常快速。但是，从对战过程中不难发现，两人均有不少细节需要提升，双人配合上面的改善空间则是更大。

本来他也确实有找机会帮一下小忙的意思，现在反倒正好可以借着所谓"切磋"的名义，光明正大地拖着轻染尘把这两人给好好地虐……咳，用心打磨一下了。

杨溯繁不得不承认自己到底还是比较念旧的，即使已经退役了，但凡有一些机会，他还是会忍不住地操心，改都改不了。于是，他非常干脆地答应了这个提议，之后又随意地和唐胥斌聊了两句。

关上好友消息后，他恰好看到列表当中某人的头像亮了起来。他眼底的笑意一闪而过。

最多充六元：刷本吗？

佑迁：不了，时间不够。

最多充六元：这么忙？

佑迁：嗯，最近事多，晚点儿就要去赶飞机。

最多充六元：那确实来不及，今天的日常都做了吗？

佑迁：嗯，刚过零点就做完了。

杨溯繁看着这句话，想说这人每天忙成这样居然还有时间熬夜，但是话在脑海中转悠了两圈后，他还是更换了输入的内容。

353

打本耗时比较长,那交星辰之沙的时间,总是够的。

最多充六元:钻小树林吗?

佑迁:钻!

刚看见对方回复的消息,杨溯繁就接到了对方发来的组队邀请。

到约定的地点之后,他抬头看去,远远便看到了那个骑着坐骑的高大背影。

大概是终于看厌了之前的造型,佑迁前几天就把赤焰独角兽这个顶级坐骑非常冷酷无情地打入了冷宫。

现在,他骑着的是一只块头壮硕的七彩麒麟,从外观上看起来五颜六色的,特别是头上的那一圈鬃毛,遥遥望去像极了把彩虹绕了几圈挂在那儿当围脖,整体造型花里胡哨。

至于装备,在更替了几拨之后,他终于不再是那副黄金圣斗士的样子了。自从装备外观脱离了这位老板的审美观之后,他便干脆换上了时装,把装备的样子隐藏了起来。

最近几天来看,他基本上算是一天一换,比杨溯繁在现实里换衣服换得还要频繁,而这价格,也比现实生活里朴素至极的短袖牛仔裤套装要昂贵很多。

今天佑迁穿着一身笔挺的黑色西装,他头戴礼帽,衬衫的领口处还有一只彩色的领结,杨溯繁非常怀疑他是为了配合坐骑的色系而专程去买的,一人一骑,相映成趣。

杨溯繁走近了,佑迁留意到他盯着自己看,于是跳下坐骑来在他跟前转了一圈,又提了提衣领,语带笑意地问道:"帅气吗?"

杨溯繁和他认识了这么久,说话自然也就直白了很多:"你问我的话,我只能说,看得眼睛都花了。"

"是这样吗?"佑迁低头朝自己身上看了看,若有所思地说道,"那下次买衣服的时候，你替我挑。这样走在外面，总不会丢脸。"

杨溯繁被噎了一下。他生硬地转移话题道："星辰之沙还交吗？"

佑迁这几天本来疲惫得很，这时候却感到劳累感仿佛被一扫而空。他忍着笑意和杨溯繁一起去领取了任务，然后两人一起传送到了海洋森林。

星辰之沙是二人组队任务，难度很低，却是休闲类任务当中收成最高的。

佑迁一边打着怪，一边时不时地去看旁边的人，最后看得连杨溯繁都按捺不住了。杨溯繁终于忍不住道："老板，我们都这么熟了，有什么话你大可以直说。"

佑迁闻言收回了视线，问道："你就不问问我这几天都在忙什么？"

杨溯繁本以为这位有钱的大老板应该是在忙一些和生意相关的事情，而这些事情本质上和他扯不到半点儿关系，所以他才没有多过问。这时候听跟前的人这么一说，他反倒是回过味来，问道："难道是和《幻境》世界有关的事？"

佑迁扬了扬嘴角，淡淡一笑："你猜？"

杨溯繁撇嘴道："不猜。"

佑迁道："其实你不猜也没事，等过几天自然就知道了。"

杨溯繁忽然有些怀疑，这人是不是因为最近没时间玩游戏，以至于现在难得有时间找他唠嗑，所以不可控制地有些皮痒了。

佑迁自顾自地继续说了下去："之前跟你说了，晚点儿我就要去赶飞机，接下来大概会在S市住一周。不过我入住的酒店套房里有设置游戏舱，所以有空的时候我还是会上游戏。副本你就不用等我一起刷了，但是星辰之沙必须留着。"

杨溯繁听到了一个重要信息，打怪的动作微微一顿。他错愕地抬头看了过来："你要来……S市？"

佑迁本以为自己说了这么多，最大的重点应该会落在最后那句，没想到高手兄居然更关注他出差的地点。但是很快，他也非常敏锐地从对方的用词里听出了一丝端倪："你在S市？"

杨溯繁说："对……"

S市从网游时代开始就是全球电竞最为发达的区域之一，在正式进入全息纪元之后，所有的电竞相关部门更是都移至了市南的长芯区。受其影响，星辰俱乐部、堕天俱乐部等几个豪门俱乐部也不约而同地选择了在市内落户。而杨溯繁当初之所以会选择星辰战队，就有着一条无比重要的理由——因为近。

他倒是没想到，这位有钱老板居然正好要来这里。

佑迁听他承认，也语滞了一瞬。随即他低低地笑了一声，说："我晚上七八点到，不过到时候有个会议，怕是出不来了。明天下午，我们倒是可以约个时间一起吃顿饭。"

杨溯繁没想到他会突然发出邀请，心头蓦地跳了一下："你这么忙，就不用挤时间了。"

这个时候，星辰之沙的第一个任务已经完成，佑迁没有选择回去交任务，而是收起长剑靠了过来。他嘴角满是笑意："怎么可能不用？如果错过了这次见面的机会，我大概会后悔一辈子的。"

杨溯繁虽然并不存在什么社交障碍，可是不知道为什么，一想到要和佑迁在现实见面，他就有些隐隐的局促。他依旧咬死口风道："真的不用！"

佑迁垂眸看着他，语调忽然变了几分："但是我想见你。"

这话落入杨溯繁耳中，莫名有些可怜巴巴。杨溯繁坚持拒绝的话忽然就说不出口了。

佑迁打量了一眼杨溯繁似是默认的神情，缓缓地扬起了嘴角："那么，到时候我们电话联系。"

杨溯繁到底还是点了点头："嗯。"

当天晚上，上交完星辰之沙后，佑迁便急匆匆地下线了。

庄宸从游戏舱里出来，拖着早就准备好的行李箱下了楼，便见牧屿正倚在车旁等着他，神色间不出所料地已经有了些许的不耐烦。他顿时笑了笑，安抚道:"刚刚在跑任务,没太注意时间,不好意思。"

牧屿在楼下已经等了半个多小时,之前打庄宸的电话也没人接听,她就猜到这人一定是在游戏舱里。

闻言,她抬眸打量了一下对方这副心情甚好的样子,然后意味深长地扬了扬嘴角:"又一起刷副本了?"

庄宸问:"是不是我和六元一起,你就不生气了?"

牧屿没有正面回答他的问题。她随手接过他的行李放入后车厢,然后打开车门,和他一起坐了上去。

车窗外的景色开始移动,她打开液晶板随手点了两下,调出一份行程明细,然后公事公办地介绍起来:"酒店的会议室已经预约好了,今晚下飞机之后我们直接过去就行。"

"明天白天我先去一趟管理部门做登记,大概后天会有一批审核人员来跟我们联系。接下来的三四天时间都是财政资料等背景调查的考核期,基本上配合他们的调查就行,只要没有太大的问题,这次的最终审核不难通过。"

"S市的全息周边厂商我已经联系了几家,随时可以协商相关的合作事宜,具体的时间安排等我们抵达酒店之后再做详细分配,尽可能把时间错开,方便我们进行有效筛选。"

庄宸听完基本上没有太大意见,只是确认道:"所以,明天我应该都有空,对吧?"

"理论上来说是这样。"牧屿对照着行程列表又仔细地看了看,有些错愕地问道,"怎么,你在S市也有熟人?"

她太了解这个男人了。

除了和赚钱有关的事情,这个人对其他事都不会有太大的兴趣。所以即使去了S市,他提前预留时间的目的也绝对不可能是为了逛街或者旅游,只可能是跟某位友人出去见面吃饭。

庄宸一开始就没有准备瞒着她,他很直接地说道:"嗯,六元刚好也在S市，我准备借着这次机会顺便去见他一面。"

牧屿更加惊讶了。她张了张嘴，好半天都没能找到适合表达自己感情的词句，她只能干巴巴地说："居然这么……巧的吗？"

话音刚落，她很快想到了一个非常实质性的问题。

虽然有些煞风景，但她还是忍不住问道："所以，关于邀请他正式加入俱乐部的事，你准备怎么处理？"

庄宸并没有直接回答，只是说道："到时候再看吧。"

不可否认，他刚开始会注意到高手兄，确实也是因为高手兄那远超常人的技术水平。

但是从认识到现在，在这段说长不长说短不短的时间内，他可以明显地感觉到六元似乎是在刻意回避和职业圈子相关的所有人。所以，到底能不能顺利地邀请六元加入，他确实无法确定。

但是如果六元真的没有这方面的意愿，他也不会过分强求。

《幻境》世界里还有不少神级玩家，只要出得起价格，就不愁挖不到人，至于六元，他自己开心才是最重要的。

想到明天马上就要见面了，庄宸不由得回头看了牧屿一眼，问道："我记得，我们入住的酒店附近有配套的商业区吧？"

"有。"牧屿奇怪地看了他一眼，说，"你要买什么？我找人帮你去买就是了。"

"不用，明天早上我自己去买点儿衣服。你送完资料尽快回来就行，到时候也好替我参谋下具体穿什么。"庄宸说到这里，不由得沉思了一瞬，他皱了皱眉道，"六元好像对我的穿衣品位一直存在误解。"

牧屿想到这人在游戏里那花里胡哨的画风，嘴角忍不住抽了一下："放心，你只要按照平常的风格走，就不会出现任何问题。"

专车很快抵达机场。

当庄宸和牧屿这边顺利登上飞机时，杨溯繁正在和固定队的几个人一起刷今日份的日常副本。

佑迁不在，众人看这些本都相对简单，懒得再喊人，便干脆艺高人胆大地不要前排了。他们喊上轻染尘，直接以双奶阵容刷了起来。

"我说，明天老佑不在，六元你也不在，这是要闹哪样？"视你如命难得抛下女朋友回归团队，却听说杨溯繁要请假，他眉头都皱了起来，"你们别是看我最近都没有陪队里玩就故意刺激我吧？我告诉你们，这种威胁是没有用的！你们就算不刺激我，我也会乖乖归队的好吗！"

"和你真的没什么关系。"杨溯繁哭笑不得，想了想，他委婉地解释道，"有钱老板是去出差，我嘛……明天有个朋友要来，我要陪他吃一顿饭。"

"老佑出差，你这就刚好有朋友要来？"疯疯癫癫的小可爱反反复复地打量着杨溯繁的表情，狐疑地问道，"还有这么巧的事？"

杨溯繁在他自带穿透效果的注视之下，到底还是坦白道："嗯……他刚好来我这里出差。"

"你们居然要线下见面了啊！"捂着心脏说疼震惊了，他正想感慨，无意中一低头，却看到自己的气血值正在飞速地下滑，他顿时叫道，"小徒弟你在发什么呆！给我加一口奶啊，赶紧给我加一口！"

轻染尘这才反应过来这个猥琐叔叔的气血是归他管的，迅速地把对方的血量抬回安全线以上后，他也朝杨溯繁那儿看了一眼，然后他抿了抿唇，到底还是没说什么。

明明只是吃顿饭，见众人这么一惊一乍的，杨溯繁顿时又好气又好笑："我就是尽一下地主之谊。"

疯疯癫癫的小可爱笑道："那只是表面，你没有说到精髓。"

杨溯繁不解地问："什么精髓？"

捂着心脏说疼一抬头就看到自己又快只剩下血条了，惊得连连后撤："小徒弟你怎么回事，要出人命了你看到没？"

轻染尘几乎是卡着极限的血量给他续了一口命，他幽幽地说道："你不想死就专心点儿打，话太多就算了，还拼命踩毒圈，再有下次，神仙都救不了你。"

捂着心脏说疼看着自己身上叠着的4层毒气Buff，张了张嘴，到底还是安静了下来。

行吧，妈妈就是再生父母，说啥他都得受着。

场面一度混乱。打完副本已经是深夜，大家互相告别下线休息。

杨溯繁从游戏里退出来后，拿起手机一看，便见上面有一条刚收到不久的未读消息。

庄宸那边已经下了飞机。他看着时间，估计杨溯繁应该还在游戏里，也就没有打电话，而是直接把明天吃饭具体的时间地点发了过来。

他在消息末尾还特别提醒，如果有问题的话随时联系，他会再行调整。杨溯繁退役在家，多的是时间，自然是没有什么问题，便回复确认了下来。

为了明天见面不至于过于精神萎靡，杨溯繁早早地上了床。可惜不知道是不是因为有些兴奋，他始终没能顺利睡着，最后他硬是顶着清醒的脑袋一动不动地熬到了凌晨两点，才终于进入了梦乡。

第二天起床，看着镜子里有些明显的黑眼圈，杨溯繁用力地搓了搓脸，直到脸上泛起了红晕，他才终于满意地停了下来。这样一来，至少从表面上看起来，他显得精神很多。

短暂地收拾了一下后，差不多到了下午一点半，他提前出了门。

有钱老板发给他的吃饭地点和他的住处隔了好几个区，他坐悬浮快车也需要两个小时。

虽然庄宸也在消息里询问过他会不会过于远了，但是他考虑到对方毕竟是来这里出差的，还是没有说破，而是选择由自己这个闲人来多跑些路，反正也就早点儿出门的事。

当杨溯繁正式踏上赴约的路途时，庄宸还站在自己的套房试衣镜前，眉头紧锁地比画着。

此时的他陷入了前所未有的艰难选择中，最后他还是求助道："牧屿，你给我看看，这套怎么样？"

牧屿才从全息总局回来，累得要死，这时正一脸疲倦地靠在沙发上。

360

闻言，她有气无力地抬了下眼睑，无比敷衍地说道："还行吧。"

庄宸又拿了另外一套放在身前试了试，问道："那这套呢？"

牧屿说："也好。"

庄宸终于转头看了过来："请用工作的态度负责任地回答我的问题。"

"我一直都非常负责。"牧屿感到自己都快被这位老板给折磨疯了，看着桌子上整整齐齐依次摆开的"服装陈列展"，她到底还是控制住了强烈地想要翻白眼的冲动，尽可能心平气和地说道，"我说老板，你既然已经把这二十多套衣服都买回来了，不就是觉得它们都很合身吗？所以你真的穿哪套都可以，保证帅气。"

庄宸纠结道："但我觉得或许可以更精益求精一些。"

牧屿头疼地揉了揉太阳穴，说："你真的非常英俊潇洒、玉树临风了，所以……好了，你身上这套就非常合适，请相信我的眼光。"

庄宸转身看了看镜子里自己，终于点头道："好吧，那就这套。"

牧屿长长地松了口气。

终于解脱了！以前面对最难缠的客户时，她都没现在这么累过！

晚饭的时间定在五点半。

这个时候上班族已经陆续下班，原本有些冷清的街道变得人来人往，逐渐拥挤。

杨溯繁出门早，先一步抵达了餐厅。在服务生的引导下，他到了提前预约好的包厢坐下，接过菜单随手翻看了起来。

只能说不愧是有钱老板选的地方，这家餐馆从门面上看起来虽然有些朴实无华，但走进来之后，可以明显地感受到一股独特的格调韵味。而且，菜单上面的价位更是"触目惊心"。

杨溯繁算不得什么穷人，玩游戏时只是因为独特的恶趣味才显得抠门无比，可是在现实生活当中，该花的钱他倒不至于捂得太紧。

眼见佑迁还没来，他先简单地点了一壶茶水。他一边悠闲地品着茶，一边翻看着飞博上面的热门话题。

随着《幻境》世界神武坛赛事的临近，最近相关资讯也多了起来。与往年相比，今年因为《混沌》世界俱乐部的入驻而更加引人注目。甚至已经有人开始在网上设局，网民们纷纷下注，猜测谁才是今年赛事的最大赢家。

关于这个问题，杨溯繁心里其实是有自己的答案的。

虽然《混沌》职业联盟中确实有不少神级选手，但是参与今年的神武坛联赛时间上确实有些紧张。如果没有意外的话，能有三家来自《混沌》的公会进入前十已经是非常不错的成绩了。

除了星辰之外，堕天和苍羽两家俱乐部最有机会争夺这三个名次。但是要说最终获取积分最高的公会，他更倾向于《幻境》世界的老牌公会阎王殿，以及今年依旧派笑不笑参加单人赛的仙踪林。

杨溯繁一条接一条地看着，并没有进行任何留言回复。他只拥有一个飞博账号，所有人都知道他的身份。如果他突然出声，怕是又要引起不小的轰动。

就在这个时候，包厢的门忽然被人轻轻地敲了敲。

杨溯繁拿手机的姿势微微一僵，他下意识地抬头看去，正好和站在门口的男人四目相对，他一时间不可控制地恍了一下神。

说实话，佑迁本人的气质比杨溯繁想象中要沉稳很多。

干净利落的发型下，他整个五官轮廓非常分明，一看就是那种平常走在路上也很容易吸引路人关注的存在，赫然是一个行走的视线收割机。

最重要的是，他的衣品居然还算不错。

杨溯繁自认为不是个习惯以貌取人的人，但是现在他不得不承认，从第一印象来说，这个男人意外地合他眼缘。

见对方没有说话，杨溯繁张了张嘴，问道："佑迁？"

庄宸其实早就仔细地观察过杨溯繁了。他推开门的时候，便见屋里的人安静地低头看着手机。彼时窗口的阳光轻轻地洒在男人身上，在他黑色的 T 恤周围镀上了一层隐隐的光晕，使他整个人显得无比干净又温和。

只是，也不知道是不是因为思考得过于专注了，对方居然一直没有发现他的存在。对方开口念出他的游戏 ID 时，声音也一如电话中听到的淡然好听。

庄宸不可控制地扬起了嘴角："你好，六元。"说完，他抬步走到杨溯繁旁边坐下，非常自然地拿起菜单问道："点菜了吗？"

杨溯繁看了一眼对方淡然自若的神情，应道："还没有。"

庄宸笑问："介意我来点吗？"

杨溯繁道："当然可以。"

庄宸翻了翻菜单，随口问道："有什么忌口？"

杨溯繁想了想自己那过分独特的饮食习惯，觉得还是不要给别人添麻烦了，道："我都可以。"

庄宸留意到他这个诡异的停顿，嘴角多了一丝笑意。他一边点单一边问道："吃辣可以吗？"

杨溯繁犹豫了一下，道："我吃不了麻和辣，也不能吃香菜、大蒜、花椒，总之味道太重的调料不太喜欢，其他都还好。"

庄宸顿时了然，看来高手兄平常的饮食习惯还真特别。他又问："那口味呢？喜欢重口味还是清淡些的？"

杨溯繁道："浓一点也可以，只要别太淡。"

庄宸暗暗地记在心里，然后对旁边等待的服务生道："那就来一份水煮鱼吧，不要辣，油少一点，调料浓度尽量控制一下，鱼别忘记去腥。"

服务生心里一阵吐槽：你是在为难我们家大厨啊，先生！

庄宸根本没有留意这位服务生的脸色，又跟杨溯繁问了几个菜的意见。他挑三拣四地给每道菜都省略了各种配料之后，才满意地合上了菜单，递交给了服务生："就这些，麻烦了。"

服务生有苦难言，他非常怀疑自己把这份堪比读书笔记的菜单提交上去后，会不会被厨师长赶出来。

等服务生离开，包厢里便只剩下了两人。

庄宸似乎才想起来什么，他微微一笑，朝着杨溯繁伸出手去："我本名叫庄宸。"

杨溯繁伸手和他轻轻地一握，也自报姓名："杨溯繁。"

原本只是游戏里的交集，似乎在双手握上的一瞬间，这段关系就变得真实了起来。

杨溯繁也担心过对方会不会因此而认出他，但是从这位有钱老板的反应看来，果然如他所猜测的一般，这人对于全息电竞世界的职业选手圈子，真的是一无所知。别说是《混沌》世界的那些职业大神了，就是现在他们在玩的《幻境》世界当中到底有哪些名声显赫的高手，有钱老板都未必能说出几个完整的游戏 ID。

他放下心来后，整个室内的氛围顿时轻松了很多。

两人有一句没一句地闲聊着，过了一会儿，菜肴陆续上桌了，他们就变成了边吃边聊。

杨溯繁想起前一晚上固定队的其他人知道他们约饭后的反应，忍不住把当时的情景描述了一遍。

庄宸想了想，总结道："这些人就是嫉妒。"

杨溯繁失笑道："吃个饭而已，有什么好嫉妒的？"

庄宸吃了一口菜，说："当然是嫉妒我们交情好了。"

随后庄宸忽然问道："还记得我之前和你说的，我们这几天在忙的事吗？"

杨溯繁抬头："嗯？"

庄宸侧眸看着他，语调平静地说道："我准备，注册成立全息竞技俱乐部。"

杨溯繁的筷子不由得抖了一下，他一度怀疑自己出现了幻听："你说什么？"

庄宸一早就猜到了杨溯繁会有这样的反应，这时候他只是慢悠悠地说道:"之前我就一直在为成立全息俱乐部做准备。最近各项工作都已经就绪,这次我来S市,就是为了提交最后的俱乐部申请表格,如果没有意外的话,下周应该就可以顺利注册完毕了。"

杨溯繁愣了愣,不由得想起了当初这人在刚刚成立黄金财团公会时说过的话——我知道办公会不容易,但我就是为了这事儿来的这个游戏。

所以,打从进入《幻境》世界的第一天起,他就充满了明确的目的性。

全息世界到目前为止依旧发展无比迅速,因此,有越来越多的商家盯上了这片利润丰厚的新领域。

在这样的大环境之下,全息总局为了控制全息世界中俱乐部数量上的平衡,规定每年开放给新会的名额数量只有三个。至于最后谁能顺利拿下,那完全就是硬实力的综合比拼了。

越是这种激烈的竞争体系,越是让近几年来新成立的全息俱乐部背景一个比一个殷实。

就杨溯繁对庄宸的了解,这人虽然平日里看起来不修边幅,但不是一个会夸大吹牛的人,现在他既然这样笃定地说了,想必他对于成立俱乐部的事已然胜券在握。

忽然间,杨溯繁只觉得有钱老板平日里在《幻境》世界的所有开销都不算是个事了,这种有资格注资入驻全息世界的人,光是银行当中的存款,就超乎他的想象。

可是,光有钱是不够的。

一家职业俱乐部能不能长久地运行下去,说到底还是需要用具体成绩来说话。目前处境十分尴尬的血月俱乐部就是一个典型的例子。

还记得血月启星楼公会刚出来的时候也曾经辉煌过,但是随着在神武坛联赛中接连数届失利,到底还是让他们在《幻境》世界当中的人气一落千丈。

《幻境》世界发展至今,有些名气的高手玩家都已经被各大俱乐部相继招揽,要想自己培养新的高手不是一件那么容易的事。无处可发力的节奏下，血月启星楼如果再找不出一个新的突破口，在下届神武坛赛事中拿出成绩的话，很可能将无法继续维持下去了。

这样一家在《幻境》世界中小有名气的资深俱乐部尚且如此，更何况那些刚刚完成注册的新俱乐部了，再加上现在又从《混沌》世界涌入了那么多职业俱乐部，难度不言而喻。

就杨溯繁的了解，各家俱乐部当中也确实存在着那么几个神级玩家在考虑转会，可是，对于那些已经成名的大神而言，他们根本没有任何理由放弃已然成名的老牌俱乐部，转投这种前途未知的新公会。

在接下来的时间内，一旦俱乐部成立的消息发布，连带着黄金财团公会内部的运营模式必然都要进行相应的调整。而更加系统化的流程，则需要拥有足够粉丝基础的神级玩家用人气来作为支持。这样一来，他们无异于进入了一个无路可走的死循环当中。

庄宸简单的一句话，杨溯繁就迅速地联想出了黄金财团俱乐部在接下来即将面对的一系列重大难题，其中自然也包括对方找他见面的目的，于是他非常开门见山地问道："所以，你今天是来招我加入俱乐部的？"

他不是什么刚进入社会的小年轻，在职业圈子当中摸爬滚打这么多年，他从目前的局势作为起始点一回想，哪里还不明白当初佑迁在游戏里面找上他时，估计就打上了物色散人高手玩家的主意。

面对他的直接，庄宸表现得也非常坦诚："所以，你愿意加入吗？"

对于这种存有目的性的接触，杨溯繁本身并不感到抗拒，毕竟新的俱乐部在刚刚起步的阶段，除了重金招聘成名的大神玩家，积极挖掘新人确实是更加有效的一种方式，无可厚非。

只可惜，他不是什么悠闲的普通玩家，而是刚刚从《混沌》职业选手这个圈子里撤出来的前职业选手。如果他答应加入，无异于再次复出，这会使一切变得更加复杂。

所以，杨溯繁非常果断地说出了心里的答案："不好意思，我没有加入任何俱乐部的打算。"

庄宸早就设想过这种可能性，但真的当面听到拒绝时，他心里还是不免感到有些遗憾："我可以知道原因吗？"

杨溯繁顿了一下，道："你可以认为是我个人的问题。"

"明白了。不过，这里有两份合同，我还是希望你回去后可以仔细看看。"庄宸并没有强求，他转身从公文包里拿出一个文件夹推到杨溯繁的跟前，用修长的食指轻轻地点了点，道，"上面那份详细地写明了加入我们黄金财团俱乐部后可以享有的所有待遇，至于另外一份……则是《幻境》世界当中所谓的临时合约，我觉得，你大概会对它更感兴趣一点儿。"

杨溯繁没想到对方居然会有双份准备，他眉目间终于露出了一丝错愕："你是认真的吗？"

所谓的临时合约，即短期雇佣关系合同，也就是平常一些超级大神级别的玩家在进行自由打工时，和各家俱乐部签署的合作协议。

这类协议的有效期可以是整届神武坛赛事，可以是单人赛等单项对战，甚至可以精准到团体赛的某场比赛，无比灵活多变，但同样地，这也意味着俱乐部将承担更大的风险。之前就曾经出现过有人临时毁约，导致某俱乐部一败涂地的重大事故。

当初浩繁在一区的时候，几乎和所有公会都曾经有过这么一段"露水之缘"，杨溯繁对这种协议自然不会感到陌生。他之所以会感到惊讶，关键点在于，这种合作模式大多数都是俱乐部面向剑圣、医仙等超神级的大神玩家在无法直接签下合约时而不得不做出的妥协。

虽然自由打工确实是他最终计划当中的一部分，但眼下，"最多充六元"只是新区里一个名不见经传的普通玩家，庄宸居然一上来就给了他一份临时合约！

如果不是庄宸疯了，那一定是他疯了！

"当然是认真的。"从庄宸的神情来看，他显然并不认为自己这样的做法有多惊世骇俗，他悠悠地说道，"我既然会拿出这两份合同给你，那就说明，我认为你确实是值得的。"

说完,他轻轻地抿了一口红酒,嘴角微微扬起:"而且,我是老板,想签谁,想怎么签,当然都是我说了算。"

杨溯繁听到前面那句"你值得"还感动了一下,等听完对方后面补充的话,他忍不住无语了一瞬。

他终于明白他们的妹子会长大人为什么一度濒临暴走了,有这么一个全凭个人喜好行事的任性老板,确实够让人头疼的,也真是辛苦她了。

杨溯繁的视线落在那两份合同上,停了片刻。

话都已经说到了这个地步,杨溯繁到底还是没有太伤人面子,他将合同全部收了起来,点了点头道:"我回去会好好看看的。"

庄宸对于这个结果还算满意。毕竟高手兄没有一口拒绝,那就意味着还有一线希望。

看了眼已经吃得差不多的饭菜,他问道:"吃饱了吗?"

杨溯繁应道:"吃饱了。"

他站起来正准备要去结账,却被拉住了。

庄宸掏出银行卡递交给收银台前的服务员后,笑眯眯地侧眸看着他:"我约你出来吃饭,怎么可能让你付钱?"

杨溯繁道:"在这里你才是客人,我觉得我应该尽一下地主之谊。"

庄宸道:"放心,以后有的是机会。"

杨溯繁狐疑地抬头看去:"你不是说只住一周吗?"

"这次来出差,确实是只住一周。"庄宸的嘴角不可控制地扬了起来,"但是等到注册审核通过之后,我接下来的工作重心也会落在全息世界这一块的发展上面。到时候俱乐部在S市正式落户,我也会考虑在这里买一套房子暂时住下。这样一来,我们还怕没有机会再在一起吃饭吗?"

杨溯繁感觉,如果这人身后有尾巴,估计它能摇成风扇。

结账完毕,两人肩并肩往外走去。

到门口时,庄宸忽然想起来,问道:"你住哪里,我让司机送你?"

杨溯繁道:"不用了,我叫个悬浮快车回去就行,就别麻烦司机师傅赶夜路了。"

"赶夜路"三个字顺利引起了庄宸的注意,他仔细地询问了一下才知道杨溯繁居然住在 S 市的另外一个片区,和他们现在所处的位置基本上相隔了大半个城市。

知道真相之后,他自责地觉得自己选址的时候太欠考虑,看着已经暗下来的天色,他说什么都不让杨溯繁连夜回去了。他道:"反正我住的是总统套房,有多余的房间,你就放心留下来住一晚,明天再回也一样。"

杨溯繁对留下住一晚倒是没什么意见,只是他有些纠结另外一个问题:"我今天副本都还没刷呢。"

这款游戏玩到后期,刷本得到的这些材料最多就是换几个小钱,可有可无,但现在他正处在需要批量换装备的阶段,还有很多生产材料急需积累,这样才能在遇到合适的装备大师后随时下单定制,他自然是不想漏掉太多副本任务。

对于这个问题,庄宸毫无负担地说道:"这个简单,我的套房里有两个游戏舱。"

杨溯繁的顾虑瞬间荡然无存,他本来也觉得一天坐那么久的车确实有些累,便不再推辞地答应了下来:"那就打扰了。"

庄宸对这种"打扰"表示非常欢迎,很是绅士地替杨溯繁打开车门之后,他自己也跟着坐了上去。

两人并肩坐着,一时间谁都没有说话,车厢里安静下来。

车外闪过的彩色霓虹不时地投落在杨溯繁身上,他身上简简单单的黑色 T 恤使他整个人的气质仿佛更融入夜色。

杨溯繁的眉目很是清秀,平时微微笑起的时候,隐隐会让人产生几分想要亲近的感觉,但是一旦收敛起表情,又是这样冷冷淡淡的,仿佛拒人于千里之外。

他像极了一把气质凛冽的锐剑,就算掩盖住了锋芒,依旧吸引视线。

而杨溯繁此时,就在非常努力地散发着生人勿近的气场。

他可以感受到庄宸在看他。

庄宸的视线从黑暗中投来，清晰分明地落在他身上，毫不避讳，这让明明已经习惯了万众瞩目的他，都无法控制地感到了一丝局促。

他忍了忍，终于被看得有些按捺不住了。他正要转头看去，便听庄宸忽然开口问道："其实，我有一个问题一直想要请教一下。"

杨溯繁目不斜视看着窗外，问道："什么问题？"

庄宸的话停顿了一下，才一字一字地问道："你觉得，我如果也去打职业的话，会怎么样？"

杨溯繁愣了愣，终于抬头看了过去。

他张了张嘴想说什么，但是千万言语汇聚在嘴边，最后只剩下"扑哧"一声："老板，你别闹。"

庄宸一时语塞。他没闹啊？真的有这么好笑吗？

半个小时后，两人抵达酒店。

"我说你可算回来了，这是明天的约见安排，你先……看……"总统套房的会客厅内，牧屿本是坐在沙发上等人，听到开门声后她站起身来，一回头先看到了走在前面的杨溯繁，然后才是跟在后面的庄宸，她声音不由得一滞，"啊，来客人了？"

庄宸没有回答。他抬了抬手，给杨溯繁介绍道："这位就是我们公会的会长，青步踏雪谣。"

杨溯繁怎么也没想到那个有着一口清脆娃娃音的妹子会长，现实当中居然是这么一个烈焰红唇的妩媚女人。愣了一下之后，他非常礼貌地点了点头，自我介绍道："你好，我是最多充六元。"

"你好，欢迎。"牧屿也没想到庄宸吃完饭居然把人直接带回来了，她一时间对这个老板刮目相看。

她当即识趣地一边站起身来，一边多打量了杨溯繁两眼。虽然总觉得这位六元朋友看起来莫名眼熟，但她也没有多想。

现在牧屿当然不会没眼力见儿地在这里碍事。看见杨溯繁在，她一点儿都不着急交代庄宸行程安排了:"其实我这儿也没什么大事,明天再来汇报也一样。那我就不打扰你们了,两位,晚安!"

说完,她便走出了房间。

杨溯繁被牧屿的态度弄得心里毛毛的,他迟疑地问道:"那个,我是不是影响会长汇报工作了?"

庄宸笑了笑,回道:"放心,没事。"

牧屿走后,整个总统套房里顿时只剩下了两人,背景音是悠扬的古典音乐,气氛显得恰到好处。

庄宸走到吧台前面,问道:"红酒还是柠檬水?"

杨溯繁道:"柠檬水就好。"

庄宸倒了两杯柠檬水走过去,见杨溯繁正站在落地窗前看着外面霓虹万彩的夜景。他将柠檬水递到杨溯繁手中,和杨溯繁并肩站在旁边往外眺望。他问道:"这里的景色好看吗?"

杨溯繁点了点头,道:"很漂亮。"

庄宸笑了笑,说:"如果你喜欢的话,也可以多住几天。"

"不用了。"杨溯繁转身在套房里面转了转,果然找到了之前庄宸提到的那两套游戏舱。

只能说不愧是五星级酒店,杨溯繁看了看型号,居然还是最新款。

庄宸也跟着走了过来,问道:"要玩游戏吗?"

杨溯繁当然没有意见。

两人一人钻进了一个游戏舱,登录了游戏。

就在他们上线的一瞬间,固定队的小群里顿时炸了锅。

疯疯癫癫的小可爱:你们终于回来了!

最多充六元:只是吃个饭而已。

捂着心脏说疼:是我的错觉吗,这两个人是同时上线的?我是不是错过了什么?

视你如命：以我多年的经验判断，他们一定还在一起！

佑迁：在一起又怎么了？六元现在就在我旁边，你们羡慕嫉妒恨？

疯疯癫癫的小可爱：哇！

捂着心脏说疼：嗯？

视你如命：我就说我们不该等他们吧，自虐是不是特别有意思，嗨不嗨？

最多充六元：你们还没刷副本？正好，赶紧组。

视你如命：不得不说，六元你可真会抓重点……

疯疯癫癫的小可爱：我现在很受伤，我想静静。

捂着心脏说疼：捂着心脏说疼。

疯疯癫癫的小可爱：羡慕嫉妒恨。

捂着心脏说疼：好羡慕。

最多充六元：你们够了……

话虽这么说，但几人到底还是很快地组在了一起，很高效地刷起了副本。只不过大家的话题始终绕不开他们见面的过程了。

在大家的狂轰滥炸下，杨溯繁只感到头疼无比。他深深地觉得还不如跟野队刷本，总比受这罪强！

到了最后，还是佑迁抛出了黄金财团准备成立俱乐部的事，这群人八卦的热情才稍稍熄灭了一瞬。

话题内容首次发生了转移。

"所以说，你最近神出鬼没的就是在忙这事儿？"疯疯癫癫的小可爱的语调已经惊讶得听不出什么情绪了，他转过头去问道，"那六元呢，也决定要签进俱乐部了吗？"

杨溯繁道："我暂时没有这方面的打算。"

佑迁听他这样回答，也没多说什么，而是问其他人："其实我是想知道，对于这件事，你们有没有什么想法？"

疯疯癫癫的小可爱不解地问："什么什么想法？"

捂着心脏说疼沉思了片刻，道："老佑想问的，应该是入股的事吧？"

佑迁应道："没错。"

虽然只是游戏里认识的，但是大家早就交流过各自现实当中的具体情况，这也是让他产生这种想法的基础。

视你如命忽然兴奋起来："入啊，当然要入！我手上正好有不少闲钱，还在想去投资一点儿什么呢，全息领域好啊，我早就想插一脚了！"

疯疯癫癫的小可爱挠着耳侧想了一会儿道："我倒也无所谓，你想我投我就投呗！"

捂着心脏说疼见另外两人都表态了，也吭了声："我随便。"

佑迁满意地笑了笑："那我回头让人把完整的策划方案整理出来，到时候发给你们看看，没问题的话改天直接拟定合同，我就不找其他合伙人了。"

众人道："都行。"

杨溯繁在旁边默默地打怪，听完全程之后，他差点儿给这些土豪大佬跪了。

把这种数亿元起步的项目谈得像市场卖白菜一样，也是没谁了！

当时的他根本没有想到，在这个日常副本里只言片语间谈妥的合作协议，在不久的将来，会成了扭转《幻境》世界职业格局的重要契机。

番外
萌宠篇

这届《幻境》的周年庆活动依旧搞得轰轰烈烈。

杨溯繁习惯性地关注了一下官网上发布的内容，一目十行地扫过，视线最后停顿在了一个名为"神兽冲冲冲"的活动上。

软萌可爱的宠物蛋可以说十分醒目，特别是最后孵化出来的五种宠物类型，更是一个比一个可爱。上面写着"神宠萌兽等你领养，专属命名权千万别错过"的广告语，通过设计师专门的高光提亮之后，无处不透着莫名的暗示。

第一反应，杨溯繁对于这些神兽确实十分心动。然而就当他看清楚这个活动的参与方式后，眼底所有兴奋的神色一收，顿时兴致索然地将整个界面划了过去。

哦，需要充钱啊，那没事了。

虽然他目前无疑已经是游戏当中热度极高的大神，但是抠门的人设自从进入游戏后就始终未倒，就像他的名字所示意的那样——充钱是不可能的，这辈子都是不可能的。

杨溯繁快速地看完了周年庆的全部活动，刚关上界面手机忽然收到了一条消息，点开一看，正是庄宸发来的："上线。"

他正好也想要去感受一下周年庆的氛围，当即回复了一条，也就登录了游戏舱。

刚刚才给他发送了消息的庄宸不知道什么时候已经等在了游戏里，这边杨溯繁刚一上线，就看到对方直接又发了一个地点坐标过来。

这么着急？

心里略微有些疑惑，杨溯繁没多想，直接按着那个坐标点找了过去。

遥遥地，他就看到了那个站在树下摆造型的背影。

没忍住地浮起一抹笑意，杨溯繁轻手轻脚地走过去，忽然间在他的肩头上用力地一拍："这么着急，叫我什么事呢？"

庄宸明明玩游戏已经有很长一段时间了，但这样突然的绕后操作还是吓了他一跳，差点让他手一抖把抱着的东西都掉到地上，幸好他还是稳稳地接住了。

回头看向皮一下就很开心的杨溯繁，庄宸也是有些哭笑不得："你就不能提前打声招呼吗，这东西感觉实在是不经摔啊。"

杨溯繁也是在这个时候才留意到庄宸怀里的东西，这熟悉的外观让他缓缓地眨了眨眼，许久之后才憋出一句话来："你这是又充了多少钱？"

从认识至今，庄宸基本上一直贯彻着"你我本无缘，全靠我有钱"的作风，杨溯繁自己不充值，倒是也不至于拦着有钱人玩游戏，不过依稀间他记得公告上所显示的情况，这次的宠物蛋似乎还是全服限量的，最终孵化出来的神兽除了能够成为主人的花瓶和宠物之外，还将以NPC（非角色玩家）的身份出现在各区广场上，这可不是随便花些钱就可以拿得下来的。

"充多少钱不是重点，重点是，你喜欢吗？"庄宸说着，一转身，又变戏法一样从树后面摸了另外一个蛋出来，递到了杨溯繁的跟前，"一人一个。"

不知道为什么，这一瞬间看着庄宸一手一个蛋的样子，杨溯繁脑海中冒出来的只有四个字——有钱真好。

他伸手将宠物蛋接过，对于这种萌宠的外观确实也有点心痒痒，但还是忍不住问道："你怎么想到要弄神兽了？"

庄宸看着对方这副明显在努力掩饰心动的样子，也知道自己送对东西了,无声地笑了一下:"这不是玩游戏也有一段时间了,总想留一个念想。不管以后还能玩多久,最初我们毕竟是在这个游戏里面认识的,如果可以的话,等什么时候退游了,这两只萌宠至少还能以 NPC 的身份永远地留在这个世界当中。"

想了下,他还是多解释了一句:"我这次还真不是胡乱充钱。"

最后额外补充的一句,让杨溯繁有些哭笑不得:"你花自己的钱,跟我交代干什么?"

他没有多提什么,但是庄宸前面的话也确实让他心里稍微有些动容。

杨溯繁没有再掩饰心里的喜欢,爱不释手地将宠物蛋反复端详了一遍:"所以,这玩意儿要怎么孵化?"

"灌注心血。"庄宸回想了一下自己看过的说明,对上杨溯繁疑惑的视线,想了下,用了一个言简意赅的解释,"就是自己孵。"

杨溯繁:"哦……"

庄宸笑:"来吧,其他我可能比不上你,这孵蛋,要不比比谁更快一点?"

杨溯繁:"……"

真不觉得这说法听起来多少有些奇怪吗?

然而,所谓的孵蛋大赛到底还是在接下来的时间里如火如荼地展开。

杨溯繁实在怀疑庄宸这家伙是不是趁着他休息的时候偷偷上线,明明他每天都在赶进度,居然还是慢了半天才将宠物蛋孵出来。

不过好消息是,他这个宠物蛋孵出来的正是他最喜欢的那只小凤凰。

孵化完成的当天下午,杨溯繁带着自己的小凤凰跟庄宸孵化出来的小青龙一起站在了大槐树下。

这两只萌宠刚刚出来,睁着眼睛,好奇地看着周围的一切。

杨溯繁抱着身子靠在树上,看着这样和谐友爱的一幕,嘴角也始终没掉下来过:"怎么说,叫什么名字好?"

在神兽孵化完成的一瞬间,系统就给他们发送了进行命名的提示内容。

庄宸对此表现得非常谦让:"你先来?"

杨溯繁对起名这块确实并不擅长，憋了半天："那我的叫'六小元'？"

　　庄宸听得笑了一声，被杨溯繁扫过一眼后忍笑点了点头，从善如流："那我的叫'有小钱'。"

　　杨溯繁腹诽：你这叫有小钱而已吗？

　　小凤凰和小青龙显然还不知道即将发生什么，听到对话抬眸看了过来的时候，头顶上的名字一栏齐刷刷地发生了变化。

　　与此同时，各个地区的广场中间也新增了两个软萌可爱的NPC。

　　这种萌宠的突然出现，让玩家们路过的时候都不由得纷纷驻足，直到看清楚上面的名字，都陷入了长久的沉默。

　　六小元和有小钱？

　　怎么觉得，这两个NPC的名字就是莫名能够让他们联想到另外两个不得了的存在呢……